WENN DIE SCHATTEN STERBEN

CHRISTOF GASSER

WENN
DIE SCHATTEN
STERBEN

KRIMINALROMAN

emons:

Bibliografische Information der Deutschen Nationalbibliothek
Die Deutsche Nationalbibliothek verzeichnet diese Publikation
in der Deutschen Nationalbibliografie; detaillierte bibliografische
Daten sind im Internet über http://dnb.d-nb.de abrufbar.

© Emons Verlag GmbH
Alle Rechte vorbehalten
Umschlagmotiv: Debra Osborne-Pursglove/Arcangel.com
Umschlaggestaltung: Nina Schäfer
Gestaltung Innenteil: DÜDE Satz und Grafik, Odenthal
Lektorat: Irène Kost, Biel/Bienne, Schweiz
Druck und Bindung: CPI – Clausen & Bosse, Leck
Printed in Germany 2021
ISBN 978-3-7408-1208-9
Originalausgabe

Unser Newsletter informiert Sie
regelmäßig über Neues von emons:
Kostenlos bestellen unter
www.emons-verlag.de

Dieser Roman wurde vermittelt durch die
Agentur Editio Dialog, Dr. Michael Wenzel
(www.editio-dialog.com).

GEWIDMET
DEN FRAUEN UND MÄNNERN
VON ZUCHWIL,
DIE DEM NATIONALSOZIALISMUS
DIE STIRN BOTEN

Wir wollen sein ein einzig Volk von Brüdern,
in keiner Not uns trennen und Gefahr.
Wir wollen frei sein, wie die Väter waren,
eher den Tod, als in der Knechtschaft leben.
Wir wollen trauen auf den höchsten Gott
und uns nicht fürchten vor der Macht der Menschen.

»Rütlischwur« aus »Wilhelm Tell«
von Friedrich Schiller (1759–1805)

PROLOG

Das eiskalte Wasser konnte ihr nichts anhaben. Sie schwebte im unendlichen Raum des Meeres über und unter ihr. Der Kampf war zu Ende. Sie wollte nicht mehr, ihre Abwehr, ihre Schlagkraft waren ermattet. Die Augen schließen und sich treiben lassen, bis alles dunkel wurde und sie schlafen konnte. Das war ihre Sehnsucht.

Die Berührung war sanft, warm in der eisigen Tiefe. Sie öffnete die Augen. Das bleiche Gesicht war schön, jung. Blonde Locken umspielten es. Ihre Augen leuchteten blau. Wer war sie? Eine vage Erinnerung aus einer alten Vergangenheit? Die Hand berührte ihre Schultern. Sie stieß ihren Körper nach oben, ins Leben. Sie leistete Widerstand, wollte nicht zurück. Das fremde Wesen lächelte verstehend. Seine Hand deutete zur Wasseroberfläche. Es musste weitergehen …

Die Kälte holte sie ins Bewusstsein zurück. Wo sie der Segelbaum am Kopf getroffen hatte, pochte dumpfer Schmerz. Sie hatte nicht schnell genug reagiert. Das Letzte, woran sie sich erinnerte, war der runde Balken, der auf sie zuflog. Dann war es dunkel geworden. Sie schaute um sich. Wo war es geblieben, oder sie, die Frau, die ihr geholfen hatte?

Die aufgewühlte See gab keine Sicht frei. Sie spürte das dumpfe Grollen mehr, als es zu sehen. Die Welle türmte sich schier haushoch vor ihr auf, bevor sie über ihr zusammenschlug und sie in die Tiefe riss. Sie drohte erneut das Bewusstsein zu verlieren. Der Auftrieb der Schwimmweste hielt sie an der Oberfläche. Wann hatte sie die angezogen?

Sie hatte gar nicht auf das Boot gewollt. Sie hasste Segeln. Jan hatte sie genötigt. Wenn sie mit ihm reden wollte, musste sie ihn auf den Törn begleiten. Einen Tag und eine Nacht, bis der Sturm kam.

Jan.

Wo steckte er? Das Boot? Sie wusste nichts mehr. Der Schlag, die Tiefe, die Kälte, das Gesicht. Oder war alles nur eine Illusion gewesen?

»Jan!« Das Heulen des Sturmes saugte ihre Stimme auf. Jetzt erinnerte sie sich und begriff. Es war sinnlos.

Der Aufprall auf dem Wasser hatte den Rettungsblitz und das GPS in ihrer Weste ausgelöst.

Adrian.

Der Gedanke kam überfallartig. Sie durfte nicht hierbleiben. Seinetwegen musste sie leben.

Aus den Augenwinkeln nahm sie den Leuchtstrahl am Horizont wahr. Ihr Gedächtnis suchte nach der letzten Position, bevor die Katastrophe über sie hereinbrach – nördlich von Putgarten. Das Leuchtfeuer von Kap Arkona.

Sie würde überleben.

Adrian.

Sie begann zu schwimmen.

BECKY
JULI 2006

1

»Sind das die Alpen, Mama?«

Becky schreckte hoch. Sie musste kurz nach der Abfahrt des Zuges in Olten eingenickt sein. Sie standen erneut, eine andere Station. Sie konnte kein Ortsschild erkennen. Sie sah einen bewaldeten Bergrücken, unterbrochen durch einen tiefen Einschnitt. Auf halber Höhe, an der rechten Flanke, lag eine gut erhaltene Burg mit einem riesigen aufgemalten rot-weißen Wappen am Turm. Sie kannte es von den Schilderungen ihrer Großmutter, es war das Kantonswappen von Solothurn. Sie würden bald dort sein, in ihrem zukünftigen Zuhause und Ausgangspunkt ihres neuen Lebens.

Der Zug fuhr erneut an. Die Anzeige über der Ausgangstür bestätigte es. »Nächster Halt: Solothurn«.

»Mama?«

Adrians wache hellblaue Augen sahen sie fragend an. Becky schluckte leer. Wie ähnlich er seinem Vater war. Der gleiche durchdringende Blick. Was für ein Mann würde in einigen Jahren aus ihm werden? Wie viel von sich hatte Jan seinem Sohn mitgegeben?

»Mama?« Ungeduldig, vorwurfsvoll.

»Entschuldige, mein Schatz, was sagtest du?«

»Sind das die Alpen?« Adrian zeigte zum Bergrücken, von dem sich der Zug in einer lang gestreckten Linkskurve abwandte, bevor er eine bewaldete Talenge durchquerte.

Becky lachte. »Aber nein, die Alpen sind viel höher. Erinnerst du dich nicht mehr? Wir haben nachgeschaut.«

Letzte Woche in Neustadt in Holstein hatten sie einen ganzen Abend auf der Terrasse des Hauses gesessen, das sie gegen ihre neue Heimat eingetauscht hatten, und über einem großen Atlas und Bildbänden gebrütet. Für Becky war die Schweiz ebenso neu wie für ihren Sohn. Vor allem dieser Ort, Solothurn. Sie hatte nie einen Fuß in diese Stadt gesetzt. Ihre Wurzeln lagen dort. Das war das Einzige, was sie davon wusste. Ihre Groß-mutter, Barbara Felicitas von Colberg, geborene von Aaregg, war Nachfahrin einer der wenigen Familien gewesen, die bis zur französischen Besetzung 1798 die Stadt und die dazugehö-renden Gebiete regiert hatten.

Becky stand auf und stellte sich hinter Adrian ans Fenster. Sie beugte sich zu ihm hinunter und umfasste ihn mit beiden Armen.

Sie zeigte mit dem Finger an seinem Gesicht vorbei auf die sich entfernende Bergkette. Sie war kurz aus ihrem Blickfeld verschwunden und wieder aufgetaucht, nachdem die Bahn einen Fluss überquert hatte, von dem sie glaubte, dass es die Aare sein musste, deren Name mit dem ihrer Familie verbunden war.

»Das sind nicht die Alpen, mein Schatz. Dort siehst du bloß Felsen, Eis, Schnee und spitze Gipfel. Das da drüben nennt sich der Jura, an dessen Fuß dein neues Zuhause liegt. Ich hab's dir im Atlas gezeigt.«

Adrian machte sich von seiner Mutter los. »Wann sind wir endlich dort?«

»In ein paar Minuten, denke ich.« Becky zog die Reisetasche und Adrians Rucksack aus der Nische zwischen den Sitzlehnen hervor. Es befanden sich nur wenige Leute im Zug. Sie hatten ein ganzes Viererabteil für sich. Becky schaute auf ihre Uhr, kurz vor halb fünf. Sie hatten eine lange Reise hinter sich. Um sechs Uhr morgens waren sie in die Regionalbahn nach Lübeck gestiegen. Von dort ging es nach Hamburg und weiter über Hannover und Frankfurt bis Basel. Der Flieger wäre schneller gewesen. Becky hasste Luftreisen ebenso wie Schiffsreisen.

Die Lautsprecheransage kündigte Solothurn an. »Hast du alles, Adi?« Becky schubste ihren Sohn sanft auf seinen Sitz am Fenster. »Bleib da, bis der Zug steht.«

»Da drüben, ein Schloss. Ist das unser neues Zuhause?«, rief Adrian aufgeregt. Sie hatten gerade einen weiteren, kleineren Fluss überquert und fuhren über eine Ebene mit Feldern.

In der Richtung von Adrians Finger lag ein herrschaftliches Gebäude mit zwei Türmen neben einem weitläufigen Bauernhof. Becky wurde schwindlig. Sie setzte sich hin und schloss kurz die Augen. Ihre Ohren summten. Die Stimme war in ihrem Kopf, diejenige einer Frau. Sie verfolgte sie seit Wochen in ihren Träumen. Becky schluckte den Speichel hinunter, der sich in ihrer Mundhöhle gebildet hatte. Eine junge Frau, das Gesicht umrahmt von hellblonden Locken. Sie stand dort draußen auf einem Feld und winkte ihr zu, der Bauernhof, das Schloss, es war –

»Mama, geht's dir gut?«

Sie öffnete die Augen. Adrians besorgte Miene rührte sie. Sie schaute aus dem Fenster. Die Frau war weg.

»Ja klar. Lange Reise. Gut, dass wir da sind.« Ihre Tabletten. Die letzte hatte sie in Frankfurt genommen. Es wurde Zeit für die nächste.

Adrian sah sie stirnrunzelnd an. Sie wusste, was er dachte. Das Schloss verschwand aus ihrem Blickfeld. Becky kannte es aus ihren Träumen.

Die Besiedlung wurde dichter, der Zug verlangsamte seine Fahrt.

»Wir sind da«, sagte Becky.

Das erwartete Gefühl der Erleichterung stellte sich nicht ein.

Der Mann mit dem Schild »Frau Rebecca Colberg und Sohn« wartete auf dem belebten Bahnhofsplatz.

»Frau Colberg?«, fragte er.

»Herr Hürlimann?« Becky reichte ihm die Hand und stellte Adrian vor. Sie zeigte auf das Schild und sagte: »Mit ›K‹.«

»Bitte? Ich verstehe nicht.« Sein Hochdeutsch hatte einen schweren Akzent.

»Mein Name, Kolberg, schreibt sich mit ›K‹.«

Herr Hürlimann starrte auf sein Schild, als würde er es zum ersten Mal sehen. »Ach so, entschuldigen Sie, Frau Serafini sagte mir, dass Ihre Familie sich mit –«

»Schon gut, das stimmt auch. Die offizielle Schreibweise ist mit ›C‹. Ich habe meinen Familiennamen ändern lassen, damit er weniger adelig klingt.«

»Verstehe«, sagte Herr Hürlimann. Seine Haltung verriet, dass das nicht der Fall war. Er deutete auf in Zweierreihe stehende Autos. »Ich wurde zugeparkt, wird sicher nicht lange dauern.«

Fünf Minuten später standen sie im Stau vor einer Baustelle auf der Brücke über die Aare. Becky sah die Solothurner Altstadt zum ersten Mal. Sie wurde überragt von einer im Julitag strahlend weißen Kirche im neoklassizistischen Stil, sofern Beckys baugeschichtliche Kenntnisse sie nicht täuschten. »Ist das die St.-Ursen-Kathedrale?«

»Das ist sie«, sagte Herr Hürlimann. »Sie sind zum ersten Mal in Solothurn?«

»Ja, es ist die Heimatstadt meiner Großmutter. Ich war erst zweimal in der Schweiz, einmal als kleines Mädchen mit meinen Eltern im Tessin und später ein paar Tage bei Freunden der Familie in Luzern. Sonst habe ich nichts vom Land gesehen.«

Hürlimanns Gesichtsausdruck verriet die Frage, die ihm auf den Lippen brannte.

»Ich brauche einen Tapetenwechsel – aus familiären Gründen.«

»Verstehe.« Herr Hürlimann zeigte auf die Autoschlange vor ihnen. »Sie müssen das Chaos entschuldigen. Die Rötibrücke wird seit einem Jahr erneuert, noch bis zum nächsten Jahr, dann sollten wir eine funkelnagelneue Brücke bekommen. Bis in zwei Jahren wird die Westumfahrung fertiggestellt sein, welche die Innenstadt vom Durchgangsverkehr entlasten soll.«

Becky ließ sich von Herrn Hürlimanns Geplapper berieseln, gedankenverloren schaute sie auf den Fluss hinab, wo sich Menschen in Schlauchbooten und großen Schwimmringen bis zum Anleger kurz vor der Brücke am nördlichen Ufer treiben ließen. Sie waren auch Adrian nicht entgangen.

»Hast du gesehen, Mama? Im Fluss kann man schwimmen. Gehen wir nachher gleich hin?«

Der Gedanke, auf einem Schlauchboot, geschweige denn mit einem Schwimmring im Wasser zu treiben, löste bei Becky Angstschweiß aus. »Mal sehen, lass uns erst ankommen.« Sie hoffte auf einen Wetterumschlag und nasskalte Witterung für den Rest des Sommers.

Einer schmalen, verwinkelten Straße durch ein Villenquartier entlang gelangten sie an ihr Ziel. Es schien, als trotzte der Ort dem Sommertag. Ein von zwei Wohntürmen flankiertes Wohnhaus aus dem 17. Jahrhundert war von hohen Bäumen umgeben, die Gebäude und Grundstück in Schatten tauchten, den die Sommersonne kaum zu durchdringen vermochte. Die düstere Lethargie über dem Anwesen legte sich auf Beckys Gemüt.

»Es ist etwas schattig, nicht wahr?«, sagte Herr Hürlimann. »Wie ich bereits am Telefon erwähnte, hier steckt eine Menge Arbeit drin.«

Als Erstes werden die Bäume gefällt.

»Ganz bestimmt«, sagte Becky.

»Ich habe die Pläne bei mir. Wenn Sie möchten, können wir sie uns gleich ansehen.«

»Machen wir das morgen.« Becky schaute auf ihren Sohn, der auf den letzten Metern zum Ziel im Auto eingeschlafen war.

»Kein Problem. Aber Sie müssen wissen, morgen früh kommen die ersten Handwerker.«

»Schon?« Becky hatte gehofft, sich ein paar Tage in Ruhe einzugewöhnen.

»Sie fangen im Keller an. Sie werden sie praktisch nicht zu Gesicht bekommen. Frau Serafini kümmert sich um alles.«

Auf das Stichwort öffnete sich die massive Haustür. Eine etwa fünfzigjährige Frau von drahtigem Äußeren trat heraus. Sie steuerte direkt auf Becky zu und reichte ihr die Hand. »Giuseppa Serafini, willkommen in Solothurn, Frau Colberg. Ich freue mich, Sie endlich persönlich kennenzulernen.« Herrn Hürlimanns Präsenz quittierte sie mit einem knappen Kopfnicken.

»Sie schreibt sich übrigens mit ›K‹«, bemerkte dieser, was die Haushälterin veranlasste, irritiert innezuhalten.

Becky klärte den Sachverhalt. »Mein Sohn und ich möchten

uns ein wenig frisch machen. Ist es in Ordnung, wenn wir uns die Pläne für den Umbau später anschauen, Herr Hürlimann?«

Es war ihm recht, und er verabschiedete sich.

Frau Serafini nahm Beckys Tasche. »Sind Sie allein angereist, Frau Kolberg? Wollten Sie nicht mit Ihrem Sohn kommen?«

Übermannt von den ersten Eindrücken und von der Begrüßung, hatte Becky für einen Moment nicht auf Adrian geachtet. Dieser hatte die Gelegenheit ergriffen, sich abzusetzen. »Vielleicht ist er ins Haus gegangen.«

»Das hätte ich gesehen.« Frau Serafini zeigte zum Ende des Vorplatzes. »Wahrscheinlich ist er auf dem Nachbargrundstück.«

Sie gingen auf das Baum- und Strauchwerk zu, welches ihr Grundstück begrenzte. Frau Serafini erklärte, dass die benachbarte Parzelle ursprünglich zum Schloss Aaregg gehört hatte. »Bevor Ihr Großvater die Schweiz verließ, verkaufte er das Land Ihrem Nachbarn, einem Industriellen, der damit verhindern wollte, dass ihm vor die Nase gebaut wurde. Deshalb mag Ihnen der Umschwung des Schlosses etwas eingeengt vorkommen. Sobald die Fassade renoviert und der Baumbestand ausgedünnt ist, sieht es hier anders aus.«

Beckys Gedanken waren woanders. Sie war wütend auf Adrian. Er wusste genau, dass er sie auf die Palme brachte, wenn er sich ohne ein Wort aus dem Staub machte. Bevor sie richtig böse auf ihn werden konnte, tauchte er hinter einem Gebüsch auf. »Sucht ihr mich?«

Becky zählte langsam bis fünf, bevor sie antwortete: »Wo warst du? Du sollst nicht weggehen, ohne was zu sagen. Das weißt du genau.«

»Gleich da drüben. Ich habe mit dem Mädchen gesprochen.«

»Welches Mädchen? Ich habe keins gesehen«, sagte Becky.

»Sie stand die ganze Zeit dort und hat zu uns rübergeschaut, als ihr geredet habt. Ich bin zu ihr hin.«

Becky ärgerte sich. Das düstere Anwesen hatte sie dermaßen eingenommen, dass sie vergessen hatte, ihre Umgebung wahrzunehmen. »Worüber habt ihr beide gesprochen?«

»Weiß nicht.«

»Wie, du weißt nicht?«

»Sie spricht kein Deutsch, nicht so wie wir. Sie ist noch klein, vielleicht sieben oder acht.«

»Wie alt bist du? Zehn? Großer Unterschied.«

»Ich spreche Deutsch.«

»Wie hat sie denn geredet?«

»Keine Ahnung, Französisch oder so, glaub ich.«

»Französisch?«

»Ihr Sohn hat die kleine Pia getroffen«, sagte Frau Serafini. »Das ist die Tochter unseres Nachbarn. Sie ist acht Jahre alt und erst vor Kurzem nach Solothurn zu ihrem Vater gezogen. Die Mutter ist Welsche, ich meine, sie stammt aus dem französischsprachigen Wallis. Die Kleine ist schüchtern, dafür aber neugierig und sehr nett.«

»Trotzdem«, sagte Becky zu Adrian. »Sag etwas, wenn du weggehst. Ich will nicht, dass du dich verirrst. Für mich ist das alles hier auch neu.«

»Ja, Mama«, sagte Adrian gedehnt, wie immer, wenn er fand, dass seine Mutter ihn behandelte wie ein kleines Kind.

»Sollen wir erst mal reingehen?«, fragte Frau Serafini. »Ihre Zimmer sind bereit, Sie können sich frisch machen. In der Zwischenzeit mache Ihnen gern etwas zu essen.«

＊＊＊

Die Stimme riss Becky aus dem Schlaf. Sie hatte geträumt, wieder von der Ostsee. Ihr Handy zeigte ein Uhr fünfzig an. Vier Stunden zuvor war sie zu Bett gegangen, nachdem sie eine Tablette zusammen mit einem Schlafmittel genommen hatte. Wessen Stimme war das gewesen? Becky war sich sicher, ihren Namen gehört zu haben. Sie machte die Nachttischlampe an. Das dämmrige Licht erhellte das holzgetäfelte Zimmer kaum. Die uralten, frisch gebohnerten Holzdielen knarrten unter ihren Füßen. In Neustadt war das Geräusch heimelig. In der neuen Umgebung klang es bedrohlich, als verfolgten sie die Schatten der Vergangenheit auf Schritt und Tritt.

Becky fegte die Gedanken beiseite. Was in Neustadt passiert war, sollte in Neustadt bleiben. Sie wollte ein Leben in einer neuen Umgebung, ohne das starre Gewicht der Familie, ohne die Ostsee, ohne Jan. Sie hatte sich vorgenommen, es zu schaffen, die Schuldgefühle zu überwinden. Sie musste es, um Adrians willen.

Die Verbindungstür zu Adrians Zimmer war einen Spalt offen. Er hasste es, bei geschlossener Türe zu schlafen. Licht musste nicht brennen. Adrian hatte keine Angst vor der Dunkelheit, er fürchtete sich vor geschlossenen Türen. War er vorhin in ihr Zimmer gekommen und hatte ihr etwas zugeflüstert? Warum sollte er so was tun?

Becky betrat Adrians Zimmer. Es war etwas kleiner, jedoch gleich ausgestattet. Frau Serafini hatte von dem ihr für die ersten Vorbereitungen zur Verfügung stehenden Budget die Betten renovieren und mit Springboxmatratzen ausstatten lassen.

Die Silhouette ihres Sohnes war unter der leichten Bettdecke erkennbar. Adrian atmete regelmäßig, er schlief tief. Er konnte sie nicht geweckt haben. Sie hatte es geträumt.

Becky setzte sich vorsichtig auf die Bettkante. Adrian lag in Embryostellung da. Obwohl es im Zimmer nicht kühl war, hatte er sich bis zur Nasenspitze zugedeckt, ein Büschel seiner braunen Haare lugte unter dem oberen Rand hervor. Eine Welle der Zärtlichkeit überkam Becky. Wäre es nicht für Adrian gewesen, läge ihre Leiche seit letztem Herbst in einem kalten Grab in den Wassermassen der Ostsee. Außer ihm gab es nichts, wofür es sich für sie zu leben lohnte. In jener Nacht hatte sie ihr komfortables und eintöniges Leben verloren, ihren Mann, einst ihre große Liebe. Adrian war sein Geschenk an sie gewesen.

Becky strich sanft über das Haarbüschel außerhalb der Bettdecke. Adrian drehte sich seufzend im Schlaf auf die andere Seite. Eine wohlige Schwere breitete sich in ihrem Körper aus. Sie schlich auf Zehenspitzen aus dem Zimmer.

Kaum hatte sie die Verbindungstür hinter sich zugezogen, fiel im Haus eine Tür ins Schloss. Schritte ertönten, sie kamen vom Stockwerk über ihr. Beckys Nackenhaare sträubten sich.

Außer uns ist niemand hier.

Frau Serafini hatte gesagt, das dritte Geschoss sei geräumt. Man wollte dort mit der Renovierung fortfahren, sobald sie im Keller abgeschlossen war, es umbauen in ein Appartement für Becky und Adrian. Frau Serafini wohnte nicht im Schloss. Sie lebte mit ihrem Mann in einer Mietwohnung an der Waisenhausstraße, eine knappe Viertelstunde zu Fuß entfernt.

Becky suchte in ihrer Reisetasche nach der Taschenlampe, die sie vor Jahren dort eingepackt hatte, für den Fall der Fälle. Sie hatte sie kaum benutzt, die Batterien nie gewechselt. Der Lichtstrahl war dürftig, aber ausreichend. Becky ging hinaus auf den Korridor.

Die Freitreppe lag rechts von ihr. Sie fand den Lichtschalter. Ein paar altertümliche Lüster erleuchteten den Korridor. Becky atmete auf. Ein weiterer Schalter an der Wand gegenüber machte Licht sowohl auf der Freitreppe als auch im ersten und zweiten Geschoss, nicht im dritten. Becky leuchtete den Weg so gut aus, wie es die schwächelnde Taschenlampe zuließ. Sie nahm sich vor, am nächsten Tag Batterien oder am besten gleich eine neue Taschenlampe zu besorgen.

Wenn es sein muss, ziehe ich mit Adrian ins Hotel, bis alles fertig ist.

Das hätte sie von Anfang an tun sollen, doch Becky war eine von Colberg, Synonym für Sturheit, was ihr ihre Mutter immer wieder vorgehalten hatte.

Die Dunkelheit im dritten Geschoss hing wie eine schwarze Wolke über ihr.

Mit etwas Glück finde ich oben einen funktionierenden Lichtschalter.

Sie hörte die Schritte erneut, diesmal kamen die Geräusche von unten. Becky war erleichtert. Sie konnte sich den Gang in die Finsternis sparen.

»Ist da jemand?«, rief sie auf halbem Weg auf der Treppe nach unten. Was würde sie tun, wenn jemand antwortete? Die einzige Antwort auf ihren Ruf war eine erneut zuschlagende Tür. Am Morgen sollte die Renovierung des Kellergeschosses beginnen. Möglicherweise hatte jemand eine Tür offen gelassen. Draußen wehte ein schwacher Wind, Vorbote eines nahenden Gewitters. Ein Durchzug konnte die Ursache des Türschlagens sein.

Das Licht im Keller funktionierte, zumindest in den vorderen Räumen. Ein Gefühl der Trostlosigkeit machte sich in Becky breit, während sie durch den kahlen, mit Baulampen beleuchteten Gang ging. Die Räume links und rechts von ihr waren leer. Was hatte sich darin befunden, und wo wurde es gelagert? Vermutlich wusste Frau Serafini das.

Der hintere Teil des Kellers lag im Dunkeln, Becky nahm die Taschenlampe zu Hilfe. Je tiefer sie in die Dunkelheit vordrang, desto bedrückender legte sich die Atmosphäre auf ihr Gemüt. Auch hier waren die Türrahmen gähnende Löcher. Im Kellergeschoss gab es keine einzige Tür mehr. Was hatte Becky gehört? Hatte sie sich die zuschlagenden Türen eingebildet wie die Stimme vorhin?

Am Ende des Korridors lagen drei Räume eng aneinandergereiht.

Fast so wie Gefängniszellen.

Ihre Ohren summten.

»Rebecca.« Die Stimme kam von hinten. Becky fuhr herum. Der Schein ihrer Taschenlampe wanderte über den kahlen Korridor bis zum Lichtkegel der ersten Bauleuchte. »Rebecca.« Wieder hinter ihr und wieder nichts außer der gähnenden Leere der drei Zellen, deren mit grünschwarzem Schimmel bedeckte Mauern das schwindende Licht ihrer Taschenlampe reflektierten.

Beckys Atem wurde schwer. Der Korridor begann sich um sie zu drehen. Ihre Beine knickten ein. Sie rutschte an der Wand entlang zu Boden. Ein Wechselspiel von Licht und Schatten formte sich zu Bildern, die sie sich nicht erklären konnte. Die blonde Frau mit ihren kornblumenblauen Augen lächelte sie an. Außer in ihren Träumen und als sie ins Meer gefallen war, hatte Becky sie nie gesehen.

Ich werde verrückt. Was wird dann aus Adrian?

Mit einem Mal veränderte das Bild der Frau seinen Ausdruck. Das Gesicht verzerrte sich zu einer Grimasse tiefster Todesangst. Der Summton in Beckys Ohren wurde zu einem schrillen Pfeifen.

»Aufhören!«, schrie Becky. Sie krümmte sich auf dem Boden zusammen. »Aufhören!«

Der Lärm um sie herum verstummte. Die tanzenden Lichter erloschen.

2

Auf wackligen Füßen stieg Becky die Treppe hinab. Aus dem kleinen, an die Küche angrenzenden Speiseraum ertönte das Klappern von Geschirr. Adrians Bett war leer gewesen. Hatte er schon gefrühstückt?

Die Kopfschmerzen, die sie beim Erwachen verspürt hatte, flachten ab. Sie versuchte sich zu erinnern, was in der letzten Nacht geschehen war. Verdächtige Geräusche hatten sie in den Keller gelockt, ab dann war alles blank, bis sie vor ein paar Minuten in ihrem Bett aufgewacht war, ohne zu wissen, wie sie zurück in ihr Zimmer gekommen war. Konnte es sein, dass sie wahnsinnig wurde? Der Gedanke drehte ihr den Magen um. Schwindelgefühl stieg in ihr auf.

Bloß nicht umkippen.

Sie hielt sich mit beiden Händen krampfhaft am Treppengeländer fest.

»Frau Kolberg, ist alles in Ordnung mit Ihnen?«

Frau Serafini stand am Fuß der Treppe.

»Guten Morgen, Frau Serafini.« Becky gab sich Mühe, unverfänglich zu klingen. »Alles in Ordnung. Ich habe schlecht geschlafen. Ein starker Kaffee, und ich bin wieder voll da.« Becky ließ das Treppengeländer los und versuchte, die letzten Stufen leichtfüßig zu nehmen.

»Ich habe im kleinen Esszimmer für das Frühstück gedeckt. Ich hoffe, das ist Ihnen recht.«

Wie viele Speiseräume gibt es in diesem Haus?

»Das ist schön, danke, aber von mir aus können wir künftig in der Küche essen. Die ist sicher groß genug.«

»Warten Sie, bis Sie den kleinen Essraum sehen.«

Sobald Becky ihn betrat, wurde sie vom Sonnenlicht geblendet, das durch die hohen Fenster hereindrang. Es wurde von der Täfelung und der mit Schnitzereien verzierten Decke gedämpft. In einem Wandschrank mit ziseliertem Rahmen und

Glastüren war Porzellangeschirr ausgestellt. Einige Teller waren hochgestellt, damit ihre Bemalung zur Geltung kam.

Frau Serafini war Beckys bewundernder Blick nicht entgangen. »Meißener Porzellan. Ihre Frau Großmutter hat von ihrem Gemahl ein Set zur Hochzeit erhalten. Die anderen Stücke hatte sie später dazugekauft. Ihr Großvater ließ es zurück, als er 1943 nach Deutschland zurückging.«

»Ein weiser Entscheid. Das wertvolle Geschirr hätte das Kriegsende dort nicht unbeschadet überstanden.«

Becky trat durch die französische Tür in den Garten hinaus. Der Rasen mit den sprießenden Kornblumen verdiente eher die Bezeichnung Wiese. Die Rosensträucher, an denen sich Schwärme von Insekten gütlich taten, waren am Verblühen, als wollten sie der reichen Pracht der wilden Blumen weichen, die ihnen die Schau stahl.

»Entschuldigen Sie den Zustand des Gartens. Er muss neu angelegt und bepflanzt werden. Wir wollten damit warten, bis Sie hier sind«, sagte Frau Serafini.

Becky nahm dankend die Tasse Kaffee entgegen. »Das eilt nicht, ich finde ihn schön, wie er ist.«

Becky setzte sich an den gedeckten Tisch im Essraum. Wegen des Gewitters in der Nacht war es am Morgen früh kühl gewesen.

»Wenn Sie möchten, können Sie draußen frühstücken. Inzwischen ist die Temperatur angenehm.«

»Das wäre nett.« Becky sah nur ein Gedeck auf dem Tisch. »Wo ist mein Sohn? Hat er schon gefrühstückt?«

»Vor einer halben Stunde. Dann ist er nach drüben gegangen.«

»Nach drüben?«

»Zum Nachbargrundstück. Ich nehme an, er wollte seine neue Freundin treffen.«

»Sie meinen diese Pia?«

»Es sind Schulferien. Die Kleine fühlt sich wohl etwas einsam. Sie hat noch nicht viele Freunde. Adrian ist für sie ein willkommener Spielkamerad.«

»Da passen sie zusammen. Mein Sohn hat auch keine Freunde hier.«

Das muss ein besonderes Mädel sein.

Normalerweise konnte Adrian nichts mit Mädchen anfangen, erst recht nicht mit solchen, die jünger waren als er.

Becky leerte ihre Tasse. Sie nahm sich ein Croissant und einen Apfel. »Ich gehe mir die Beine vertreten. Wann, haben Sie gesagt, kommen die Handwerker?«

Frau Serafini schaute auf ihre Uhr. »Sie müssten in einer halben Stunde hier sein.«

»Bis dahin bin ich zurück. – Sagen Sie, kann es sein, dass wir letzte Nacht nicht allein im Haus waren, mein Sohn und ich?«

Frau Serafini sah sie verblüfft an. »Unmöglich, außer Ihnen war niemand da. Warum fragen Sie?«

»Ich bin aufgewacht, weil ich glaubte, Geräusche gehört zu haben. Dann vernahm ich Stimmen im Treppenhaus. Ich habe nachgesehen, aber da war nichts.« Becky vermied die Erwähnung des Schwächeanfalls im Keller.

»In der Nacht war es windig«, sagte Frau Serafini. »Vielleicht wurde eine Tür vom Durchzug zugeschlagen.«

Im Keller gibt es keine Türen mehr.

Möglicherweise hatte sich Becky getäuscht, und die Tür hatte es im Erdgeschoss zugeknallt. »Das wird es gewesen sein.« Becky brannte die Frage auf der Zunge, was sich im Keller befunden hatte, bevor er leer geräumt worden war. Die hob sie sich für später auf. »Ich gehe dann mal. Wenn was ist, erreichen Sie mich auf dem Handy. Die Nummer haben Sie?«

»Habe ich. Sie können sich auf mich verlassen, Frau Kolberg.«

***

Heute kamen ihr die hohen Bäume auf dem Vorplatz des Schlosses weniger düster vor. Aber ihr Entschluss stand fest, sie mussten weichen, bis auf einen oder zwei vielleicht.

Mit einem mulmigen Gefühl im Magen betrat Becky das

Nachbargrundstück. Das Gelände stieg leicht an. Zuoberst auf der Anhöhe thronte eine stattliche Villa. Sie war kleiner als Schloss Aaregg und später erbaut worden. Im Gegensatz zum Schloss war sie gut in Schuss. Das Ausmaß der Grundstücksfläche ließ Rückschlüsse zu, wie groß das Anwesen der von Aareggs in früheren Zeiten gewesen sein musste. Die Parzelle bot genug Platz für mindestens eine weitere Villa heutigen Zuschnitts. Der untere Teil des Gartens mit Buschwerk und wilden Pflanzen gefiel Becky. Vermutlich diente er einzig als Lebensraum für Insekten, Vögel und andere Kleintiere.

Wo steckte Adrian? Hier war kein Mensch zu sehen. Becky schaute hinauf zum Haus. Sie kannte diese Leute nicht und wollte auf keinen Fall durch die Hintertür bei ihnen einfallen. In der Schweizer Öffentlichkeit war eine heftige Diskussion über die massive Einwanderung deutscher Staatsbürger im Gang. Seit Einführung der Personenfreizügigkeit und angesichts der schwächelnden deutschen Wirtschaft, welche viele von Beckys Landsleuten auf die Wiedervereinigung zurückführten, waren Deutsche zur größten Einwanderergruppe der Eidgenossenschaft angewachsen. Darüber waren nicht alle glücklich. Becky wollte nicht gleich bei ihrem Antrittsbesuch einen Eklat provozieren. Sie spielte mit dem Gedanken, umzudrehen und über die Straße zum Nachbarhaus zu gelangen.

Kinderlachen drang an ihr Ohr. Es war das eines Mädchens, nicht Adrians. Becky ging über eine besser gepflegte, mit schattigen Eichen und Linden bewachsene Grünfläche auf das Haus zu. Auf der Terrasse war ein Sonnenschirm aufgespannt. Hatte sich Adrian einladen lassen?

Es sähe ihm ähnlich, seinen angeborenen Charme zu versprühen.

Im Gegensatz zu ihr fiel es ihrem Sohn leichter, Menschen für sich zu gewinnen.

Wie sein Vater.

Für den war der Segen zum Fluch geworden. Becky wollte Adrian dieses Schicksal ersparen.

Zu ihrer Rechten war eine Grillstelle angelegt. Sie spähte erneut hinüber zur Terrasse. Sie konnte lediglich die Köpfe eines Mannes und einer Frau erkennen. Sie schienen Becky nicht bemerkt zu haben. Aber wo steckte Adrian? Sie setzte sich Richtung Terrasse in Bewegung. In diesem Moment lachte erneut ein Kind. Dieses Mal hörte Becky ihren Sohn heraus. Es kam von links, von einem kleinen Gewächshaus. Becky warf noch einmal einen Blick zur Villa. Die Frau und der Mann auf der Terrasse redeten miteinander. Sie näherte sich dem Gewächshaus, in dessen offener Tür Adrian mit dem Rücken zu ihr stand und den Anweisungen eines Mädchens folgte, das, obwohl es erst acht Jahre alt war, kaum einen halben Kopf kleiner war als er.

»*Non, non, pas comme ça, Adrian.* Du musst die Kanne gerade halten, so, *tu vois*?« Sie nahm ihm die kleine Gießkanne aus der Hand, die er offenbar falsch handhabe, und zeigte ihm, wie die frisch gepflanzten Setzlinge korrekt zu gießen waren.

»Aber ich habe sie richtig gehalten«, protestierte Adrian.

»*Non*, du musst es machen, wie isch es dir zeige.«

Becky betrat das Gewächshaus. »Hier bist du, Adi. Und du bist wohl Pia, die Nachbarstochter«, sagte sie zu dem Mädchen, das sie mit offenem Mund anstarrte. Unvermittelt fing die Kleine an zu kichern.

»Deine Mutter nennt disch Adi. Darf isch ausch?«

»Untersteh dich«, schnappte Adrian. »Mama, was machst du hier?«

»Nachschauen, was mein Sohn in fremden Gärten treibt, wo wir gerade mal eine Nacht hier verbracht haben.« Sie streckte dem Mädchen die Hand entgegen. »Hallo, ich bin Becky.«

»*Enchantée, Madame.* Isch bin noch nischt lange hier und spresche leider nicht gut Deutsch.«

»Dein Deutsch ist sehr gut«, antwortete Becky auf Französisch. Ihre Mutter hatte bei ihr darauf bestanden, die Sprache Molières zu erlernen, weil eine junge Dame ihres Ranges »der Sprache des Adels und der Diplomatie mächtig zu sein hatte«.

Pia gefiel es, in ihrer Muttersprache angeredet zu werden. »Ich zeige Adrian, wie man Blumen pflanzt.«

»So was kann man nicht früh genug lernen, *n'est-ce pas*, Adi?«
Becky zwinkerte ihrem Sohn zu.

»Das ist nicht fair«, begehrte er auf. »Ich verstehe kein Wort
von dem, was ihr sagt.«

»Zeit für dich, Französisch zu lernen, mein Lieber.« Becky
fuhr Adrian durch die Haare. »Hier ist es die zweitwichtigste
Landessprache. Solothurn liegt nahe der Sprachgrenze.«

»Wer hier leben will, soll gefälligst Deutsch lernen«, brummte
Adrian.

»Isch spresche Deutsch«, verteidigte sich Pia. »Ist nur nischt
parfait.«

Becky gefiel das forsche, etwas mollige Mädchen mit den
großen, fast schwarzen Augen, denen keine Kleinigkeit zu ent-
gehen schien.

»Gehen wir«, drängte Adrian. Wie sein Vater verabscheute er
Situationen, die er nicht hundertprozentig überblicken konnte.
Die Mutter, die ihm in die Parade fuhr, passte ihm nicht in den
Kram.

»Das nächste Mal, wenn du fortgehst, gibst du vorher Bescheid. Damit ersparst du dir die Peinlichkeit, von mir gesucht
und gefunden zu werden.«

Adrian machte Anstalten zu protestieren. Becky ließ ihn
nicht zu Wort kommen. »Haben wir uns verstanden?«

Er brummte etwas.

»Wie bitte? Ich kann dich nicht hören.«

»Ist gut, Mama. Ja, ich hab's begriffen.«

»Schön. Ich muss zurück ins Schloss. Die Handwerker kom-
men gleich.« Sie wandte sich an Pia, die der Diskussion zwischen
Mutter und Sohn mit einem maliziösen Lächeln zugehört hatte.
»Richtest du deinen Eltern einen schönen Gruß von mir aus?
Ich komme sie später besuchen, um mich vorzustellen.«

»Nur mein Papa wohnt hier.«

»Ach so, ich habe zwei Leute auf der Terrasse gesehen und
dachte, es sind deine Eltern.«

Die Miene der Kleinen wurde ernst. »Diese Frau ist nicht
meine Mutter, nur eine Tante.«

»Eine Tante?«

»Ich habe viele Tanten. Alle paar Monate eine neue.«

Becky erinnerte sich an das Lied von Gilbert Bécaud, das sie bei einem Sprachaufenthalt in Frankreich gehört hatte. »Les Tantes Jeanne« erzählte die Geschichte eines Mannes, der seinen Nichten und Neffen, die bei ihm die Ferien verbrachten, seine häufig wechselnden Freundinnen jeweils als »Tante Jeanne« vorstellte. Im Gegensatz zu den Kindern im Lied, die von den »Tanten« verwöhnt wurden, schien sich Pia darüber nicht zu freuen. »Und deine Mutter?«

»*Maman* und Papa leben nicht zusammen.«

»Das tut mir leid, sind sie geschieden?«

»Was heißt geschieden?«

»Ich meine, sind sie nicht mehr zusammen?«

»Sie waren nie zusammen. Meine Mutter wohnt im *Valais* … Wallis. Sie muss viel arbeiten und hat keine Zeit für mich. Ich lebe lieber hier bei Papa. Er arbeitet auch viel, dafür kümmert sich Frau Reinhard um mich.«

Frau Reinhard musste das Kindermädchen oder die Haushälterin sein. Wer so wohnte, konnte sich das leisten. Was der Hausherr wohl arbeitete?

»*Papy* und *Mamie* wohnen auch hier«, sagte Pia.

Wenn Becky richtig verstand, meinte die Kleine damit ihre Großeltern. »Schön, ich komme bald bei euch vorbei und stelle mich vor.« Sie verabschiedete sich von den Kindern. »Habt Spaß, ihr beiden.«

Auf dem Rückweg schaute sie noch einmal zum Haus hinüber. Auf der Terrasse war keiner mehr. Becky wandte sich dem Weg zu und stieß mit einem Mann zusammen.

»Hoppla!« Der Mann hielt Becky an den Schultern fest, bevor sie hinfiel. »Geht's?«

»Geht schon, danke«, sagte Becky. »Entschuldigen Sie, ich habe Sie nicht gesehen.«

»Ist ja noch mal gut gegangen.«

Verdammt charmant, dieses Lächeln.

Der Mann war mit Vorsicht zu genießen.

»Ich bin Dominik Dornach und wohne hier. Ich habe Sie vorhin beim Gewächshaus gesehen und wollte mich erkundigen, ob ich Ihnen behilflich sein kann.«

Seine einnehmende Art täuschte nicht über den forschenden Blick seiner grauen Augen hinweg. Becky kam sich vor wie ein Schulmädchen, das von seinem Lieblingslehrer beim unerlaubten Rauchen erwischt wurde.

»Das ist mir furchtbar unangenehm. Es tut mir leid, einfach so bei Ihnen einzudringen. Ich heiße Becky Kolberg. Mein Sohn und ich sind gestern nebenan eingezogen.«

»Im Schloss Aaregg? Dann sind Sie die Enkelin von Barbara von Aaregg.«

»Sie kannten meine Großmutter?«

»Natürlich nicht direkt. Mein Großvater kannte Ihre Großeltern. Er hat viel von ihnen erzählt. Sie mussten interessante Menschen gewesen sein.«

Becky wollte das Thema weder hier noch jetzt ansprechen. »Ich habe das Schloss von meinen Eltern geerbt, die letztes Jahr bei einem Autounfall ums Leben gekommen sind.« Sie winkte ab, bevor Dornach etwas sagen konnte. »Wie dem auch sei, ich war auf der Suche nach meinem Sohn.«

»Der junge Mann, der es fertiggebracht hat, sich mit meiner Tochter anzufreunden? Mit ihm haben Sie einen soliden Jungen an Ihrer Seite, Frau Kolberg. Pia ist wählerisch, was ihren Umgang angeht. Sie hat noch nicht viele Freunde gefunden, seit sie bei mir wohnt.«

»Da scheinen sich zwei gefunden zu haben. Adi ist auch nicht jemand, der sich leichtfertig auf andere einlässt.«

»Ich hoffe, das ist ein gutes Omen für unsere künftige Nachbarschaft.« Dornach machte eine einladende Geste zur Terrasse. »Haben Sie Zeit für einen Kaffee?«

Becky wusste nicht, was sie an diesem Mann anzog, einmal abgesehen von seinem Aussehen, dem kurzen dunklen Haar mit dem Ansatz ergrauender Schläfen und dem attraktiven Dreitagebart.

Vorsicht, Becky. Auf Distanz bleiben.

»Nett von Ihnen, vielen Dank, leider habe ich eine Verabredung mit den Handwerkern. Außerdem haben Sie schon Besuch von Pias Tante.«

Er runzelte die Stirn. »Pias Tante?«

»Ja, das war doch die Frau, die mit Ihnen auf der Terrasse war.«

Dornach lachte. »Hat Pia tatsächlich Tante gesagt?«

»Stimmt das etwa nicht?«

»Das war eine … Freundin aus Basel. Sie übernachtete hier, weil es gestern spät wurde. Sie ist bereits auf dem Weg nach Hause.«

»Verstehe«, sagte Becky. »Trotzdem, ich sollte jetzt. Aber ich komme gern auf Ihr Angebot zurück.« Ihr Handy klingelte. Auf dem Display erschien der Name von Frau Serafini. »Entschuldigen Sie. Man wartet offenbar auf mich. Auf ein andermal?«

In diesem Moment klingelte sein Handy. »Die Pflicht ruft.« Er reichte ihr die Hand. »Auf ein andermal, ganz bestimmt.«

Becky nahm Frau Serafinis Anruf entgegen. Was sie hörte, trieb sie an, schneller zu gehen.

✳✳✳

Die Handwerker standen auf dem Vorplatz des Schlosses, ein paar von ihnen waren leichenblass. Sie tranken Wasser, das Frau Serafini herumreichte. Eine uniformierte Polizistin stand vor einem Absperrband. Sie stellte sich Becky in den Weg. »Entschuldigen Sie, der Ort ist polizeilich gesperrt. Sie dürfen hier nicht –«

»Ich bin die Eigentümerin des Anwesens.«

»Können Sie sich ausweisen?«

Becky hatte beim Verlassen des Hauses nur ihr Handy dabeigehabt. »Tut mir leid, meine Papiere sind im Haus. Wenn Sie mich –«

»Frau Kolberg, gut sind Sie da.« Frau Serafini kam auf sie zu. »Das ist Frau Kolberg, die Eigentümerin.«

Die Polizistin ließ sie passieren.

»Was ist denn passiert?«, fragte Becky.

»Es ist furchtbar, wer hätte mit so etwas gerechnet? Das wird die Arbeiten um Tage, wenn nicht Wochen aufhalten.«

»Wovon um Himmels willen sprechen Sie?«

»Kommen Sie.« Frau Serafini steuerte auf die Kellertreppe zu. Der Anblick der nach unten führenden Stufen stoppte Becky auf der Stelle. Ihr Atem beschleunigte sich.

Frau Serafini war bereits drei Schritte voraus. Sie drehte sich um. »Frau Kolberg?«

Die Anrede löste die Klammer um Beckys Brust. Es war helllichter Tag, und sie war nicht allein. »Alles in Ordnung, ich war ein wenig außer Atem.«

»Wollen Sie sich nicht etwas ausruhen? Sie sehen mitgenommen aus.«

Becky winkte ab. »Alles gut, wirklich. Was wollten Sie mir zeigen?«

Sie stiegen die Treppe hinunter.

Wieder dieser verfluchte Korridor.

Becky atmete ein paarmal tief ein und aus. Wenigstens war das Licht besser als in der Nacht. Nur die türlosen Öffnungen starrten sie an wie leere Augenhöhlen. Beckys Augen schauten nur geradeaus. An der Stelle, wo sie in der Nacht zuvor zusammengebrochen war, stand ein uniformierter Beamter.

»Das ist Frau Kolberg«, sagte Frau Serafini.

Der Polizist begrüßte Becky mit Handschlag. »Sie sollten den Raum nicht betreten, aber Sie können es von der Türöffnung aus sehen.«

Becky zögerte, die drei Schritte zur bezeichneten Stelle zu machen. Die Türöffnung war mit einem gekreuzten polizeilichen Absperrband markiert. Becky spähte in den von mobilen Leuchten erhellten Raum. Es dauerte einige Sekunden, bevor sie begriff, was sie sah.

»Die Arbeiter wollten die Mauer niederreißen«, sagte der Polizist. »Dabei stellten sie fest, dass es eine Doppelwand war. Der Zwischenraum ist sehr schmal, weniger als ein halber Meter, genug für einen Menschen.«

Der mumifizierte Schädel mit den vereinzelten Strähnen heller Haare rief bei Becky die Bilder der letzten Nacht ins Gedächtnis zurück. Der Raum begann sich zusammen mit den sterblichen Überresten eines Menschen, die an der Wand hingen, zu drehen.

»Rebecca.« Die Stimme von gestern. Sie schluckte mehrmals leer. Der Schädel wurde von einem Gesicht überlagert, die junge blonde Frau.

»Rebecca.«

Becky presste die Hände auf die Ohren. Sie spürte noch, dass der Polizist sie auffing, bevor sie das Bewusstsein verlor.

»Sie kommt zu sich.« Frau Serafinis Stimme. Ein kühlender Umschlag auf der Stirn.

»Frau Kolberg?«

Ein Mann, die Stimme kannte sie, aber von wo? Sie öffnete die Augen. »Herr Dornach?« Becky versuchte, sich aufzurichten. Schwindel packte sie.

»Sachte.« Dornach drückte sie sanft zurück. Sie lag auf einem Sofa in einem Raum mit hohen Wänden mit Bücherregalen. Sie befanden sich in der Bibliothek.

»Was machen Sie hier?«, fragte Becky.

»Arbeiten.« Er nahm dem uniformierten Polizisten aus dem Keller ein Glas Wasser ab. »Danke, Röbi.« Er führte es an Beckys Mund.

Sie wehrte ab. »Ich kann das selbst. Helfen Sie mir hoch, bitte.« Sie trank das Glas in einem Zug leer. »Sind Sie bei der Polizei?«

»Ermittler, bei der Solothurner Kantonspolizei, Kriminalabteilung.« Er zuckte entschuldigend mit den Achseln. »Tut mir leid, dass wir uns unter diesen Umständen so schnell wiedersehen. Es fehlte die Gelegenheit, mich richtig bei Ihnen vorzustellen. Damit hätte ich wirklich nicht gerechnet.«

»Fragen Sie mich mal. Wo ist mein Sohn? Er darf das nicht sehen.«

»Bei mir zu Hause. Frau Reinhard, unsere Haushälterin,

kümmert sich um ihn, bis wir hier fertig sind. Er kann ruhig bis zum Abend bleiben, ist vielleicht besser so. Bis dahin haben wir sicher zusammengepackt.«

»Wer ist das da unten im Keller?«

»Das wissen wir nicht.«

»Wer … ich meine, wie lange hing der Leichnam dort zwischen den Wänden?« Es waren unmögliche Fragen. Becky wusste nicht, was sie sonst sagen sollte.

Dornach blieb geduldig. »Schwer zu sagen, ein paar Jahre, vielleicht Jahrzehnte oder länger. Der forensische Anthropologe des Instituts für Rechtsmedizin ist vor ein paar Minuten eingetroffen. Möglicherweise wissen wir bald mehr.«

Becky stand auf. »Ich will ihn noch einmal sehen.«

»Den Leichnam?«

»Ja.«

»Sind Sie sicher?«

»Keine Sorge, da ich weiß, was mich erwartet, klappe ich Ihnen kein zweites Mal zusammen.«

»Wenn Sie meinen. Folgen Sie mir.«

Beim zweiten Augenschein hatte es tatsächlich etwas von seinem Schrecken verloren.

Die Leiche war an zwei gekreuzte Balken gefesselt worden. Das Bild erinnerte an da Vincis vitruvianischen Menschen. Eine Person in einem weißen Schutzanzug untersuchte sie eingehend.

»Haben Sie schon etwas für uns, Dr. Derendinger?«, fragte Dornach. »Das ist der Spezialist vom IRM«, sagte er zu Becky.

Dr. Derendinger, ein Hüne Anfang sechzig, rückte seine Hornbrille zurecht. »Dornach, schön, Sie zu sehen. Der Verwesungsprozess ist dank der Einmauerung nicht so weit fortgeschritten, wie es üblicherweise der Fall sein müsste. Das Mauerwerk muss die Kellerfeuchtigkeit gefiltert haben. Anhand der Beckenstellung, Schädelgröße und Schädelform handelt es sich um eine weibliche Person.«

»Da sind Sie sich sicher?«

»Völlig sicher.« Dr. Derendinger händigte Dornach zwei

Plastikbeutel aus. Einer enthielt ein silbernes Armband und der andere ein goldenes Kreuz an einem Kettchen. »Das fand ich an der Toten. Frauenschmuck, würde ich sagen.«

Dornach betrachtete den Beutelinhalt. »Wie lange ist sie tot, glauben Sie?«

Dr. Derendinger fuchtelte in gespielter Drohgebärde mit dem Zeigefinger vor Dornachs Gesicht. »Na, na, mein Lieber, da werden Sie meinen Bericht abwarten müssen. Aber so viel kann ich, Irrtum vorbehalten, vorab sagen: Das riecht nach Verjährung, ein Fall für die Historiker.«

Becky verstand nicht, was er damit meinte. Bevor sie nachfragen konnte, kam ihr Dornach zuvor.

»Können Sie etwas zur Todesursache sagen?«

Dr. Derendinger seufzte. »Sie lassen nie locker, was? Also gut, ich habe mir den Schädel schon mal näher angeschaut. Aufgrund der offenen Nähte und des Gebisszustandes muss die Frau zum Zeitpunkt ihres Todes recht jung gewesen sein. Ein Weisheitszahn ist nicht ganz durchgebrochen. Demnach schätze ich sie zum Todeszeitpunkt auf nicht älter als fünfundzwanzig Jahre.« Dr. Derendinger hob erneut seinen Drohfinger. »Mehr kriegen Sie für den Moment nicht. Warten Sie auf meinen Bericht.«

»Das werde ich, danke.«

»Noch etwas.« Dr. Derendinger gab Dornach einen weiteren Beutel. »Habe ich am Boden unter der Leiche gefunden.«

Dornach hielt den Beutel ins Licht. »Eine Kugel?«

Dr. Derendinger winkte Dornach heran und zeigte auf den Brustkorb der Leiche. »Sehen Sie die Absplitterung und die Verletzung am Rippenbogen?«

»Sie wurde erschossen«, sagte Dornach.

»Macht man üblicherweise nicht post mortem, könnte also die Todesursache sein.«

»Man hat sie erschossen und dann eingemauert? Weshalb?«

»Tut mir leid, nicht mehr mein Ressort.«

Ein Kriminaltechniker trat zu ihnen. »Wir haben noch was gefunden. Es lag in einer Ritze beim Mauerdurchbruch. Hier.«

Es war der vierte Beutel. Der Inhalt bestand aus einem runden Ansteckknopf. Zeit und Staub hatten die Oberfläche beschädigt. Außen wies er einen Goldrand auf. Der innere Kreis, ein rotes Band, war mit goldenen Lettern beschriftet.

»Hat mal jemand eine Lupe oder ein Vergrößerungsglas?«, rief Dornach.

Der Kriminaltechniker reichte ihm eine Lupe.

»Nati…onal…soz…iali…stische D.A.P.« Was im inneren Kreis stand, brauchte er nicht zu entziffern. »Ein Hakenkreuz. Das ist ein Parteiabzeichen der NSDAP, der Nationalsozialistischen Deutschen Arbeiterpartei.« Er zeigte den Ansteckknopf Becky.

»Die Tote war eine Nazi?«

»Mag sein, keine Ahnung.«

Becky hatte einen schalen Nachgeschmack im Mund. Sie dachte an ihren Großvater. Welches Gespenst hatten sie an diesem Ort geweckt?

✳✳✳

Der Van des Bestattungsinstituts bog vom Vorplatz auf die Straße hinaus ab. Er überführte die sterblichen Überreste von dem, was einst ein blühendes junges Leben war, ins Institut für Rechtsmedizin nach Bern. Becky schaute ihm nach. Das Bild des gekreuzigten Körpers hatte sich in ihrem Gedächtnis eingebrannt. Wie die Dinge lagen, würde sie nie erfahren, wer die Frau gewesen war und warum sie sterben musste. Dornach hatte ihr diesbezüglich wenig Hoffnungen gemacht.

Becky wollte das nicht hinnehmen. Im Haus ihrer Vorfahren war vor langer Zeit ein grausames Verbrechen passiert, ohne dass in all der Zeit jemand davon Notiz genommen hätte. Becky wollte Licht ins Dunkel zu bringen, sei es nur, um die Schattenzeichen der Vergangenheit und die Vision der Frau und ihre Stimme aus ihren Träumen zu verbannen. Falls sie mit der Toten in Zusammenhang standen, musste sie zumindest versuchen, ihrer Seele Frieden zu geben.

Sie wollte hineingehen, als sie sah, dass Herr Hürlimann auf sein Auto auf dem Vorplatz zusteuerte. Frau Serafini hatte ihn alarmiert, er war vor etwa einer Stunde eingetroffen.

»Gehen Sie schon, Herr Hürlimann?«

»Leider, die Pflicht ruft.«

»Schade, ich hätte Sie gerne auf ein Glas Wein eingeladen.« Becky sah auf ihre Uhr. Mittag war lange vorbei. Sie verspürte keinen Hunger. »Haben Sie Hunger? Ich kann Ihnen etwas zubereiten.«

»Ich sollte eigentlich …« Hürlimann warf einen verlegenen Blick auf seine Armbanduhr. »Nein, mir bleibt etwas Zeit. Danke für das Angebot. Gern ein Glas Wein, kein Essen, nach dem, was ich hier gesehen habe.«

Becky bat Frau Serafini, Adrian gegen Abend in der Villa Dornach abzuholen. Dann setzte sie sich mit Herrn Hürlimann auf die Terrasse.

»Seit wann verwalten Sie den Nachlass der Familie von Aaregg?«, fragte Becky.

»Ihre Frau Mutter hat mich vor ziemlich genau fünfundzwanzig Jahren mit dem Mandat betraut.«

»Wer kümmerte sich davor um das Anwesen und die Verwaltung?«

»Bruno Rüetschli, ein alteingesessener Treuhänder. Er hatte das Mandat von seinem Vater Oskar geerbt, welches ihm von Ihrem Großvater, Freiherr Georg Friedrich von Colberg, übertragen wurde. Bruno verstarb Anfang der achtziger Jahre ohne Nachfolger. So kam ich zum Zug. Das Schloss war zu diesem Zeitpunkt in einem sehr schlechten Zustand. Über Jahrzehnte war jeweils nur das Allernötigste instand gesetzt worden. Mit Einwilligung Ihrer Eltern stellte ich daraufhin Frau Serafini ein, die zum Rechten sehen sollte.«

»Haben Sie alle Bücher und Unterlagen der Liegenschaften von ihm übernommen?«

»Die Liegenschaft.«

»Wie?«

»Lediglich Schloss Aaregg befindet sich noch im Besitz der

Familie. Die anderen Immobilien und Grundstücke wurden im Lauf der Jahre verkauft. Sie waren nicht bedeutend. Einzig das landwirtschaftliche Gut Aareggerhof in Zuchwil war vom Umfang her ein ansehnliches Objekt. Kann sein, dass Sie es bei Ihrer Ankunft vom Zug aus gesehen haben, das Schloss mit dem dazugehörenden Bauernhof.«

Becky erinnerte sich an das Schlösschen, auf das Adrian sie aufmerksam gemacht hatte, kurz bevor der Zug in Solothurn einfuhr. »Das gehörte auch unserer Familie?«

»Seien Sie froh, dass Sie es los sind. Ein landwirtschaftlicher Betrieb von dieser Größenordnung ist heutzutage nicht mehr rentabel zu führen.«

Beckys Gedanken waren woanders. »Mir will nicht in den Kopf, wie ein Mensch während Jahrzehnten eingemauert sein kann, ohne von jemandem vermisst zu werden. Gab es keine Hinweise auf einen tragischen Vorfall, ein Unglück oder ein Verbrechen? Erzählte man sich keine Geschichten hinter vorgehaltener Hand oder ähnliche Dinge?«

Hürlimann räusperte sich. Das Ganze war ihm unangenehm.

»Verstehen Sie mich recht, Herr Hürlimann. Ich will Sie nicht unter Druck setzen. Es ist nur … diese furchtbare Geschichte ist so … so surreal.«

Hürlimann wählte seine Worte mit Bedacht. »Wenn die bedauernswerte Frau vor mehr als dreißig Jahren starb, dürfte es schwer sein, die Hintergründe der Tat aufzudecken.«

»Wie wurde das Schloss in all den Jahren seit dem Wegzug meines Großvaters genutzt? Stand es einfach leer?«

»Bis in die sechziger Jahre, soweit mir bekannt ist, dann wurde es an einen Industriellen vermietet. Er hatte ein neuartiges Verfahren für die Oberflächenveredelung entwickelt, das er industrialisieren wollte. Schloss Aaregg sollte der Verwaltungssitz seiner Firma werden. Das Ganze erwies sich als Flop.«

»Inwiefern?«

»Außer vollmundigen Versprechungen brachte der Mann nichts zustande. Am Ende machte er sich aus dem Staub, nicht ohne das Kapital seiner Investoren auf seinem Bankkonto abzuräumen. Wenige Monate später versuchte er den Coup in einem schwarzafrikanischen Land.«

»Mit demselben Resultat?«

»Scheint so, zu seinem Leidwesen hatte er dort eine weniger glückliche Hand. Die Afrikaner waren nicht so nachsichtig wie die Schweizer. Von einem Tag auf den anderen verschwand er spurlos. Man munkelte, er sei verschleppt worden. Später fand man seine sterblichen Überreste in der Wildnis, zumindest das, was die Tiere von ihm übrig gelassen hatten. Es war genug, ihn anhand zahnärztlicher Unterlagen zu identifizieren. Seine afrikanischen Investoren hatten anscheinend beschlossen, ihr Geld unter Umgehung der behördlichen Instanzen zurückzuholen.«

»Und sonst?«

»Was meinen Sie?«

»Wurde Schloss Aaregg für weitere Zwecke genutzt?«

»Sporadisch, für Ausstellungen und Seminare.«

»Verstehe.« Beckys Gedanken waren erneut auf Wanderschaft. »Was befand sich in den Kellerräumen, bevor sie für die Renovierung leer geräumt wurden?«

»Das sollten Sie Frau Serafini fragen. Wenn ich mich recht entsinne, wurden alte Möbelstücke, Schränke, Kommoden, die einen bestimmten Wert darstellen, im Keller gelagert.«

»Wo hat man die Sachen hingebracht?«

»Teilweise auf die oberen Stockwerke oder auf den Dachboden des Schlosses. Es kann sein, dass gewisse Stücke in angemieteten Lagerräumlichkeiten deponiert wurden. Wenn Sie es wünschen, sehe ich in meinen Unterlagen nach.«

»Das wird vorerst nicht nötig sein. Ich schaue mit Frau Serafini.«

Nachdem Hürlimann gegangen war, legte sich Becky eine Weile hin und verbrachte dann die Zeit mit der Sichtung von Unterlagen, die er ihr bereitgelegt hatte. Sie vergaß die Zeit, bis sie hörte, dass die Eingangstüre geöffnet wurde. Kinderstimmen kamen aus dieser Richtung. Schnelle, leichte Schritte hallten durch die Eingangshalle. Becky eilte hinaus und sah, wie Adrian zur Kellertreppe lief. Pia war ihm dicht auf den Fersen.

»Stopp, ihr beiden! Wo wollt ihr hin?«

»Wohin wohl?«, sagte Adrian. »In den Keller.«

»Wozu?«

»Die Leiche sehen.«

Becky warf Frau Serafini einen fragenden Blick zu.

Diese hob ratlos die Schulter. »Ich habe kein Wort gesagt.«

»Woher wisst ihr von einer Leiche im Keller?«

»Der Nachbar hat es Frau Reinhard erzählt.«

»Und Frau Reinhard hat es euch beiden gesagt?«

»Nein«, sagte Adrian. »Pia hat es zufällig gehört.«

Die Kleine sah treuherzig zu Becky auf. »Adrian ist mein Freund. Und Freunden sagt man immer alles.«

Der Grundsatz war diskutabel. »Im Keller gibt's nichts zu sehen. Pia, weiß dein Vater, dass du bei uns bist?«

Pia zuckte mit den Achseln. »Er ist bei der Arbeit und kommt erst spät nach Hause. Frau Reinhard hat gesagt, ich darf eine Stunde hierbleiben. Dann muss ich durch den Garten nach Hause.«

»Na schön.« Becky sah auf die Uhr. »Es ist jetzt halb sechs. Frau Serafini und ich machen euch etwas zu essen.«

Pia strahlte sie an. Sie schien glücklich zu sein, in Adrian einen Spielkameraden gefunden zu haben. Becky hoffte, dass es ihm mit ihr nicht bald langweilig wurde. »Ihr dürft im Garten spielen, bis ich euch rufe. Aber nicht weglaufen, und der Keller ist tabu, verstanden?«

»Versprochen«, riefen beide im Chor und rannten nach draußen.

***

Nach dem Essen begleitete Frau Serafini Pia zurück zur Villa Dornach, da sie an ihrem Nachhauseweg lag. Adrian hatte Beckys Erlaubnis, vor dem Schlafengehen einen Film auf ihrem

Notebook anzuschauen. Das verschaffte ihr Zeit, sich auf dem Dachboden umzusehen.

Eine Holztür führte vom Korridor des dritten Stocks zur Treppe auf den Dachboden. Becky musste heftig daran rütteln, bis sie sich öffnen ließ. Der Treppenaufgang war stockdunkel, Becky tastete die Wand ab, bis sie einen uralten Drehschalter fand. Sobald sie ihn betätigte, flackerte über ihr eine nackte Glühbirne unter einem Metallschirm auf. Das dämmrige Licht vermochte knapp die Treppenstufen zu beleuchten. Becky musste auf ihre Taschenlampe zurückgreifen. Der Zustand der Treppenstufen war nicht vertrauenerweckend. Frau Serafini hatte ihr versichert, dass die Holzkonstruktionen im Haus in tadellosem Zustand waren. Die Stufen waren stabil, obwohl sie bei jeder Belastung laut knarrten. Das Geräusch heimelte Becky. Es erinnerte sie an die Ausflüge auf den Dachboden ihres Elternhauses in Neustadt.

Draußen setzte die Dämmerung ein und tauchte den Dachboden in ein muffiges, staubschwangeres Halbdunkel. Die Taschenlampe blieb unverzichtbar. Der Raum war größer, als Becky ihn sich vorgestellt hatte. Der Dachstuhl mit den massiven Holzbalken über ihr lag frei. Es waren die Originalbalken, die Tristan von Aaregg um 1660 für den Bau des Dachstuhls verwendet hatte, den er mit der großzügigen Apanage finanzierte, mit der ihn König Ludwig XIV. für seine treuen Gardedienste ausgestattet hatte. Sie war das Startkapital, auf dem die Familie von Aaregg ihren Reichtum aufbaute. Damit erwarb Tristan Grundstücke und Ländereien in und um Solothurn und am Bielersee. Das war alles, was Becky über die Ursprünge ihrer Familie mütterlicherseits wusste. Die bohrenden Fragen zur jüngeren Vergangenheit, insbesondere über die Umstände des Wegzuges ihres Großvaters aus der heilen Schweiz in das immer mehr in Bedrängnis geratene Deutschland im Jahr 1943, wurden von Beckys Eltern, wenn überhaupt, abweisend beantwortet.

Becky schritt die Länge des Estrichs ab. Massive Holztruhen und Weidenkörbe säumten den Gang über die gesamte Länge des Gebäudes zwischen den beiden Wohntürmen, zu denen eine Tür an den jeweiligen Enden führte. Der Dachboden war auch von den Türmen aus erreichbar, nicht nur über die Haupttreppe.

Ein Geräusch hinter ihr ließ sie erschrocken herumfahren. Die Treppenstufen hatten geknarrt. Ein Schatten entfernte sich rasch, zumindest glaubte Becky, ihn gesehen zu haben. »Ist da wer? Frau Serafini … Adrian?«

Stille.

»Adrian, bist du das?«

Das konnte nur er gewesen sein, obwohl es ihm nicht ähnlich sah, sich von einem Film zu trennen, erst recht, wenn er nicht zu Ende war. Es war keine Viertelstunde her, seit Becky ihn in der Küche zurückgelassen hatte.

Hatte sie sich getäuscht? Die staubige Luft trocknete ihren Mund aus. Leichte Kopfschmerzen schlichen sich ein. Becky setzte sich auf eine Truhe und wartete, bis sie sich beruhigt hatte. Sie hatte versäumt, ihre Tabletten zu nehmen.

Alles nur Einbildung.

Der Arzt in Neustadt hatte sie vor diesen Zuständen gewarnt. Sie brauchte Zeit, das Trauma des Segelunfalls zu verarbeiten. Er hatte ihr die Antidepressiva verschrieben, die sie zwingend regelmäßig nehmen musste. Ob sie je wieder davon loskam? Der Umzug nach Solothurn sollte ihr helfen, über die Horrornacht vor Rügen wegzukommen. Was, wenn es nicht funktionierte?

Becky verscheuchte den Gedanken mit einer wedelnden Handbewegung. Sie waren gerade mal vierundzwanzig Stunden hier. Sie musste sich Zeit lassen. Sie erhob sich mit einem entschlossenen Ruck und ging weiter. Was sie suchte, befand sich auf der Westseite des Dachbodens.

Der Begriff Kammer für das Dienstbotenzimmer war übertrieben. Es war ein besserer Holzverschlag, der einen Raum von etwa drei auf sechs Meter vom restlichen Dachboden abgrenzte. Dort wohnte zuletzt sporadisch die Tochter der Haushälterin ihrer Großeltern, wenn sie ihrer Mutter bei der Arbeit auf dem Schloss zur Hand gehen musste. So zumindest hatte es Frau Serafini ihr erzählt. Der Raum war überstellt mit Kisten von

Fotoalben und Ordnern, die aus dem Keller hierhergeschafft worden waren.

Spartanisch, kam Becky in den Sinn, als sie sich im Raum umsah. Ein nacktes hölzernes Bettgestell mit Brettern anstelle eines Lattenrostes lag an der Wand zum Westturm. Vereinzelte dürre Grashalme legten die Vermutung nahe, dass die Bewohnerin auf Heu oder Stroh gelegen hatte, nicht auf einer Matratze. Unterhalb einer winzigen Fensterluke standen ein Tisch und Stuhl, rechts davon eine Waschkommode mit einer Wasserschüssel, von der die Emaille unter der fingerdicken Staubschicht abblätterte. Darüber war eine blinde, in einen Holzrahmen gefasste Spiegelscherbe an die Wand genagelt. Es gab weder eine Toilette noch fließend Wasser. Die Verrichtung der Notdurft musste wohl im unteren Stockwerk erledigt werden. Abgesehen davon dürfte dieser Raum im Winter nicht beheizbar gewesen sein. Es konnte sein, dass die Dienste der Bewohnerin in der kalten Jahreszeit weniger gefragt waren. Damals lebten die Menschen mit Entbehrungen, die heutzutage Skandalschlagzeilen in Boulevardblättern machen würden.

Becky nahm sich eine Kiste vor, die auf dem Bettgestell stand. Sie enthielt Fotobücher, deren Rücken mit Jahreszahlen beschriftet waren. Sie leerte die Kiste, bis sie zuunterst auf eine Holzschatulle stieß. Becky hob vorsichtig den Deckel. Sie enthielt nichts als eine blonde Haarlocke und ein Kärtchen mit der Aufschrift »Emma – 1935«. Wies es auf das Geburts- oder das Sterbejahr hin? War die Locke in diesem Jahr abgeschnitten worden? Bedeutete »1935« etwas anderes als eine Jahreszahl?

Becky legte die Schatulle beiseite. Die Fotobücher waren vielversprechender. Das älteste war mit »1939/40« angeschrieben. Becky begann zu blättern.

Bilder des Schlosses und die verschiedenen Gesichter der Landschaft im Winter und Frühling interessierten sie nicht, es waren die Menschen. Der leichten Kleidung und der üppigen Vegetation auf den Schwarz-Weiß-Aufnahmen zufolge war sie im Sommer angelangt. Eine Aufnahme zeigte eine Gruppe junger Leute bei der Feldarbeit. Die einen wendeten das Heu, welches andere auf einen Wagen luden. Die Zugpferde grasten derweil ein wenig abseits. Ein Foto war während der Mittagspause gemacht worden. Die jungen Leute saßen oder lagen umgeben von Proviantkörben und großen Korbflaschen im Schatten des Heuwagens. Im Vordergrund lag ein dunkelfelliger Hund mit braunen Flecken. Er hatte etwas in seiner weißen Schnauze. Bei genauerem Hinsehen stellte Becky fest, dass es eine Maus war. Halb angeekelt, halb belustigt blätterte sie weiter. Der Fotograf hatte Vorlieben. Die folgende Doppelseite enthielt eine Reihe von Porträtbildern von jungen, meist weiblichen Arbeitern. Welche von denen war Emma mit der Locke? Die meisten Frauen trugen Kopftücher, was die Bestimmung der Haarfarbe auf den für die damalige Zeit typischen kleinformatigen Bildern verunmöglichte. Diejenigen ohne Kopfbedeckung hatten dunkle Haare.

Eines der Bilder war beschriftet. Eine junge Frau lachte unbeschwert in die Kamera. Sie hatte helle Haut und Sommersprossen im Gesicht. Ihre Haare könnten blond gewesen sein. Die Bildunterschrift lautete »Heuernte Aareggerhof – 1. August 1940«. Das Gesicht zog Becky in seinen Bann. Der Fotograf hatte die Frau in dem Moment festgehalten, als sie mit einer Hand eine Haarlocke zurück unter das Kopftuch schob. War sie blond? Das Foto war zu vergilbt, um es eindeutig zu bestimmen. Aber das Gesicht. Becky kannte es aus ihren Träumen.

EMMA
AUGUST 1940

3

Über den Rand ihrer Zeitung hinweg beobachtete Emma die Maus. Sie huschte in erratischem Zickzackkurs zwischen den Stoppeln des abgeernteten Feldes hindurch. Die Menschen, die im Schatten des Heuwagens im Gras lagen, beeindruckten sie dabei wenig. Unvermittelt blieb sie stehen. Sie richtete sich auf und sah zu Emma herüber. Diese ließ die Zeitung sinken. Der außenpolitische Teil mit den Kriegsberichterstattungen konnte warten. Sie drückte ihre aufgerauchte Zigarette auf der trockenen Erde aus. Emma und die Maus saßen sich Auge in Auge gegenüber. Emma brach einen Brocken aus dem Stück Emmentaler Käse, das sie sich für das »Zvieri« aufgespart hatte. Bei dem Arbeitstempo, zu dem sie der Meisterknecht des Aareggerhofes antrieb, würde sie bis dahin wieder einen Mordshunger verspüren. Emma hielt der Maus das Käsestück hin. Das Tierchen war sich offensichtlich der Kostbarkeit bewusst, die ihm angeboten wurde.

»Na komm, hol es dir«, murmelte Emma und machte dabei mit spitzen Lippen schnalzende Lockgeräusche. Immer wieder schnuppernd innehaltend, trippelte die Maus heran.

»Hm, was sagst du?« Rosmarie, die neben Emma im Gras lag, streckte sich.

»Beweg dich nicht, du verscheuchst sie sonst.«

»Wen verscheuche ich?« Rosmarie richtete sich auf und sah die Maus. Diese blieb abrupt stehen. Sie hob die Schnauze und beäugte die beiden Frauen mit ihren Knopfaugen. »Halt still, Rosi, sie soll sich den Käse holen.«

»Du willst die Maus füttern?«

»Sie ist hungrig.«

»Ausgerechnet. Vor der Ernte hat sie sich bestimmt mit den Weizenähren den Bauch vollgeschlagen. Unsere Nahrungsmittel sind rationiert, und du verfütterst den Käse an Mäuse. Dir ist nicht zu helfen.«

Emma ignorierte die Standpauke ihrer besten Freundin. Die Maus war etwas mehr als einen Meter von ihren Fingerspitzen mit dem Käse entfernt. Trotz ihres Unmutes spielte Rosmarie mit und verhielt sich still. Der Nager setzte seinen Weg zur Verheißung fort.

»So ist gut, komm her, hol dir das feine Fresschen.«

»Obacht, Emma, wenn sie dich beißt, bekommst du eine Blutvergiftung«, raunte Rosmarie ihr zu.

»Ich pass schon auf.«

Die Distanz betrug noch einen halben Meter. Das Tierchen zögerte, eine Abwägung zwischen dem unwiderstehlichen Leckerbissen und der potenziell tödlichen Gefahr, in die es sich begab.

»Na komm, na komm.« Emma streckte der Maus den Käse entgegen, bis der Abstand zwei Handbreit betrug. Sie ließ den Käse zu Boden fallen. Arbeitsausfall und Arztbesuch wegen eines Mäusebisses konnte sie sich bei den knapp anderthalb Franken Stundenlohn, den man ihr in der Waffenfabrik bezahlte, nicht leisten.

Die Maus hatte begriffen, dass der Käse nun ihr gehörte. Sie huschte heran und packte den Brocken mit der Schnauze. Die beiden Frauen beobachteten das Tierchen kichernd, das gleich begann, an seiner Beute zu knabbern. Das wurde ihm zum Verhängnis. Zu spät bemerkte Emma Bäri, den Berner Kurzhaarsennenhund und besten Mäusefänger des Dorfes. Aus dem Nichts stürzte er sich auf die Maus, die unter Aufgabe ihrer Beute und mit knapper Not Reißaus nehmen konnte.

»Bäri, pfui!«, rief Emma und sprang auf. »Lass sie in Ruhe.« Es gelang ihr, den Hund am Halsband zu packen, doch sein Zug war so stark, dass ihr das speckige Leder aus den Händen glitt. Bäri setzte die Hetzjagd auf den Nager fort. Emmas Einschreiten hatte der Maus einen Vorsprung verschafft. Sie konnte sich in ihr Loch retten. Zu ihrem Leidwesen war das für Bäri kein Hindernis. Wo jede Katze aufgab, machte Bäri weiter. Er begann zu graben. Emma lief zu ihm hin. Wenn sie ihn nicht aufhielt, hatte die Maus keine Chance. Das Aufspüren nagender

Plagegeister in ihren Löchern und Gängen gehörte zu seiner Arbeit.

Emma kam zu spät. Triumphierendes Winseln und klägliches Piepsen ertönten gleichzeitig aus dem Untergrund. Bäri zog die Schnauze mit der Maus zwischen den Zähnen aus dem Loch. Sie lebte noch.

»Pfui, Bäri, böser Hund«, schimpfte Emma, wohl wissend, dass nichts zu machen war. Das Schicksal der Maus war besiegelt. Sie konnte dem Hund nicht böse sein. Er hatte seine Pflicht getan. Mit einem triumphierenden Japsen schleuderte Bäri die Maus in die Luft und fing sie mit der Schnauze wieder auf.

Rosmarie krümmte sich vor Lachen.

»Wie kannst du lachen?«, sagte Emma. »Stell dir vor, du wärst einem Riesenvieh ausgeliefert wie das arme Ding.«

»Von wegen armes Ding. Du machst dir keine Vorstellung, was diese Viecher im Vorratskeller für einen Schaden anrichten würden, wenn Bäri und die Katzen nicht wären. Nur eine tote Maus ist eine gute Maus.«

»Das ist lange kein Grund, über die Qual des armen Geschöpfes zu jubilieren«, rief Emma. Sie musste zusehen, wie Bäri die Maus noch zweimal in die Luft schleuderte. Dann ließ er sie zu Boden fallen, wo sie reglos liegen blieb.

»Sie hat's überstanden«, sagte Rosmarie.

Die tote Maus war für Bäri nicht mehr von Interesse. Mit schuldbewusst gesenkten Augen und hängendem Kopf kam er auf Emma zu, die den Kopf demonstrativ von ihm wegdrehte und die Arme um ihre angezogenen Beine schlang. Leise winselnd stieß Bäri seine Schnauze gegen ihren Schoß.

»Ach du.« Emma streichelte ihn. »Bist ja ein Guter, böse bin ich dir trotzdem. Wenn du so was tun musst, dann wenigstens nicht gleich vor meinen Augen. Du frisst die armen Viecher nicht einmal.«

»Darum kümmern sich die Bussarde und andere Aasfresser.« Rosmarie zeigte in den Himmel, wo schon ein Vogel kreiste. »Du solltest weniger lesen und dich mehr mit dem richtigen Leben befassen anstatt immer nur mit Politik und dem Krieg.«

»Es interessiert mich halt. Die Zukunft der Schweiz und damit auch unsere steht auf dem Spiel.«

»Ach was, mein Vater sagt, jetzt, wo die Deutschen und die Franzosen den Waffenstillstand unterzeichnet haben, herrscht wieder Frieden.«

»Glaubst du wirklich, dass sich Hitler aufhalten lässt? Wenn er etwas will und es nicht bekommt, holt er es sich. Das war mit Österreich und dem Sudetenland so, dann mit Polen und jetzt mit Frankreich. Hier«, Emma hob die Zeitung in die Höhe, »er schielt schon nach England.«

»Weshalb sollte er die Schweiz besetzen? Wir sind sowieso umzingelt.«

»Was weiß ich. Hier schreiben sie, die offene Grenze zwischen der Schweiz und dem unbesetzten Frankreich im Genferseegebiet sei ihm ein Dorn im Auge. Solange er sie nicht unter Kontrolle hat, können wir als neutrales Land unsere Rüstungsgüter an die Feinde des Reichs liefern.«

»Ach Emmi, wieso befasst du dich mit solchen Dingen? Es gibt doch Schöneres.«

»Zum Beispiel?«

»Zum Beispiel, mit wem du heute Abend nach der Bundesfeier tanzen willst. Seitdem der Bundesrat die Armee teilweise demobilisiert hat, gibt es wieder ein paar Männer mehr zur Auswahl.«

»Ist das dein einziges Problem? Demobilisierung, dass ich nicht lache. Wenn Hitler uns angreift und unsere Armee ist nicht bereit. Was dann?«

»Weshalb machst du dir solche Sorgen? Es ist Waffenstillstand. Die Deutschen sind die Herren in Europa. Keiner wagt es, sie anzugreifen, ganz sicher nicht wir. Weshalb sollten sie gegen uns Krieg führen?«

Emma wusste nicht, was darauf entgegnen. Rosmarie hatte nicht unrecht. Seit Bundespräsident Pilet-Golaz in seiner Rede an das Volk vom 25. Juni verkündet hatte, dass sich die Schweiz an die neuen Machtverhältnisse in Europa anpassen sollte, war klar, dass sich die offizielle Schweiz dem deutschen

Diktat unterwerfen würde. Der Gedanke war Emma zutiefst zuwider. Hitler hatte die Schweiz in eisernem Griff. Wenn sie nicht aufpasste, würde es ihr ergehen wie der Maus mit Bäri. Wie sollte sie das ihrer Freundin erklären, die nur darauf aus war, sich zu vergnügen?

Die Ernteleute machten sich für die Fortsetzung der Arbeit bereit.

»Komm, Rosi«, sagte Emma. »Lass uns weitermachen, bevor das Gewitter kommt.«

»Hoffentlich geht's bis zur Bundesfeier vorüber. Ich will die Nacht durchtanzen.«

»Ich wünschte, ich hätte deine Sorgen.«

»Immer noch besser, als ständig schlechte Nachrichten in der Zeitung zu lesen und über Politik zu schwatzen wie du. So wirst du nie einen rechten Mann bekommen.«

»Und warum nicht?«

»Weil Politik und Krieg Männersache sind. Die Kerle mögen es nicht, wenn wir Frauen uns da einmischen. Dafür sind wir nicht gemacht.«

»Sagt wer?«

»Ich sage das und meine Eltern. Die müssen es wissen.«

»Wart's ab, ich werde einen Mann finden, mit dem ich über das reden kann, was du ›Männersache‹ nennst«, erwiderte Emma. »Kommst du mit Toni zum Tanz?«

»Vielleicht.«

»Was heißt vielleicht? Er wird dich heute hoffentlich nicht im Stich lassen.«

Rosmarie hob die Schultern. »Ich weiß es nicht. Erst hat er gesagt, dass wir zusammen hingehen wollen. Später kam er und meinte, es gehe nicht wegen einer Gewerkschaftssitzung. Das ist sicher ein Vorwand. Wahrscheinlich gibt er sich mit einem dieser Stadthühner aus Solothurn ab. Da kann er mir gleich gestohlen bleiben.«

»Das heißt, Toni kommt nicht?«

Erneutes Achselzucken. »Mir egal, Hauptsache, ich habe dich. Du bist mir wenigstens treu.«

»Wie ich dich kenne, wirst du nicht lang allein bleiben«, erwiderte Emma. Die Tochter des »Bierhallen«-Wirtes hatte eine Menge Bewunderer, die ihr den Hof machten. Aber Rosmarie war wählerisch. Ihr Ziel war es, lieber heute als morgen von Zuchwil wegzukommen. In ihren Augen war es nicht mehr als ein Bauern- und Fabrikkaff. Rosmarie träumte vom Märchenprinzen, der sie aus ihrem Dornröschenschlaf wecken und mit seinem weißen Ross in die Gefilde der Schönen und Reichen entführen würde. Bis sich der Richtige fand, machte sie ausgiebig vom bestehenden Angebot Gebrauch. Der flotte Toni Wyler, Unterhaltstechniker und Mitglied der Betriebskommission der Waffenfabrik, kam Rosmaries Vorstellung eines Märchenprinzen sehr nahe.

»Wer begleitet dich zum Fest?«, fragte sie.

Emma hatte nicht darüber nachgedacht. Männer hatten bei ihr nicht den Stellenwert, den sie bei Rosmarie genossen. Toni Wyler gefiel ihr. Sie behielt es für sich, allein der Gedanke fühlte sich wie Verrat an ihrer Freundin an. Rosmarie war die Eifersucht in Person. Sie konnte so tun, als wäre ein Mann ihr völlig gleichgültig. Sobald er sich mit einer anderen abgab, war die Hölle los. Dafür war Emma die Freundschaft mit Rosmarie zu wertvoll.

Anstatt zu antworten, schob sie mit dem großen Holzrechen das Heu zusammen.

»Ich habe dich was gefragt, Emmi.«

»Was denn?«

»Mit wem du zum Tanz gehst.«

Bevor Emma antworten konnte, rief der Meisterknecht ihnen. »Rosi, Emmi, macht voran, wir wollen das Heu im Trockenen haben, bevor es anfängt zu schütten.«

Sie arbeiteten mit doppelter Kadenz.

»Sag schon«, drängte Rosmarie. »Wer ist dein Begleiter?«

»Hast du nicht gehört? Wir sollen voranmachen«, antwortete Emma stattdessen. Sie sah hinauf zu den dunklen Gewitterwolken, die von Norden über den Jura hinweg die Ebene verdunkelten. Sobald es vorbei war, würde die Sonne wieder strahlen.

Emma fragte sich, ob es nicht die Vorboten eines Schattens waren, der sich über ihre Heimat legte.

⁂

Zur Erleichterung der festfreudigen Dorfbewohner veranlassten heftige Böen das Gewitter, Zuchwil und die Felder des Aareggerhofes links liegen zu lassen. Die dräuenden Wolken zogen nach Südosten Richtung Zentralschweiz ab.

Die Heuernte war im Trockenen. Der Pächter spendierte Süßmost, Brot und Speck für alle zu Ehren des Nationalfeiertages. Während die anderen vorfeierten, setzte sich Emma ab. Sie brauchte ein wenig Ruhe, bevor sie sich in den Trubel des Abends stürzte. Rosmarie war plötzlich verschwunden, wahrscheinlich war sie nach Hause gegangen, um sich für den Abend schön zu machen. Emma hatte sich für später mit ihr in der »Bierhalle« verabredet. Von dort waren es ein paar Schritte bis zur Festwiese beim Pisoni-Schulhaus.

Der Pfad entlang der Aare war überwachsen. Emma war froh, ihren Overall, den sie stets zur Feldarbeit trug, anbehalten zu haben. Der Emmenspitz war ihr Lieblingsplatz. Ihn suchte sie auf, wenn sie für sich sein und ihre Gedanken sortieren wollte. Die Flussmündung, wo sich die behäbige Aare vom Bielersee her mit der wilderen Emme aus den Tälern und Gräben des Emmentals vereinigte, bildete eine große Wasserfläche, fast einen kleinen See. Das Wasser reflektierte das Grün des Auenwaldes am Ufer und des Juras. Wildenten und Wassergänse lieferten sich Wettflüge tief über der Oberfläche. Ihr Geschnatter und Gekreische übertönte das dumpfe Brummen der Maschinen der weiter flussabwärts liegenden Papierfabrik Attisholz, deren Säureturm die anderen Gebäude und Hallen überragte.

Emma hätte es vorgezogen, dort zu arbeiten. Man hatte ihr sogar eine Stelle angeboten. Ihre Mutter hatte ihr einen Strich durch die Rechnung gemacht, indem sie ihr die Stelle als Schichtarbeiterin in der Munitions- und Waffenfabrik Armatech Solothurn AG verschafft hatte. Gertrud Kummer war die Haushälterin auf Schloss Aaregg, dessen Hausherr, der Deutsche Georg Friedrich Freiherr von Colberg, Direktor der Waffenfabrik war. Drei Jahre zuvor hatte er Barbara Felicitas von Aaregg geheiratet. Ihr zuliebe hatte er sich von seinem vorherigen Arbeitsplatz in der Hamburger Zentrale des Marschall-Konzerns in die kleine Tochtergesellschaft nach Zuchwil versetzen lassen. Angeblich wollte die Hausherrin ihre Heimat nicht verlassen. Hinter vorgehaltener Hand wurde gemunkelt, Barbaras angeschlagene Gesundheit hindere sie daran, sich in Deutschland niederzulassen. Dass die Ehe der beiden bisher kinderlos geblieben war, wurde ebenfalls der Verfassung der Hausherrin zugeschrieben. Außerdem schien sich Georg Friedrich von Colberg an seinem Arbeitsort ausgesprochen wohlzufühlen.

Bevor sie die Stelle annahm, hatte Emma alles gesammelt, was über die Waffenfabrik zu erfahren war. Sie war in den zwanziger Jahren von deutschen, österreichischen und Schweizer Geschäftsleuten gegründet worden. Damit konnten sie das Deutschland von den Siegermächten des Ersten Weltkriegs auferlegte Verbot der Rüstungsproduktion auf Reichsgebiet umgehen. Obschon vor der Öffentlichkeit verschleiert, war die »Waffi« unter deutscher Kontrolle. Mehrheitsaktionär der deutschen Mutterfirma war Reichsmarschall Hermann Göring.

Emma hatte nie für die Nazis arbeiten wollen. Das Angebot hatte sie nicht ablehnen können, nachdem ihre Mutter sich für sie eingesetzt hatte. Seither versuchte sie auszublenden, ein kleines Rädchen in Hitlers Kriegsmaschinerie zu sein. Immer wieder plagten sie Alpträume, in denen sie vor einem höheren Gericht Rede und Antwort stehen musste, weshalb sie Helferin in einem Krieg war, der über Millionen von unschuldigen Menschen Tod und Verderben gebracht hatte. Das Einzige, was sie wollte, war, für ihr eigenes Leben selbst aufkommen zu können. Auch wenn ihre Mutter auf Schloss Aaregg ein gutes Auskommen hatte, wollte Emma ihr nicht auf der Tasche liegen.

Gertrud Kummer hatte sich und ihre Tochter allein durchgebracht, nachdem sich Emmas Erzeuger ein paar Monate nach der Hochzeit aus dem Staub gemacht und ihre Mutter hochschwanger sitzengelassen hatte. Zunächst hatte er ihr hie und da Geld geschickt, das er sich als Störschmied verdiente. Im Lauf der Zeit wurde es stets weniger, bis es ganz ausblieb. Seither hatten sie nie wieder von ihm gehört.

Trotz mancher Entbehrungen hatte Emma eine liebevolle Kindheit erfahren. Aus Dankbarkeit dafür beugte sie sich dem Willen der Mutter, in der Waffenfabrik zu arbeiten. Ihr zuliebe half Emma neben der Fabrikarbeit auf dem Aareggerhof bei der Feldarbeit aus. Bei großen Anlässen wie Geburtstagsfeiern oder wenn hoher Besuch anstand, sprang sie als Domestikin im Schloss ein.

Sie hatte sich vorgenommen, maximal ein Jahr in der Waffenfabrik zu bleiben. Vielleicht fand sie bis dahin einen Mann, mit dem sie ihr Leben und ihre Ansichten teilen und eine Familie gründen konnte. Wenn nicht, würde sie sich eine andere Stelle suchen, wo man schöne Dinge herstellte wie Uhren oder edle Stoffe, von ihr aus auch Papier, alles, nur keine Waffen.

Mit einem Ruck schüttelte sie die Gedanken an die Arbeit ab. Sie war hier, weil sie die Ruhe und die Natur genießen wollte, und nicht, damit dunkle Gedanken ihren Geist vergifteten.

Die glitzernde Wasserfläche blendete sie. Sie setzte ihre Sonnenbrille auf und zündete sich eine Zigarette an. Die Brille war ihr ganzer Stolz. Toni Wyler hatte sie ihr zum Geburtstag geschenkt. Er hatte sie von seinem Götti, der in Amerika lebte. Es war eine Ray-Ban-Brille, die ein paar Jahre zuvor speziell für Flugzeugpiloten entwickelt worden war. Emma hatte sie erst nicht annehmen wollen, doch Toni hatte darauf bestanden. Damit sie sich nicht unnötig Rosmaries Eifersucht aussetzte, hatte sie dieser eine haarsträubend romantische Geschichte von einem unbekannten Verehrer erzählt, den sie zuvor im Tea-Room »Touring« in Solothurn kennengelernt hatte und der leider ein paar Wochen später wegen der Arbeit nach Italien übersiedeln musste.

Sich nähernde Stimmen rissen sie aus ihren Gedanken. Mit der Ruhe war es vorbei. Es war ohnehin Zeit aufzubrechen. Die Leute kamen aus Richtung Süden, wo ein Pfad der Emme entlang zum Emmenspitz führte. Je näher die Stimmen kamen, desto lauter und aggressiver wurden sie. Die Gesprächsfetzen wurden von lautem Gelächter unterbrochen, wahrscheinlich eine Gruppe junger Männer, die hier eine private 1.-August-Feier abhalten wollte.

Emma beeilte sich, den Rückzug zum Hof anzutreten. Kaum glaubte sie, sichere Distanz zwischen sich und den Neuankömmlingen zu haben, hörte sie eine weibliche Stimme, die ihr bekannt vorkam.

War das Rosmarie?

Die Frauenstimme wurde lauter. Sie gehörte tatsächlich Rosmarie. Emma kannte die Tonlage ihrer Freundin, wenn ihr etwas nicht gefiel. Sich mit einer Bande angetrunkener Kerle anzulegen war das Letzte, was Emma wollte. Ein Aufschrei der Frau ließ ihr keine Wahl. Sollte sie zum Hof laufen und Hilfe holen? Wenn sie schnell war, benötigte sie hin und zurück fünfzehn Minuten. In dieser Zeit konnte Rosmarie weiß Gott was geschehen. Sie hatte keine andere Möglichkeit. Es war nicht das erste Mal, dass Emma sich ein paar ungestüme Herren der Schöpfung vom Leib halten musste. Es war eine Frage des Auftretens. Das hatte ihre Mutter sie gelehrt.

Sie machte kehrt.

Die Männer saßen zu viert an derselben Stelle, wo sie vor wenigen Minuten über das Wasser geschaut hatte, und ließen Bierflaschen herumgehen. Dazu sangen sie mit grölender Stimme Volkslieder von Soldatentapferkeit und Heldenkampf in den Abend hinaus. Emma presste die Lippen zusammen. Sie hatte keinen Besitzanspruch auf den Platz am Wasser. Das Benehmen dieser Rüpel war eine Entweihung des Ortes, den Emma als Geschenk der Natur betrachtete.

Emma glaubte, die Männer zu kennen. Der Anführer war Hermann Winkler, der Neffe von Schwab, dem Betriebsleiter der Waffenfabrik. Zwei seiner Kumpane erkannte sie ebenfalls.

Es waren Mechaniker in der Produktion. Den vierten hatte sie nie gesehen. Er sprach hochdeutsch. Emma hätte sich nicht gewundert, wenn er Mitglied der »NSDAP Ortsgruppe Solothurn« wäre.

Wo steckte Rosmarie? War es ihr gelungen, sich abzusetzen?

Die Männer waren mit sich selbst und dem Alkohol beschäftigt, sodass sie Emma nicht bemerkten. Zur allgemeinen Belustigung seiner Kameraden ließ Hermann Winkler einen röhrenden Rülpser fahren. »Köbi, sieh nach, was Heinz mit der Schnitte treibt«, wies er einen seiner drei Kumpane an.

Emma lief es eiskalt den Rücken hinunter. Hatte sich einer der Männer mit Rosmarie in die Büsche geschlagen? War sie freiwillig mit ihm gegangen oder nicht?

Köbi trat aus dem Unterholz. Emma hatte sich hinter einem Busch versteckt. Er konnte sie nicht sehen. Er ging auf dem Emmenpfad in die Richtung, woher sie gekommen waren. Nach wenigen Metern blieb er stehen. »Na, ihr beiden Turteltauben«, rief er ins Unterholz rechts von ihm. »Kommt ihr klar, oder braucht ihr Hilfe?«

Kurz darauf trat ein Mann aus dem Buschwerk, gefolgt von Rosmarie, die ihre Kleidung zurechtrückte. Sie machte nicht den Anschein, in Bedrängnis zu sein, im Gegenteil, sie wirkte vergnügt. Trotz der Erleichterung spürte Emma Unmut in sich aufsteigen. Rosmarie war leichtherziger als sie. Hatte sie es nötig, sich mit dem Nächstbesten in die Büsche zu schlagen wie ein Flittchen, nur weil sie den Mann nicht haben konnte, den sie wollte? Emma kam sich idiotisch vor. Sie machte sich Sorgen um ihre Freundin, während diese sich …

»Emmi? Was machst du hier?«

Emma war in Gedanken gewesen und hatte ihre Deckung vernachlässigt. Rosmarie trug ebenfalls noch ihre Arbeitskleidung vom Nachmittag. Die Bluse war versetzt zugeknöpft, das Haar zerzaust und mit Grünzeug gespickt. Ihre Augen hatten den Ausdruck, den sie immer hatten, wenn sie mit einem Mann zusammen gewesen war. Der Auserwählte, vermutlich war es dieser Heinz, nestelte an seinem Hosenstall.

Emma bemühte sich um eine würdevolle Haltung. »Was ich hier mache? Ich wollte ein paar ruhige Minuten hier verbringen. Und du?«

»Ich? Na ja, ich habe Freunde getroffen, die mich auf ein Bier eingeladen haben.«

Emma zeigte auf Heinz, der noch immer mit seinem Hosenstall beschäftigt war. »Das sind deine Freunde?«

»Ja klar.«

»Nazis?«, prustete es aus Emma hinaus.

Die Mienen der beiden Männer verfinsterten sich.

»Wir sind keine Nazis«, sagte Köbi mit einem Anflug von Erhabenheit. »Wir gehören zur Frontenbewegung. Wir kämpfen für die Freiheit und völkische Reinheit unserer Heimat.«

»Na und? Ist doch gehupft wie gesprungen. Ihr wartet nur darauf, uns den Deutschen zu verkaufen.«

»Mach mal halblang, Emmi«, sagte Rosmarie. »Wir hatten eine gute Zeit zusammen, das ist alles.«

»Das sieht man euch an.«

»Was ist hier los?«

Im Eifer der Diskussion hatten sie nicht bemerkt, dass Winkler und die beiden anderen herangekommen waren. »Oha, noch mehr charmante Gesellschaft«, sagte Winkler mit einem Blick auf Emma, die sich dabei fühlte, als stünde sie nackt da.

»Ich kenne dich.« Winkler musterte Emma, bis ein erkennendes Leuchten in seinen Augen aufflackerte. »Du arbeitest in der ›Waffi‹, Schichtarbeit in der Kontrolle der Dreherei, nicht wahr?«

Emma nickte.

»Du bist Emma, Emma Kummer, richtig?«

Emma war Winkler zwei-, dreimal begegnet. Außer ein paar Grußworte hatten sie nie miteinander gesprochen. Woher kannte er sie? »Sie … du hast ein gutes Gedächtnis.« Wenn er sie duzte, nahm sie sich das gleiche Recht heraus.

»So eine wie dich vergisst man nicht. Nicht jede sieht in Arbeitslumpen so gut aus wie du. Mein Onkel hat ein gutes Händchen bei der Auswahl des weiblichen Personals.« Winkler lachte meckernd. Seine Kameraden stimmten sofort ein, keine Frage, wer der Anführer war.

Emma hätte ihn am liebsten in die Schranken gewiesen und gesagt, dass sie die Anstellung bei der Armatech nicht dem Betriebsleiter, sondern der Fürsprache ihrer Mutter und ihrem guten Verhältnis zu Georg Friedrich von Colberg verdankte. Sie besann sich eines Besseren. Sie wollte die angetrunkene Bande nicht provozieren. »Kommst du, Rosmarie, wir müssen uns vor dem Fest umziehen.«

»Warum wollt ihr euch umziehen? Ihr seht rassig aus, die Rosi mit ihren knackigen kurzen Hosen, auch dein Overall ist nicht von schlechten Eltern, Emma, richtig formvollendet.« Hermann Winkler machte mit den Händen eine Luftzeichnung von Emmas Konturen. »Trink ein Bier mit uns. Es ist genug da. Nachher gehen wir gemeinsam und feiern die Unabhängigkeit unserer Schweiz.«

»Und den baldigen Anschluss ans Reich«, rief der nicht mehr nüchterne Deutsche und streckte den rechten Arm mit der flachen Hand schräg nach oben. »Auf den Endsieg der arischen Rasse, Heil Hitler!«

Die anderen machten es ihm nach. Sogar Rosmarie hob andeutungsweise den Arm. Emma fiel aus allen Wolken.

»Trinken wir auf unseren Führer Adolf Hitler, den Vater aller deutschen Völker.« Winkler trank aus der Flasche und reichte sie Emma weiter.

»Danke, ich trinke nicht.«

»Du weigerst dich, auf den Führer zu trinken, der uns vor den Kommunisten und dem internationalen Judentum beschützt?«

»Er ist nicht mein Führer. Die Schweiz ist immer noch ein freies Land.«

»Fragt sich, wie lange noch«, sagte der Deutsche. »Schaut euch um. Der Nationalsozialismus und die deutsche Rasse haben gesiegt. Es ist eine Frage der Zeit, bis ihr Schweizer euch uns anschließt.«

»Weshalb sollten wir uns euch anschließen?«, fragte Emma.

»Weil ihr keine andere Wahl habt.« Der Deutsche baute sich

vor Emma auf. Er überragte sie um einen Kopf. »Der Führer muss nicht einmal die Wehrmacht bemühen.«

»Ach nein?«

»Er braucht nur mit dem Finger zu schnippen, dann gehen bei euch die Lichter aus. Was glaubst du, woher die Kohle und das Erdöl kommen, das ihr benötigt, damit euer Land funktioniert? Wir sind es, die eure Grenzen kontrollieren.«

»Lass gut sein, Sigi«, sagte Winkler. »Politik ist nichts für Weiber. Die sind für was anderes besser zu gebrauchen.« Nachdem diese Aussage mit Gejohle kommentiert worden war, hielt Winkler Emma die Flasche erneut hin. »Komm, einen Schluck, dann kannst du gehen, wenn du willst.«

Emma wollte etwas Bösartiges erwidern, Rosmarie kam ihr zuvor. Sie nahm Winkler die Flasche aus der Hand. »Auf Hitler und den Frieden«, sagte sie. Sie warf Emma einen warnenden Blick zu. Nachdem sie getrunken hatte, reichte sie Emma die Flasche.

»Na schön, auf die Freiheit, Frieden und Unabhängigkeit, auf unsere Schweiz.« Sie setzte die Flasche an und trank sie in großen Schlucken leer. »Zufrieden?«, fragte sie Winkler. Sie wartete die Antwort nicht ab. »Kommst du, Rosi, oder willst du noch ein wenig mit deinen Freunden feiern?«

»Ich, ähm … bleib doch fünf Minuten, dann komme ich mit dir.«

Emma schüttelte den Kopf. »Entweder du kommst auf der Stelle, oder du bleibst hier.« Sie marschierte Richtung Hof.

Kaum hatte sie der Gruppe den Rücken gekehrt, flossen ihre Tränen. Sie war wütend, dazu kamen die Anspannung und die Angst, die von ihr abfielen. Im Grunde war ihr die Lust auf die Bundesfeier vergangen. Sie wollte keine Menschen mehr sehen, wenn sie nicht einmal ihrer besten Freundin vertrauen konnte.

Die Berührung an ihrem Arm ließ sie zusammenfahren.

»Was ist denn mit dir los?« Rosmarie umfasste sie von hinten.

Eine Welle der Erleichterung überkam Emma. Stumm drückte sie Rosmaries Hand.

»Du sagst nichts. Bist du mir böse?«

Emma gab einen unverständlichen Laut von sich.

»Emma, rede mit mir, bitte.«

»Ja, ich bin dir böse.« Emma schnäuzte sich die Nase. »Ich stehe Todesängste aus wegen dir, und du vergnügst dich mit diesen Lümmeln. So kenne ich dich nicht, was willst du von denen?«

»Ich will nur ein wenig Spaß haben.«

»Mit diesem Gesindel?«

»Du bist ungerecht, Emmi. Heinz ist zwar ein Frontist, aber kein ungerader. Der wird schon noch gescheiter.«

»Und du?«

»Ich?«

»Gehörst du zu denen?«

»Wie kommst du darauf? Du weißt, wie egal mir die ganze Politik ist. Ich will mein Leben genießen. Es ist so schon schwer genug. Solltest du auch mal probieren. Die Nazis vertreibst du nicht, indem du Trübsal bläst.«

»Vorhin sah es so aus, als wärst du mit ihnen einverstanden. Du hast auf den Führer getrunken.«

»Ich habe vor allem auf den Frieden getrunken. Hitler kann nicht ewig Krieg führen. Überhaupt, was soll's?« Rosmarie drückte Emmi einen Kuss auf die Wange. »Gehen wir uns umziehen fürs Fest.«

Rosmarie schaffte es immer wieder, ihre Laune zu heben. Emma gab ihr einen Klaps auf den Hintern. »Wer zuletzt im Hof ankommt, zahlt die erste Runde.«

4

Emma verteidigte die Plätze für Rosmarie und sich selbst gegen den Ansturm anderer Festgäste, während ihre Freundin die Getränke besorgte. Als sie zurückkam, war Rosmarie nicht allein. »Sieh mal, wen ich mitgebracht habe«, sagte sie fröhlich. »Einen flotten Landjäger.«

»Salü, Jonas«, sagte Emma zum jungen Mann in Rosmaries Schlepptau.

»Salü, Emma, wie geht's?« Jonas' Stimme klang verlegen.

Rosmarie stellte eine Flasche Bier vor Emma hin. »Ich habe ihn einsam und verlassen beim Ausschank getroffen und ihm angeboten, sich zu uns zu setzen.«

Das war ein Verkuppelungsversuch. Emma schluckte ihren Unmut. Sie kannte Jonas Mülchi seit der Kinderzeit, sie waren als Nachbarskinder aufgewachsen. Zwischen ihnen hatte sich eine Freundschaft entwickelt, nicht mehr. Rosmarie wollte das nicht einsehen. Jonas war einer der beiden in Zuchwil stationierten Polizisten, die im Dorf für Ruhe und Ordnung sorgten. Das Solothurner Landjägerkorps wurde 1938 in »Solothurner Kantonspolizei« umbenannt. Von da an waren die Beamten »Polizisten«. An vielen Orten allerdings hielt sich der Name Landjäger hartnäckig, auch in Zuchwil. Jonas war vier Jahre älter als Emma. Trotz seiner weichen, jungenhaften Züge und seines zurückhaltenden Wesens schätzten die Dorfbewohner seine Autorität, nicht zuletzt wegen seines robusten Umgangs mit Frontisten und Nazis, die regelmäßig im Restaurant »Schnepfen« zusammenkamen. Diese Treffen führten wiederholt zu Auseinandersetzungen mit den Zuchwilern, die mit dem »faschistischen Pack« und den »Sauschwaben« nichts anfangen konnten. Mit seinem treuherzigen, freundlichen Auftreten war Jonas der Traum künftiger Schwiegermütter, einschließlich Emmas Mutter. Emma mochte ihn. Mit ihm konnte sie sich über die aktuelle Politik und den Krieg unterhalten, ohne dass er sie schräg ansah wie andere Männer, mehr war aber nicht. Ihrer Mutter hatte sie schon lange klargemacht, sich keine Hoffnung zu machen. Ein Leben mit dem braven Jonas konnte sie sich trotz Gemeinsamkeiten nicht vorstellen. »Siehst schmuck aus in der Uniform«, sagte sie.

Jonas' Ohren färbten sich dunkel. »Danke, das ist meine Sonntagsuniform. Mutter hat sie für heute extra frisch gebügelt.«

Mülchi wurde von jemandem abgelenkt, den er begrüßen musste. Emma war erleichtert, von der Pflicht einer Antwort entbunden zu sein. Sie packte die immer noch hinter ihr stehende Rosmarie am Arm und zog sie zu sich herunter. »Erinnere mich daran, dir nachher den Hals umzudrehen. Warum hast du ihn mitgebracht?«

»Er war allein, und er ist ein netter Kerl, finde ich.«

»Nette Kerle gibt's wie Flöhe in Bäris Fell. Mit Jonas diskutiere ich über Dinge, die mich interessieren und die ich mit dir nicht bereden kann. Das ist aber auch alles.«

Rosmarie rollte mit den Augen. »Ist ja gut, die Märchenprinzen sind leider gerade vergeben. Du musst Jonas ja nicht gleich heiraten, einfach ein wenig Spaß haben.« Rosmarie setzte sich auf den Platz, den Emma frei gehalten hatte.

»Wo soll sich Jonas hinsetzen, es ist kein Platz mehr frei?«, fragte Emma.

In diesem Moment wandte er sich ihnen wieder zu. Er machte Anstalten, sich neben Rosmarie zu setzen, weil er auf ihrer Seite des langen Festtisches stand.

»Nein«, sagte Rosmarie. »Setz du dich hinüber zu Emma, sie macht sich extra schmal für dich.«

Mülchi ging um den langen Tisch herum. »Das kriegst du zurück, da kannst du Gift drauf nehmen«, zischte Emma Rosmarie zu. Die meisten Männer wären kurzerhand unter dem Tisch durchgekrochen und hätten dabei das eine oder andere Frauenbein inspiziert. Mülchi konnte sich das nicht erlauben. Er war einfach zu korrekt.

Korrekt langweilte Emma.

Die Stimmung auf der großen Wiese vor dem Pisoni-Schulhaus war ausgelassen, weniger wegen der flammenden Festrede. Das riesige 1.-August-Feuer heizte die Euphorie vor allem bei den jungen Leuten an. Die Tanzfläche und die aufspielende Dorfmusik hatte es ihnen angetan. Die vorläufig gebannte unmittelbare Gefahr einer kriegerischen Auseinandersetzung mit Deutschland ließ Hoffnung zu und machte die Herzen leichter. Für die Familien, die nach der Teildemobilisierung der Armee ihre Väter, Ehemänner und Söhne wieder in die Arme schließen konnten, war es ein Feiertag. Und es waren genügend Männer für die ledigen Frauen vorhanden. Alles Gründe, sich für den sechshundertneunundvierzigsten Geburtstag der Eidgenossenschaft herauszuputzen. Emma hatte vom Lippenstift aufgetragen, den ihr ihre Mutter geschenkt hatte. Barbara von Aaregg hatte ihn vor Kriegsausbruch von einer Reise nach Paris mitgebracht. Zu Hause hatte ihr die Farbe nicht mehr gefallen. Passend dazu trug Emma ein luftiges weißes Sommerkleid mit aufgedruckten roten Rosenblüten.

Eine Weile lang schauten sie dem Treiben auf der Tanzfläche zu, auf der man sich die Kriegsangst der vergangenen Monate vom Leib tanzte. Es war Damenwahl, Rosmarie hatte es aufgegeben, Emma mit eindeutigen Blicken zu bewegen, Mülchi zum Tanz zu bitten. Ein junger Mann war ihr ins Auge gestochen, der offenbar nur darauf zu warten schien, von ihr abgeholt zu werden. Sie hatte sich für den Abend herausgeputzt und ihr schönstes Kleid angezogen. Ein rotes Plisseekleid mit großzügigem Ausschnitt, auf dessen Reize knapp unterhalb des tiefsten Ausschnittpunktes eine darauf abgestimmte Schmetterlingsbrosche aufmerksam machte. Emma hatte sie noch nie an Rosmarie gesehen.

»Schönes Schmuckstück«, sagte sie.

»Nicht wahr? Hat mir Toni letzthin geschenkt.«

Emma spürte einen Stich in der Herzgegend. Als Frau eine Sonnenbrille oder eine Brosche geschenkt zu bekommen, war ein Unterschied. Zumindest hatte sie Klarheit, welche von ihnen beiden Toni bevorzugte.

»Ich gehe tanzen. Kommst du?«, fragte Rosmarie.

Emma war die Lust vergangen. »Später, ich leiste Jonas noch ein wenig Gesellschaft.«

»Wie du willst.« Rosmarie stand auf und sah sich nach ihrem potenziellen Tanzpartner um.

Mülchi suchte angestrengt nach einem Thema, worüber er sich mit Emma unterhalten konnte. »Erleichtert?«

»Erleichtert worüber?«

»Dass alles vorbei ist, ich meine, dass Waffenstillstand herrscht.«

»Weshalb sollte ich glücklich sein? Es ist immer noch Krieg.«

»Hitler wird uns nicht mehr angreifen.«

»Wie kannst du dir da so sicher sein?«

»Er hat bekommen, was er wollte. Er würde sich eine Menge Ärger einhandeln, wenn er uns jetzt noch überfällt«, sagte Mülchi im Brustton der Überzeugung.

»Du meinst, das kümmert ihn? Er hat eine der größten und stärksten Armeen Europas in nur ein paar Wochen in die Knie gezwungen.« Emma erinnerte sich an die Bilder in der Zeitung und in der Kinowochenschau. »Hast du's nicht gesehen? Über vierzigtausend französische Soldaten haben auf der Flucht vor deutschen Panzerverbänden bei Goumois im Jura den Doubs überquert, um sich in der Schweiz internieren zu lassen. Die Panzer rollten auf die Grenze zu. Wer oder was sollte sie das nächste Mal daran hindern, sie zu überqueren? Etwa der Wachsoldat mit seinem Karabiner im Zollhäuschen?«

»Wenn die Deutschen uns hätten angreifen wollen, wären sie nicht an der Westgrenze stehen geblieben. Die Armee hat sie nicht mal gesichert, weil der General auf die Rückendeckung durch die Franzosen vertraute.«

»Wer kann und will uns noch helfen?«, fragte Emma. »Die Russen wohl kaum. Die Engländer etwa? Die konnten sich gerade mal mit Mühe und Not aus Dünkirchen retten. Dabei mussten sie ihre ganze Ausrüstung zurücklassen.«

»Wir helfen uns selbst.«

»Wie denn? Hast du die Rede unseres Bundespräsidenten

nicht gehört? Vollständig von einem Feind umzingelt zu sein, verlange große Opfer und Verzicht. Wir haben uns den neuen Verhältnissen anzupassen, das hat er gesagt. Für Herrn Pilet-Golaz gehören wir bereits zum Deutschen Reich.«

»Für eine Frau bist du gut im Bild.«

Zweifellos meinte er es als Kompliment. Es war der leicht gönnerhafte Unterton, der Emma ärgerte.

»Was willst du damit sagen? Ich habe Lesen und Schreiben gelernt wie du. Meinst du, ich brauche das nur für Kochrezepte oder Einkaufszettel?«

Mülchi senkte den Blick. »Entschuldige, Emma. Ich wollte dich nicht beleidigen. Der ganze Bundesrat einschließlich Pilet-Golaz besteht aus Angsthasen. Zum Glück haben wir General Guisan als Oberbefehlshaber der Armee. Im Radio hat er deutlich gesagt, wir werden den Deutschen das Leben schwer machen, sobald sie auch nur einen Fuß über die Grenze setzen. Vom Réduit aus werden wir sie mit allen Mitteln bekämpfen.«

»Mit einer Armee, die noch nie einen Schuss abgefeuert hat außer auf das eigene Volk?« Emma wusste, dass sie Mülchi damit provozierte.

Obwohl er zu jung war, um dafür verantwortlich gemacht zu werden, wurde er als Vertreter der Staatsmacht ungern an den Generalstreik von 1918 erinnert, der mit Hilfe der Armee blutig niedergeschlagen wurde. Soldaten eines Zürcher Schützenbataillons erschossen in Grenchen drei junge Uhrmacher. Das Ganze wiederholte sich im November 1932 in Genf. Rekruten erhielten von ihrem Offizier den Befehl, auf einen Zug linker Demonstranten zu schießen. Das hatte dreizehn Menschen das Leben gekostet.

Mülchi ging nicht darauf ein. »Du bist auf dem Holzweg, Emma. Wir können uns wehren. Unsere Flugwaffe schoss im Mai und Juni elf deutsche Heinkel und Messerschmitts über dem Jura ab, weil sie den Luftraum verletzten. Wir haben nur drei Maschinen verloren.«

Emma kannte die Hintergründe der Geschichte von ihrer Mutter. Georg Friedrich von Colberg war darüber aufgebracht gewesen, dass die Schweizer Flugwaffe mit ihren von Deutschland gelieferten neunzig Messerschmitts Görings mächtiger Luftwaffe dermaßen zusetzen konnte. Hitler solle getobt haben, hatte Mutter ihr verraten. »Was hat es uns genützt?«, erwiderte sie. »Die Deutschen haben uns mit der Einstellung von Kohlelieferungen und Krieg gedroht, wenn wir weiterhin ihre Flieger angreifen. Seither dürfen unsere Piloten nicht einmal mehr in die Luft, wenn die Nazis die Schweiz überfliegen.«

»Woher willst du das wissen?«

»Ich weiß es einfach. Unser Bundesrat macht sich vor den Deutschen in die Hose.«

»Der General aber nicht. Er hat es heute Morgen in seiner Ansprache auf Radio Beromünster zum Nationalfeiertag gesagt. Hast du's nicht gehört?«

»Wie denn? Wir waren den ganzen Tag damit beschäftigt, das Heu ins Trockene zu bringen. Ich habe keine Büroarbeit, bei der ich Radio hören kann.«

Auch diese Stichelei blieb unerwidert. »Der General hat seinen Befehl bekräftigt, den er am 25. Juli allen seinen höheren Offizieren beim Rapport auf dem Rütli ausgegeben hatte. Wenn die Wehrmacht uns angreift, wird die Armee aus den Alpen heraus den größtmöglichen Widerstand leisten.«

»Wie soll das gehen, wenn die Armee das Mittelland mit dem größten Teil der Menschen den Deutschen überlässt und sich in seine Berghöhlen zurückzieht? Alle Angriffe, die sie von dort aus gegen die Deutschen führen, werden diese mit Repressalien an der besetzten Zivilbevölkerung vergelten.«

Mülchis Erwiderung wurde von Rosmaries Rückkehr vereitelt. »Na, ihr Turteltauben, worüber redet ihr so? Ihr seid nicht etwa wieder am Politisieren?«

»Es ist schließlich Nationalfeiertag«, sagte Emma. »Es geht um unsere Freiheit.«

»Genau, die Freiheit, sich zu vergnügen.« Rosmarie nahm Emmas Hand. »Ich bin so frei, mit dir zu tanzen. Los, komm.«

»Warte, ich …« Emma versuchte vergebens, sich von Rosmaries Griff zu befreien.

»Keine Widerrede. Das Fest ist bald zu Ende. Die Politik gibt's morgen auch noch.«

Die Tanzfläche, die Menschen und das Orchester, alles drehte sich um Emma herum im Kreis. Sie hätte das dritte Glas Bier nicht trinken dürfen. Emma ließ sich von der Musik, dem Gesang und den Lichtern der Lampionketten treiben. Sie fühlte sich leicht. Rosmarie hatte recht, die Winkelzüge der Mächtigen, die Intrigen und die Schikanen des Betriebsleiters, all das würde es morgen noch geben. Es war an diesem Abend, in diesem Moment, dem Jetzt, in dem sich Emma glücklich fühlte, mit ihrer Freundin zu feiern, als gäbe es kein Morgen.

Sie ließ sich von Rosmarie herumwirbeln und in allen möglichen mehr oder weniger gekonnten Tanzschritten über die Tanzfläche führen, egal, was die anderen dachten. Vor ein paar Wochen war ihr einundzwanzigster Geburtstag gewesen. Sie hatte ein Recht darauf, das Leben zu genießen. Sie spürte Tränen, Tränen des Glücks. Es war ein Abend, sich zu verlieben, vorausgesetzt, man hatte den richtigen Mann zur Hand. Das war nicht Jonas, auch nicht nach drei Glas Bier. Sie mochte ihn, und als Polizist kannte er viele Geheimnisse, die sie zu gern aus ihm herauslocken wollte. Andererseits, wozu sollte das gut sein?

Das Orchester stimmte eine Polka an. Die beiden Frauen umfassten mit einem Arm die Taille des Gegenübers und hielten sich an der anderen Hand, bevor sie im Wechselschritt hüpfend und sich um die eigene Achse drehend die Tanzfläche umkreisten. Ständig mussten sie dabei andere Arme und Hände abwehren, die sie zu fassen kriegen wollten. Sie gehörten Burschen, die nicht mit ansehen konnten, wie zwei hübsche Frauen zusammen tanzten. Rosmarie war geschickt genug, ihnen auszuweichen, Emma war froh darum. Unvermittelt drückte sie Rosmarie einen Kuss auf die Wange. Diese ließ sich nicht aus dem Takt bringen. »Wofür war das?«, fragte sie lachend.

»Dafür, dass du mich auf andere Gedanken bringst.«

»Wozu sind Freundinnen da?«

Die Musik verstummte kurz, um sogleich neu aufzuspielen.

Es war ein Walzer, »Es Buurebüebli«. Beide kicherten. Sie tanzten und sangen im Chor mit den übrigen Tanzenden das Lied vom Bauernjungen, der erst von der Frau verschmäht wird, weil sie einen hübscheren Mann von besserem Stand vorzieht. Später steht sie vor der Wahl, ledig zu bleiben oder sich doch für den Bauern zu entscheiden.

Das gleichzeitige Singen und Tanzen setzte Emma zu. Sie bekam Atemnot, ihr wurde schwarz vor Augen. Musik und Gesang wurden dumpf und bedrohlich. Sie war von Schatten umgeben wie in einem Tunnel. Etwas zog sie tiefer in die Dunkelheit. Es war, als umklammerte sie etwas Grausames, Blutiges. Sie hörte einen Schrei, die Dunkelheit stürzte über ihr zusammen.

Jemand tätschelte ihre Wange.

»Emma, wach auf.«

Sie öffnete die Augen und sah Rosmaries besorgtes Gesicht. Mit einem in Wasser getränkten Taschentuch befeuchtete sie Emmas Stirn. Sie lag auf einer Holzbank am Rand der Tanzfläche. »Was ist geschehen?«

»Du hast geschrien, dann bist du zusammengebrochen«, sagte Rosmarie.

»Der Schrei, das war ich?«

»Ja, als hättest du den Leibhaftigen persönlich gesehen. Dann bist du zusammengeklappt wie ein Soldatenmesser. Was war denn los?«

»Ich … ich weiß nicht. Ich habe etwas gesehen und dann …« Emma schlug die Hand vor die Augen. »Es war schrecklich.«

»Was denn?«

Emma schüttelte den Kopf.

»Emma, was hast du?«

»Ich …« Sie machte sich von Rosmarie frei. »Nichts … Da war nichts, ich muss ein Bier zu viel getrunken haben.«

»Ich helfe dir auf.« Erst jetzt bemerkte Emma Mülchi, der sie von hinten stützte und ihr half, sich aufzurichten. »Langsam.« Er ließ sie los, als sie ihm versicherte, auf eigenen Beinen stehen zu können.

»Danke, Jonas.«

»Kannst du wirklich allein gehen? Soll ich dich nicht nach Hause begleiten?«

»Es geht schon.« Emma sah sich nach Rosmarie um. Sie stand am Rand der Tanzfläche. Die Musik hatte wieder aufgespielt. Sie starrte gebannt zu den Tanzenden hinüber.

»Rosmarie, kommst du?«

Sie reagierte nicht auf Emmas Ansprache. Ihr Blick blieb auf dieselbe Stelle gerichtet. »Dreckskerl!«

Toni Wyler tanzte innig mit einer anderen Frau. Emma kannte sie. Es war eines der Dienstmädchen auf Schloss Aaregg. Rosmarie ballte die Fäuste. Emma legte eine Hand auf ihre Schulter. »Lass ihn.«

»Vor zwei Tagen sagte er, dass er mit mir zum Fest gehen will. Dann hatte er eine faule Ausrede. Jetzt kommt er mit einer anderen hier an. Ausgerechnet hier. Warum feiert er nicht in der Stadt mit ihr? Wer ist das ›Tüpfi‹ überhaupt?«

»Das spielt doch keine Rolle.«

»Von wegen. Kennst du sie etwa?«

»Nicht direkt. Sie heißt Bertheli und arbeitet als Dienstmädchen auf Schloss Aaregg.«

Rosmarie schnaubte. »Eine von diesen mehrbesseren Schaben aus der Stadt, die glauben, sie können sich unsere Männer unter den Nagel reißen. Ich glaubte, Toni hätte einen besseren Geschmack. Schau sie dir an. Ihr Hintern ist noch fetter als der von der Lotte.«

Lotte war die größte Kuh im Stall des Pächters vom Aareggerhof. Der Vergleich mit Berthelis Hüftumfang war gesucht. Emma war ebenfalls etwas enttäuscht von Toni. Bertheli Gruber war nicht gerade der hellste Stern am Firmament. Emma hätte ihm bei der Wahl einer Partnerin mehr Urteilsvermögen zugetraut. Aber Rosmarie war ungerecht, wenn sie die Eifersüchtige spielte. Selbst meinte sie es auch nicht so ernst mit den Männern. Doch war es der Moment, sie daran zu erinnern? Sie hatte sich an Toni rangemacht, damit sie ihn in ihre Eroberungen einreihen konnte. Der Gedanke, eine wie Bertheli könnte ihr den Mann ausspannen, war für Rosmarie unerträglich. Emma nahm sie bei der Hand. »Lass uns nach Hause gehen, es ist spät.«

Erst folgte ihr Rosmarie, doch plötzlich machte sie rechtsumkehrt und stürmte auf das tanzende Paar los.

»Rosi!« Emma setzte ihr nach. Sie fürchtete, Rosmarie würde Bertheli das Gesicht zerkratzen.

Doch diese war nicht das Ziel von Rosmaries Zorn. Bevor Emma sie zurückhalten konnte, hatte sie sich vor Toni aufgebaut und ihm eine schallende Ohrfeige verabreicht. »Dreckjude!« Ohne Emma anzusehen, bahnte sie sich einen Weg zurück aus der Menschenmenge.

»Rosmarie, warte!«, rief Emma. Rosmarie hatte den Rand der Tanzfläche erreicht und verschwand im Dunkeln. Toni rieb sich die Wange.

»Entschuldige«, sagte Emma. »Sie meint es nicht so.« Mit einem flüchtigen Seitenblick zu Bertheli machte sie sich auf die Suche nach Rosmarie.

5

Das Geheul der Sirene zur Schichtpause bohrte sich wie flüssiger Stahl in Emmas Kopf. Der Geruch des Schmieröles der Drehautomaten, dessen Dunstschleier über der Halle schwebte, drehte ihr fast den Magen um. Sie war froh um die erlösende Pause. Draußen war die Luft nicht kühler als in der Werkhalle, aber sie war frischer.

Sie nahm den Gewehrlauf aus der Holzhalterung und hielt ihn ins Licht. Es war der letzte der Serie, die noch heute in die Endmontage musste, eine Lieferung leichter Maschinengewehre für die rumänische Polizei.

Der Glanz des blank polierten Stahls im Innern des Laufes verstärkte den stechenden Schmerz hinter ihrer Stirn. Als sie an diesem Freitagmorgen aufgestanden war, hatte sie sich einmal mehr vorgenommen, künftig auf jenes eine letzte Bier zu verzichten, das sie sich stets von Rosmarie aufschwatzen ließ.

Der Lauf war perfekt, die Drehrillen gleichmäßig. Emma konnte keine Grate, Flecken oder Unebenheiten erkennen. Sie durchstieß ihn mit einem gefetteten Putzstock, bevor sie ihn zu den anderen in den Transportkarren für die Montageabteilung legte. Normalerweise brachte sie den Karren selbst dorthin. Heute standen zwei Monteure bereit, das Material zu übernehmen.

»Ihr habt's, scheint's, eilig«, sagte Emma. »Sind den Rumänen die Gewehre ausgegangen?«

»Keine Ahnung«, sagte der eine Monteur. »Die Zentrale in Hamburg knallt schon kräftig mit der Peitsche. Schwab war deswegen heute Morgen schon zweimal bei uns.« Sie tippten grüßend an die Mütze, bevor sie mit ihrer Charge zurück in ihre Abteilung trotteten.

Wieder ein paar Waffen mehr, die die Welt weiß Gott nicht brauchte. Emma ignorierte das taube Gefühl in der Bauchgegend, ein Teil dieser Mechanik des Todes zu sein. Sie nahm sich vor, mit ihrer Mutter zu reden. Sie wollte sich eine andere Arbeit suchen. Es würde kein erfreuliches Gespräch werden. Jedes Mal, wenn Emma mit ihr über ihre Gewissensbisse redete, meinte diese nur, wenn nicht die Armatech die Waffen lieferte, würden es andere tun. Geld zum Leben könnte man nur dort verdienen, wo welches zu holen war. Solche Phrasen vermochten Emmas Bedenken schon lange nicht mehr zu zerstreuen. Es gab keine Entschuldigung für die Arbeit in der Industrie des Todes. Ihr katholisches Gewissen fürchtete die höhere Macht, die sie dafür früher oder später zur Rechenschaft ziehen würde.

In der Frauengarderobe wusch sie sich die Hände und holte Essgeschirr und Zigaretten aus dem Spind, bevor sie durch die hintere Tür hinaus ins Freie ging. Viele ihrer Kolleginnen und ein paar Männer saßen an behelfsmäßig gezimmerten Tischen und ließen sich beim Verzehr der mitgebrachten Mahlzeiten die Sonne ins Gesicht scheinen. Nur wenige hatten Lust, in der stickigen Betriebskantine zu sitzen. An den Tischen war kein Platz mehr frei. Emma setzte sich mit dem Rücken zur Gebäudewand zu zwei Männern in den Rasen, die kürzlich demobilisiert worden waren. Die beiden hatten ihre Mahlzeit beendet und rauchten die obligate Zigarette. Sobald Emma ihre Brote mit Heißhunger aufgegessen hatte, klaubte sie ihr Päckchen aus der Arbeitsschürze. Der Mann links von ihr, sie glaubte sich zu erinnern, dass sein Name Alfons war, gab ihr Feuer.

»Wie war's im Militär?«, fragte sie nach dem ersten Zug.

»Ganz in Ordnung. Sie haben uns für drei Wochen an die Grenze bei Les Verrières gestellt. War nichts los, dafür gab's täglichen Nachschub an Absinth, nicht wahr, Franz?«

Der pflichtete ihm lachend bei. »Mit einem kräftigen Schuss grüner Fee schmeckt sogar der Chicorée-Kaffee, erst recht, wenn ihn die schönste Bauerntochter der Gegend zu dir bringt.«

»Habt ihr Deutsche gesehen?«

Alfons und Franz sahen sich kurz an, bevor sie sich zunickten.

»Ich weiß nicht, ob ich das erzählen darf. Geheimhaltung und so, weißt du«, sagte Franz.

»Habt ihr Deutsche gesehen oder nicht?«

»Franz hat ein paar gesehen«, sagte Alfons. »Und was für welche.«

»Erzähl schon«, drängte Emma.

Franz rückte etwas näher zu ihr und dämpfte seine Stimme. »Es war vor rund zwei Wochen. Ich schob Wache am Grenzschlagbaum von Les Verrières, als sie kamen.«

»Was kam? Panzer?«

»Nein, die hatten sich schon lange wieder ins Hinterland zurückgezogen. Es waren alles hohe Tiere mit Ledermänteln mit einem Haufen Silber und Totenköpfen an den Hüten.«

»SS?«

»Ja, stell dir vor, einer von denen, mit Nickelbrille, kommt geradewegs auf mich zu und spricht mich an. Er war nicht der Größte der Truppe. Alle schauten ständig zu ihm. Musste wohl der Chef gewesen sein.«

»Mit Nickelbrille?«, fragte Emma.

»Ja, er wurde ständig mit ›Reichsführer‹ angesprochen.«

»Das war Himmler persönlich. Du hast mit ihm geredet?«

»Das hat mich mein ›Kadi‹ auch gefragt. Er wollte genau wissen, was Himmler sagte.«

»Und«, bohrte Emma. »Was sagte er?«

»Er war freundlich. Fragte mich, ob ich müde sei und wie lange ich schon dort stehe … und ob es mir in der Armee gefalle.«

»Das war alles?«

»Du stellst wirklich die gleichen Fragen wie mein Kommandant. Ich musste schwören, dass ich nichts über unsere Einheit, den Bestand und die Bewaffnung erzählt habe.« Franz schüttelte verständnislos den Kopf. »Für wie blöd hat der mich eigentlich gehalten?«

»Seit wann seid ihr demobilisiert?«, fragte Emma.

»Seit einer Woche, die ganze Einheit. Der General soll zwei Drittel des Armeebestandes nach Hause geschickt haben.«

»Zwei Drittel sind demobilisiert? Und wenn jetzt die Deutschen kommen?«

»Die kommen nicht mehr«, sagte Franz. »Wozu auch? Die

haben alles um uns herum besetzt. Wir können nirgendwohin, wenn es denen nicht passt. Kommt aufs Gleiche heraus.«

»Stimmt nicht ganz«, erwiderte Alfons. »Da gibt's die unbesetzte Zone.«

»Vichy-Frankreich?«, fragte Emma.

»Dort haben die Deutschen nichts zu melden. Die ganze Grenzlinie von Genf bis Saint-Gingolph im Wallis ist frei. Ein großes Loch, durch das vieles schlüpfen kann, Menschen und Material.«

»Und Waffen«, sagte Emma nachdenklich. »Früher oder später wird Hitler das auch einsacken und uns gleich mit.«

»Ich glaube nicht, dass er sich groß um uns kümmert. Der hat vorläufig andere Probleme«, sagte Alfons. »Man munkelt, dass er einen Feldzug gegen England plant.«

»Wenn sich Göring und seine Piloten bei den Engländern so blöd anstellen wie bei uns über dem Jura, werden sie von denen ganz schön eins auf den Deckel kriegen«, sagte Franz.

Die Sirene kündigte das Ende der Pause an. Alfons und Franz verabschiedeten sich. Emma zündete sich noch eine Zigarette an. Ihre Pause hatte später begonnen.

Jemand stand ihr vor die Sonne. »Emma, du sollst zum Schwab.«

Emma sah hoch, es war eine Kontrolleurin aus der Montage. »Sagt wer?«

»Die Putzfrau.« Die Kollegin verdrehte die Augen. »Sein Vorzimmerdrache hat in der Abteilung angerufen. Wer sonst? Schwab wartet auf dich.«

»Jetzt?«

»Sofort.«

»Weshalb?«

»Glaubst du, die haben mir das gesagt? Ich an deiner Stelle würde mich beeilen. Du weißt, dass er nicht gern wartet. Heute hat er schlechte Laune.«

Das Direktionsgebäude lag am westlichen Ende der großen Fabrikhalle beim Werkseingang. Im Vergleich zu den sommerlichen Geräuschen sirrender Insekten und zirpender Schwalben im Freien war es in der Empfangshalle bedrückend ruhig. Emma fröstelte. Die Temperatur war kühler als draußen. Die Stille hatte etwas Bedrohliches, sie lähmte ihre Gedanken.

Außer einigen Werbeplakaten für die neuesten Entwicklungen in Bewaffnung und vereinzelten Landschaftsgemälden war die Ausstattung nüchtern. Emma war erst ein Mal hier gewesen, an ihrem ersten Arbeitstag, als sie sich im Personalbüro melden musste. Der mürrische Mann am Empfangsschalter wusste, dass sie erwartet wurde. Er schickte sie in die obere Etage, wo sich die Direktionsbüros befanden. Er wies sie an, sich im Vorzimmer des Betriebsleiters anzumelden. Das ungute Gefühl in Emmas Magengegend formte sich zu einem Klumpen, als sie die Treppenstufen hochstieg.

Das Betriebsleiterbüro befand sich direkt neben jenem des Verkaufsdirektors. Dieser hielt sich die meiste Zeit in Zürich auf, wo die Armatech ein Verkaufsbüro unterhielt. Kunden besuchten das Zuchwiler Produktionswerk nur, wenn sie Schießdemonstrationen beiwohnten.

Verkaufsdirektion und Betriebsleitung teilten sich das Vorzimmer. Emma klopfte einmal kurz und trat ein. Sie musste nicht warten, bis sie hereingebeten wurde. Das galt nur für die Büros der Chefs. Emma grüßte Fräulein Pauli und Fräulein Wagner, von denen sie nur die Nachnamen kannte. Letztere hob kaum den Kopf und quittierte mit gelangweilter Miene den Gruß. Angesichts ihrer Lektüre, einer älteren Ausgabe der Illustrierten »Sie und Er«, und des peinlich sauber aufgeräumten Pultes hatte sie nicht viel zu tun. Sie war die Sekretärin des Verkaufsleiters. Emma fand es empörend, einer Arbeitskraft einen vollen Lohn fürs Nichtstun zu bezahlen. Bis vor ein paar Wochen hatte in unzähligen Schweizer Familien der Ernährer gefehlt, weil er an den Landesgrenzen stand. Blieb zu hoffen, dass der in diesem Frühling eingeführte »Wehrmannsschutz« einen Teil der Ausfälle aufzufangen vermochte, damit sich Not und Elend nicht wiederholten, die nach dem Großen Krieg 1918 über zahlreiche Soldatenfamilien hereingebrochen waren.

Fräulein Pauli, eine freundliche Dame mittleren Alters, war aufgestanden, sobald Emma hereingekommen war. »Kommen Sie, Fräulein Kummer, Herr Schwab erwartet Sie.« Sie musterte Emma kurz von Kopf bis Fuß und schien zufrieden mit dem, was sie sah.

»Wissen Sie, warum Schw… Herr Schwab mich sehen will?«

»So was sagt mir der Chef nicht.« Fräulein Pauli sah verstohlen hinüber zu ihrer Kollegin, die sich in ihrer Illustrierten vergraben hatte. »Es muss sich um ein technisches Problem handeln.« Sie schenkte Emma ein beruhigendes Lächeln, als sie ihr besorgtes Gesicht sah. Ob die Vorsehung eine Gesetzmäßigkeit kannte, wonach unbeliebte Chefs eine gutmütige Sekretärin haben?

Fräulein Pauli klopfte zweimal an die Verbindungstür zum Betriebsleiterbüro und öffnete sie. »Fräulein Kummer ist jetzt da, Herr Schwab.« Sie ließ Emma eintreten.

Emma blieb wie vom Schlag gerührt in der Tür stehen. Von gegenüber starrte sie das kaltblaue Augenpaar von Adolf Hitler an. Sein Porträt hing überlebensgroß an der Wand hinter Schwabs Schreibtisch. Es war so realistisch gemalt, dass Emma glaubte, dem deutschen Führer leibhaftig gegenüberzustehen. Der Blick war eindringlich und gleichzeitig entrückt, als wähne sich sein Eigner in einer anderen Sphäre. Gottgleich schien er über das Büro des Betriebsleiters zu wachen. Emma lief es eiskalt den Rücken hinunter. Diese Augen kannten kein Mitgefühl. Sein Gesichtsausdruck hatte nichts von der Zuneigung eines Landesvaters für die Menschen seines Landes. Er forderte unbedingten Gehorsam und vollständige Unterwerfung unter seinen Willen. Die Geschichten stimmten, die sich die Arbeiter und Angestellten erzählten. Der Betriebsleiter machte keinen Hehl daraus, wo seine Loyalität lag.

Konrad Schwab war bei Emmas Eintreten sitzen geblieben. Seine kleinwüchsige Gestalt wurde von der Masse des Mobiliars und dem sich hinter ihm auftürmenden Führerbild erdrückt. Der Arbeitstisch stand auf einem Podest. Schwab konnte auf seine Untergebenen herabsehen, wenn sie auf einem der Besucherstühle saßen.

Emma hatte bis anhin mit Schwab nicht viel mehr Worte gewechselt, als es brauchte, um sich zu begrüßen. Seine Erscheinung hatte etwas Krötenartiges, zwei Kugeln bestimmten die gedrungene Gestalt. Die größere formte den Schmerbauch, den er vor sich hertrug. Die andere saß auf seinem Hals. Den polierten Schädel umkränzte ein breiter Streifen kurz geschnittener brauner Haare, die sich an den Koteletten weiß verfärbten. Tiefe Falten hatten sich um seine Mundwinkel gegraben, die ihm einen brutalen Zug verliehen. Konrad Schwab liebte es, Menschen zu quälen und zu manipulieren. Er war niemand, mit dem man gern Zeit allein in einem Raum verbrachte. Die Kälte seiner wasserblauen Augen, mit denen er Emma musterte, stand jener seines großen Vorbildes in nichts nach.

»Fräulein Kummer.« Kein »Guten Tag«, kein »Wie geht es Ihnen?« kam über seine Lippen. Er zeigte auf die Besucherstühle. »Nehmen Sie Platz.« Keine Einladung, eine Aufforderung.

Wortlos setzte sich Emma auf die Kante eines der harten Stühle. Schwab vertiefte sich wieder in das Studium der Papiere, mit denen er bei Emmas Hereinkommen beschäftigt war. Genauso gut hätte sie Luft sein können.

Für den Zeitraum einer unendlichen Minute wurde die Stille im Raum einzig durch das Ticken der Wanduhr gestört, die hinter Emma über der Eingangstür hing. Die letzten Minuten ihrer Pause verstrichen. Es wurde erneut an die Tür geklopft.

»Er ist da, Herr Schwab«, hörte sie Fräulein Paulis Stimme in ihrem Rücken. Ohne die Aufmerksamkeit von seiner Lektüre abzuwenden, winkte Schwab den Besucher herein. Schwere Schritte kamen näher. Emma erkannte Hermann Winkler erst, als er an ihr vorbeiging und sich neben Schwab hinter dessen Arbeitstisch stellte, Schwabs Neffe und Sohn seiner Schwester. Äußerlich hätte man zwischen den beiden zuletzt eine Verwandtschaft vermutet. Der nicht unattraktive blonde Jüngling mit dem hochmütigen Gesicht hatte auf den ersten Blick mit seinem Onkel wenig gemeinsam. Bei genauerem Hinsehen war der gleiche sadistische Zug um den Mund erkennbar. In den Augen beider Männer leuchtete es triumphierend. Ein Ausdruck, der Emma in den letzten Wochen öfters bei Menschen aufgefallen war, die mit Deutschland sympathisierten. Sicher waren nicht alle von ihnen Frontisten oder Nazi-Freunde gewesen, und sicher wollten nicht alle einen Anschluss der Schweiz an das Reich wie Österreich. Doch seit der zwiespältigen Rede des Bundespräsidenten war ihre Zahl mit der Bereitschaft gewachsen, sich den geänderten Machtverhältnissen anzupassen und sich am Aufbau des neuen, arischen Europas zu beteiligen. Viele sahen darin die Bestärkung des zutiefst eidgenössischen Strebens nach Freiheit und Unabhängigkeit. Andere, wie Emma, fürchteten die Unterwerfung und damit den Untergang des noch nicht mal hundertjährigen ersten demokratischen Bundesstaates in Europa, der sich im 19. Jahrhundert souverän den Machtansprüchen der benachbarten absolutistischen Monarchien entgegenzustellen vermochte.

Hermann Winkler übergab seinem Onkel einen länglichen, in Ölpapier verpackten Gegenstand. Emma glaubte zu wissen, was es war. Sie konnte sich keinen Reim darauf machen.

Schwab entfernte das Ölpapier und wog den Gewehrlauf in der Hand, bevor er ihn ins Licht hielt, wie es Emma kurz zuvor getan hatte. Er stand auf und hielt ihr den Lauf hin. »Durchschauen!«, befahl er.

Emma wiederholte das Kontrollprozedere. Es bedurfte keiner großen Erfahrung, um festzustellen, dass dieses Teil komplett unbrauchbar war. Anstatt geschmeidigem Glanz und eleganten Windungen der Drehrillen wies das Innere des Laufes hässliche Kratzer und Graten auf. Sie gab ihn Schwab zurück.

»Na, was sagen Sie?«, schnarrte er.

»Dieses Teil ist Ausschuss«, sagte Emma.

»Das sehen Sie also?«

»Das zu erkennen, ist meine Aufgabe.«

Onkel und Neffe sahen sich vielsagend an.

»Ist das alles, was Sie von mir wissen wollten?«, fragte Emma.

»Fast«, sagte Schwab. »Fräulein Kummer, mich würde interessieren, weshalb Sie diesen Lauf mit dem letzten Los in die Montage gegeben haben.«

Daher wehte der Wind. »Das habe ich sicher nicht getan. Ein Blinder sieht, dass man ihn nicht verwenden kann.«

Schwab sammelte die Papiere zusammen, in denen er gelesen hatte, und schob sie über den Tisch zu Emma. Es waren die von ihr visierten Kontrolllisten. Schwab zeigte auf eine der mittleren Zeilen auf der Liste. »Seriennummer 004327«. Er hielt ihr den Gewehrlauf hin, sodass sie die Stelle sehen konnte, wo er später mit dem Verschluss zusammengesetzt wurde. Die Seriennummer war dort eingestanzt und identisch mit derjenigen auf dem Papier.

»Unmöglich. Dieser Lauf ging ganz bestimmt nicht durch meine Hände.«

»Sie haben die Kontrolle für gut befunden und visiert.« Schwab legte den Finger auf die entsprechende Zeile auf dem Kontrollblatt.

»Nicht von diesem Teil.« Emma gab sich die größte Mühe, ruhig zu bleiben. Sie wollte sich von den beiden Männern nicht ins Bockshorn jagen lassen. »Ich habe dreißig Läufe kontrolliert. Das Kontrollblatt weist einunddreißig Zeilen auf. Der Lauf wurde nachträglich eingefügt.«

»Sabotage«, sagte Hermann Winkler, der sich bisher nicht geäußert hatte. »Jemand will uns und dem Ansehen der deutschen Waffentechnik schaden.«

»Geben Sie es zu?« Schwab fixierte Emma.

»Nichts gebe ich zu, ich habe damit nichts zu tun.«

»Es ist Ihre Kontrollliste, Sie haben sie unterschrieben.«

»Nicht diese Liste«, beharrte Emma. »Jemand hat meine Handschrift nachgemacht, sehen Sie.« Sie zeigte auf die ersten Zeilen. »Die Positionen eins bis dreißig sind von mir geschrieben. Ich benutze einen harten Bleistift.« Sie zog den Stift aus der Tasche ihrer Arbeitsschürze und zeigte ihn vor. »Ich habe ihn selbst gekauft. Ich mag die weichen Stifte nicht, die hier ausgegeben werden. Position 31 wurde eindeutig mit einem anderen Stift aufgeschrieben.«

Schwab betrachtete das Blatt eingehend, zumindest tat er so. »Wer sollte ein Interesse daran haben, so etwas zu tun?«

»Das ist die Frage. Weshalb sollte ich ein Interesse daran haben?«

Hermann Winkler hatte seine Mission offenbar erfüllt. Er verabschiedete sich mit einem spöttischen Lächeln in Emmas Richtung.

Du kleiner Mistkerl! Sicher wollte er ihr wegen ihres Verhaltens am Emmenspitz eins auswischen.

»Fräulein Kummer«, sagte Schwab, sobald Hermann Winkler draußen war. »In den paar Monaten, die Sie bei uns arbeiten, sind Sie mir von Ihren Vorgesetzten als fleißige und vorbildliche Arbeiterin geschildert worden. Das muss auch so sein, denn Sie kamen mit der Empfehlung von Direktor von Colberg.« Schwab setzte eine todernste Miene auf. »Verstehen Sie, ich darf diesen Fall nicht ignorieren. Wir alle, besonders die Unternehmensleitung, sind den höchsten Werten des Konzerns, des Deutschen Reiches und des Führers Adolf Hitler verpflichtet.«

Emma erwiderte seinen erwartungsvollen Blick stumm.

Schwab räusperte sich, bevor er weiterfuhr. »Ehrlich gesagt glaube ich nicht, dass Sie der Waffenfabrik schaden wollten.«

»Nein? Sondern?«

»Soweit mir bekannt ist, sind Sie mit einem der Unterhaltsmechaniker befreundet, Toni Wyler, nicht wahr?«

»Befreundet ist viel gesagt. Toni und ich kennen uns über eine gemeinsame Freundin.«

»Richtig, Götsch Rosmarie, die Tochter des ›Bierhallen‹-Wirtes.«

Schwab war gut informiert. Das Bespitzeln von Leuten, die ihnen nicht genehm waren, schien eine Spezialität der Frontisten zu sein.

»Toni Wyler ist Jude und ein Kommunist«, fuhr Schwab fort. »In der Gewerkschaft agitiert er gegen die Armatech und damit gegen das Wohlergehen der zweihundert Menschen, die mit ihrem Arbeitsplatz ihre Familie ernähren müssen.«

Emma zeigte auf den Gewehrlauf, der vor Schwab auf dem

Tisch lag. »Ich verstehe nicht, was das alles damit zu tun haben soll. Was wollen Sie von mir?«

Wieder dieses Lächeln. »Fräulein Kummer, wir sind sicher, dass Toni Wyler Ihr Vertrauen erschlichen hat und es ihm so gelungen ist, den defekten Gewehrlauf in das Los zu schmuggeln. Wir befürchten, dass es nicht das erste Mal war. Letzte Woche hat sich bereits ein Kunde über fehlerhafte Lieferungen beschwert. Wir sind sicher, dass Wyler dahintersteckt.«

»Das kann nicht sein. Toni war nie auch nur in der Nähe meines Kontrollplatzes. In der Unterhaltswerkstatt gibt's genug zu tun.«

»Die Unterhaltsmechaniker können sich frei in der Fabrik bewegen. Wyler hatte ausreichend Gelegenheit, die Läufe zu beschädigen oder defekte Ware in die Lose zu schmuggeln.«

»Dann verstehe ich nicht, weshalb ich hier sitze. Warum reden Sie nicht mit Toni?«

»Weil Sie es sind, die mir und damit der Firma helfen können.«

»Worauf wollen Sie hinaus?«

»Ganz einfach, Sie haben gute Kontakte zu Wyler. Als Gegenleistung dafür, dass ich diese Sache«, Schwab zeigte auf den Gewehrlauf, »auf sich beruhen lasse, erwarte ich von Ihnen, dass Sie sich bei Wyler und seinen Genossen umhören und mir berichten.«

»Ich soll für Sie den Spitzel spielen?«

»Ich bitte Sie, wer redet denn von bespitzeln? Sie sollen mich über Missstände, welche der Firma und ihrem Ruf Schaden zufügen können, ins Bild setzen.«

Emma fröstelte innerlich. Die braune Spinne mit dem Hakenkreuz auf dem Rücken streckte ihre haarigen Tentakel nach ihr aus. Heute waren es die Kollegen am Arbeitsplatz und morgen? Ihre Freunde, ihre Familie?

Emma stand auf. Es passierte so abrupt, dass Schwab verblüfft zu ihr hochsah. »Tut mir leid, Herr Schwab, Sie sind bei mir an der falschen Adresse. Ich versichere Ihnen, dass ich meine Arbeit für die Firma weiterhin gewissenhaft und loyal verrichten werde. Was Sie verlangen, geht zu weit. Entlassen Sie mich, wenn Sie wollen. Ich werde sicher nicht die Arbeitskollegen für Sie aushorchen.«

Schwabs Gesichtszüge entgleisten für einen Moment. »Das ist äußerst bedauerlich, Fräulein Kummer«, sagte er, sobald er sich wieder im Griff hatte. »Damit bleibt mir nichts anderes übrig, als die Angelegenheit hausintern zu untersuchen. Bis der Sachverhalt geklärt ist, sind Sie von Ihrer bisherigen Funktion als Kontrolleurin enthoben. Ihnen wird eine andere Tätigkeit zugewiesen.«

»Was für eine andere Tätigkeit?«

Schwab übergab ihr einen Umschlag. »Er enthält einen schriftlichen Verweis und die Versetzung zu Ihrer neuen Arbeit. Ich habe leider jetzt zu tun. Sie können es draußen lesen. Bitte.« Er wies mit der Hand zur Tür.

Emma erhob sich und verließ den Raum ohne ein Wort des Grußes.

Jemand rief ihren Namen. Emma wischte sich die Tränen aus den Augen und beschleunigte ihre Schritte. Es musste nicht jeder sehen, wie ihr zumute war.

Flüchtig nickte sie dem alten Pförtner zu, der ihr aus seiner Loge einen schönen Feierabend wünschte. Wahrscheinlich wunderte er sich, weshalb sie nicht wie üblich fröhlich zurückgrüßte.

Sie tastete nach dem Brief in ihrer Schürzentasche. Sie hatte ihn direkt zerknüllt, nachdem sie ihn gelesen hatte. Jemand packte ihren Arm. Sie fuhr herum. Ihr Gesichtsausdruck musste Toni Wyler erschreckt haben. Er ließ sie sofort los. »Entschuldige, ich wollte nicht … Ich habe dich gerufen, hast du's nicht gehört?«

Emma ging ohne ein Wort weiter. Wenn sie ihm erzählte, was passiert war, würde sie anfangen zu heulen.

»Was ist los? Sprichst du nicht mehr mit mir?«, fragte Toni.

»Wieso, haben wir uns etwas zu sagen?«

»Ich wollte dich auf ein Bier einladen.«

»Wohin?«

»Vielleicht in die ›Aarmatt‹.«

Sie standen an der Aarmattkreuzung. Emma schaute hinüber zur Kneipe, wo sich Arbeiter der Waffenfabrik und des benachbarten Scintilla-Werkes, in erster Linie die Männer, zum Feierabendbier trafen. In der Gartenkneipe war kein Tisch mehr frei. »Es ist voll.«

»Dann lass uns woanders hingehen.«

»Ich habe keine Lust auf ein Bier, schon gar nicht mit dir.«

»Was ist denn dir für eine Laus über die Leber gekrochen?«, fragte Toni verdutzt.

»Willst du das wirklich wissen? – Hier.« Sie zerrte den Briefumschlag aus der Schürzentasche und schleuderte ihn Toni ins Gesicht. »Das ist mir über die Leber gekrochen. Vielen Dank auch.«

Er nahm den Brief aus dem Umschlag und las ihn.

»Schwab verdächtigt dich, die Produktion zu sabotieren? Ist er nicht ganz bei Trost?«

»Mir machte er absolut den Eindruck, bei Sinnen zu sein. Er meinte, ich könne froh sein, dass er mich nicht anzeigt. Sabotage ist Landesverrat.« Emma blinzelte, diese verdammten Tränen.

»Zur Strafe dafür versetzt er dich in die Putzequipe? Das kann nicht sein Ernst sein.«

»Ab morgen darf ich die Aborte putzen. Scheißdreck wegräumen anstatt Kontrolle.«

»Das darf er nicht machen. Du musst dich an die Betriebskommission wenden.«

»Was soll mir das nützen? Deine Genossen kuschen vor ihm, weil sie Angst haben, mit Recht. Warst du mal in seinem Büro?«

Toni schüttelte den Kopf. »Diese Ehre wurde mir bisher nicht zuteil.«

Emma erzählte ihm von dem überlebensgroßen Hitlerbild.

»Das passt zu dem Großmaul«, sagte Toni. »Schwab sieht sich wahrscheinlich als nächster Gauleiter der Schweiz.« Er gab ihr den Brief zurück. »Trotzdem, das kann er nicht machen, nicht ohne Beweise.«

Emma erzählte ihm von den manipulierten Kontrolllisten.

Toni ließ es nicht gelten. »Wenn das echte Beweise wären, würde Schwab sie offiziell gegen dich verwenden. Stattdessen lässt der dich Aborte putzen, das ist reine Schikane. Selbst wenn er mich ignoriert, ich bin ebenfalls Mitglied der Betriebskommission. Gleich morgen früh gehe ich zu ihm.«

»Das wirst du nicht.«

Ihre Antwort war gehässiger, als sie beabsichtigt hatte. Er schaute sie mit großen Augen an. »Sag mir endlich, weshalb du böse auf mich bist?«

Emma schluckte ein paarmal leer. »Weil … weil … Schwab weiß genau, dass ich nichts mit den defekten Läufen zu tun habe. Er meinte, ich hätte nicht aus eigenem Antrieb gehandelt.«

»Er denkt, du wurdest angestiftet? Von wem?«

Emma sah ihn lange an.

Toni presste den Zeigefinger auf seine Brust. »Ich soll dahinterstecken?«

»Tust du's?« Es fiel Emma schwer, seinem Blick standzuhalten. In seine Augen hatte sie sich zuerst verliebt. »Du hängst viel mit Arbeitern rum, die mit den Kommunisten sympathisieren.«

»Wir sind Mitglieder der Sozialdemokratischen Partei, keine Kommunisten. Zudem gehören wir der Metallarbeitergewerkschaft an. Wir kümmern uns um die Besserstellung und die soziale Sicherheit der Arbeiterklasse. Mit den Bolschewisten haben wir nichts am Hut.«

»Schwab sagt, du bist einer von denen und willst der Fabrik und damit dem Ansehen Deutschlands schaden.«

»Natürlich sagt er das. Alle, die sich gegen die Nazis wenden, sind entweder Kommunisten oder Juden. Ich bin Jude und Sozialist. Das macht mich noch lange nicht zum Saboteur.«

»Schwab verlangte von mir, dass ich dich bespitzle. Dann würde er die Sache mit dem defekten Lauf vergessen, und ich dürfe wieder in der Kontrolle arbeiten.«

»Bist du darauf eingegangen?«

Wütend zeigte sie auf den Brief. »Sieht das so aus?«

»Bist du deshalb wütend auf mich? Weil du Latrinen putzen musst?«

»Verdammt, Toni, ich will einfach meine Arbeit machen und Geld verdienen. Eure Aktionen interessieren mich nicht. Plötzlich stecke ich mittendrin. Sag mir die Wahrheit: Hast du oder einer von euch den defekten Lauf in das Los geschmuggelt?«

»Noch mal, ich setze mich für die Rechte der Arbeiter ein, aber ich bin kein Saboteur. Glaub's mir oder lass es sein.« Er ließ sie stehen und ging davon.

Emma biss sich auf die Lippen. »Toni, warte!«

Er hielt inne und wartete, bis sie ihn eingeholt hatte.

»Es tut mir leid«, sagte sie. »Ich habe nie geglaubt, dass du zu so was fähig bist. Das habe ich Schwab gesagt und mich geweigert, für ihn den Spitzel zu spielen. Daraufhin hat er mich suspendiert und mir den Brief in die Hand gedrückt.«

Toni gab ihr das Papierknäuel zurück. »Das musst du nicht auf dir sitzen lassen. Ich spreche morgen mit den Genossen von der Betriebskommission. Wir finden eine Lösung.« Er nahm ihren Arm. »Wo sollen wir unser Bier trinken?«

»In der ›Bierhalle‹«, sagte Emma. »Ich muss nach Rosmarie sehen. Sie hat den ganzen Tag kein Lebenszeichen von sich gegeben.«

Kaum hatten sie Minuten später das Gartenrestaurant der »Bierhalle« betreten, kam ihr Frau Götsch, die Wirtin und Rosmaries Mutter, entgegen. »Emma, hast du eine Ahnung, wo Rosmarie steckt?«

»Ich habe den ganzen Tag nichts von ihr gehört oder sie gesehen. Wann ist sie gestern nach Hause gekommen?«

»Gar nicht. Ich dachte, sie hätte bei dir übernachtet.«

Es konnte vorkommen, dass Rosmarie in Emmas Kammer auf dem Aareggerhof übernachtete, wenn sie bei der Feldarbeit aushalf oder bis spät in die Nacht mit den andern Knechten und Mägden beisammensaß. »Es tut mir leid, Frau Götsch, seit sie das Fest gestern Abend verlassen hat, habe ich sie nicht mehr gesehen.«

BECKY
JULI/AUGUST 2006

6

Mit einem Stadtplan ausgerüstet, nahm Becky trotz Kopf-schmerzen die Strecke vom Schloss Aaregg zum Amthausplatz im Stadtzentrum zu Fuß in Angriff. Sie brauchte Bewegung. Vor einer Kirche mit einem Wohngebäude und einer weitläufigen Mauer blieb sie stehen. Auf der Karte war der Ort als Kloster Namen Jesu vermerkt. Sie folgte der Straße bis zur nächsten Kreuzung.

Die Kopfschmerzen waren stärker geworden, zudem spürte sie eine innere Unruhe.

Hätte ich vorhin die Tablette nicht genommen, wäre es schon eine ausgewachsene Panikattacke.

Die Wärme machte ihr zu schaffen. Die Wetterprognose im Radio hatte einen Hitzetag von über dreißig Grad angekündigt, nicht Beckys bevorzugte Wetterlage. Sie war das rauere, windige Klima der Ostseeküste gewohnt. Die hiesige Witterung, vor allem die Bise, wie die Einheimischen den Wind aus den weiten Ebenen Osteuropas nannten, trocknete ihre Kehle aus. Außer einem Schluck Wasser, mit dem sie das Medikament hinunter-gespült hatte, hatte sie seit dem Frühstückskaffee nichts mehr getrunken. Die Wasserflasche, die sie mitnehmen wollte, stand von ihr vergessen auf dem Küchentisch.

Becky versuchte sich auf ihre Route zu konzentrieren. Sie wollte die Verzweigung im Bereich der vor ihr liegenden Kreu-zung nicht verpassen. Die Striche und Linien auf der Karte ver-schwammen vor ihren Augen. Der Himmel verdunkelte sich. Becky sah nach oben. Die Sonne schien unbeeinträchtigt von jeglichen Wolken auf sie herab.

Sie nahm den Schatten aus dem Augenwinkel wahr. Sie fuhr herum. Er war ganz in Schwarz gekleidet mit einem bodenlan-gen Mantel.

Wer läuft bei dieser Hitze in einem Mantel herum?

Die Gestalt kam auf sie zu, ohne dass sich die Distanz zwischen ihnen verringerte. Beckys Kehle war so trocken, dass ihr das Schlucken Schmerzen bereitete. Sie kniff die Augen zusammen. Wer war das? Die Luft flirrte, die Gestalt verschwamm.

»Rebecca.«

Sie hörte die Stimme laut und deutlich. Becky öffnete die Augen ganz. Die Gestalt war weg. Das grelle Sonnenlicht blendete sie.

Es ist helllichter Tag, und ich sehe Gespenster.

Becky ging weiter, nur weg von hier. Das Gesicht, sie hatte es nicht erkennen können, und doch glaubte sie für einen Moment, es war ... Nein, das war unmöglich.

Kreischende Bremsen rissen sie aus ihren Gedanken. Sie war mitten auf die Fahrbahn gelaufen. Sie hatte es nicht bemerkt, im Gegensatz zum Fahrer des Autos, vor dessen Kühlerhaube sie stand.

Die Fahrertür öffnete sich. Eine Frau stürmte heraus. »Sind Sie nicht ganz bei Trost? Ich hätte Sie um ein Haar überfahren. Sie können doch nicht einfach so ...«

Becky war wie gelähmt. Kalter Schweiß lief ihr über die Stirn.

Der Gesichtsausdruck der Fahrerin wechselte von Verärgerung zu Besorgnis. »Geht es Ihnen gut? Sie sind ja totenblass.«

Beckys Knie gaben nach. Sie stützte sich auf der Motorhaube ab.

Die Frau nahm Becky bei der Hand. »Sie müssen aus der Sonne. Können Sie gehen?«

Becky nickte.

Die Frau zeigte zu einem alten Holzbau mit niedrigem Dach und Balkon. »Kommen Sie, setzen Sie sich in den Schatten.«

Der Nebel in Beckys Kopf löste sich langsam auf. »Es geht schon, danke.«

Die Frau stützte Becky, bis diese sich unter dem Vordach auf den Boden gesetzt hatte. Dann holte sie eine volle Wasserflasche aus ihrem Wagen. »Hier, trinken Sie.«

Die Flüssigkeitszufuhr weckte Beckys Lebensgeister nach wenigen Schlucken. Sie wollte der Frau die Flasche zurückgeben.

»Behalten Sie sie.« Sie schaute besorgt zu ihrem Wagen, wo sich ein kleiner Stau gebildet hatte, da die nachfolgenden Automobilisten das Hindernis mit Gegenverkehr umfahren mussten. »Kommen Sie zurecht, oder soll ich eine Ambulanz rufen?«

»Nicht nötig, danke. Die Sonne und die Hitze waren etwas viel für mich. Ich habe heute Morgen zu wenig getrunken.«

»Darf ich Sie allein lassen? Ich muss meinen Wagen weg-fahren, bevor der Verkehr hier zusammenbricht.«

»Danke, dass Sie mich nicht überfahren haben.«

»Bedanken wir uns bei unseren Schutzengeln.« Die Frau verabschiedete sich. Sobald sie außer Sichtweite war, machte sich Becky wieder auf den Weg. Sie war knapp dran.

In den Städten, die Becky kannte, waren die Parks weite grüne, baumbewachsene Flächen mit künstlichen Teichen oder Seen. Andererseits, welche Stadt brauchte einen Wald im Zentrum, wenn sie von Wäldern umgeben war? Der Stadtpark in Solo-thurn war ein Grünstreifen zwischen einer Ringstraße mit dem wenig glamourösen Namen Werkhofstraße und dem Alt-stadtgürtel mit den Überresten der Befestigungsmauer aus dem 17. Jahrhundert, von den Einheimischen »Schanze« genannt.

Becky konzentrierte sich auf ihre Umgebung. Ihr Blick fiel auf eine Statue, die unweit einer tempelartigen Kirche mitten im Rasen stand. Sie war überrascht, auf der Gedenktafel neben dem deutschen Text eine kyrillische Inschrift zu finden. Sie stand vor einer Statue des polnischen Freiheitskämpfers Tadeusz Kościuszko, der während Jahren in Solothurn gelebt hatte. Col-berg, die ursprüngliche Heimatstadt ihrer Familie, wurde nach dem Zweiten Weltkrieg polnisch. Es hieß heute Kołobrzeg. Becky hatte sie nie besucht. Welche Unwägbarkeiten der Ge-schichte hatten Kościuszko aus seiner Heimat nach Solothurn getrieben?

Mittlerweile war sie fast am vereinbarten Treffpunkt an-gelangt. Wenn nur die Kopfschmerzen nicht gewesen wären. Sie hatten sich verschlimmert. In der Hoffnung, eine Aspirin-

oder Paracetamol-Tablette zu finden, wühlte Becky in ihrer Handtasche, vergeblich. Bei der Treppe gegenüber des Kunstmuseums, die vom Park auf die oberste Plattform der Schanze führte, blieb sie stehen und massierte ihre Schläfen.

Als sie aufblickte, kam die dunkel gekleidete Gestalt von der Werkhofstraße her quer durch den Park auf sie zu. Diesmal war es kein Hirngespinst, sondern eindeutig ein Mann. Er hob eine Hand und beschleunigte seine Schritte. Becky hatte nicht vor, abzuwarten, was er von ihr wollte. Sie eilte die Treppe hoch, in der Hoffnung, dass sich auf der Schanze Menschen befanden. Vor Zeugen würde er ihr nichts anhaben wollen. Sie umrundete die Basis eines aus Kalksteinquadern erbauten, wuchtigen Wehrturmes. Ihr Herz sank. Weit und breit war niemand zu sehen. Ihr Verfolger würde sie bald einholen. Ihr Atem ging stoßweise. Jene Nacht in der Ostsee kam ihr in den Sinn. Sie fühlte sich wie eine Ertrinkende auf der Suche nach dem rettenden Strohhalm. Sie war nicht in der Lage wegzurennen.

Neben dem Turm führte eine schmale Rampe nach unten. Ihr blieb keine Zeit zum Überlegen. Sie musste ihren Verfolger abhängen. Sie rannte den Gang hinab. Nach wenigen Metern stand sie vor einer vergitterten, mit einem massiven Vorhängeschloss versehenen Tür.

»Nein!«

Sie zog und zerrte daran, die Kraft der Verzweiflung allein vermochte das Schloss nicht zu sprengen.

Es blieb ihr keine Wahl, sie musste denselben Weg zurückgehen. Vielleicht schaffte sie es, in eine andere Richtung zu entkommen, bevor er sie … Sie schaute nach oben. Seine Silhouette hob sich schwarz gegen den hellen Himmel ab. Mit einem verzweifelten Aufschrei zerrte sie erneut an der Gittertür. Hinter ihr hörte sie die Schritte ihres Verfolgers.

»Bleib, wo du bist!«, rief sie. »Keinen Schritt näher, oder ich schreie um Hilfe.«

Er kam der Aufforderung nicht nach, er hob lediglich die Hände.

»Bitte, geh weg. Ich will nicht mehr … ich … es tut mir

leid.« Mit dem Rücken zu den Gitterstäben der versperrten Tür rutschte sie langsam zu Boden.

»Rebecca.«

Wieder diese Stimme. Becky hielt sich die Ohren zu.

»Lass mich endlich in Ruhe!«

Etwas berührte ihre Schulter. Becky schrie auf und schlug um sich. Ein dumpfer Aufschrei. Wenigstens ein Treffer.

Ihrem Gegner gelang es, sie an den Armen zu packen. Beckys Widerstand fiel in sich zusammen. Sie ließ den Kopf auf die Brust sinken.

»Frau Kolberg?« Die Stimme, es war nicht diejenige, die sie erwartet hatte. Sie hob den Kopf. Das schräg von oben einfallende Sonnenlicht erhellte seine Gesichtszüge.

»Herr Dornach?«

Sein Ausdruck war sorgenvoll. »Was ist los mit Ihnen?«

Becky räusperte sich. »Es ist nichts, nur … Was tun Sie hier?«

»Wir waren verabredet, erinnern Sie sich nicht mehr?« Er sah auf seine Uhr. »Genau jetzt.«

Sie saßen auf der rückseitigen Terrasse eines Restaurants mit dem Namen »Baseltor«. Dornach reichte ihr ein Glas Wasser.

Becky trank ein paar Schlucke, dann stellte sie es ab. »Ich brauche was Stärkeres.«

»Sind Sie sicher? Ich bestelle Ihnen gerne etwas Alkoholisches, allerdings denke ich, dass Sie das jetzt nicht trinken sollten.«

Ich kann verdammt noch mal selbst entscheiden, was mir guttut und was nicht.

Sie sparte sich eine Antwort.

»Passiert Ihnen das öfter?«, fragte er.

»Die Attacken, meinen Sie?«

Dornach nickte.

»Nicht mehr so oft wie kurz nach dem Segelunfall, bei dem mein Mann ums Leben kam.«

»Möchten Sie erzählen, was passiert ist?«

»Wir hatten uns gestritten, Jan, also mein Mann, und ich, auf dem Boot, kurz bevor er starb.«

»Wie kam es dazu?«

»Wir wollten uns scheiden lassen … das heißt, ich wollte es. Wir konnten uns nicht über das Sorgerecht für Adrian einigen. Der Seegang wurde stärker, weil ein Sturm aufzog. Er ging nach oben, um das Ruder zu übernehmen. Es war ihm recht. Ich hasse es, bei Seegang an Deck zu sein. So musste er sich nicht mit mir auseinandersetzen.« Becky trank einen Schluck Wasser.

»Was passierte dann?«

»Ich ging schließlich trotzdem nach oben. Jan war nicht mehr an Deck. Keine Ahnung, was vorgefallen war, vielleicht war er gestolpert und über Bord gegangen. Es war schon dunkel. Ich suchte die Wasseroberfläche ab. Es war zu stürmisch, das Meer zu aufgewühlt, um etwas zu sehen. Dabei habe ich nicht auf den Segelbaum aufgepasst. Er traf mich am Kopf, ich wurde ins Wasser geschleudert.«

»Sie hatten großes Glück.«

»Kann man sagen.«

»Haben Sie sich Hilfe geholt?«

»Wie meinen Sie?«

»Sie hatten ein traumatisches Erlebnis. Waren Sie deswegen in Therapie?«

»Bei einem Psychiater in Neustadt.«

»Was meinte er?«

»Posttraumatische Belastungsstörung in Verbindung mit der ganzen Familiensituation. Er hat mir zu einem Tapetenwechsel geraten. Dass ich hier bin, ist Teil der Therapie.«

»Sie machen es gleich permanent?«

»Es ist nicht nur das. Ich musste weg von Neustadt. Es wurde mir dort zu eng.«

Dornach schmunzelte. »Ich kenne einige, die jetzt sagen würden, dass Sie vom Regen in die Traufe geraten sind.«

»Sie kennen Neustadt nicht, vor allem nicht die verbliebenen Verwandten, die mir die Erbschaft nicht gönnen.«

»Das ist allerdings ein Grund. Hier sind Sie nicht in Behandlung?«

»Mein Neustädter Arzt gab mir Medikamente für zwei Monate mit. Spätestens dann muss ich hier zu einem Arzt, der mich neu einstellen soll.«

»Sie nehmen Medikamente?«

»Zwei, eines regelmäßig und eines, das ich nur bei akuten Problemen einnehmen soll.«

»Sie meinen die Panikattacken?«

Becky nickte.

»Darf ich mal sehen?«

Sie nahm die Packungen aus der Tasche und legte sie auf den Tisch.

»Die sagen mir nichts.« Dornach zückte sein Handy. »Darf ich die Packungen fotografieren?«

»Wofür?«

»Wenn Sie einverstanden sind, möchte ich sie einer Spezialistin zeigen, die … sagen wir, einen anderen Blick der Dinge hat.«

Sie machte eine einladende Handbewegung. »Von mir aus.«

»Warum essen wir nicht was?«, fragte er, nachdem er die Packungen abgeknipst und sie Becky zurückgegeben hatte. »Dazu ließe sich ein Glas Rosé sicher vertragen.«

»Machen Sie das öfter?«

»Was meinen Sie?«

»Andere bevormunden, oder passiert Ihnen das nur mit gewissen Frauen?«

Kurzes Stirnrunzeln seitens Dornach.

Treffer, versenkt. Tröstlich.

Dornach räusperte sich. »Ich habe einen langen Morgen hinter mir und würde ganz gerne was essen. Wie steht es mit Ihnen?«

Respekt. Er lässt sich nicht so schnell aus der Ruhe bringen.

»Ich kann mir ja mal die Karte ansehen«, sagte sie.

»Liegt vor Ihnen.«

Becky schaute auf ihr Tischset mit den aufgedruckten Mittagsangeboten. »Praktisch. Sie sind eingeladen.«

»Wie komme ich zu der Ehre?«

»Zum einen haben Sie mich vorhin gerettet. Zum anderen, weil Sie mich an diesen Ort geführt haben.« Sie ließ den Blick über den Platz schweifen, den malerische Häuser säumten. Geradeaus schaute sie auf die Rückseite des bulligen Wehrturms, wo Dornach sie gefunden hatte. »Es ist herrlich friedlich und ruhig hier.«

»Der Riedholzplatz ist auch für mich einer der schönsten Orte in der Altstadt. Sie müssen mich deswegen nicht einladen. Ich bin gerne gekommen, und das Helfen gehört sozusagen zu meinem Job.«

»Dürfen Sie als Polizeibeamter nichts annehmen? Oder stehe ich unter Verdacht?«

»Welcher Verdacht? Vor über sechzig Jahren eine Leiche eingemauert zu haben? Nein, das ist es nicht. Bei meiner Behörde gibt es in Bezug auf Einladungen eine simple Regel. Wir dürfen alles annehmen, was wir auf einmal verzehren können.«

Becky grinste. »Pragmatisch. Ich wage zu bezweifeln, dass deutsche Beamte in der Lage sind, derart einfache Regeln aufzustellen. Das heißt, ich darf unser Essen bezahlen?« Sie winkte der wartenden Serviererin.

»Ich werde es nicht mehr wagen, eine Einladung von Ihnen auszuschlagen.«

Nachdem sie die Bestellung aufgegeben hatten, zog Dornach ein gefaltetes Papier aus der Brusttasche seines Hemdes.

»Man hat sich im IRM beeilt. Das ist der Bericht von Dr. Derendinger. Möchten Sie ihn sehen?«

»Ich würde vorziehen, Sie sagen mir, was drinsteht.«

»Im Großen und Ganzen bestätigt Dr. Derendinger seine Vermutung. Bei der Toten handelt es sich um eine weibliche Person. Die Zeitspanne des Todeseintritts erstreckt sich von 1939 bis 1941. Als sie starb, war die Frau zwischen neunzehn und zweiundzwanzig Jahre alt.«

»Zu jung zum Sterben.«

»Für diese Art Tod gibt es kein geeignetes Alter, denke ich.«

»Sicher, dumm von mir. Bitte fahren Sie fort.«

»Die Analysen der Knochenstruktur und der Zähne weisen auf eine gute Gesundheit hin. Abnützungserscheinungen bei den Gelenken lassen darauf schließen, dass die Frau harte körperliche Arbeit verrichtete, in der Landwirtschaft, in einer Fabrik oder schwere Hausarbeit. Im Alter hätten ihr diese Belastungen Schwierigkeiten bereitet.«

»Wie ist sie gestorben?«

»Dr. Derendinger bekräftigt seine ursprüngliche These. Sie wurde erschossen. Dafür spricht die deformierte Kugel, die wir bei ihr gefunden haben. Es handelt sich dabei um eine Kugel einer Pistole des Typs ›Luger‹, Kaliber 7.65. Die Verletzung am Rippenbogen passt dazu. Andere Verletzungen oder Traumata wurden keine festgestellt.«

»Die Frau wurde ermordet?«

»Sie ist gewaltsam zu Tode gekommen. Ob durch Dritteinwirkung oder ob sie die Waffe selbst auf sich gerichtet hat, lässt sich nicht mehr feststellen.«

»Selbstmord?«

»Können wir nicht ganz ausschließen. Allerdings ist es für Frauen unüblich, sich zu erschießen. Wenn es vorkommt, dann eher mit einem Schuss ins Herz als in den Kopf.«

»Sie wird sich vermutlich nicht erst erschossen und dann selbst eingemauert haben«, sagte Becky.

»Eher nicht. Theoretisch könnte sie sich zuerst eingemauert und dann erschossen haben. In diesem Fall hätten wir die Waffe bei ihr finden müssen. Und weshalb hätte sie das tun sollen? Ich glaube, diese These können wir vernachlässigen.«

Sie unterbrachen das Gespräch, als die Kellnerin das Essen brachte. Becky hatte sich eine Mittagscombo bestehend aus einer kalten Suppe und einem reichhaltigen gemischten Salat bestellt. Zusammen mit dem komplementären frischen Holzofenbrot reichte ihr das vollkommen. Dornach hatte sich ebenfalls für die kalte Suppe entschieden und danach eine Portion Spaghetti aglio e olio. Für Becky hatte er ein Glas Petite Arvine und für sich einen Walliser Pinot noir bestellt. Beim Essen ließen sie das Thema der toten Frau beiseite. Becky erzählte von ihrer Heimat an der Ostsee und der Herausforderung, sich in einem anderen Land zurechtzufinden. »Da die Menschen in der Schweiz und in Deutschland die gleiche Sprache sprechen, dachte ich, sie müssten vieles gemeinsam haben. Da habe ich mich offenbar getäuscht. Ich hoffe, ich kriege das hin.«

»Machen Sie sich keine Sorgen. Manchmal kommen die Menschen hier gegenüber Fremden etwas ruppiger herüber, als sie es meinen. Ich bin sicher, Sie werden sich bald eingewöhnen. Sonst hilft Ihnen Ihr Sohn. Kinder integrieren sich leichter als wir. Ich sehe es an meiner Pia. Die verständigt sich schon ganz passabel in Deutsch.«

»Hat sie denn vorher kein Deutsch gesprochen?«

»Sie ist im französischen Teil des Kantons Wallis aufgewachsen und hatte kaum Gelegenheit dazu. Ihre Mutter Laure spricht zwar sehr gut Deutsch, aber mit ihrer Tochter verständigt sie sich nur auf Französisch.«

»Pia sagte mir, dass Sie beide nie verheiratet waren. Darf ich fragen, warum?«

»Pia hat das erzählt?«

»Ja, es geht mich natürlich nichts an. Wenn Sie –«

»Schon in Ordnung. Ich wundere mich, dass Pia es Ihnen erzählt hat. Normalerweise spricht sie nicht mit Leuten darüber, die sie kaum kennt.«

»Sie sagte es mir bei unserem ersten Zusammentreffen.«

»Gratuliere, Sie haben bei ihr einen Stein im Brett. Laure und ich lernten uns an der Uni Bern kennen. Damals war ich für ein paar Semester Gastdozent in Kriminalistik. Sie studierte an der medizinischen Fakultät.«

»Hm, Klassiker. Der Dozent und die Studentin.«

»Genau genommen war sie nicht meine Studentin. Eine ihrer Freundinnen besuchte meine Vorlesungen. Einmal wurde sie von Laure abgeholt. Zwei Tage später stand Laure wieder vor dem Hörsaal, obwohl ihre Freundin an diesem Tag keine Vorlesung bei mir hatte. Sie war wegen mir gekommen.«

»Sie machten gehörig Eindruck auf die junge Dame.«

Was man nachvollziehen kann.

»Schon bei der ersten Begegnung hatte es zwischen uns geknistert. Ich war damals achtundzwanzig, Laure fünf Jahre jünger. Ich wollte mich nicht auf sie einlassen.«

»Sie sah das wohl anders.«

»Laure ist eine willensstarke Frau.«

Und du als schwacher Mann konntest ihr natürlich nicht widerstehen.

»Sie hat nicht lockergelassen, was?«

»Sagen wir, es fiel mir zunehmend schwerer, ihre Avancen abzuwehren. Für ein paar Monate hatten wir eine heftige Affäre. Dann eröffnete sie mir, dass sie schwanger war.«

Becky lag eine böse Bemerkung auf der Zunge, bis ihr in den Sinn kam, wie rührend sich Dornach um seine Tochter kümmerte.

Ist auch kein Kunststück, mit großer Villa und Haushälterin.

»Wenn Ihnen meine Fragen zu übergriffig sind, sagen Sie es mir, ja?«

»Keine Sorge, das passt schon, wenn ich bei Gelegenheit mehr über Sie erfahren darf.«

Becky machte eine Geste, die vage Zustimmung signalisierte. »Was sprach gegen eine Heirat zwischen Ihnen beiden?«

»Körperlich funktionierte es zwischen uns ausgezeichnet. Im Übrigen haben wir uns häufiger gestritten, als wie Erwachsene vernünftig miteinander zu reden. Aber jetzt, seit Pia bei mir ist, ist es besser geworden. Laure und ich sind Menschen, die sich nur auf Distanz vertragen. Zwischen ihr und ihrer Tochter läuft es ähnlich. Sie sind zueinander wie Feuer und Wasser, dabei gleichen sie sich im Grunde ihres Wesens wie ein Ei dem anderen.« Dornach bedeutete der Serviererin, dass er noch etwas bestellen wollte. »Kaffee oder Espresso für Sie?«, fragte er Becky.

Offenbar war ein Themenwechsel angesagt. »Espresso bitte.«

»Sie erwähnten vorhin, dass die Tote in meinem Keller zwischen 1939 und 1941 gestorben sein muss«, sagte Becky. »Werden Sie ermitteln?«

»Nein. Mord verjährt bei uns nach dreißig Jahren. Dieser

Fall liegt über sechzig Jahre zurück. Sofern nicht irgendwelche Zusammenhänge mit aktuellen Verbrechen innerhalb der Verjährungsfrist auftauchen, wird die Staatsanwaltschaft keine Untersuchung anordnen.«

»Der Tod der jungen Frau fällt in den Zeitraum, als meine Großeltern auf Schloss Aaregg lebten. Mein Großvater leitete irgendeine Fabrik hier in der Gegend.«

»Können Sie sich erinnern, dass Ihre Großeltern einen Zwischenfall oder ein mysteriöses Verschwinden einer jungen Frau in jener Zeit erwähnten?«

»Ich kannte sie gar nicht. Meine Großmutter starb 1941 hier in Solothurn an den Komplikationen nach der Geburt meiner Mutter. Großvater kehrte 1943 nach Deutschland zurück. Er war Reserveoffizier der Wehrmacht. Als die Sowjets im Winter 1944 ihre Westoffensive begannen, wurde er eingezogen. Kurz darauf fiel er in Ostpreußen. Meine Mutter wurde von seiner Schwester und einer Kindfrau aufgezogen. Im Januar 1945 flohen sie vor der vorrückenden Roten Armee vom Familienstammsitz in Colberg Richtung Westen zu Verwandten nach Kiel. Später ließen sie sich in Neustadt in Holstein nieder. Vor dem Krieg hatte mein Großvater dort ein kleines Gut gekauft. Das ist die einzige Heimat, die ich kenne, und jetzt natürlich Solothurn.« Sie senkte ihren Blick auf die leere Espressotasse, die sie in den Händen drehte. »Wir werden also nie erfahren, was dieser Frau zustieß und wer dafür verantwortlich ist?«

»Nicht unbedingt. Die Staatsanwaltschaft wird keine Ermittlung anordnen. Damit sind mir die Hände gebunden. Aber es gibt die Möglichkeit, den Fall historisch aufzuarbeiten.«

Schade, ich hätte gern mit dir zusammengearbeitet und vielleicht deine verborgenen Seiten kennengelernt.

»Könnte ich Sie nicht als Privatermittler engagieren?«

»Bedauere, da hätten meine Vorgesetzten etwas dagegen. Aber ich unterstütze Sie gerne in meiner Freizeit. Schließlich sind wir Nachbarn.«

Immerhin etwas.

»Danke, kann sein, dass ich darauf zurückkomme. Apropos.«

Sie nahm zwei Fotos aus ihrer Handtasche. Es waren Bilder aus dem Fotoalbum, das sie auf dem Estrich von Schloss Aaregg gefunden hatte, das Gruppenbild mit dem mausenden Hund und das Einzelbild einer jungen Frau mit Kopftuch, die in die Kamera lachte.

»Sie glauben, das könnte unsere Tote sein?«, fragte Dornach.

»Ich bin mir sogar ziemlich sicher.«

»Ach, wie das?«

Becky zeigte auf das Einzelbild. »Sehen Sie sich das linke Handgelenk und ihren Hals an.«

Dornach betrachtete das Bild eingehend. »Das Format ist zu klein, um Einzelheiten erkennen zu können. Sie trägt ein Kettchen und ein Armband. Kann sein, dass sie mit dem Schmuck übereinstimmen, den wir bei der Toten gefunden haben.«

»Wir sind uns einig.«

Dornach drehte das Foto um. Auf der Rückseite war ein Datum vermerkt. »1. August 1940«, las er, »leider kein Name drauf. Sollte es sich bei dieser Frau tatsächlich um unsere Tote handeln, grenzt dies das Todesdatum auf den Zeitraum zwischen dem 1. August 1940 und irgendwann 1941 ein.«

»Bestünde eine Chance auf Ermittlungen, wenn wir ihren Namen herausfinden?«

»Bedaure. Ich habe mit dem Staatsanwalt darüber gesprochen. Selbst wenn wir wüssten, wer die Frau ist, dürfte es äußerst schwierig bis unmöglich sein, Zeugen oder Tatverdächtige aus jener Zeit zu finden.«

»Vielleicht wurde sie vermisst und es gibt alte Akten. Haben Sie kein Archiv?«

»Ich könnte Nachforschungen anstellen, aber wo ansetzen? Das Nazi-Parteiabzeichen, das wir bei ihr gefunden haben, könnte auf eine politische Tat hinweisen. Damals gab es bei der Kantonspolizei eine Politische Abteilung, die Ausländer und mögliche staatsfeindliche Aktivitäten von Schweizern überwachte. Nur wurden deren Akten nach dem Krieg vernichtet. Mit etwas Glück könnte man im Bundesarchiv in Bern fündig werden, sofern die Politische Polizei im Zusammenhang mit dieser Frau im Auftrag des Bundes ermittelte. Das dürfte allerdings eine Suche nach der sprichwörtlichen Nadel im Heuhaufen werden.«

Beckys Enttäuschung musste sich überdeutlich in ihrem Gesicht abzeichnen.

»Ich würde Ihnen zu gerne weiterhelfen, Frau Kolberg. Im Moment ist das alles, was ich für Sie tun kann.« Er tippte mit dem Zeigefinger auf das Foto der Frau. »Dort, wo Sie das Bild gefunden haben, gibt es noch andere?«

»Ganze Alben voll. Ich konnte sie noch nicht alle durchsehen.«

»Na bitte, da haben Sie einen Ansatz. Wie gesagt, ich helfe Ihnen gerne. Nächstes Wochenende hätte ich Zeit.«

»Das wird nicht gehen«, sagte Becky. »Ich muss mich auch mal um meinen Sohn kümmern. In ein paar Tagen ist Schulbeginn, und ich habe keine Ahnung, was er alles dafür braucht.«

Dornach bot ihr an, sie nach Hause zu fahren.

»Lieb von Ihnen, aber ich will noch einen Einkaufsbummel durch die Altstadt machen. Nachher nehme ich mir ein Taxi oder fahre mit dem Bus. Frau Serafini hat mir erklärt, wie's geht.«

Inzwischen hatte sich der Himmel bewölkt. Es war etwas kühler als am Vormittag.

Auf halbem Weg zwischen Kathedrale und Marktplatz klingelte ihr Handy. Es war Dornach.

»Stalken Sie mich jetzt?«, fragte sie.

»Nichts liegt mir ferner. Gerade ist mir eingefallen, dass morgen der 1. August ist.«

»Ja, wie das halt nach einem 31. Juli so ist.«

Einen Augenblick herrschte Stille in der Leitung. »Entschuldigen Sie, das ist mir so rausgerutscht.«

»Keine Ursache«, sagte Dornach. »Ich habe Ihnen die Steilvorlage geliefert. Was ich sagen wollte: Morgen ist unser Nationalfeiertag. Mein Vater ist Ehrenpräsident des Industrieclubs Solothurn und organisiert jedes Jahr zu diesem Anlass eine Gartenparty für alle Mitglieder, die nicht in den Ferien weilen und die keine Lust auf 1.-August-Reden haben. Hiermit lade ich Sie herzlich dazu ein. Der Name von Aaregg ist vielen ein Begriff. Sie könnten interessante Kontakte knüpfen.«

»Ich weiß nicht recht, klingt ein wenig nach Männerclub.«

»Täuschen Sie sich nicht, es gibt unter den Mitgliedern interessante Unternehmerinnen. Außerdem wird morgen über alles Mögliche geredet, nur nicht über das Geschäft. Und meine Eltern würden sich sicher freuen, Sie kennenzulernen.«

»Ich müsste Frau Serafini fragen, ob sie meinen Sohn –«

»Adrian können Sie gern mitbringen. Pia ist da und andere Kinder. Ich sollte nicht vergessen zu erwähnen, dass es auch ein Feuerwerk gibt.«

»Adi wird es mir nie verzeihen, wenn ich ihm das vorenthalte. Wir kommen gern.«

»Schön, ab fünf bei uns. Den Weg kennen Sie ja.«

7

Um zehn nach fünf machte sich Becky mit Adrian auf den Weg
zu den Nachbarn. Sie hatte sich nicht entscheiden können, was
sie anziehen sollte. Jetzt trug sie ein körperbetontes rot-weiß
gestreiftes Sommerkleid mit einem V-Ausschnitt.

»Du hättest dich ruhig etwas beeilen können«, sagte Adrian.

»Warum? Hast du noch was anderes vor heute Abend?«

»Ich bin zu spät zu meiner Verabredung mit Pia. Sie wollte
mir um fünf Uhr etwas zeigen.«

Becky sah auf ihre Uhr. »Und das ist etwas, was sie dir um
Viertel nach fünf nicht mehr zeigen kann?«

»Keine Ahnung. Sie wollte es mir zeigen, bevor zu viele Gäste
da sind.«

Was für Streiche führten die beiden im Schilde? »Du tust
nichts, wofür ich mich später schämen muss, versprochen?«

»Versprochen.«

Auf der Dornach'schen Terrasse und im Garten tummelte
sich bereits eine große Anzahl Gäste. Dornach selbst konnte
Becky nirgends entdecken. Es war ihr unangenehm, durch die
Hintertür hereinzuplatzen. Sie überlegte, den Rückzug anzutreten und den Umweg über die Straße zu nehmen.

»Frau Kolberg?« Eine Frauenstimme.

Eine groß gewachsene Frau Anfang sechzig kam mit aus-
gestreckten Armen auf sie zu. Wie Becky trug sie ihr Haar
als Shortbob, der ihr mit den grau durchwachsenen blonden
Strähnen gut stand. Becky wusste ohne Vorstellung, wen sie
vor sich hatte. Die Ähnlichkeit zwischen Mutter und Sohn war
unverkennbar. Dornach hatte den inquisitiven Blick von ihr geerbt. Die Umarmung ohne Vorwarnung überrumpelte Beckys
norddeutsches Naturell. »Ich bin Gilberte Dornach, Dominiks
Mutter. Er hat mich gebeten, Sie in Empfang zu nehmen. Er
musste dringend ans Telefon.«

Ihr Hochdeutsch hatte einen leichten Akzent. Becky tippte

auf Französisch. »Rebecca Kolberg, bitte nennen Sie mich Becky. Danke, dass ich heute Abend bei Ihnen zu Gast sein darf.«

»Ich bitte Sie. Wir wussten seit einiger Zeit, dass jemand auf dem Schloss einziehen wird. Entschuldigen Sie, dass ich das so sage, wir waren schon sehr neugierig. Mein Mann und ich waren bei Ihrem ersten Besuch nicht da. Dominik erzählte uns von Ihrem Charme.«

»Soso, hat er das?«

»Er hat nicht übertrieben.« Gilberte wandte sich Adrian zu. Vermutlich im Wissen, dass Jungs in seinem Alter ungern umarmt werden wollten, streckte sie ihm die Hand hin. »Du musst Adrian sein, von dem meine Enkelin so viel erzählt. Gratuliere, junger Mann. Du hast es auf Anhieb geschafft, Pias Vertrauen zu gewinnen. Sie ist wählerisch im Umgang mit Freunden.«

Wenn man vom Teufel spricht.

Pia hüpfte in einem hellen Sommerkleid in großen Sprüngen die Terrassentreppe herunter und rannte auf sie zu.

»Pia, *chérie*«, tadelte die Großmutter. »Pass auf dein Kleid auf. Deine Mutter hat es extra für heute gekauft.« Gilberte sprach Französisch mit ihrer Enkelin. Das bestätigte Beckys Vermutung. Dornachs Mutter war ebenfalls französischer Muttersprache. Pia nahm Adrian bei der Hand und zog ihn mit sich.

»Kommen Sie, Becky«, sagte Gilberte. »Ich stelle Sie den anderen Gästen vor.«

Die meisten Namen hatte Becky vergessen, sobald ihr der nächste Gast der illustren Gesellschaft vorgestellt wurde. Nebst den Chefs der Mitgliederfirmen des Industrieclubs befanden sich darunter ehemalige oder amtierende Abgeordnete des kantonalen Parlaments und zwei aktive Mitglieder der Kantonsregierung, ein Mann und eine Frau, offenbar Parteifreunde von Dornachs Vater. Becky war von Kindsbeinen an gewohnt, sich in gehobenen Gesellschaftskreisen zu bewegen. Im Gegensatz zu ihrer Heimat waren die Umgangsformen hier lockerer und die Kleidung weniger formal, was ihr entgegenkam. Sie genoss die anerkennenden Blicke, die sowohl die männlichen als auch die weiblichen Anwesenden ihrem Äußeren schenkten. Nach den Tiefschlägen der letzten Monate tat es gut zu wissen, noch dazuzugehören.

»Da drüben ist Dominik«, sagte Gilberte. Dornach stand auf der Terrasse im Gespräch mit zwei Männern. »Gehen Sie ruhig zu Ihnen hin.«

Dornach wandte seine Aufmerksamkeit sofort Becky zu. Er stellte ihr seinen Vater vor. Von ihm hatte er die Stirnpartie und die dunklen Haare. Die Haltung von Dornach senior war rigider als die seines Sohnes. Becky kannte das von Bildern ihres Großvaters. Wie er musste Josef Dornach ein ehemaliger Offizier sein. Daher hätte Becky einen kühleren Empfang erwartet. Zu ihrer Überraschung stand der Senior seinem Sohn in Bezug auf Charme in keiner Weise nach. »Ich bin Dominik dankbar, Sie eingeladen zu haben, Frau Nachbarin. Es wäre geradezu vermessen gewesen, wenn er es nicht getan hätte. Herzlich willkommen in Solothurn. Ich hoffe, Sie fühlen sich bald heimisch. Wenn Sie etwas brauchen, scheuen Sie sich nicht, bei uns anzuklopfen.«

»Vielen Dank, Herr Dornach. Ich bin sicher, früher oder später auf das Angebot zurückzukommen.«

»Bitte nennen Sie mich Josef oder Joe.« Er stieß mit Becky an, die von einer ServIererin des eigens engagierten Caterers kurz zuvor ein »Cüpli« angeboten bekommen hatte. Becky hatte es angenommen, ohne zu wissen, was es sein sollte. Nach dem ersten Schluck stellte sie beruhigt fest, dass es ein Sektglas mit Schaumwein war. Sie vermutete zuerst, es sei Sekt, der ihr ausgezeichnet schmeckte, weil er nicht zu trocken war, wie sie ihn aus Deutschland gewohnt war. Dornach sagte ihr, dass sich hierzulande der italienische Prosecco durchgesetzt hatte.

Der dritte Gesprächspartner der Dreiergruppe wurde ihr als Staatsanwalt Damian Ruch vorgestellt, ein hagerer Mann mit blassem Teint. Becky konnte nicht schlüssig beurteilen, ob seine blassblauen Augen sie lauernd ansahen oder ob sie einfach Unsicherheit ausstrahlten.

»Aha, die Dame, die uns die Tote im Schlosskeller beschert

hat«, begrüßte er Becky, was ihn in ihrer Achtung nicht aufsteigen ließ.

»Es tut mir leid, Ihnen Umstände bereitet zu haben. Dank ihrer Verjährungsregeln bleibt Ihnen einiges an Arbeit erspart.«

Dornach entschärfte die Situation, indem er Becky unter dem Vorwand wegführte, er wolle ihr noch jemand vorstellen.

»Ich war wohl etwas zu forsch«, sagte sie, sobald sie außer Hörweite des Staatsanwaltes waren. »Tut mir leid, aber er hat mich gereizt. Als ob ich für den Tod der armen Frau verantwortlich wäre.«

Dornach winkte ab. »Kein Problem. Ruch ist eigentlich ganz in Ordnung. Er hat manchmal Mühe, den richtigen Ton zu treffen. Bleibt für ihn zu hoffen, dass es ihm bis zu den nächsten kantonalen Wahlen gelingt.«

»Der Staatsanwalt will in die Politik?«, fragte Becky.

»Er hat das Langzeitziel, Regierungsrat zu werden. Im nächsten Frühling kandidiert er für den Kantonsrat. In ein paar Jahren wird er wohl unser nächster Justizminister werden.«

»Wenn er bis dahin lernt, mit seinen Wählern anständig zu reden. Meine Stimme hätte er schon mal nicht. Aber da ich kein Wahlrecht habe, dürfte es ihm egal sein.«

»Für meinen Geschmack steht er ein wenig weit rechts«, sagte Dornach. »Ursprünglich hatte ich ihn nicht so eingeschätzt. Aber jetzt will ich –« Dornach wandte sich um, weil ihn jemand an der Schulter berührte.

»Willst du mich deiner neuen Bekannten nicht vorstellen, Dominik?«

Die Frau, die hinter Dornachs Rücken hervortrat, raubte Becky beinahe den Atem. Mit ihrer Figur hätte sie reelle Chancen in der Welt der Haute Couture gehabt. Dornach hätte sie nicht vorzustellen brauchen. Becky sah Pia vor sich, wie sie in einigen Jahren aussehen würde.

Welcher Idiot lässt so eine Frau sausen?

Nachdem Dornach seiner Ex Laure Zenklusen überzeugend genug dargelegt hatte, dass Becky die neu zugezogene Nachbarin aus Deutschland war, zeigte diese sich ihr gegenüber weniger schnippisch. »Weißt du, wo Pia steckt?«, fragte sie ihn. »Ich habe ihr ein neues Kleid gekauft. Es ist nicht dafür gedacht, darin im Sandkasten zu spielen oder auf Bäume zu klettern.«

Das erinnerte Becky, dass sie nach Adrian Ausschau halten sollte.

»Keine Angst«, sagte Dornach. »Pia weiß sich zu benehmen. Wenn du wissen willst, was sie treibt: Ich habe sie zuletzt in der Nähe des Gewächshauses gesichtet.«

»*Mon Dieu*, das Kleid. Ich sehe besser mal nach.«

Bevor Laure ging, wandte sie sich Becky zu. »*Ma chère*, sollten Sie in Erwägung ziehen, mit ihm etwas anzufangen«, sie deutete mit dem Finger auf Dornach, »meinen Segen haben Sie. Allerdings rate ich es Ihnen nur, wenn Sie *les montagnes russes* lieben … wie sagt man bei Ihnen? … Achterbahn, nicht wahr?«

»Danke, sollte es so weit kommen, werde ich es beherzigen«, antwortete Becky mit einem Seitenblick zu Dornach, der Nachschub für sein leeres Glas suchte.

»Ist Ihre Ex eifersüchtig?«, fragte Becky, als sie wieder allein waren.

»Im Grunde nicht. Laure ist selbst nicht gerade das, was man sich unter einem Kind von Traurigkeit vorstellt. Sie fühlt sich dazu berufen, meine potenziellen Partnerinnen vor meiner Unstetigkeit zu warnen.« Dornach nahm ein Glas Rotwein von einem Tablett, das ihm eine Kellnerin hinhielt. »Gott sei Dank kommt es nicht oft vor, dass sie mit Bekannten von mir zusammentrifft.«

»Bekam Ihre gegenwärtige Partnerin dieselbe Einweisung? Wo ist sie überhaupt?«

»Wer?«

»Pias ›Tante‹, die ich neulich mit Ihnen zusammen auf der Terrasse gesehen habe.«

»Sie meinen Muriel? Wir waren über das Wochenende zusammen. Für das hier ist es etwas früh, vor allem für ein Zusammentreffen mit Laure.«

So ein Schlawiner, immerhin ein ehrlicher.

»Wäre ich eine potenzielle Partnerin, wie Frau Zenklusen es nennt? Soll ich eine Nummer ziehen?«, fragte Becky augenzwinkernd.

Dornach lachte und hob sein Glas. »Sie machen mir jedenfalls eine Freude, wenn ich Sie zu meinen guten Freunden zählen dürfte. Ich bin übrigens Dominik.«

»Becky.«

Dornach stellte sein Glas auf die Seite. »Jetzt bringe ich dich zu jemandem, der dich interessieren dürfte.«

»Sehr gerne, solange es keine weitere Ex, Gegenwärtige oder Zukünftige ist.«

»Du wirst es nicht für möglich halten, auch ich habe meine Grenzen.«

Halleluja, es besteht Hoffnung.

Sie betraten das Haus, dessen dicke Mauern trotz offener Türen und Fenster die Hitze draußen hielten. Becky war von der Schlichtheit des Inneren angenehm überrascht. Die Einrichtung war gediegen, aber nicht überladen. Hier und dort bemerkte sie wertvolle antike und sorgfältig gepflegte Möbelstücke, Stühle, Tischchen und Sekretäre, die sie auf den guten Geschmack der Hausherrin zurückführte. Der große Wohnraum strahlte Behaglichkeit aus.

»Das ist unser Grand Salon«, sagte Dornach. Das auffälligste Einzelstück war das große Cheminée, in dem sich halbe Bäume verbrennen ließen. Angesichts der Jahreszeit stand anstelle des Holzstapels eine Vase mit Sommerblumen in der Feuerstelle.

Bis zum Abflauen der Hitze hatten sich die betagteren Gäste hierhin zurückgezogen. Zentrum der Aufmerksamkeit war ein Mann im Rollstuhl, der vor dem Cheminée regelrecht Hof hielt. Anstelle des draußen herumschwirrenden Catering-Personals kümmerte sich eine resolut aussehende Frau im Alter von Dornachs Mutter um die Gäste. Sobald sie Dornach und Becky erblickte, kam sie auf sie zu.

»Becky, darf ich dir Frau Reinhard vorstellen? Seit Jahrzehnten ist sie die gute Seele der Villa Dornach. Ich erinnere mich nicht mehr genau, aber es wird gemunkelt, dass wir beide intime Momente miteinander verbracht haben sollen. Sie hat mir als Säugling immer mal wieder die Windeln gewechselt.«

»Dominik, du bist unmöglich. Was soll das denn heißen, intime Momente? Und dann redest du von Windelnwechseln. Was soll denn jetzt Frau Kolberg von mir denken?«

»Dass Sie im wahrsten Sinne des Wortes eine gute Seele sind, Frau Reinhard«, sagte Becky. »Und nicht zu beneiden, wenn Sie sich um diesen Balg kümmern mussten.«

»So schlimm war Dominik als kleiner Bub gar nicht. Seine Tochter ist da schon anstrengender, weil sie die Unstetheit ihres Vaters und das starke, oder sollte ich sagen schwierige, Temperament ihrer Mutter in sich trägt. Trotzdem ist sie ein liebes Kind.«

»Was wir Ihrer Güte und Strenge verdanken, Frau Reinhard.« Dornach deutete mit dem Kopf in Richtung des Mannes im Rollstuhl. »Wie ist er in Form heute?«

»Ausgesprochen gut. Er hat lange mit deinem Großvater gesprochen, bevor dieser auf den Zug nach Zürich musste. – Ihr entschuldigt mich, ich habe in der Küche etwas im Ofen. Dann sehe ich nach den Kindern. Es hat mich gefreut, Sie kennenzulernen, Frau Kolberg. Sollten Sie mal Hilfe im Haushalt brauchen, Giusi Serafini und ich kennen uns gut. Sie kann mich jederzeit anrufen.«

»Du bist ein Glückspilz, Dominik«, sagte Becky. »Ein schönes Haus, tolle Eltern und eine herzensliebe Haushälterin, dazu ein vielversprechendes Töchterlein. Was will man mehr?«

»Ich beklage mich nicht, obwohl ich mich manchmal frage, womit ich das verdient habe.«

»Nicht fragen, annehmen«, sagte Becky. »Wie kommt es, dass Frau Reinhard dich duzt und du sie siezt?«

»Ich kenne es nicht anders. Sie hat immer Du zu mir gesagt, und ich spreche sie seit jeher mit Frau Reinhard an. So wird es wohl bleiben. Ich bin nicht einmal sicher, ob ich ihren Vornamen kenne. Sie heißt Marianne, glaube ich.«

Der Mann im Rollstuhl war im Gespräch mit einer älteren

Frau. Eine ehemalige Regierungsrätin, erklärte Dornach, die erste Frau in einem Exekutivamt in der Geschichte des Kantons Solothurn.

»Schade, hatte ich nicht Gelegenheit, deinen Großvater kennenzulernen. Du hast mir bisher nichts von ihm erzählt.«

»Er gehört zu den Pionieren der Solothurner Industrie. Sein Vater, mein Urgroßvater, ist der Gründer der Maschinenfabrik Dornach AG. Sie galt lange als Musterbetrieb im Kanton.«

»Galt?«

»Mein Vater verkaufte die Firma vor ein paar Jahren für gutes Geld an eine ausländische Investorengruppe.«

»Du wolltest nicht in seine Fußstapfen treten?«

»Die Rolle als Firmenpatron reizte mich nie. Mein Vater hat es eingesehen. Ich fürchte, mein Großvater hat es uns nie verziehen. Mir, dass ich die Firma nicht übernehmen wollte, und meinem Vater, dass er sie verkaufte.«

»Es muss schmerzhaft für ihn gewesen sein. Es war sein Lebenswerk.«

»Manchmal überkommt ihn die Wehmut, dann muss er weg. Deshalb ist er heute nach Zürich gefahren. Dort feiert er mit alten Freunden und ehemaligen Geschäftspartnern. Morgen fährt er ins Engadin, wo er wie jedes Jahr im August eine Woche im Hotel ›Waldhaus‹ in Sils Maria verbringt.«

Becky sah zum Mann im Rollstuhl hinüber. »Wer ist das eigentlich?«

»Peter Davaud, ehemaliger Uhrenindustrieller aus Grenchen, Doyen und Ehrenpräsident des Industrieclubs. Genau heute feiert er seinen dreiundneunzigsten Geburtstag. Mein Großvater ist mit neunzig Jahren das zweitälteste Mitglied des Clubs.«

»Unternehmertum ist förderlich für die Lebenserwartung, wie es scheint.«

»Das ist das eine«, erwiderte Dornach. »Die Patrons von früher hatten eine andere Beziehung zu ihrer Unternehmung und den Menschen, die dort arbeiteten. Heute werden die CEOs nach wenigen Jahren zwischen den Mahlsteinen von Börsenkursen und ständigem Innovationsdruck physisch und mental aufgerieben, bis sie auf dem Altar des Shareholder Value geopfert werden.«

»Das wolltest du dir ersparen. Verbrecherjagd ist sicher erholsamer, nicht wahr?«

»Nicht zwingend. Aber ich wollte eine Arbeit, bei der ich der Gesellschaft etwas zurückgeben kann. Als Ermittler bei der Kriminalpolizei habe ich die Möglichkeit, den Opfern von Kriminalität und Gewalt Gerechtigkeit zu verschaffen, indem ich die Täter zur Strecke bringe und der Justiz zuführe.«

»Das sind hohe Ideale. Hat es dir schon mal jemand gedankt?«

»Es kommt vor, wenn auch selten.«

Das Gespräch zwischen der alt Regierungsrätin und Peter Davaud neigte sich dem Ende zu. Sie verabschiedete sich von ihm und schüttelte Dornach und Becky nach einem kurzen Wortwechsel die Hand.

Davaud musste Dornach und Becky seit geraumer Zeit bemerkt haben. Er winkte die beiden zu sich.

»Herzlichen Glückwunsch zum Dreiundneunzigsten, Herr Davaud«, sagte Dornach. »Wie geht es Ihnen heute?«

»Wie soll es einem schon gehen, wenn man seit Jahren mit einer Neun voran durch das Leben wandelt? Die Wehwehchen am Morgen sind jeden Tag etwas mehr, die Geschwindigkeit nimmt laufend ab. Reden wir von erfreulicheren Dingen.« Davaud deutete auf Becky. »Willst du mir die charmante junge Dame nicht vorstellen, Dominik? Keine Angst, ich spanne sie dir nicht aus.«

Der Schalk aus seinen trotz Altersblässe strahlend blauen Augen lachte Becky entgegen. Sein gepflegtes Äußeres, das volle weiße Haar und das ungeachtet seiner Falten scharf geschnittene Gesicht machten ihn zu einem attraktiven Mittneunziger.

»Frau Kolberg ist unsere neue Nachbarin und Eigentümerin von Schloss Aaregg.«

»Kolberg?« Davaud richtete sich in seinem Rollstuhl auf. »Sind Sie mit den von Colbergs verwandt, die bis 1943 im Schloss wohnten?«

»Georg Friedrich von Colberg und seine Frau Barbara Felicitas waren meine Großeltern. Kannten Sie sie?«

Für einen kurzen Augenblick verdunkelte sich Davauds Gesicht. Seine Augen bekamen einen eigentümlichen Glanz, als berührten die Erinnerungen seine Seele. »Ihren Großvater habe ich nur aus der Ferne gekannt. Unsere Standpunkte waren in Bezug auf Politik und Werthaltungen zu unterschiedlich. Aber er war ein rechtschaffener Mann, obwohl er für die Nazis arbeitete. Er war ja Direktor der ›Waffi‹.«

»›Waffi‹?«, fragte Becky.

»So nannten wir die deutsche Waffenfabrik Armatech in Zuchwil.«

»Wie bitte? Mein Großvater hat in der Schweiz eine Waffenfabrik geführt? Wie kam es dazu?«

Frau Reinhard unterbrach das Gespräch. Sie bat Dornach hinaus, da seine Mutter ihn suchte.

»Darf ich Ihnen weiter Gesellschaft leisten?«, fragte Becky Davaud. »Ich will Sie keinesfalls behelligen.«

»Sie und mich behelligen? Eigentlich wollte ich Sie fragen, ob es Ihnen recht ist, Zeit mit einem alten Schlachtross wie mir zu verbringen anstatt mit den jungen Leuten da draußen.« Der Alte zwinkerte ihr zu. »Wo waren wir stehen geblieben? Sie wollten etwas über die Zeit erfahren, als Ihr Großvater die Waffenfabrik leitete.«

»Gern. Meine Großeltern starben beide während des Krieges. Meine Eltern sprachen nie mit mir über diese Zeit.«

»Verständlich. Es waren keine guten Zeiten, glauben Sie mir. Für uns in der Schweiz nicht, aber noch viel weniger für die Millionen von Opfern, die der Wahnsinn der Nazis forderte, und für das deutsche Volk, das dafür einen so hohen Preis bezahlen musste.«

Er verfiel in grüblerisches Schweigen.

»Herr Davaud?«

»Wie? Ja, richtig, die Armatech. Sie wussten nicht, dass der Rüstungsbetrieb zu hundert Prozent in deutscher Hand war?«

»Ich wusste nicht mal, dass mein Großvater hier eine deutsche Waffenfabrik leitete. Ich dachte, die Schweiz war neutral. Wie ist es möglich, dass hier Waffen für Deutschland produziert wurden?«

»Es war kompliziert. Die Ursprünge der Waffenfabrik gehen bis zum Ende des Ersten Weltkriegs zurück. Der Versailler Friedensvertrag von 1919 ist Ihnen ein Begriff?«

»Ich glaube schon. Die Siegermächte schoben Deutschland und seinen Verbündeten die Alleinschuld am Krieg zu und verpflichteten es zu horrend hohen Reparationszahlungen, die nach dem Zusammenbruch des Kaiserreiches das Land ins Elend stürzten.«

»Im Endeffekt ebneten sie Hitler und seiner Nationalsozialistischen Arbeiterpartei den Weg zur Macht«, sagte Davaud. »Der Versailler Vertrag war ein Akt reiner Arroganz der Sieger und der größte politische Fehler in der Geschichte Europas mit Konsequenzen bis in die Gegenwart. Frankreich unter Clemenceau, Großbritannien unter Lloyd George und US-Präsident Woodrow Wilson sind in meinen Augen ebenso verantwortlich für die Katastrophe des Zweiten Weltkriegs und die Millionen von Toten wie die Nazis. Sie haben Deutschland wie ein verwundetes wildes Tier in eine Ecke gedrängt, und es hat sich auf furchtbare Weise gewehrt.«

Becky sah das nicht ganz so. Aber im Gegensatz zu Davaud hatte sie nicht in dieser Epoche gelebt.

»Nicht nur die Reparationszahlungen machten Deutschland zu schaffen«, fuhr Davaud fort. »Die Sieger zwangen es darüber hinaus, seine Streitkräfte zu dezimieren und die Rüstungsindustrie zu demontieren.«

»Eine logische Konsequenz.«

»Die nicht zu Ende gedacht wurde, mein Kind. Es war eine unerträgliche Demütigung für das einst stolze Reich. Gut, es hat seine Fabriken abgebaut, vordergründig. Doch die Produktionsanlagen wurden nicht etwa vernichtet, sondern über in- und ausländische Mittelsmänner ins nahe Ausland verfrachtet, darunter in die Niederlande und in die damals neu gegründete Tschechoslowakei.«

»Die Vernichtung der Anlagen wurde vom Völkerbund nicht überwacht?«

»Nicht in dem Maß, wie man es heute tun würde. Deutsche Waffenbauer ließen sich ihre Produktionen nicht einfach so aus den Händen nehmen. Sie suchten nach geeigneten Standorten im Ausland.«

»Und wurden hier fündig?«

»Unter anderem. Gemeinsam mit Schweizer Investoren kauften sie das Gelände der stillgelegten Décolletage-Fabrik Moderna SA in Zuchwil. Zunächst produzierte man Patronen, später wurden Maschinengewehre, Panzerbüchsen und leichte Luftabwehrgeschütze gebaut. Doch in Zuchwil wurde nicht nur produziert. Auch neue Waffen wurden entwickelt, etwa für die Firma Mauser.«

»Sie erwähnten Schweizer Investoren. Also war die Waffenfabrik in schweizerischer Hand?«

»Bis 1938 war das der Fall. Dann kam sie mit juristischen Winkelzügen und über Scheinbeteiligungen vollständig unter deutsche Kontrolle. Federführend war der Marschall-Konzern.«

»Marschall-Konzern? Davon hab ich nie gehört.«

»Sie sind zu jung, Frau Kolberg. Er war im Besitz von Nazi-Parteigrößen. Rudolf Hess und Hermann Göring waren die größten Aktionäre.«

»Unglaublich, eine von Nazis kontrollierte Waffenfabrik operierte von der Schweiz aus, und niemand unternahm etwas?«

»Es war nicht so, dass nichts unternommen wurde. Damals wütete die Weltwirtschaftskrise. Die Schweiz war davon nicht in dem Maß betroffen wie die umliegenden Länder, trotzdem war man hierzulande froh um jeden Arbeitsplatz. Wegen der problematischen Eigentumsverhältnisse entzog der Bundesrat der Armatech zunächst die Produktionslizenz. Später wurde sie unter außenpolitischem Druck wieder erteilt, mit der Auflage, dass keine Waffenexporte nach Deutschland erfolgen durften.«

»Daran hielt man sich?«

»Das hat man nie eindeutig festgestellt. Nach dem Krieg

wurde die Armatech fortlaufend liquidiert und deren Archive nach Ablauf der gesetzlichen Aufbewahrungsfrist vernichtet.«

»Falls Direktexporte nach Deutschland stattfanden, existieren davon keine Unterlagen mehr.«

»Offiziell gab es keine. Dafür wurden bedeutende Ausfuhren nach Italien, Rumänien und Ungarn getätigt, wenn Sie verstehen, was ich meine.«

»Alles Verbündete von Nazi-Deutschland oder in dessen unmittelbarer Einflusssphäre.«

»Wir verstehen uns, Frau Kolberg.«

»Mein Großvater hat bei dem Ganzen mitgemacht?«

»Georg Friedrich von Colberg wurde vom Marschall-Konzern mit der Leitung der Fabrik beauftragt. Es war eine Arbeit wie jede andere. Es mag Sie trösten, dass er vom Personal, einheimisch wie auswärtig, geschätzt und respektiert wurde. Das war bei seinem Schweizer Betriebsleiter nicht der Fall, er war Frontist durch und durch.«

»Was heißt das?«

»Die ›Nationale Front‹ war die größte Partei der schweizerischen Frontenbewegung. Sie wurde im Frühjahr 1940 aufgelöst und in ›Eidgenössische Sammlung‹ umbenannt. Ihre Mitglieder waren Anhänger des Faschismus und Nationalsozialismus.«

»Verstehe. Und meine Großmutter, was für eine Frau war sie?«

Peter Davauds Blick schweifte in die Ferne. »Barbara Felicitas von Aaregg war die schönste Frau Solothurns. Wir, das heißt alle jungen Männer meiner Generation, waren in sie verliebt. Für die meisten unter uns, mich eingeschlossen, war sie unerreichbar. Wir gehörten nicht dem richtigen Stand an. Mitte der dreißiger Jahre waren die von Aareggs verarmt. In der Wirtschaftskrise hatte die Familie fast ihr ganzes Geld verloren. In ihrem Besitz war noch das Schloss hier und der Aareggerhof, ihr Gutshof in Zuchwil. Sie wären gezwungen gewesen, alles zu verkaufen, hätte nicht Georg Friedrich von Colberg um Barbaras Hand angehalten. Die von Colbergs besaßen Immobilien und Ländereien im Norden und Osten des Deutschen

Reiches. Außerdem gehörte ihnen eine große Reederei. Mit der Heirat fusionierte das bescheidene Besitztum der von Aareggs mit dem der von Colbergs. Aus der mausarmen Barbara Felicitas von Aaregg wurde die Freiin von Colberg-Aaregg. Für die Solothurner war und blieb sie Barbara von Aaregg.«

Becky erinnerte sich, wie ihre Mutter den Zusatz »von« aus dem Namen streichen ließ, weil er sie an die Zeit erinnerte, in der sie ihre Eltern verloren hatte.

»Meine Großmutter starb in Solothurn, nicht wahr?«

»Das war 1941, kurz nach der Geburt der Tochter, Ihrer Mutter. 1943 ging Georg Friedrich zurück nach Deutschland.« Peter Davaud legte seinen Kopf an die Rückenlehne und schloss die Augen. »Entschuldigen Sie, die Erinnerungen haben mich ermüdet.« Becky trat zu ihm und rückte seine Decke zurecht.

»Was machen Sie da?«

Bevor sich Becky umdrehen konnte, wurde sie zur Seite geschoben. »Ich wollte nur nachsehen, ob …«

Die Frau hörte nicht zu. Sie beugte sich zu Davaud hinab, der in diesem Moment die Augen aufschlug. »Entschuldigen Sie, ich muss kurz eingenickt sein, die ganze Geschichte mit …« Er sah, dass er nicht mehr mit Becky sprach. »Krissi? Was tust du hier? Ich habe dich nicht gerufen.«

»Es ist Zeit für deine Spritze und deine Medizin, Peter«, sagte die Frau mit resoluter Stimme.

Davaud sah sich nach Becky um. »Frau Kolberg?«

»Ich bin hier, Herr Davaud.«

Die Pflegerin, eine stämmige Blondine in den Dreißigern mit einer straffen Pferdeschwanzfrisur, warf ihr einen wütenden Blick zu. »Sie müssen jetzt gehen. Er ist müde.« Sie hatte einen osteuropäischen Akzent.

Becky streckte ihr die Hand hin. »Ich bin Rebecca Kolberg.«

Die Pflegerin betrachtete die Hand, als könnte sie vergiftet sein, bevor sie zögerlich einschlug. »Krysztina Korda, ich bin die private Pflegerin von Peter … Herrn Davaud. Könnten Sie uns bitte allein lassen? Er hat Diabetes und braucht seine Injektion. Dafür muss ich sein Hemd öffnen.«

»Bitte bleiben Sie, Frau Kolberg. Ich kann Ihnen mehr über die von Aareggs und die Waffenfabrik erzählen.«

»Ich bin nicht sicher, ob –«

»Das geht nicht, Peter«, sagte Krysztina. »Wir müssen nach Hause, du weißt, was der Arzt gesagt hat, du brauchst Ruhe.«

»Ja, ja.« Hinter Krysztinas Rücken ahmte Davaud mit der Hand einen schnatternden Schnabel nach. Becky presste die Lippen zusammen, um nicht zu lachen.

»Fünf Minuten haben wir noch«, sagte Davaud, als Krysztina die Spritzutensilien einpackte.

»Ich muss Sie etwas fragen, Herr Davaud«, sagte Becky. »Sagen Sie es mir, wenn es Sie zu sehr anstrengt?«

»Nur zu!«

»Wissen Sie von einer jungen Frau, die zwischen 1939 und 1941 im Umfeld der Familie von Colberg-Aaregg verschwunden ist? Sie muss um die zwanzig gewesen sein.«

Der gleiche Schatten wie zu Beginn ihres Gespräches legte sich über sein Gesicht. »Weshalb interessiert Sie das?«

Beckys Augen wanderten zwischen Krysztina, die sie lauernd ansah, und Davaud hin und her.

»Vielleicht haben Sie erfahren, was letzte Woche im Schloss Aaregg vorgefallen ist?«

Davaud und Krysztina sahen sie abwartend an.

Offenbar nicht.

»Im Keller des Schlosses wurden hinter einer Mauer die sterblichen Überreste einer Frau gefunden. Sie muss im Alter von circa zwanzig Jahren ums Leben gekommen sein. Sie trug ein Kettchen mit einem Kreuz und ein Armband mit …«

Davauds Lippen zitterten. »Sie ist tot?«

»Sie kennen sie?«, fragte Becky.

»Er weiß nichts«, fuhr Krysztina barsch dazwischen. »Sehen Sie, was Sie angerichtet haben? Er ist ganz verstört, dabei darf er sich keinesfalls aufregen. Wir gehen jetzt.«

»Es tut mir leid«, sagte Becky.

Krysztina schob den Rollstuhl zur Tür.

»Halt!«, sagte Davaud. »Warte.«

»Nein, du musst sofort nach Hause«, entgegnete Krysztina.

»Du wartest gefälligst, wenn du nicht wieder im Puff landen willst, wo ich dich aufgelesen habe.«

Krysztina stoppte den Rollstuhl augenblicklich. »Alter Idiot«, murmelte sie so leise, dass es nur Becky hören konnte.

»Verschwinde und warte draußen«, herrschte Davaud Krysztina an. Sie stampfte mit verschränkten Armen hinaus.

»Tut mir leid, dass Sie das mitbekommen haben, Frau Kolberg. Krissi ist eine Nette, manchmal zischt sie wie eine Giftschlange. Dann muss man ihr zeigen, wer der Chef ist.«

Mit mir machst du das genau nur ein Mal.

»Ich will Sie wirklich nicht länger belästigen, wenn Sie Ruhe brauchen. Darf ich Sie morgen anrufen?«

Er winkte ab. »Ich hasse es, mit diesen neuartigen Apparaten zu telefonieren.« Er langte in die Innentasche seines Jacketts und gab ihr eine Visitenkarte. »Hier ist meine Adresse. Kommen Sie morgen Abend um sechs Uhr zu mir. Ich will Ihnen etwas zeigen. Es ist wichtig.«

»Das heißt, Sie können mir weiterhelfen?«

»Möglicherweise. Schieben Sie mich bitte nach draußen.«

Auf dem Weg zur Eingangshalle begegneten sie Staatsanwalt Ruch. Er gratulierte Davaud zum Geburtstag. In der Eingangshalle übergab Becky Davaud an Krysztina, die ihn, ohne sie zu beachten, nach draußen schob.

Becky atmete auf, als die Tür hinter den beiden ins Schloss fiel. In diesem Moment zerriss ein heftiger Knall die Stille, gefolgt von einem lauten Knattern. Es war noch nicht mal dunkel. Welcher Witzbold fackelte jetzt schon ein Feuerwerk ab? Eine unheilvolle Ahnung überkam sie. Sie wurde von Frau Reinhard bestätigt, die von der Gartenterrasse auf sie zueilte. »Kommen Sie schnell, Frau Kolberg. Die Kinder haben die Feuerwerkskörper entdeckt.«

Bitte nicht, Adrian.

Die Augen der Gäste im Freien waren auf das Gewächshaus gerichtet. Beckys Blick schweifte von der Terrasse aus über die

Köpfe der Anwesenden. Wo steckte Adrian? Nach dem anfänglichen Schrecken hatten sich die Gäste beruhigt. Zu Beckys Erleichterung war nichts Gravierendes passiert. Sie stieg die Treppe zum Garten hinab. Bevor sie Adrian nicht fand, war sie nicht richtig beruhigt. Sie schlug den Weg zum Gewächshaus ein.

Die gesamte Familie Dornach war dort versammelt, einschließlich Laure Zenklusen, die auf Französisch mit Pia schimpfte. Der Grund dafür dürfte das ruinierte Sommerkleid sein, welches etliche Brandlöcher und Rußflecken aufwies. Pia ließ die mütterliche Standpauke mit verschränkten Armen und verkniffenem Gesicht über sich ergehen. Laure hätte ebenso gut gegen eine Wand reden können, was ihr in diesem Moment klar wurde. Sie ließ ihre Wut am Vater aus. Becky fürchtete kurz, Laure würde auf Dornach losgehen.

»*Elle est impossible, je te dis, impossible.* Sie hat das absichtlich gemacht, um mich zu treffen. Ich gebe mir Mühe und kaufe ihr das schönste Kleid im Laden, und was tut sie? Alles kaputt. Das Kleid, das Feuerwerk, die Feier.«

»Beruhige dich, Laure«, sagte Dornach. »Es ist ja nichts passiert.«

»Nichts passiert? Ein ruiniertes Markenkleid für fünfhundert Franken nennst du ›nichts passiert‹?« Sie zeigte mit dem Finger auf Pia. »Das wirst du von deinem Taschengeld bezahlen, von mir aus, bis du schwarz wirst.«

Pia hob den Kopf und blitzte die Mutter mit dem gleichen Feuer in den Augen an. »*Non!*«, rief sie und stampfte mit dem Fuß auf den Boden. Becky hätte am liebsten laut herausgelacht, so ähnlich waren sich die Gesten von Mutter und Tochter. Sie verstand, was Dornach mit seinem Vergleich von Feuer und Wasser gemeint hatte, das eine durfte sich nicht in der Nähe des anderen aufhalten.

Laure war kurz davor, die Beherrschung zu verlieren. Sie holte vor ihrer Tochter mit der Hand aus. Wollte sie Pia etwa schlagen, vor allen Leuten?

Pia flüchtete sich mit einem Aufschrei zwischen Dornachs Beine. »*P'pa!*«

»Geht's noch, Laure?«, sagte Dornach. »Beherrsch dich gefälligst. Was kaufst du ihr auch ein solches Kleid. Du weißt doch, wie sie ist.«

»Na und, sie soll endlich lernen, sich wie eine junge Dame zu benehmen.«

Dornach sah sie entgeistert an. »Pia ist gerade mal acht. Das gute Benehmen wirst du ihr nicht einprügeln können, nicht jetzt und später erst recht nicht.« Er nahm Pia hoch, die sich gleich an ihn klammerte.

»*Je t'aime, P'pa.*«

Laures Aggressivität fiel in sich zusammen. Hilflos sah sie der liebevollen Szene zwischen Vater und Tochter zu, während ihr Tränen über die Wangen flossen.

»Ich gehe mit Pia hoch, sie umziehen. Wir reden später, ja?« Im Vorbeigehen bat Dornach Becky, bei Laure zu bleiben. »Ich will nicht, dass sie mit ihren Selbstvorwürfen allein ist«, raunte er ihr zu.

Becky sah ihm nach. Er hatte sie nicht mal gefragt, ob sie damit einverstanden war.

Bin ich die Psychologin vom Dienst, oder was?

Laure saß auf einem Plastikstuhl und hatte den Kopf in beide Hände vergraben. Ihre Schultern bebten. Becky nahm sich einen zweiten Stuhl und setzte sich neben sie. Zögerlich legte sie eine Hand auf Laures Schulter und wartete, bis der Weinkrampf abebbte. Schließlich richtete sich Laure auf und wischte sich das Gemisch aus Wimperntusche, Schminke und Tränen aus dem Gesicht. Becky gab ihr ein Papiertaschentuch.

»Danke«, schniefte Laure und schnäuzte sich. »Sie haben einen Sohn, nicht wahr?«

»Adrian, er ist zehn.«

»Sie Glückliche.«

»Ich bin glücklich mit ihm. Trotzdem hätte ich mir noch eine Tochter gewünscht.«

Laure schenkte ihr ein schräges Lächeln. »Ich bin Chirurgin, wissen Sie, Beste meines Jahrgangs. Meine männlichen Kollegen ließ ich weit hinter mir. Aber ich bringe es nicht einmal fertig, eine vernünftige Beziehung zu meiner Tochter aufzubauen. Wäre Dominik nicht gewesen, hätte ich sie geschlagen. Was bin ich für eine Mutter?« Sie schnäuzte sich erneut.

»Ich kenne das Gefühl«, sagte Becky. »Adrian bringt mich oft an den Rand meiner Selbstbeherrschung. Ich glaube nicht, dass wir unsere Kinder auf längere Sicht in die Formen pressen können, die wir uns für sie ausdenken. Sie sind uns von der Vorsehung nicht zu Eigentum gegeben, sondern nur in Obhut, damit wir ihnen helfen, ihren Weg zu finden.«

»Wie erkenne ich, wann ich meinem Kind den Weg zeigen soll und wann ich es von einem Fehler abhalten muss?«

»Das ist die Frage, auf die ich seit Jahren eine Antwort suche. Jedes Mal, wenn mich Adrian zur Weißglut bringt, gehe ich dazu über, mich zu fragen, warum sein Verhalten die eine oder andere Reaktion bei mir auslöst.«

Es dauerte eine Weile, bis Laure reagierte. »Haben Sie Ihre Antwort bekommen?«

»Nicht so eindeutig, wie ich es mir gewünscht hätte. Ich denke, ich habe gelernt, meine Aktionen und Reaktionen bei mir selbst zu ergründen, anstatt meinen Sohn dafür verantwortlich zu machen.«

»Sie meinen, wenn Pia ihr teures neues Kleid ruiniert, hat es mit mir zu tun, nicht mit ihr?«

»Warum haben Sie es ihr gekauft?«

»Ich wollte …« Laure besann sich. »Sie meinen, ich habe es für mich getan?«

Becky lächelte. »Ich glaube, Sie haben sich die Antwort gerade selbst gegeben.«

Laure starrte eine Weile mit gebeugtem Oberkörper vor sich hin. Schließlich richtete sie sich auf und sah Becky an.

»*Je comprends.*« Laures Augen waren trocken und klar. »Ich sollte nach oben gehen und mit Dominik reden … und mit Pia, wenn sie mich sehen will.«

Sie standen auf. Becky wurde von Laures Umarmung überrumpelt. »Danke, Frau Kolberg. Sie wären eine gute Frau für Dominik.«

Dazu muss er erst erwachsen werden.

»Einen Sohn durch die Pubertät zu bringen, reicht mir völlig.«

Auf dem Weg zum Haus kam ihr Adrian entgegen.

»Adi!«

Er rannte auf sie zu und ließ sich von ihr umarmen. »Wo hast du gesteckt, sag mal? Ich habe dich die ganze Zeit gesucht.«

»Wir haben gespielt.«

»Was habt ihr gespielt und vor allem, womit? Warst du bei Pias Feuerwerkstreich dabei?«

Adrian senkte den Kopf.

»Adi?«

Er murmelte etwas Unverständliches.

»Ich verstehe dich nicht.«

»Es war nicht nur meine Idee.«

»Was heißt ›nicht nur‹?«

»Pia hat uns gezeigt, wo das Feuerwerk ist. Ich hatte die Idee, wir könnten eines oder zwei der Teile ausprobieren.«

Becky ballte die Hände zu Fäusten und atmete tief durch. »Und dann?«

»Pia hat ein paar Böller und eine Rakete genommen und sie mir gegeben. Sie sagte, sie sei zu klein dafür.«

»Du hast das Zeug angezündet, nicht Pia?«

»Ich und ein anderer Junge. Pia hat einen großen Blumentopf hingestellt, wo wir die Rakete reinstecken konnten. Ihr Vater habe ihr das gezeigt.«

»Lass mich raten. Nachdem ihr die Böller angesteckt habt, seid ihr davongelaufen und habt Pia zurückgelassen.«

»Ich habe ihr gesagt, sie soll weglaufen, aber sie wollte nicht. Sie meinte, es sei ja alles gut gegangen.«

»Ja, Gott sei Dank.«

»Der andere Junge wollte aus der Hand abfeuern«, sagte Adrian. »Pia hat mit ihm geschimpft.«

Die Versuchung für Becky war groß, das mit ihrem Sohn ebenfalls zu tun. Sie wollte nicht anfangen, sich vorzustellen, was alles hätte schiefgehen können. Ihm war anzusehen, dass er auf die Standpauke wartete.

So leicht kommst du mir nicht davon, mein Lieber.

Sie nahm Adrian bei der Hand. »Komm mit.«

»Wohin?«

»Zu Pia und ihren Eltern. Du wirst ihnen erzählen, was passiert ist und wie ihr Pia im Stich gelassen habt. Und dann entschuldigst du dich bei ihr.«

Adrian grub die Hacken in den Boden. »Sicher nicht.«

»Aber sicher schon.« Becky erzählte Adrian, wie aufgebracht Pias Mutter gewesen war. »Pia hat euch beide mit keinem Wort verraten. Zu ihr zu stehen ist das Mindeste, was du für sie tun kannst. Vorwärts.« Sie zerrte kurz an Adrians Arm. Er leistete keinen Widerstand mehr.

8

Nach einer Viertelstunde Fahrt auf der schnurgeraden Straße
näherte sich Becky gegen Abend dem Stadtzentrum von Grenchen, ein im Vergleich zu Solothurn mit seinem barocken
Charme nüchterner Ort, dessen Stadtbild von Hoch- und In-
dustriebauten beherrscht war. Von Dornach wusste sie, dass
die baulichen Sehenswürdigkeiten in Grenchen sich dem Besucher im Gegensatz zur Kantonshauptstadt nicht im gleichen
Maß offenbarten und dass es sich dennoch lohnte, nach ihnen
Ausschau zu halten. Becky nahm sich vor, das bei anderer Gelegenheit zu tun. Ihre Gedanken waren beim bevorstehenden
Treffen mit Peter Davaud. Beckys Erwähnung der toten Frau
hatte ihn offensichtlich erschüttert. Warum?
Ich werde es bald wissen.
Das Navigationsgerät des Mietwagens dirigierte sie zur
Gibelstraße, einer parkähnlichen Wohngegend im Stadtzentrum. Da sie dort keinen Parkplatz fand, stellte sie den Wagen
beim Rathaus ab, das hier, an der Schwelle zur Westschweiz,
»Hôtel de Ville« genannt wurde. Das Haus von Peter Davaud
lag gegenüber in einem von hohen Laub- und Nadelbäumen
gesäumten Garten an der Ecke Gibel- und Bahnhofstraße. Von
Letzterer führte eine schmiedeeiserne Tür zum Grundstück,
an der ein kleines Schild darauf hinwies, dass man die »Villa
Davaud« betrat. Die hiesige Prominenz schien es nicht nötig
zu haben, sich vor der Öffentlichkeit zu verstecken. Das Haus
war ein schlichter dreigeschossiger Bau, den Becky auf Ende
des 19. Jahrhunderts datierte.
Der Eingang bestand aus einem Portikus, an dem sie vergebens eine Klingel suchte. Die Holztür war mit einem soliden
Metallklopfer versehen, den sie zweimal betätigte. Niemand
öffnete. Sie drückte die Klinke herunter. Die Tür war verriegelt.
Becky erwartete, dass Krysztina ihr öffnen würde. Möglicherweise hatte sie kurz weggemusst oder ihr Klopfen nicht gehört.

Sie versuchte, die Nummer auf Davauds Visitenkarte anzurufen, keine Antwort. Sie ging um das Haus herum in den Garten. Dort verharrte sie einen Moment bewundernd vor der vom Boden bis zur Dachrinne überwachsenen Fassade. Der Anblick war so unheimlich wie faszinierend, ein Kleinod inmitten der Stadt, in dem die Zeit stehen geblieben war. Da war noch etwas anderes, ein Hauch von Traurigkeit und Einsamkeit, der sich auf Beckys Herz legte.

Die Melancholie eines alten, einsamen Mannes.

Becky empfand Mitgefühl mit Peter Davaud, dessen ganzes Leben hinter diesen Mauern vergraben zu sein schien.

Über ein paar Stufen kam sie zur Winterterrasse. Sie versuchte es mit der Klinke einer Glastür. Sie gab nach. Behutsam stieß Becky die Tür auf. »Herr Davaud, Frau Korda? Becky Kolberg.« Keine Antwort. Becky ließ die Tür vollends aufschwingen. »Ich komme jetzt herein.« Sie befand sich in einem Wohnzimmer mit einer stuckverzierten Decke und einem dunklen Parkettboden aus Eichenholz.

»Ist jemand zu Hause?«

Je weiter sie ins Innere des Hauses vordrang, desto dichter und dunkler wurde die Stille, die sie umgab, während draußen die Luft flirrte. Vom Wohnzimmer gelangte sie auf den Korridor und zum Eingangsbereich, wo eine Holztreppe zu den oberen Stockwerken führte. An den geweißten, mit Holzleisten verzierten Wänden hingen verschiedene Gemälde mit ausschließlich männlichen Porträts, vermutlich die ehemaligen Eigner des Anwesens. Mehrere Türen führten zu anderen Räumen. Eine von ihnen stand halb offen. Dahinter lag die Küche. Noch immer hatte sich keine Menschenseele bemerkbar gemacht. Mindestens Davaud sollte zu Hause sein. Becky sah auf die Uhr. Zehn nach sechs. Hatte sie sich im Tag oder in der Zeit geirrt? Davauds Worte vom Vorabend hallten in ihrem Kopf nach. »Kommen Sie morgen Abend um sechs Uhr.« Hatte er es vergessen? Er hatte alles andere als einen verwirrten Eindruck auf sie gemacht, im Gegenteil.

»Herr Davaud? Sind Sie da?«

Die Beklemmung, die Becky seit Tagen in Ruhe gelassen hatte, machte sich erneut bemerkbar. Schweißperlen bildeten sich auf ihrer Stirn. Etwas war nicht, wie es sein sollte. Eine Stimme in ihr brüllte sie förmlich an, die Flucht zu ergreifen.

Sie musste sich damit abfinden, den Weg hierher vergebens unter die Räder genommen zu haben. Auf einem Beistelltisch im Foyer lagen ein Schreibblock und ein Kugelschreiber. Becky schrieb eine Nachricht und ihre Handynummer nieder.

Sie wollte das Haus auf dem Weg verlassen, den sie gekommen war, als sie ein Geräusch hörte. Es kam von oben, es war ein dumpfes Poltern.

Sie stieg langsam die Treppe hoch und lauschte nach weiteren Geräuschen. »Ich komme hoch«, rief sie.

Spitze! Sollte da oben ein Einbrecher lauern, ist er jetzt gewarnt.

Beim Portikus glaubte sie, einen Schirmständer gesehen zu haben, in dem ein hölzerner Spazierstock steckte. Sie überlegte umzukehren.

Du wirst langsam, aber sicher schizophren.

Achselzuckend setzte sie ihren Weg nach oben fort.

Die Treppe, die vom ersten in den zweiten Stock führte, war schmaler und weniger kunstvoll. Oben befanden sich wahrscheinlich die Unterkünfte für das Personal. Denkbar, dass Krysztina dort wohnte. Die Wände waren auch hier mit verschiedenen Gemälden geschmückt, vorwiegend Landschaften. Becky betrat ein geräumiges helles Zimmer, welches neben einem Schrank und einem Tisch mit zwei Stühlen kein weiteres Möbelstück enthielt als ein Klinikbett, Davauds Schlafzimmer. Vom Fenster aus konnte man in den wuchernden Garten hinunterschauen. Trotz seiner spärlichen Einrichtung vermittelte der Raum den Eindruck, ein Wirbelsturm habe darin gewütet. Das Bett war zerwühlt, die Schranktüren standen offen, der Inhalt war auf dem Boden verstreut. Bilder hingen schräg, andere standen abgehängt an die Wand gelehnt auf dem Boden, eines war mit einem Messer zerschnitten worden. Entweder waren da Vandalen am Werk gewesen, oder jemand hatte etwas gesucht.

Einer der Stühle war umgekippt, das polternde Geräusch von vorhin. Beckys Herz setzte einen Schlag aus. War der Eindringling noch im Haus? Mit zitternden Händen klaubte sie das Handy aus der Hosentasche und wählte Dornachs Nummer. Nach dreimal Klingeln meldete sich der Anrufbeantworter.

Typisch, braucht man die Kerle wirklich mal, sind sie nicht zu haben.

Nach dem Signal sprach sie hastig auf das Band. »Dominik, ich bin im Haus von Peter Davaud in Grenchen. Hier stimmt was nicht. Davaud und Frau Korda sind nicht da, und ich glaube, es ist jemand im Haus, vielleicht Einbrecher. Ich … komm bitte so schnell wie möglich her.« Sie legte auf und blieb einen Moment im Zimmer stehen, nicht wissend, was sie tun sollte. Ihr Blick fiel auf das Klinikbett. Es sah teuer aus, neuster Stand der Technik.

Ein Gedankenblitz.

Wie kam Davaud in seinem Rollstuhl hier hoch? Die Treppe verfügte über keinen Rollstuhllift. Er war sicher nicht in der Lage, zu Fuß Treppen zu steigen. Irgendwo musste es einen rollstuhlgängigen Aufgang geben.

In Davauds Zimmer hatte nichts auf einen Zugang zu einem Aufzug hingewiesen. Gegenüber auf dem Korridor war eine Tür, die sie zunächst für eine Toilette gehalten hatte. Erst jetzt sah sie den diskret angebrachten Rufknopf. Becky drückte ihn. Ein Klicken ertönte, und die Tür schwang auf. Der Aufzug bot genug Platz für einen Rollstuhl und eine stehende Person.

Was erwartete sie unten? Ihre Neugier triumphierte über ihre Angst. Sie betrat die enge Kabine. Auf dem Tastenfeld gab es drei Knöpfe, einer war für die Gegensprechanlage. Die anderen beiden lagen übereinander. Becky drückte auf den unteren. Der Lift setzte sich geräuschlos in Bewegung. Nach einer gefühlten Ewigkeit stoppte er. Sie machte einen tiefen Atemzug, bevor sie die Tür öffnete. Direkt vor ihr lag das Wohnzimmer, durch das sie das Haus betreten hatte. Sie wandte sich nach rechts zur Küche. Dahinter führte eine Tür zu einem weiteren Zimmer. Es war ein helles Arbeitszimmer mit Holzregalen. Die ihr zugewandte Seite wurde von einer Bücherwand eingenommen. Davor stand ein breiter Arbeitstisch, links, neben einer Tür zur Gartenterrasse, ein Clubtisch mit vier Ledersesseln. Hier herrschte die gleiche Unordnung wie in Davauds Schlafzimmer. Ganze Reihen Bücher waren aus den Regalen gerissen worden, und Akten waren über den gesamten Boden verteilt.

Becky hatte genug, sie wollte nichts wie weg von hier. Darauf achtend, nicht auf einen der herumliegenden Gegenstände zu treten, ging sie zur Terrassentür. Sie stutzte, etwas war ihr beim Vorbeigehen ins Auge gestochen. Sie sah noch einmal hin. Hinter dem Schreibtisch auf dem Boden lugte ein Gegenstand hervor.

Ein Hausschuh?

Becky umrundete den Schreibtisch. Peter Davaud lag auf der Seite. Um seinen Kopf hatte sich eine Blutlache ausgebreitet.

»Herr Davaud!«

Becky beugte sich über den Körper. Sein Puls war schwach spürbar. Davaud stöhnte leise.

»Bewegen Sie sich nicht, ich rufe Hilfe.«

Davaud tastete nach ihrer Hand und murmelte etwas Unverständliches. »Was sagen Sie?« Becky führte ihr Ohr an seinen Mund.

»Nehm… nehmen Sie.«

Sie spürte etwas Metallisches in ihrer Hand, einen Schlüssel. »Ich rufe eine Ambulanz, halten Sie durch.«

Sie tippte die Schnellwahl für den Notruf. Gleichzeitig mit dem Rufzeichen nahm sie eine Bewegung hinter sich wahr. Becky wandte den Kopf, der Schlag traf sie seitlich.

Jemand zerrte an ihr, schleifte sie über den Boden. Sie wollte, dass es aufhörte, wollte schreien, sie konnte nicht. Dunkelheit und Kälte kamen zurück.

Der Boden war kalt. Zu kalt für die Jahreszeit. Sie lag auf dem Bauch. Sie hob den Kopf. Der Schmerz durchfuhr sie wie glühendes Eisen.

Das Geräusch weckte sie. Es war über ihr, neben ihr, in ihr. Es schlich sich an und entfernte sich wieder. Durch ihre Lider schimmerte flackerndes Licht. Sie versuchte, die Augen zu öffnen. Es ging nicht. Sie schluckte, die ausgetrocknete Mundhöhle schmerzte. Wasser, sie brauchte Wasser. Augen auf, zweiter Versuch. Die Umgebung rückte in den Fokus. Das Zischen war deutlich und kontinuierlich zu hören. Dazu kam der Geruch, beißend, Übelkeit auslösend.

Becky bewegte ihre Arme, dann ihre Beine. Alles funktionierte. Das Räderwerk ihres Gedächtnisses setzte sich langsam in Bewegung. Sie stützte sich mit einer Hand auf dem Boden ab und verlagerte ihr Gewicht.

Langsam.

Sie drehte sich erst auf die Seite, dann auf den Rücken. Sie fühlte Schmerz am Kopf, über dem Ohr. Die Stelle war feucht. An ihrem Finger klebte Blut. Sie hatte nicht geträumt. Über ihr war die Unterseite einer massiven Tischplatte. Becky zog sich an einem Tischbein hoch, bis sie aufrecht saß. Sie befand sich in der Küche.

Warum in der Küche?

Die Kopfschmerzen und das Übelkeitsgefühl verstärkten sich. Dann dieses ekelhafte Geräusch – und der Geruch. Welcher Idiot hatte die Unmenge Kerzen angezündet? Sie standen überall. Auf den Ablageflächen, auf dem Rand des Spülbeckens, auf dem Herd.

Der Herd.

Sie wusste, woher das Zischen und der Geruch kamen. Die Regler am Gasherd waren alle aufgedreht, der Backofen war geöffnet.

Hustenanfall.

Die Kerzen. Sie musste sie löschen.

Es waren zu viele.

Raus hier. Jetzt!

Todesangst pumpte Adrenalin in ihren Organismus. Sie zog sich am Küchentisch hoch, taumelte durch die Tür zum Wohnzimmer. Ein paar Meter bis zur Terrasse. Sie stolperte, fing sich auf. Die Terrassentür war nicht abgeschlossen. Die Terrakotta-steine unter ihren nackten Füßen fühlten sich warm an.

Weiter, schneller!

Der Rasen, weiter, ein Meter, zwei, vier. Die heiße Walze der Druckwelle erfasste sie und schleuderte sie mehrere Meter nach vorne. Der Rasen roch nach frisch geschnittenem Gras, kühl, angenehm. Die Dunkelheit deckte sie zu.

***

Das Bett war weich und roch frisch. Sie spürte weder Übelkeit noch Schmerzen, ein Gefühl von Jenseits.

Endlich geschafft.

Becky machte die Augen auf. Dornach lächelte sie an.

Doch nicht, soll ich enttäuscht sein?

»Dominik.« Sie hustete. Ihr Mund fühlte sich trocken an. »Wo bin ich und wie lange schon?«

»Im Bürgerspital in Solothurn. Du wurdest vor knapp zwei Stunden eingeliefert. Wie geht es dir, Becky?«

»Für einen kurzen Moment hatte ich gehofft, du seist Petrus oder der Erzengel Gabriel oder wer immer dort oben am Empfang steht.«

»Gut, dass du deinen Humor nicht verloren hast. Du hattest Glück.«

»Womit genau?«

»Dass du es rechtzeitig aus dem Haus geschafft hast.«

»Woher weißt du, dass ich drin war?«

»Blutspuren im Arbeitszimmer von Peter Davaud. Der Schnelltest ergab eine Übereinstimmung mit deiner Blut-gruppe.«

»Wie lange werde ich hierbleiben müssen?«

»Du hast eine leichte Gehirnerschütterung. Der Arzt will dich bis morgen früh hierbehalten, zur Beobachtung.«

»Das geht nicht.« Becky versuchte, sich aufzurichten. Ihr wurde sofort schwindelig. Sie sank zurück ins Kissen. »Ich muss mich um Adi kümmern.«

»Frau Serafini und Frau Reinhard machen das. Er kann heute Nacht bei uns schlafen.«

»Danke.« Es war ihr unangenehm, ständig die Dienste der Familie Dornach in Anspruch zu nehmen. In diesem Fall hatte sie keine Wahl.

»Keine Ursache, sieh es als nachbarschaftliche Geste.«

»Wie geht es Herrn Davaud? Hat er …?«

Dornach schüttelte den Kopf.

Becky spürte die Tränen. »Die Explosion?«

»Nein, das Arbeitszimmer hat es nicht heftig erwischt, vor allem die Küche und den angrenzenden Essraum.«

»Als ich ihn fand, lebte er noch.«

»Hat er etwas gesagt?«

»Nein, er hat …« Becky hob die Decke. Sie trug nur ein Spitalhemd. »Wo sind meine Kleider?«

Dornach zeigte zum Tisch, auf dem eine Plastiktüte lag.

»Gibst du sie mir bitte?«

Er reichte ihr die Tüte. »Frau Serafini hat mir frische Kleider und Unterwäsche mitgegeben. Ich habe alles in den Schrank gelegt.«

Becky riss die Tüte auf. Von der Mischung aus Brand- und Gasgeruch wurde ihr übel. Sie schluckte und atmete durch den Mund. Das Handy funktionierte. Ihre Taschen waren leer.

»Was suchst du?«, fragte Dornach.

»Bevor ich niedergeschlagen wurde, hat mir Peter Davaud einen Schlüssel gegeben.« Sie befühlte die Wunde am Kopf. Sie war verbunden. »Wie sehe ich eigentlich aus?«

»Ich kann dir einen Spiegel bringen, wenn du willst. Mir gefällst du immer noch.«

Ihr war nicht nach Flirten zumute. »Habt ihr einen Schlüssel in Davauds Arbeitszimmer gefunden? Er hat ihn mir gegeben.«

»Die Spurensicherung konnte das Haus noch nicht betreten. Die Feuerwehr muss sicherstellen, dass keine Einsturzgefahr besteht.«

»Sag ihnen, sie sollen nach einem Schlüssel suchen, entweder im Arbeitszimmer, in der Küche oder im Garten.«

»Ich leite es weiter. Wenn du ihn in der Küche verloren hast, habe ich wenig Hoffnung.«

»Der arme Herr Davaud. Gestern war er noch so lebhaft.«

»Becky«, sagte Dornach ernst. »Ich muss genau wissen, was passiert ist und was du in seinem Haus gesucht hast. Der Staatsanwalt wird dich später befragen.«

»Soll das heißen, ihr verdächtigt mich, ihn umgebracht zu haben?«

»Vorerst nicht.«

»Vorerst?«

»Erzähl mir einfach der Reihe nach, was passiert ist.«

Becky schilderte Punkt für Punkt das Gespräch mit Davaud in der Villa Dornach und die Verabredung. Sie ließ auch die Begegnung mit der Pflegerin nicht aus.

Dornach machte sich Notizen. »Heute Abend fandest du das Haus leer vor?«

»Sage ich doch. Ich betrat das Haus über die Winterterrasse. Ich habe gerufen, niemand hat geantwortet.«

»Auch nicht Davauds private Pflegerin?« Dornach blätterte in seinem Notizblock. »Krysztina Korda.«

»Nein. Ich dachte, sie wäre kurz außer Haus, irgendeine Besorgung machen.«

»War sie nicht.«

»Nicht?«

»Sie war dort, als wir gekommen sind.«

»Und? Was hat sie gesagt?«

»Nichts. Sie ist tot.«

»Tot? Aber wie … ist sie in der Explosion …?«

»Wir fanden ihre Leiche im Korridor beim Eingang. Es war nicht die Explosion, die sie getötet hat, mehr kann ich dir im Moment nicht sagen. Etwas musst du wissen.«

»Was?«

»An der Leiche von Frau Korda fanden wir Blutspuren, sie sind identisch mit deiner Blutgruppe.«

9

Die Schmerztablette von der Nachtschwester hatte Becky in Tiefschlaf versetzt, bis die Pflegerin der Frühschicht nach ihr sah. Mit dem Erwachen kamen die Erinnerungen und Bilder zurück. Die Erscheinung des toten Peter Davaud wechselte sich mit derjenigen einer blutüberströmten Krysztina Korda ab. Becky zermarterte sich den Kopf, wie ihr Blut an die Leiche der Pflegerin gekommen sein konnte.

Das Frühstück verschlang sie mit Heißhunger und bestellte sich dann ein Taxi für später. Nach der Arztvisite sollte sie entlassen werden.

Nachdem sie sich umgezogen hatte, warf sie einen prüfenden Blick in den Spiegel. Der Verband um ihren Kopf sah lächerlich aus. Laut Arzt durfte sie ihn jedoch erst am nächsten Tag entfernen. Sie öffnete die Zimmertür und sah sich einem Mann gegenüber.

»Herr Ruch?«

Der Staatsanwalt war in Begleitung zweier uniformierter Polizisten, einer Frau und einem Mann.

»Guten Tag, Frau Kolberg.«

»Was kann ich für Sie tun?«

Ruch präsentierte Becky ein Dokument. »Das ist ein Haftbefehl gegen Sie. Sie stehen im Verdacht, gestern Abend Herrn Peter Davaud und seine Pflegerin, Frau Krysztina Korda, in ihrem Domizil in Grenchen getötet zu haben. Anschließend haben Sie eine Gasexplosion ausgelöst, um die Spuren zu verwischen.«

»Wie bitte? Das ist ein Irrtum. Ich wurde niedergeschlagen und wäre beinahe in der Explosion umgekommen – die ich verursacht haben soll?«

»Sie werden Gelegenheit erhalten, Ihre Sicht der Tatumstände darzulegen. Ich muss Sie erst einmal bitten, mit den Beamten zu gehen.« Ruch winkte die Polizisten heran.

»Wo ist Herr Dornach? Ich habe ihm gestern haargenau geschildert, was vorgefallen ist.«

»Feldweibel Dornach wurde ein anderer Fall zugewiesen«, sagte Ruch. »Die Beamten bringen Sie ins Untersuchungsgefängnis, wo ich Sie später befragen werde.«

»Drehen Sie sich um«, sagte die junge Polizistin forsch. »Hände auf den Rücken.« Becky war so perplex, dass sie nicht protestierte, als ihr Handschellen angelegt wurden. »Kommen Sie.« Die Polizistin packte Becky am rechten Arm, ihr männlicher Kollege flankierte sie links.

»Wir sehen uns später, Frau Kolberg«, sagte Ruch.

Die Fahrt im Polizeiwagen dauerte keine Minute. Kaum waren sie vom Spital auf die Hauptstraße gefahren, bogen sie rechts ab. Das Untersuchungsgefängnis lag in unmittelbarer Nachbarschaft des Spitals.

»Ich möchte telefonieren«, sagte Becky, als die Polizisten mit ihr die Eingangsformalitäten durchgingen. »Das ist mein Recht.«

»Man kümmert sich darum«, sagte die Polizistin.

»Was heißt das? Bekomme ich einen Anwalt?«

»Das heißt, dass jemand sich drum kümmert.« Die Polizistin begegnete Beckys fragender Miene. Sie war jung und sportlich gebaut. Die halblangen Haare waren zu einem Zopf geflochten, was ihrem sommersprossigen Gesicht mit den braun gesprenkelten grünen Augen einen markanten Ausdruck verlieh. Ihr Abschluss an der Polizeischule konnte nicht allzu lange zurückliegen.

»Hören Sie, ich bestehe darauf –«

»Frau Kolberg«, sagte die Polizistin leise und eindringlich. »Machen Sie sich keine Sorgen. Ich soll Ihnen sagen, Feldweibel Dornach ist informiert.«

Becky warf einen verdatterten Blick auf das Namensschild über der Brusttasche der Uniform. Es zeigte lediglich den Nachnamen.

»Danke … Frau Hartmann«, sagte Becky.

»Viel Glück, Frau Kolberg.« Mit diesen Worten verabschiedete sich die Polizistin und ging zu ihrem Kollegen, der beim Ausgang wartete.

***

Becky erwartete den Staatsanwalt im Vernehmungsraum des Untersuchungsgefängnisses. Sie war verunsichert. Der Anwalt, den ihr Polizistin Hartmann in Aussicht gestellt hatte, war nicht aufgetaucht. Was war mit Dornach? Beim Gartenfest musste Ruch mitbekommen haben, dass sie befreundet waren. Hatte er Dornach wegen Befangenheit abgezogen? Was nun? Musste sie dem Löwen in seiner Höhle allein gegenübertreten?

Ein Schlüssel drehte sich im Schloss, und die Tür öffnete sich. Ruch trat in Begleitung eines mit einem Notebook ausgerüsteten Uniformierten ein, wahrscheinlich der Protokollführer. Per Video aufgezeichnete Vernehmungen schienen hierzulande nicht Standard zu sein.

Nach den Präliminarien mit Personalien, Datum und Anwesenden kam Ruch zur Sache. »Haben Sie die Gründe verstanden, weshalb Sie sich in Haft befinden?«

»Ja, aber –«

»Geben Sie zu, Herrn Peter Davaud und seine private Pflegerin, Frau Krysztina Korda, getötet zu haben?«

»Gar nichts gebe ich zu. Dürfen Sie mir diese Fragen ohne meinen Rechtsanwalt stellen?«

»Ihr Rechtsbeistand ist auf dem Weg«, sagte Ruch. »Ich denke, wir können das Verfahren hier abkürzen. Der Fall ist klar. Die Indizien gegen Sie sind eindeutig.«

»Ach ja? Was sollen das bitte für Indizien sein?«

»Da ist zum einen das Blut, das wir auf der Leiche von Krysztina Korda gefunden haben. Es ist mit Ihrer Blutgruppe identisch.«

»Ich bitte Sie, ich bin null positiv, die zweithäufigste Blutgruppe.«

»Es ist eine Frage der Umstände. Herr Davaud und Frau Korda haben unterschiedliche Blutgruppen. Sie sind die einzige

Person, die sich außer den Opfern zum Tatzeitpunkt im Haus befand.«

»Herr Davaud lebte noch, als ich ihn in seinem Arbeitszimmer gefunden habe. Frau Korda habe ich im Haus nie zu Gesicht bekommen.«

»Sie geben zu, das Haus widerrechtlich betreten zu haben?«

Becky biss sich auf die Lippen. Wenn sie nicht aufpasste, belastete sie sich selbst. »Dass ich im Haus war, habe ich Herrn Dornach bereits gesagt. Ich war mit Herrn Davaud verabredet.«

»Was war der Grund der Verabredung?«

»Eine private Angelegenheit, die hier nichts zur Sache tut.«

»Das ist eine Mordermittlung, Frau Kolberg. Da ist jedes Detail von Bedeutung. Noch einmal: Weshalb waren Sie und Herr Davaud verabredet?«

Becky lehnte sich mit verschränkten Armen zurück. »Ich verweigere die Aussage. Das ist mein Recht.«

»Wie Sie wollen. Ihnen ist hoffentlich bewusst, dass diese Haltung zu Ihren Lasten ausgelegt werden kann.«

Becky beugte sich vor. »Wissen Sie, was ich glaube? Sie wollen mir was anhängen. Weshalb? Stehen Sie vor einem großen Karriereschritt und brauchen einen letzten Erfolg?«

Ruch gab dem Protokollführer ein Zeichen. Er hörte auf zu tippen. »Ich warne Sie, Frau Kolberg, derart unqualifizierte Aussagen können strafrechtliche Konsequenzen haben. Ich empfehle Ihnen, mit mir zu kooperieren. Ein Geständnis zu einem frühen Zeitpunkt findet in der Regel milde Richter.«

»Ohne den mir zustehenden Rechtsanwalt sage ich nichts mehr. Ab jetzt und bis dahin verschwenden Sie Ihre Zeit mit mir, Herr Staatsanwalt.«

Es wurde kurz an die Tür geklopft, bevor ein weißhaariger Mann mit Schirm und Aktenkoffer hereintrat. Trotz der sommerlichen Außentemperatur trug er einen maßgeschneiderten dunkelblauen Anzug mit Weste und Krawatte.

»Entschuldigen Sie die Verspätung. Ich musste noch mal zurück ins Büro, um meinen Schirm zu holen, und habe leider den früheren Zug verpasst.«

Ohne den Staatsanwalt und den Protokollführer weiter zu beachten, reichte er Becky die Hand. »Frau Rebecca Kolberg? Sehr erfreut, mein Name ist Landau, Dr. Alfred Landau, ich bin Ihr Rechtsanwalt, hier ist meine Karte.«

Becky warf einen Blick auf die Visitenkarte. Sie war in Englisch abgefasst. »Ferguson, Landau & Widmer, International Solicitors and Attorneys-at-law«. Der Rennweg in Zürich war als Adresse genannt.

Noch perplexer als Becky war Ruch, der ebenfalls eine Visitenkarte erhielt. »Herr Dr. Landau, wie …?«

»Ich wurde beauftragt, Frau Kolberg in dieser Sache zu vertreten. Der Anruf kam leider ein wenig kurzfristig. Zu allem Überfluss hatte mein Zug noch Verspätung.«

»Wer hat Sie beauftragt, das Mandat zu übernehmen?«, fragte Ruch.

»Jemand, dem die Familie Kolberg am Herzen liegt.«

Becky, die ebenso verblüfft war wie Ruch, bemühte sich, sich nichts anmerken zu lassen.

»Frau Kolberg«, sagte Dr. Landau. »Sie müssten mir mitteilen, ob Sie das Mandat annehmen.«

»Ach so … ähm … ja sicher.«

Dr. Landau öffnete seinen Aktenkoffer und entnahm ihm ein Dokument und einen Montblanc-Füllfederhalter. »Sehr schön. Dann bitte ich Sie, diese Vollmacht zu unterzeichnen. Bitte prüfen Sie, ob Ihr Vorname richtig geschrieben ist. Ich musste extra nachfragen. Sie schreiben sich mit zwei ›c‹, nicht mit zwei ›k‹, richtig?«

»Korrekt, meine Mutter bewunderte Daphne du Maurier. ›Rebecca‹ war ihr Lieblingsroman.«

»Ihre Frau Mama verfügte über einen ausgezeichneten Geschmack.« Dr. Landau legte die Vollmacht zurück in den Aktenkoffer.

»Können wir fortfahren?«, fragte der sichtlich gereizte Ruch.

»Können wir, geschätzter Herr Staatsanwalt. Vielmehr können wir hier und jetzt abbrechen. Ich muss mich mit meiner Mandantin besprechen.«

»Wie viel Zeit brauchen Sie?«

»Das wird lange dauern. Wir machen das nicht hier, sondern in Frau Kolbergs Domizil oder bei einem befreundeten Anwalt in Solothurn.«

»Das geht nicht. Gegen Frau Kolberg besteht ein gültiger Haftbefehl.«

»Könnte ich den bitte sehen?«, fragte Dr. Landau.

Ruch händigte ihm das Dokument aus.

»Dürfte ich Ihren Protokollführer bitten, mir davon eine Kopie zu machen. Es sei denn, Sie haben noch ein Doppel für mich.«

Ruch machte eine wegwerfende Handbewegung. »Behalten Sie dieses Exemplar, ich habe eine Kopie.«

»Gut.« Der Haftbefehl verschwand ebenfalls im Aktenkoffer des Anwalts. »Ich nehme Frau Kolberg jetzt mit.« Er stand auf und lud Becky ein, ihm zu folgen.

»Haben Sie mich nicht verstanden, Dr. Landau?«, sagte Ruch wütend. »Frau Kolberg ist verhaftet.«

Dr. Landau ließ sich nicht beeindrucken. Er wandte sich an Becky. »Wurden Sie bei Ihrer Festnahme darauf aufmerksam gemacht, dass Sie Anrecht auf einen Rechtsbeistand haben und dass Sie die Aussage verweigern dürfen?«

»Nein.«

»Habe ich vorhin richtig verstanden, dass Sie als Beschuldigte ohne Rechtsbeistand vernommen wurden?«

»Ja.«

»Ich stelle fest, dass hier elementare Verfahrensregeln missachtet wurden, welche die Rechte meiner Mandantin tangieren.« Er wandte sich an Ruch. »Ich rufe gleich den Oberstaatsanwalt an, es sei denn, Sie können sich einverstanden erklären, Frau Kolberg auf freien Fuß zu setzen. Was denken Sie?«

Ruchs Blick wanderte zwischen Becky und Dr. Landau hin und her. Er konnte seine Wut schwer verhehlen. Schließlich äußerte er mit einer unmissverständlichen Handbewegung, dass Becky frei war zu gehen.

»Danke«, sagte Dr. Landau. Er ging mit Becky zur Tür.

»Ihnen dürfte klar sein, dass ich eine verfahrensrechtliche Beschwerde gegen Sie einreichen werde, Herr Staatsanwalt.«

Sie verließen den Raum, ohne Ruchs Antwort abzuwarten.

***

Das Taxi schlängelte sich durch die Baustelle auf der Rötibrücke. »Nicht dass ich Ihnen nicht dankbar wäre, Herr Dr. Landau«, sagte Becky. »Würden Sie mir freundlicherweise verraten, in wessen Auftrag Sie mein Mandat übernommen haben?«

Dr. Landau sah von seinen Unterlagen auf und musterte sie freundlich über den Rand seiner Lesebrille. »Ich bitte Sie um Geduld. In ein paar Minuten werden Sie es erfahren.«

Was soll die Geheimnistuerei?

»Wenn ich mir Ihre Visitenkarte ansehe, bin ich nicht sicher, ob ich Sie mir leisten kann.« Becky war nicht arm, aber sie würde sich nicht als steinreich taxieren. Die Vermögenswerte aus Erbschaften und Schenkungen der Familie waren fest angelegt. Ein großer Teil davon steckte in der Renovierung von Schloss Aaregg. Sie lebte von den Ersparnissen ihrer Berufseinkünfte als Deutschlehrerin, Übersetzerin und Verlagslektorin. Es musste reichen, bis sie sich in Solothurn eingelebt und eine Stelle gefunden hatte.

»Das braucht Sie nicht zu kümmern. Ich bin sicher, da werden wir uns einig.«

Vor dem ersten Kreisverkehr nach der Brücke mussten sie an einem Rotlicht warten, bis die rote Zugskomposition einer Regionalbahn den Platz überquert hatte. Sie fuhren an der mehrstufigen Schanze mit dem Wehrturm vorbei, wo sie ihre Panikattacke hatte. Wenn sie nach der knappen Woche ihres Aufenthaltes in Solothurn Bilanz ziehen sollte, wäre das Resultat wenig ermutigend. Zwei Panikattacken, eine davon in ihrem eigenen Haus. Sie hatte gehofft, ihren Dämonen entfliehen zu können, wenn sie möglichst weit von Neustadt und Schleswig-Holstein wegzog. Jetzt war sie Verdächtige in einem Mordfall, der ihr selbst beinahe das Leben gekostet hätte. Wohin konnte sie gehen, um mit ihrem Sohn in Frieden leben zu können?

»Wir sind gleich da«, sagte Dr. Landau.

Becky war davon ausgegangen, nach Hause gefahren zu werden. Dr. Landau hatte dem vor dem Untersuchungsgefängnis wartenden Taxifahrer keine Adresse genannt. Sie bogen auf die Straße ab, die nach St. Niklaus führte. Anstatt geradeaus weiterzufahren, fuhr der Chauffeur unvermittelt links in einen klopfsteinbesetzten, von Linden überschatteten Innenhof.

»Wir sind da. Willkommen im ›Müllerhof‹«, sagte Dr. Landau.

Der Platz wurde teils durch eine Außenmauer, teils durch vier Gebäude von der Außenwelt abgeschirmt. Nach dem Spitalmief und dem alles andere als gastfreundlichen Ambiente des Untersuchungsgefängnisses war es paradiesisch. »Was tun wir hier?«

»Wir fanden, es wäre sinnvoll, die Besprechung an einem neutralen Ort abzuhalten, besonders nach dem Streich, den wir dem Staatsanwalt gespielt haben.«

Wen zum Teufel meint er denn jetzt mit ›wir‹?

»Gehen wir hinein, wir werden sicher schon erwartet.«

Bei der Einfahrt in den Hof hatte Becky eine Tafel mit den Namen der Firmen gesehen, die auf dem Areal residierten. Keiner von ihnen sagte ihr etwas. Sie folgte Dr. Landau zum größten Gebäude des Komplexes, einem Landhaus, das sie an Schloss Aaregg erinnerte, ein Wohntrakt, umrahmt von zwei Türmen. Der »Müllerhof« musste in derselben Epoche entstanden sein. Das Schild neben einer massiven elektrisch betriebenen Eichentür kündigte an, dass sie die Räumlichkeiten der Anwaltskanzlei »Vom Staal, Strebel & Partners« betraten.

Dr. Landau drückte die Klinke der schweren Tür, die sich wie von Geisterhand öffnete. »Daniel vom Staal ist ein guter Freund von mir. Wenn ich geschäftlich in Solothurn zu tun habe, stellt er mir im Bedarfsfall einen seiner Arbeitsräume zur Verfügung. Wenn er sich in Zürich aufhält, gilt Gegenrecht.«

Eine attraktive Endvierzigerin erwartete sie am Empfang.

Sie hieß Sonja Richter und war vom Staals Assistentin. »Wie schön, dass Sie wieder mal bei uns sind, Dr. Landau.«

»Die Freude ist ganz meinerseits, Sonja. Sie sehen gut aus, wenn ich das so sagen darf.«

Es war ihr anzusehen, dass sie das Kompliment gerne entgegennahm. »Herr vom Staal ist leider außer Haus. Vielleicht kann er Sie später treffen. Ich führe Sie mal in die Bibliothek. Herr … ich meine, der andere Herr ist bereits da«, sagte sie mit einem Seitenblick zu Becky.

Was machen die für ein Staatsgeheimnis aus diesem Mr. Unbekannt?

Becky kam sich vor wie in einem Agentenroman von John le Carré.

»Kaffee, Tee, Mineralwasser und eine kleine Stärkung stehen bereit«, sagte Frau Richter. »Wenn Sie sonst etwas wünschen, rufen Sie mich.« Sie öffnete die Tür. Dr. Landau ließ Becky zuerst eintreten. Die Bibliothek war ein großzügiger Raum, dessen eine Wand von einem hohen Regal mit Gesetzeswerken und anderen juristischen Schriften in Beschlag genommen wurde. Am meisten Platz nahm ein massiver Sitzungstisch in Anspruch. Er bot einem Dutzend Personen Platz. Ein Mann saß mit dem Rücken zu ihnen am Kopfende und sah durch die offenen Terrassentüren hinaus in den französischen Garten. Er wandte sich um, sobald er sie eintreten hörte.

»Dominik«, sagte Becky. »Das ist eine Überraschung.«

Dornach stand auf und gab ihr drei Küsse auf die Wangen, ein Begrüßungsritual, an das sie sich noch zu gewöhnen hatte.

»Hallo, Becky, geht's dir gut?«

»Wie es jemandem geht, der zu Unrecht des Mordes verdächtigt wird. Hast du Dr. Landau beauftragt, mich zu vertreten?«

»Schuldig. Fredy Landau ist ein alter Freund der Familie. Als ich von deiner bevorstehenden Festnahme erfuhr, habe ich ihn gebeten, dich zu vertreten. In Solothurn gibt es zwar eine Anzahl ausgezeichneter Anwälte. In diesem Fall ist es besser, das Mandat einem Auswärtigen zu übertragen.«

»Wo warst du die ganze Zeit?« Becky konnte einen leisen Vorwurf nicht unterdrücken.

»Ruch will mich aus dieser Ermittlung heraushalten. Er hat mich zu einem anderen Fall nach Olten geschickt. Ich sorgte dafür, dass jemand ein Auge auf dich hat.«

»Wer soll das sein?«

»Du erinnerst dich an die Polizistin, die Ruch im Schlepptau hatte?«

»Frau Hartmann?«

»Maja war eine der besten Absolventinnen ihres Jahrgangs. Sie hilft mir bei speziellen Einsätzen.«

»Ich bin ein spezieller Einsatz?«

»Ich hatte keine Möglichkeit, dich direkt zu unterstützen. Ich bat Maja, meine Augen und Ohren zu sein. Sie hat mir geschildert, wie deine Festnahme vonstattenging.«

»Danke, gern auch noch mal an Frau Hartmann.«

»Leite ich weiter. Maja sagte, dass Ruch dich ohne Beisein eines Rechtsbeistandes befragen wolle. Daraufhin mobilisierte ich Dr. Landau. Er ist einer der profiliertesten Strafverteidiger des Landes. Danke, Fredy.«

»Keine Ursache, immer gern zu Diensten der Familie Dornach.«

»Jetzt verstehe ich Ruchs Panik, als er Sie erkannte, Dr. Landau«, sagte Becky. »Er muss geahnt haben, dass seine Aktion in die Hosen gehen würde.«

»Zu Recht«, antwortete Landau. »Jemanden mit einer solchen Beschuldigung festzunehmen und ihm den Rechtsbeistand zu verwehren, ist beinahe schon kriminell. Herr Ruch wird sich warm anziehen müssen, wenn ich meine Beschwerde gegen ihn rauslasse.«

»Weshalb tut er so was?«, fragte Becky. »Warum will er mich ins offene Messer laufen lassen?« Sie zeigte auf das Mineralwasser und die belegten Brote, die auf dem Tisch bereitstanden. »Darf ich?«

»Klar, bedien dich. Damian Ruch ist ein ganz passabler Jurist und Staatsanwalt«, sagte Dornach. »Das Problem ist sein Ehrgeiz. Er will Erfolge und hochkarätige Fälle, die er gewinnen kann.«

»Ich betrachte es mal als Kompliment, ein hochkarätiger Fall zu sein.« Becky biss in ein mit würzigem Schwarzwälder Schinken belegtes Brot. »Wie komme ich zu der Ehre?«

»Als letzte Nachfahrin einer der ältesten Familien Solothurns bist du nicht gerade niemand. Ich habe dir ja von Ruchs politischen Ambitionen erzählt. Sollte sein Langfristplan, in den Regierungsrat gewählt zu werden, aufgehen, wäre er laut unserem Gastgeber Daniel vom Staal eines der jüngsten Regierungsmitglieder in der Geschichte des Kantons.«

»Dafür will er mich über die Klinge springen lassen?«

»Der Zweck heiligt die Mittel«, sagte Dr. Landau. »Wir müssen damit rechnen, dass Herr Ruch die Schmach nicht auf sich sitzen lässt. Es ist wichtig, dass Sie mir haarklein schildern, was Ihnen gestern widerfahren ist, Frau Kolberg. Jedes kleinste Detail ist von Bedeutung. Beim nächsten Versuch, Sie festzunageln, wird Ruch besser vorbereitet sein. Das sollten wir auch.«

»Sie glauben mir aber schon, dass ich mit dem Tod von Herrn Davaud und Frau Korda nichts zu tun habe.«

»Das ist für mich nicht relevant. Meine Aufgabe ist es, Ihre Interessen bestmöglich zu vertreten und Ihre Rechte zu wahren, egal, ob Sie schuldig sind oder nicht.«

Danke für die Blumen.

»Na dann, was wollen Sie wissen?«

»Bevor ihr anfangt«, sagte Dornach, »habe ich da noch was.« Er zog eine Plastiktüte aus der Tasche und legte sie vor Becky auf den Tisch.

»Das ist der Schlüssel, den mir Herr Davaud gegeben hat. Wo hast du ihn gefunden? In der Küche oder im Garten?«, fragte Becky.

»Weder noch, er steckte in der Hosentasche der toten Frau Korda.«

Becky wurde schwindlig. Sie trank hastig ihr Glas leer.

»Hast du eine Idee, wie er dahin gekommen sein könnte?« Dornachs durchdringender Blick traf sie mitten ins Herz.

Glaubt er etwa …?

»Ich habe keine Ahnung, ehrlich. Davaud hat mir den Schlüssel gegeben. Ich hörte ein Geräusch hinter mir. Dann weiß ich nichts mehr. Vielleicht … keine Ahnung … vielleicht hat Krysztina mich niedergeschlagen und mir den Schlüssel abgenommen.«

»Und dann?«, fragte Dornach.

»Was, und dann? Ich war bewusstlos, das weißt du doch.«

»Du hast es mir so erzählt.«

»Willst du damit sagen, dass ich …« Becky sah hilfesuchend zu Dr. Landau, der sie mit einer beschwichtigenden Handbewegung zu beruhigen versuchte. Das brachte sie erst recht auf die Palme. »Wozu veranstaltest du dieses Theater, wenn du mir nicht glaubst«, fuhr sie Dornach an.

»Es ist nicht meine Aufgabe, dir zu glauben oder nicht, Becky. Ich muss mir ein Bild aus den Fakten machen, die ich kriege.«

Seine Augen, dieser Blick. Ich könnte den Kerl umbringen.

»Fakten, ach so. Wofür? Damit du mich in die Pfanne hauen kannst? Wieso lässt du nicht gleich deinen Staatsanwalt die Drecksarbeit machen?«

Dornachs Antwort war von entnervender Ruhe. »Erstens, weil ich nichts von seinen Methoden halte. Zweitens …« Er hielt inne.

Becky kochte. »Was, zweitens?«

»Zweitens glaube ich nicht, dass du eine Mörderin bist.«

Becky sank in sich zusammen. Ihre Dämme brachen, und sie ließ den Tränen ihren Lauf. Dr. Landau hielt ihr ein Papiertaschentuch hin.

Sie schnäuzte sich. Dornach beobachtete sie dabei unablässig. Am liebsten hätte sie ihm das gebrauchte Taschentuch ins Gesicht geschleudert.

»Was ist?«, herrschte sie ihn an. »Zufrieden, dass du mich zum Flennen gebracht hast?«

»Ich bin nicht dein Feind, Becky. Es verschafft mir keine Befriedigung, dich in die Enge zu treiben. Aber wenn ich es jetzt nicht tue und wir die offenen Fragen nicht klären können, wird es Ruch früher oder später machen. Das wäre einiges unangenehmer für dich. Okay?«

Okay, du kaltschnäuziges Arschloch!

»Schon gut, tut mir leid«, sagte Becky. »Wir können weitermachen.«

Dornach deutete auf den Schlüssel. »Du sagst, möglicherweise hat Frau Korda ihn dir abgenommen, nachdem sie dich niedergeschlagen hat?«

»Anders kann ich es mir nicht erklären. Was ist das für ein Schlüssel?«

»Das habe ich noch nicht herausgefunden. Er passt zu keinem Bahn-, Post- oder Bankschließfach. Die sehen anders aus. Es ist ein älteres Modell und kann zu einem Schrank oder einem Spind mit eigenem Schloss gehören, kurz gesagt: überallhin.«

»Jedenfalls ist er wichtig genug für Krysztina, um mich dafür niederzuschlagen. Kann sein, dass sie zuvor den armen Davaud dafür tötete.«

»Und dann?«, fragte Dornach.

»Sie schlägt mich nieder und schleift mich in die Küche, wo sie die Gashähne öffnet. Für den Fall, dass ich früher als erwartet zu mir komme, hat sie mehrere Kerzen angezündet, sodass ich keine Zeit gehabt hätte, alle auszublasen.«

»Gute Theorie«, sagte Dornach. »Dann ist die Frage: Wer hat Frau Korda umgebracht, sofern sie sich nicht selber den Gehstock über den Schädel gezogen hat, mehrmals.«

»Es befand sich eine vierte Person im Haus«, sagte Dr. Landau. »Frau Korda hatte einen Komplizen, oder sie war die Komplizin.«

»Möglich«, sagte Dornach. »Die vierte Person bringt Davaud um. Dann schlägt er Becky nieder und nimmt ihr den Schlüssel ab. Frau Korda kommt dazu und wird als lästige Zeugin beseitigt.«

»Plausibel«, sagte Dr. Landau.

»Leider nicht wahrscheinlich, wenn wir davon ausgehen, dass der Schlüssel eine wichtige Rolle spielt. Vergesst nicht, dass wir ihn bei Frau Korda gefunden haben.« Dornach fuhr sich mit der Hand über seine Bartstoppeln. »Da ist eine weitere Theorie. Du wirst mich dafür hassen, Becky.«

Nur zu, ich fahre ohnehin gerade meine Gefühle für dich zurück.

»Sag schon, schlimmer kann es nicht werden.«

»Frau Korda schlägt dich nieder und nimmt dir den Schlüssel ab. Du bist nicht bewusstlos und stellst ihr nach. Im Foyer holst du sie ein, schlägst sie mit dem Gehstock nieder.«

»Wie geht's dann weiter? Ich gehe in die Küche, schmücke sie mit den Kerzen, öffne die Gashähne und lege mich auf den Fußboden, bis ich mit dem Haus fast in die Luft fliege?«

Die Pointe kam nicht an. Dornachs Ausdruck blieb regungslos. »Wer sagt uns, dass du in der Küche warst. Du lagst im Garten, als ich dich gefunden habe.« Bevor sie etwas erwidern konnte, fuhr er fort. »Das ist die Variante, die Ruch verfolgen wird. Die Indizien, die wir bisher haben, deuten in die eine wie in die andere Richtung, soweit sie dich betreffen, Becky. Wir brauchen handfeste Beweise für deine Unschuld.«

Becky fühlte sich komplett ausgestellt und hilflos. »Welchen Grund sollte ich haben, die beiden umzubringen? Herr Davaud wollte mir bei meinen Nachforschungen über die tote Frau helfen. Deswegen bringe ich ihn doch nicht um. Krysztina Korda machte bei unserer ersten Begegnung eher den Eindruck, als würde sie mich am liebsten ins Jenseits befördern. Ich habe kein Motiv.«

Dornach setzte ein schräges Lächeln auf. »Motive lassen sich konstruieren. Ruch könnte versuchen, es aussehen zu lassen, als wäre Davaud im Besitz von Informationen, die deiner Familie schaden könnten. Dein Großvater war Nationalsozialist und Direktor der deutschen Waffenfabrik. Wenn es dumm läuft, kann einem so etwas noch heutzutage um die Ohren fliegen. Unter Umständen müsstest du von hier wegziehen und würdest viel verlieren.«

»Das ist lächerlich. Bis vorgestern wusste ich nicht einmal, was mein Großvater hier genau tat.«

»Wir glauben Ihnen, Frau Kolberg«, sagte Dr. Landau. »Aber das spielt wie gesagt keine Rolle. Wenn es dem Staatsanwalt gelingt, einen Richter von dieser Theorie zu überzeugen, werden wir uns warm anziehen müssen.«

»Das heißt was genau?« Becky fühlte sich plötzlich sehr müde. »Was machen wir?«

»Erst mal gehst du nach Hause und ruhst dich aus«, sagte Dornach. »Du siehst nicht gut aus.« Er nahm den Schlüssel an sich. »Ich mache eine Kopie davon und bringe ihn dir später vorbei. Sobald du ausgeruht bist, probierst du damit alle Schränke, Truhen und Türen im Schloss aus, die dafür in Frage kommen. Ich mache dasselbe heute Abend in Davauds Haus in Grenchen. Die Feuerwehr hat es inzwischen freigegeben. Morgen sehen wir weiter.«

Becky war fast glücklich, etwas tun zu können. Offenbar war ihr die erwachende Euphorie anzusehen. »Du ruhst dich zuerst aus, verstanden?«, sagte Dornach. »Du musst einigermaßen fit bleiben.«

»Du hast gut reden. Zwischendurch sollte ich mich auch mal um Adrian kümmern.«

»Der ist bestens versorgt. Wenn du einverstanden bist, kann er bei uns in der Villa bleiben. Pia und er sind inzwischen unzertrennlich.«

Sollte sie froh darüber sein? Sie wollte für sich und ihren Sohn ein Zuhause im Schloss Aaregg aufbauen. Gerade sah es so aus, als würde sie sich von diesem Ziel entfernen.

***

Becky brauchte einen Moment, bis sie realisierte, dass sie in ihrem eigenen Bett im Schloss Aaregg lag. Wie lange hatte sie geschlafen? Wer oder was hatte sie geweckt? Frau Serafini war wie immer nach Hause gegangen. Adrian übernachtete bei den Dornachs. Dornach hatte so lange darauf bestanden, bis Becky widerstrebend eingewilligt hatte. Ihr Sohn hatte damit kein Problem gehabt, was sie erleichterte und gleichzeitig betrübte.

Es war neun Uhr abends. Die Vorhänge filterten dämmriges Tageslicht. Die Kopfschmerzen hatten sich in eine entfernte Ecke ihres Schädels zurückgezogen. Ihre Kehle war trocken. Sie schwang die Beine aus dem Bett und stand auf. Sofort begann sich alles um sie herum zu drehen. Sie setzte sich zurück aufs Bett und befühlte das Pflaster an ihrem Kopf. Den Verband hatte sie vor dem Zubettgehen abgenommen. Sie hatte plötzlich das Gefühl gehabt, er würde ihr den Schädel zusammenpressen. Danach hatte sie ein Schlafmittel genommen und war gleich eingeschlafen.

Tief durchatmen vor dem zweiten Versuch, auf beiden Füßen zu stehen, diesmal erfolgreich. Mit tastenden Schritten ging sie ins Bad. Sie benetzte ihr Gesicht mit kaltem Wasser und trank ein paar Schlucke vom Hahn. Ein Proberiechen unter ihren Achselhöhlen machte ihr bewusst, dass sie mit Ausnahme der Katzenwäsche im Spital seit dem Vortag nicht mehr geduscht hatte. Sie entledigte sich ihrer Kleider und stellte sich unter die Dusche. Erst ein eiskalter Strahl, bevor sie sich unter Warmwasser einseifte. Sie blieb einige Minuten darunter, um sicherzugehen, die vergangenen vierundzwanzig Stunden gründlich abgewaschen zu haben. Der Aufenthalt im Untersuchungsgefängnis hatte nur wenige Stunden gedauert. Trotzdem fürchtete sie, den modrigen, von Angstschweiß durchsetzten Geruch nicht loswerden zu können.

Sie wickelte sich in ein großes Frotteetuch und stellte sich vor den angelaufenen Spiegel. Mit der Zahnbürste im Mund rieb sie das feuchte Glas trocken. Gleichzeitig suchte sie nach ihrer Zahnpastatube, die nicht dort war, wo sie sein sollte. Adrian hatte sich wieder mal bei ihr bedient, vermutlich weil seine leer war. Wann der wohl lernte, Bescheid zu geben, wenn er etwas brauchte? Sie fand die Tube in einem Kulturbeutel, wo sie nicht hingehörte. Der Spiegel war erneut angelaufen. Sie wischte ihn mit der Hand frei und erstarrte. Hinter ihr, vor der Stange mit der Frotteewäsche, stand die Frau.

»Rebecca.«

Becky fuhr mit einem Aufschrei herum. Da war nur die verdammte Wäschestange. Sie rang nach Luft. Eine Illusion, ein Zerrbild ihres aufgewühlten Geistes, geformt aus den Schlieren der Feuchtigkeit und dem Hauch ihrer Angst, gebannt auf das Spiegelglas. Und doch hätte sie geschworen, dass es ihren Vornamen ausgesprochen hatte.

Sie spuckte den Rest Zahnpasta aus, den sie vor Schreck nicht verschluckt hatte, und trank noch mal drei kräftige Schlucke vom Hahn. Ein weiterer Blick in den Spiegel ließ sie aufatmen. Die Stange mit den Frotteetüchern und ihr Bademantel hingen dort, sonst nichts.

In der Hoffnung, wieder einzuschlafen, legte sich Becky ins Bett. Zehn Minuten später ging sie im Zimmer umher, die Gedanken auf Karussellfahrt. Weitere fünfzehn Minuten danach zog sie eine Strickjacke über ihren Schlafanzug und bewaffnete sich mit ihrer Taschenlampe. Anstatt sich wie eine Verrückte im Kreis herumzudrehen, konnte sie geradeso gut etwas Nützliches tun. Mit der Kopie von Davauds Schlüssel, den Dornach durch den Briefschlitz der Eingangstür geworfen hatte, während sie schlief, machte sie sich auf den Weg zum Dachboden.

Sie ärgerte sich, sobald die Betätigung des Lichtschalters den Dachboden in diffuses Licht tauchte. Sie hatte nicht daran gedacht, die Glühbirnen durch leistungsfähigere LED-Leuchten ersetzen und gleich ein paar Lampen mehr installieren zu lassen. Vielleicht war es besser für den Moment. Es brauchte niemand zu wissen, dass sie hier oben nach etwas suchte.

Sie probierte den Schlüssel an allen möglichen Schlössern, einschließlich der Truhen und Kisten, die dafür in Frage kamen. Keine davon war verriegelt. An einer Stelle funktionierte der Schlüssel, doch die Eingangstür zur Dienstmädchen-Kammer barg kein Geheimnis mehr. Der Schlüssel und das dazugehörende Schloss waren keine Einzelanfertigung. Es war gut möglich, dass davon mehrere an verschiedenen Orten installiert worden waren.

Sie ging hinunter in den zweiten Stock. Dort war sie bisher nicht gewesen. Auch hier verlief die Suche nach dem passenden

Schloss auf Anhieb im Sand. Im Gegensatz zum ersten Stock, den sie mit Adrian bewohnte, waren der Korridor sowie die meisten Zimmer hier leer geräumt, die Fenster waren ohne Vorhänge, und auf dem Parkettboden lag eine fingerdicke Staubschicht. Nicht zum ersten Mal ging Becky die Frage durch den Kopf, ob sie sich mit der Übernahme des Anwesens nicht zu viel zumutete. Das Haus war zu groß für sie und Adrian allein. Dessen war sie sich von Beginn an bewusst gewesen. Der Wunsch, rasch von Neustadt wegzukommen, hatte die rationalen Einwände verdrängt. Sie hatte verschiedene Ideen im Kopf für das Haus, vielleicht könnte sie ein kulturelles Begegnungszentrum daraus machen. Oder sie könnte das Anwesen zu einem annehmbaren Preis verkaufen. Diese Möglichkeit zumindest hatte Notar Hürlimann ihr genannt.

Eine Chance hatte sie noch, eine Doppeltür gegenüber dem Treppenaufgang, die einzige, die auf dieser Etage verschlossen war. Diese oder keine. Becky steckte den Schlüssel ins Schloss und drehte ihn um. Sie setzte einen Atemzug aus, als der Riegel sich mit einem Klicken zurückzog und die Tür sich öffnete.

Es war eine Art Suite, bestehend aus zwei Räumen mit nachträglich eingebautem Bad und Toilette, ähnlich den Räumlichkeiten, die sie mit Adrian im unteren Stockwerk bewohnte. Einzig die sanitären Anlagen waren hier renovierungsbedürftig. Beide Zimmer waren mit von Laken bedeckten Möbeln vollgestopft. Becky entfernte ein paar der Tücher behutsam, damit sie nicht von einer Staubwolke eingedeckt wurde. Ein leiser Pfiff ging über ihre Lippen. Hier war nichts, was Liebhaber der Ikea-Kultur in Ekstase versetzt hätte. Dagegen fand sie Tische und Sekretäre aus der Biedermeier-Epoche sowie Kommoden und Stühle in Art déco. Das Geld für den Kauf zusätzlicher Möbel würde sie sich sparen können. Das Landhaus in Neustadt war mit ähnlichem Mobiliar ausgestattet gewesen. Becky hatte es zusammen mit dem Anwesen verkauft, weil sie das Geld für die Renovierung von Schloss Aaregg brauchte. Das machte ihr einmal mehr bewusst, alle Brücken hinter sich abgebrochen zu haben. Das hier musste gut gehen.

Warum hatte ihr Großvater diese wertvollen Stücke zurückgelassen? Im Nachhinein war es ein Segen. Im Chaos des Kriegsendes in Deutschland wären sie womöglich zerstört worden oder verschwunden.

Mit neuem Elan machte sie sich daran, weitere passende Schlösser zu finden. Erst versuchte sie es mit den Schränken, Kommoden und den beiden Sekretären, vergebens. Im kleineren der beiden Zimmer stand ein Ehebett, umgeben von Kisten und Truhen, wie sie auch auf dem Dachboden herumstanden. Die meisten enthielten Kleider und Leinenbettwäsche. Früher stellten diese Dinge ein Vermögen dar. Im Zeitalter von Satin und Spannbetttüchern dürften alte, herkömmliche Bettlaken ausgedient haben, egal, wie robust sie waren.

Der Schlüssel passte bei einer der letzten Truhen. Beckys Augen weiteten sich, als sie den Inhalt sah: ein Stapel Abendkleider in verschiedenen Farben und mit Mustern im Stil der wilden Zwanziger, jedes einzelne sorgfältig in Seidenpapier eingewickelt. Becky hielt die Nase auf den Stoff. Er roch nicht muffig, was an den Kräuterbeuteln liegen musste, die in der Kiste verteilt waren. Sie sollten Ungeziefer davon abhalten, sich an den Geweben gütlich zu tun, was funktioniert hatte. Die Kleider wiesen weder Löcher noch Risse oder Flecken auf. Sie mussten ihrer Großmutter gehört haben. Nach ihrem Tod hatte Großvater wohl keine Verwendung dafür gehabt und sie zurückgelassen. Becky zog sich bis auf die Unterwäsche aus und probierte eines der Kleider an. Das Resultat begutachtete sie im Türspiegel eines Kleiderschrankes im Nebenzimmer. Es war ein weinrotes Spaghettiträgerkleid mit Fransen, das aus dem Great-Gatsby-Film mit Leonardo DiCaprio hätte stammen können. Unter dem Dekolleté war ein Art-déco-Muster mit Goldfaden eingestickt. Becky hatte nie so ein Kleid getragen. Es passte wie angegossen. Sie und ihre Großmutter, oder für wen auch immer das Kleid bestimmt gewesen war, hatten die gleichen Maße.

Sie zog es aus und schaute auf die Etikette. Sie hielt ein Abendkleid von Coco Chanel in Händen, das heutzutage ein Vermögen wert sein musste.

Sie tastete sich durch den Inhalt der Truhe. Zuunterst stieß sie auf einen harten Gegenstand. Es war ein Notizbuch mit einem altrosafarbenen gold geränderten Einband. Der Deckel enthielt die handschriftliche Jahreszahl »1939«. Becky suchte die Kiste erneut ab und zog ein zweites, identisches Buch hervor, ein blauer Einband, der mit »1940« beschriftet war.

Becky blätterte im altrosa Buch. Die Seiten waren mit einer gleichmäßigen und sorgfältigen Handschrift beschrieben. Auf der ersten Seite stand »Emmas Tagebuch 1939«. Das blaue Buch war an der gleichen Stelle mit demselben Titel und der Jahreszahl »1940« versehen. Es war nur zur Hälfte beschrieben. Der letzte Eintrag war am 25. August 1940 gemacht worden. Beim Durchblättern fiel ein Foto zu Boden. Becky hob es auf. Es war ein offizielles Porträtbild eines Fotografen vor einem künstlichen Hintergrund. Eine junge, ausgenommen hübsche Frau mit blondem Lockenhaar lächelte ihr verzagt entgegen. Becky blinzelte mehrmals. Sie hatte die Frau gerade eben im Spiegel ihres Badezimmers gesehen. Es war dieselbe wie auf den beiden Fotos mit den Feldarbeitern, die sie auf dem Dachboden gefunden hatte, ohne Kopftuch. Becky betrachtete das Haar der Frau auf dem Foto und dachte an die Locke, die sie in der Holzschachtel gefunden hatte. Das Kettchen mit dem Kreuz und das Armband waren identisch mit dem Schmuck auf den Fotos vom Dachboden. Becky drehte das Bild um. »Kummer, Emma – Juli 1940«. Beginnend bei diesem Monat begann Becky das Tagebuch zu lesen und lernte die Frau in der Wand kennen.

EMMA
AUGUST 1940

10

Ungeduldig trat Emma von einem Fuß auf den anderen. Die Barriere blieb endlos lange unten. Hatte sie Pech, wurde sie nach der Durchfahrt des Schnellzuges in Richtung Olten nicht gleich hochgezogen, sondern für den wenige Minuten späteren Bummelzug nach Herzogenbuchsee unten gelassen. Der Niveauübergang Schulhausstraße in Zuchwil lag im Bereich des Solothurner Hauptbahnhofes. Der Übergang war die kürzeste Verbindung zwischen Dorfzentrum und Industriegebiet. Er wurde vor allem von den Arbeitern der Waffenfabrik und des benachbarten Scintilla-Werkes benutzt. Die Wartenden hatten es immer eilig. Entweder wollten sie schnell nach Hause kommen, oder sie mussten pünktlich zur Arbeit.

Auch heute war Emma nicht die einzige Ungeduldige. Neben und hinter ihr waren unterdrückte Flüche zu hören. Sie musste zum Bäcker, bevor der Laden zumachte. Emmas Mutter hatte sich für morgen zum Sonntagsfrühstück eingeladen. Danach wollten sie gemeinsam in die Messe gehen.

Endlich fuhr der Schnellzug durch. Wider Erwarten hob sich die Schranke und ließ die erleichterte Arbeiterschar passieren. Emma nahm eine Abkürzung über den Dammweg und den Pisoniweg zum alten Postgebäude, wo Bäcker Mottet seinen Laden hatte. Sie erhielt das bestellte Brot gegen die erforderlichen Bezugsmarken und bezahlte.

Gemächlicheren Schrittes machte sie sich auf den Rückweg zum Aareggerhof. Sie würde ihre Mutter in der Gesindeküche bewirten. Auf dem Hof würde an diesem Sonntag nicht viel Betrieb sein. Die Ernte war eingebracht. Die meisten Knechte und Mägde würden das schöne Wetter nutzen und einen Ausflug nach Solothurn, auf den Weißenstein oder an den Burgäschisee machen. Emma war froh, Ruhe zu haben, vor allem hatte sie mit ihrer Mutter zu reden. Vielleicht konnte diese ihren Dienstherrn, Direktor von Colberg, dazu bringen, dass

Betriebsleiter Schwab die lächerliche Sanktion gegen sie zurücknahm.

Auf der Höhe der »Bierhalle« beschleunigte sie ihre Schritte. Sie hatte keine Lust, mitzutrinken oder Karten zu spielen. Das Wirtepaar war in Sorge um seine Tochter, von der man immer noch kein Lebenszeichen hatte. Emma war am Morgen kurz bei ihnen gewesen. Sie hatten die Polizei eingeschaltet. Ein Gefreiter von der Kriminalpolizei soll dort gewesen sein und Fragen gestellt haben. Mit Emma hatte er nicht gesprochen. Sie nahm sich vor, am Sonntagnachmittag noch einmal Herrn und Frau Götsch zu besuchen, wenn ihre Mutter fort war.

Wo konnte Rosmarie bloß stecken? Es war nicht das erste Mal, dass sie sich absetzte, weil sie einen Mann getroffen hatte, der ihr gefiel. Zwei Nächte am Stück war sie noch nie fort gewesen.

An der Verzweigung zum Winkelweg fiel ihr eine Gruppe Halbwüchsiger auf. Sie standen am Fuß eines Kastanienbaumes und diskutierten lauthals. Es ging darum, dass die anderen Jungs dem Wortführer einen Batzen zu zahlen hatten, damit sie auf den Baum klettern durften.

»Seid leise«, ermahnte dieser seine Kumpane. »Sonst bemerkt uns die ›Sumawuscha‹.«

»Wozu sollen wir dir Geld für so was bezahlen?«, fragte einer. »Wenn schon, sollten wir es der da drüben für ihre Vorstellung geben.« Er zeigte auf das Haus auf der anderen Straßenseite.

»Weil ich sie entdeckt habe, du ›Tscholi‹«, sagte der Wortführer. »Entweder du zahlst, oder du lässt es bleiben.«

Emma überquerte die Straße. »Ihr da, was treibt ihr da?«

Die Halbwüchsigen bemerkten sie erst in diesem Moment und sahen sie erschrocken an. Das schlechte Gewissen stand ihnen ins Gesicht geschrieben.

»Weg hier!«, rief einer und rannte davon. Seine Kameraden sahen ebenfalls zu, dass sie Land gewannen. Der Wortführer war langsamer. Er hatte gerade das Geld gezählt und war damit beschäftigt, es in seine Taschen zu stopfen. Dabei verlor er ein paar Münzen, die er nicht aufgeben wollte. Bis er alles beisammenhatte, war Emma bei ihm und packte ihn am Ohr. »Was führt ihr im Schilde?«

»Nichts.«

»Ich kenne dich doch. Du bist Martin, der Älteste des Bäckers Mottet. Soso, deine Kameraden zahlen dir für nichts Geld, damit sie den Kastanienbaum hier hochklettern dürfen, oder wie?« Sie zog ihn ein bisschen höher am Ohr, bis er anfing zu winseln. »Also, was läuft hier?«

»Es ist wegen der ›Sumawuscha‹. Lassen Sie mich los, bitte.«

»Du rennst nicht weg?«

»Nein, ehrlich.«

Emma ließ sein Ohr los. »Was ist die ›Sumawuscha‹?«

»Sehen Sie selbst. Sie müssen den Baum hochklettern«, sagte Martin grinsend.

»Na schön.« Emma legte die Tasche auf den Boden. »Du passt mir darauf auf, ja.« Sie wandte sich dem Baum zu und drehte sich noch mal nach ihm um. »Ich habe dich im Auge. Versuch wegzulaufen, und ich erzähle alles haarklein deiner Mutter, hast du verstanden?«

»Ja, Fräulein.«

»Wohin muss ich gucken?«

»In den zweiten Stock vom ›Centralhof‹, durchs Fenster.«

Der »Centralhof« war ein Wohn- und Geschäftshaus an der Hauptstraße. Im Erdgeschoss befanden sich mehrere Läden, die direkt von der Straße aus zugänglich waren, in den oberen Stockwerken waren Wohnungen.

Wenn Martin damit spekulierte, dass Emma es nicht schaffen würde, den Baum hochzukommen, sah er sich eines Besseren belehrt. Behände und mit sicherem Tritt erklomm sie den Baum. Oben angelangt, schaute sie nach unten, von wo Martin sie mit offener Kinnlade anstarrte. Emma war froh um ihre weite Hose. Die Äste des Baumes hingen tief. Sie hatte freies Sichtfeld auf die östliche Seitenfassade des »Centralhofes«. Auf jedem Stockwerk hatte es nur ein Fenster, das zum Bad gehörte. Das Fenster des zweiten Stocks war offen. Eine splitternackte, kurvige blonde Frau, vielleicht zehn Jahre älter als Emma, stieg aus der Badewanne und offenbarte, was sie an Reizen zu bieten hatte. Emma hatte genug gesehen und stieg den Baum hinab. »Ihr seid mir vielleicht Schlawiner«, sagte sie unten. Sie nahm Martin die Einkaufstasche ab. »Wer ist die Frau?«

»Eben die ›Sumawuscha‹.«

»Was heißt das?«

»›Sumawuscha‹ – supermaximale Wunderschabe.«

Emma versuchte ernst zu bleiben. »Hat diese … ›Sumawuscha‹ einen Namen?«

»Das ist die Alte … ähm … die Frau vom Moser, dem Stiftenschleifer von der Scintilla.«

Emma musste kurz über den Ausdruck Stiftenschleifer nachdenken, bis ihr einfiel, dass auch die »Stifte«, die Lehrlinge der Waffenfabrik, ihre Ausbilder als »Schleifer« bezeichneten.

»Pass auf, Martin. Du und deine Kollegen, ihr hattet euer Gaudi, und du hast dabei noch verdient. Damit ist Schluss. Wenn ich dich oder deine Kumpane noch mal bei so was erwische, erfahrt ihr, wo Gott hockt. Haben wir uns verstanden?«

»Ja, Fräulein«, sagte Martin mit hängendem Kopf. »Sie sagen nichts meinen Eltern, oder?«

»Nein. Mach, dass du verschwindest, bevor ich es mir anders überlege.«

»Danke, Fräulein.« Martin nahm die Beine in die Hände.

»›Sumawuscha‹«, murmelte Emma kopfschüttelnd.

Sie wollte sich auf den Weg machen, als ihr ein schwaches Glitzern unter einem Wurzelvorsprung des Kastanienbaumes auffiel. Hatte Martin ein Geldstück übersehen? Sie hob den Gegenstand auf. Es war eine Schmetterlingsbrosche. Sie sah genauso aus wie diejenige, die Rosmarie am 1. August getragen hatte. Emma korrigierte sich, es war Rosmaries Brosche. Weshalb lag sie hier? Es war Rosmaries Lieblingsschmuckstück. Entweder hatte sie sie verloren oder … Sie drehte die Brosche auf die Rückseite. Die Sicherheitsnadel, mit der die Brosche befestigt wurde, war abgebrochen. Ein kleiner Fetzen roten Stoffs hing am Haken, wo die Nadel fixiert wurde. Der gleiche

Stoff wie Rosmaries Kleid, das sie am Fest getragen hatte. Das passierte nicht einfach so. Hatte Rosmarie die Brosche beim Versuch, auf den Baum zu klettern, verloren, oder war sie hier in einen Kampf verwickelt worden? Von hier war der Festplatz nicht mehr als einen Steinwurf entfernt. Emma blickte an dem Baum hoch. Wenn er nur reden könnte.

***

Am Sonntagmorgen war Emma froh, beizeiten aufgestanden zu sein. Ihre Mutter war früher dran als vereinbart. Frau Kummer hasste Liederlichkeit. An einem Sonntagmorgen eine Stunde länger zu schlafen war in ihren Augen eine Sünde. »Das ist Gottes Zeit verschwendet«, pflegte sie zu sagen. Emma liebte ihre Mutter viel zu sehr, als dass sie sich mit ihr über solche Dinge streiten wollte. Nachdem ihr vom Alkohol ständig benebelter Erzeuger sich auf und davon gemacht hatte, um die Welt und neue Frauen zu entdecken, brachte Gertrud Kummer sich und ihre Tochter unter großen Entbehrungen allein durch. Die Stelle der Haushälterin auf Schloss Aaregg war ein Glücksfall gewesen. Dort stellte man ihr eine Dienstwohnung zur Verfügung. Es gab eine Kammer auf dem Dachboden für Emma und ein Zimmer auf dem Aareggerhof, wenn diese in der Fabrik oder auf dem Feld arbeitete. Das eigene Häuschen im Winkel in Zuchwil vermietete sie weiter und generierte damit zusätzliches Einkommen.

Emma hatte die Stadtschulen besucht, wo sie regelmäßig als Klassenbeste geglänzt hatte. Ihr Klassenlehrer in der Primarschulabschlussklasse wollte sie bei der Kantonsschule anmelden, damit sie die Matura machen konnte. Ihre Mutter hatte sich dagegengestemmt. Für Gertrud Kummer waren höhere Schulbildung und Universitäten abstrakte Welten. Emma sollte möglichst bald Geld verdienen und später einen guten Mann heiraten. Sie hatte nicht einsehen können, weshalb aus ihrem aufgeweckten Mädchen mehr werden sollte als eine arbeitsame Hausfrau. Emmas geheimes Ziel war es gewesen, ans Lehrerseminar zu gehen. Dann kam der Krieg, Träume hatten zu warten. Emma machte ihrer Mutter keine Vorwürfe. Aber Loyalität und Liebe hieß nicht, dass Emma keine Geheimnisse vor ihr hatte. Sie war gern in Gesellschaft von Männern, ohne sich näher mit ihnen einzulassen. Das hielt diese nicht davon ab, ihr Geschenke zu machen wie die Ray-Ban-Sonnenbrille. Emma setzte sie nur auf, wenn ihre Mutter nicht dabei war.

Auf dem gemeinsamen Weg mit der Mutter vom Aareggerhof zur St. Martinskirche brauchte sie keine Brille. Sie hatte die Sonne im Rücken. Emma schilderte ihrer Mutter, wie der Betriebsleiter sie schikanierte.

»Dieser Schwab ist ein Fluch für uns«, sagte Frau Kummer. »Aber was können wir dagegen tun, solange Hitler und seine Bande die Oberhand haben?«

»Kannst du nicht mit Direktor von Colberg sprechen?«, fragte Emma. »Du bist bei ihm gut gelitten.«

»Ich kann's versuchen. Obschon er das Nazi-Parteibuch hat, ist er einer von den Guten. Das Personal im Schloss behandelt er immer freundlich, trotz seiner Sorgen.«

»Was für Sorgen? Wegen der Fabrik?«

»Wenn es nur das wäre. Es ist die gnädige Frau. Vor ein paar Monaten hatte sie eine dritte Fehlgeburt. Dabei wünschen sich die beiden so sehr ein Kind. Der Arzt rät ihnen davon ab. Die Gesundheit der gnädigen Frau ist schwer angeschlagen. Darüber hinaus leidet sie neuerdings an Schwermut. Ich habe ihr ans Herz gelegt, nach Einsiedeln zu wallfahren und dort zur Schwarzen Madonna zu beten. Sie hat mich nur traurig angeschaut.«

Frische Luft würde ihr guttun, dachte Emma. Stattdessen verkroch sich Barbara von Aaregg in ihrem Schloss inmitten ihrer schönen Möbel und Kleider.

»Was ist?«, fragte Emma. »Wirst du mit von Colberg reden?«

»Wie gesagt, ich versuch's. Versprechen kann ich nichts. Der Freiherr will es sich mit Schwab nicht verderben. Schwab und der Chef der reichsdeutschen Kolonie in Solothurn, dieser Grobian von Osthoff, stecken oft die Köpfe zusammen. Der

Stadtammann und der eine oder andere Regierungsrat sollen den Nazis ebenfalls wohlgesonnen sein. Ich frage mich, wo das hinführen wird.«

Sollte Emma nicht doch lieber auf Toni Wylers Angebot eingehen und sich an die Betriebskommission oder die Gewerkschaft wenden? Ihrer Mutter gegenüber erwähnte sie das nicht. Für Frau Kummer waren Kommunisten und Mitglieder der Sozialdemokratischen Partei der Schweiz nicht besser als die Nationalsozialisten, eine Ausgeburt des Bösen.

»Wenn ich mit dem Freiherrn rede, musst du mir auch einen Gefallen tun, Emmi.«

»Der wäre?«

»Am Mittwoch gibt er einen Empfang für den deutschen Botschafter und hohe Besucher aus dem Reich. Lili, die sonst bei solchen Gelegenheiten mithilft, steht vor der Niederkunft. Freiherr von Colberg hat mich gebeten, dich zu fragen, ob du einspringen kannst. Er wird dafür sorgen, dass du dafür in der ›Waffi‹ einige Tage freibekommst.«

Emma wand sich. Die Aussicht, ein paar Tage keine Latrinen putzen zu müssen, war verlockend. Andererseits: »Du weißt, was ich davon halte, die hohen Herrschaften zu bedienen.«

»Sei nicht undankbar, Kind. Immerhin verdankst du dem Freiherrn deine Stelle.«

»Welche Stelle genau? Die der Latrinenputzfrau?«

»Die hast du dir ein wenig selbst zuzuschreiben. Warum musst du immer das letzte Wort haben?«

»Ich bin für mein Recht eingestanden.«

»Ich habe ja gesagt, dass ich mit dem Freiherrn rede. Kann ich für den Empfang auf dich zählen?«

»Solange Schwab nicht dabei ist. Es reicht, wenn ich ihm in der Fabrik über den Weg laufen muss.«

»Schwab ist nicht eingeladen, dafür Osthoff.«

»Einverstanden. Wann soll ich dort sein?«

»Komm am besten schon am Dienstagabend nach der Arbeit. Es gibt viel vorzubereiten. Deine Dienstbotenkammer auf dem Dachboden ist bereit.«

Emma hasste diese Kammer, die eher ein Verschlag war als ein Zimmer. Im Sommer war es unter dem Dach stickig und heiß, im Winter eiskalt. »Ich komme am Dienstag nach Feierabend ins Schloss.«

»Danke dir, Emmi, bist eine gute Tochter.«

Gehorsam und Unterordnung war die Devise im Leben von Gertrud Kummer. Hätte sie Emmas Vater damals die Stirn geboten, wäre er vielleicht bei ihnen geblieben. Doch wie würde es Emma heute gehen, wenn sie mit einem Säufer und Schürzenjäger unter einem Dach hätte aufwachsen müssen?

Frau Kummer kam nicht mehr oft nach Zuchwil. So nutzte sie nach der Messe die Zeit, sich mit Bekannten und Freunden über den letzten Dorfklatsch auf dem Laufenden zu halten. Während ihre Mutter mit den Frauen schwatzte, begegnete Emma der Familie Mottet, einschließlich Sohn Martin. Herr Mottet lüftete den Hut zum Gruß, Frau Mottet nötigte ihren Sohn, Emma die Hand zu geben, was er pflichtschuldig und mit gesenktem Kopf tat. »Ich hoffe, du hast heute brav in den Opferstock gespendet«, raunte Emma ihm zu, als seine Eltern nicht hinsahen. »So erträgt sich das schlechte Gewissen besser.«

Frau Moser und Gemahl gingen an ihnen vorbei.

»Schönen Sonntag«, rief Emma ihnen fröhlich zu. Neben ihr lief Martin hochrot an.

Sobald ihre Mutter ausreichend mit den letzten Zuchwiler Neuigkeiten versorgt worden war, schlug Emma vor, einen Frühschoppen in der »Bierhalle« zu nehmen.

»Aber Emmi, zwei Frauen allein in der Wirtschaft, noch dazu am Sonntagmorgen, das schickt sich nicht. Außerdem muss ich auf den Bus.«

»Du willst schon zurück zum Schloss? Ich dachte, wir könnten gemeinsam zu Mittag essen.«

»Das hatte ich vor, aber der gnädigen Frau ging es heute Morgen nicht gut. Ich will bei ihr nach dem Rechten sehen.«

Frau Kummer drückte ihrer Tochter einen Kuss auf die Wange. »Behüt dich Gott und bis am Dienstag.«

Emma hatte keine Lust, zurück zum Hof zu gehen. Den Pfützen ausweichend, die ein nächtliches Gewitter hinterlassen hatte, überquerte sie die Hauptstraße. Die Gartenwirtschaft der »Bierhalle« war gut besucht. Die Aushilfsserviertochter hatte alle Hände voll zu tun. Emma betrat den Schankraum, wo Rosmaries Mutter hinter dem Tresen Getränke zubereitete.

»Ich helfe Ihnen, Frau Götsch.« Emma band sich eine Schürze um und begann, Bier für eine laufende Bestellung zu zapfen.

»Vergelt's Gott, Emma. Dich schickt der Himmel. Heute scheint durstiges Wetter zu sein.«

Weil die Aushilfe mit einem Tisch voller Gäste beschäftigt war, servierte Emma den Gästen im Garten das Bier. Beim Hineingehen traf sie auf einen ernst dreinblickenden Jonas Mülchi in Uniform. Er wollte gerade das Restaurant betreten.

Frau Götsch hatte sich auf dem Sofa hingelegt. Mülchis Nachricht, man habe eine Frauenleiche gefunden, war zu viel für Rosmaries Mutter gewesen. Sie fühlte sich nicht in der Lage, die Leiche zu identifizieren. Herr Götsch wollte seine Frau nicht allein lassen. Emma anerbot sich, den schweren Gang zu machen. Sie borgte sich das Fahrrad bei einer Bekannten aus, die mit Freunden in der Gartenwirtschaft saß. Mülchi legte mit seinem Dienstfahrrad ein beträchtliches Tempo vor, doch Emma wusste ihm zu folgen. Bei der Straßenbrücke über die Emme vor dem Dorfeingang von Luterbach stellten sie die Räder ab und gingen zu Fuß dem Fluss entlang. Der Fundort der Leiche befand sich auf halber Distanz zwischen der Brücke und der Flussmündung, unter einer an einem Seil montierten Baggerschaufel, die zum Kiesaushub des benachbarten Kieswerkes Emmenspitz diente.

»Wann wurde die Tote gefunden?«, fragte Emma.

»Vor zwei Stunden.«

»Weshalb habt ihr sie noch nicht abholen lassen, es ist warm heute.«

»Befehl aus Solothurn, wir sollen auf einen von der Krimi-

nalpolizei warten, den sie erst in der Kirche suchen mussten.«
Mülchi zog seine Taschenuhr aus der Innentasche seiner Uniformjacke, die er trotz der Hitze anbehielt. »Er müsste jeden Moment da sein. Bist du bereit? Es ist kein schöner Anblick.«
Emma schluckte leer und nickte. Sie hielt an einer immer mehr schwindenden Hoffnung fest, dass es nicht Rosmarie war, die da unten lag. Sie folgte Mülchi auf dem Pfad zu einer Stelle nahe am Ufer, die ein uniformierter Polizist bewachte. Von dort musste sie durchs Unterholz zur Uferböschung. Es war schwierig, darauf zu achten, wohin sie trat, und gleichzeitig ihren Sommersonntagsrock zusammenzuraffen, damit er nicht an Ästen oder Gestrüpp hängen blieb.

Obwohl es in den letzten Tagen öfters ein Gewitter gegeben hatte, war der Wasserstand der Emme niedrig. Weiße Kiesbänke ragten aus dem Wasser. Eine von ihnen lag unmittelbar am Ufer. Man konnte sie mühelos trockenen Fußes betreten.

In der Mitte des steinigen Eilandes beugten sich ein Polizist und ein Mann in Zivil über etwas, das ihre Körper verdeckten. Der Polizist sah Emma und Mülchi und kam auf sie zu.

»Das ist Emma Kummer, eine Freundin von Rosmarie Götsch«, sagte Mülchi. »Sie wird die Identität der Toten feststellen.«

»Ist es nicht besser, wenn die Eltern selbst –«

»Sie sind nicht in der Lage. Fräulein Kummer wird sie ohne Problem erkennen. Ich habe Rosmarie Götsch auch gekannt. Das sollte genügen.«

Der Polizist machte eine einladende Handbewegung. »Der Amtsarzt untersucht sie noch, ihr könnt schon mal hingehen.«

Der Amtsarzt, ein Dr. Steiner aus Solothurn, warnte sie. »Sie hat mehrere Tage im Wasser gelegen. Machen Sie sich auf einen unschönen Anblick gefasst.«

Es kostete Emma Überwindung, auf das Geschöpf herabzusehen, das nackt und ausgestellt auf dem in der Sonne leuchtenden Geröll lag. Auf der Brücke flussaufwärts hatten sich Schaulustige versammelt. Die Entfernung war zu groß, um von bloßem Auge etwas zu erkennen. Vorsorglich wies Mülchi zwei

Beamte an, sich als Sichtschutz zwischen die Leiche und die Gaffer zu stellen.

Emma zwang sich, sich die Tote anzusehen. Der aufgedunsene Körper mit der gräulich grünen Hautfarbe hatte nicht viel mit einem menschlichen Wesen gemeinsam. Der Geruch, der von ihr ausging, schien nur Dr. Steiner nichts auszumachen. Mülchi gab Emma ein sauberes Taschentuch und blieb auf Distanz. Trotz des nach Waschseife riechenden Tuches vor Mund und Nase zog sich Emmas Magen zusammen. Sie musste ihre ganze Selbstbeherrschung aufbringen, um seinen Inhalt dort zu halten, wo er hingehörte. Nach dem ersten Schock erkannte sie unter den vom Tod entstellten Zügen den Menschen. Tränen unsäglichen Schmerzes stiegen in ihr auf. Dieser tote Körper hatte wenig mit der lebenden Rosmarie gemeinsam, die Emma in Erinnerung behalten wollte. Schreckliche Gewissheit hatte den Platz der Hoffnung eingenommen.

»Kennen Sie die Frau?«, fragte Dr. Steiner.

»Ja«, brachte Emma mühsam hervor. »Es ist Rosmarie Götsch. Ich … entschuldigen Sie mich.« Mit einer Hand vor dem Mund rannte sie zum Rand der Kiesbank und erbrach sich in die Emme.

Nachdem alles draußen war, wischte sie sich den Mund mit Mülchis Taschentuch ab.

»Geht's besser?« Er stand hinter ihr.

»Ja, danke.« Sie wollte ihm das Taschentuch geben, besann sich aber eines Besseren. »Ich wasche es und gebe es dir zurück.«

»Schon gut, es tut mir leid, dir das zuzumuten. Wir müssen sichergehen.«

»Hat man Rosmaries Kleider gefunden?«

»Wir suchen sie noch. Weshalb fragst du?«

Emma dachte an die Brosche mit dem Fetzchen dessen, was wahrscheinlich Rosmaries Kleid war.

»Nur so. Wie … wie ist sie gestorben?«

»Das muss die Rechtsmedizin feststellen. Ich tippe auf Erwürgen oder Erdrosselung.«

»Wurde sie … ich meine, hat man sie …«

»Vergewaltigt meinst du?«

Emma zuckte zusammen. »Ja.«

»Ich kann es dir nicht sagen. Wir müssen den Bericht der Rechtsmedizin abwarten.« Mülchi half Emma, sich aufzurichten. »Der Kriminalpolizist aus Solothurn wird dir ein paar Fragen stellen wollen, sobald er da ist.«

»Warum mir?«

»Weil du Rosmarie gut kanntest. Keine Sorge, es sind Routinefragen, die sie in solchen Fällen stellen müssen.«

Emmas Magen rumorte erneut. Der Schweiß lief ihr in Strömen über den Körper. »Können wir aus der Sonne gehen, bitte?«

Mülchi half ihr die Böschung hoch ins Unterholz, wo es schattiger war. Sie verlangte nach etwas Wasser. Alles, was Mülchi ihr anbieten konnte, war Kräuterschnaps aus dem Flachmann eines Kollegen. Emma spülte sich mit einem Schluck davon den Mund und spuckte ihn gleich wieder aus. Sie fühlte sich ein wenig besser.

Mülchi ließ sie kurz allein, um den Kriminalbeamten in Empfang zu nehmen. Emma wurde bewusst, dass sie Rosmaries Eltern die Todesnachricht überbringen musste. Sie verdrängte den Gedanken vorerst. Stattdessen ging sie den Ablauf des Abends des 1. August in ihrer Erinnerung durch. Bis zum Moment, wo Rosmarie Toni Wyler zusammen mit einer anderen Frau gesehen hatte, war er normal verlaufen. Wenig später hatte Emma das Fest verlassen und war nach Hause gegangen. Eine Frage ließ sie nicht mehr los: Würde Rosmarie noch leben, wenn sie bei ihr geblieben wäre?

Mülchi unterbrach ihre Gedankenellipsen. Er war in Begleitung eines Zivilisten mittleren Alters. Der hatte sein Jackett lässig über die Schulter gelegt. Ein Bauchansatz straffte sein weißes, von Schweißflecken gezeichnetes Hemd. Das Gesicht mausartig, seine Haarpracht hatte ihn bis auf einen blonden Kranz auf dem Schädel verlassen. Er gab Emma die Hand. »Feldweibel Werner Schwenk, Kriminalabteilung.«

Schwenk kam unumwunden zur Sache. Er wollte von Emma

wissen, wann sie die Tote das letzte Mal lebend gesehen hatte. Sie schilderte ihm den Abend bis zum Moment, an dem sie das Fest verlassen hatte.

Schwenk wischte sich mit einem Taschentuch den Schweiß von der Stirn. »Ist Ihnen an Fräulein Götsch etwas Besonderes aufgefallen?«

Emma überlegte, was sie dem Polizisten erzählen sollte, ohne Menschen, die sie gut kannte, ungerechtfertigterweise unter Verdacht zu bringen. »Ich … ich bin nicht sicher. Vielleicht ist es nicht wichtig.«

Schwenk faltete sein Taschentuch sorgfältig, bevor er es zurück in seine Hosentasche steckte. »Alles, was Ihnen zu diesem Abend einfällt, könnte von Bedeutung sein. Wir wollen doch denjenigen dingfest machen, der Ihrer Freundin das angetan hat, nicht wahr?«

Emmas Blick glitt unsicher zwischen Schwenk und Mülchi hin und her, bis er auf Letzterem haften blieb. Mülchi nickte ihr aufmunternd zu.

»Kurz bevor ich gegangen bin, war Rosi, also Fräulein Götsch, aufgebracht.«

»Weswegen?«

»Weil sie einen Freund in Begleitung einer anderen Frau gesehen hatte.«

Schwenk zückte seinen Notizblock. »Wie heißen der Mann und die andere Frau?«

»Toni Wyler, er arbeitet bei uns in der Waffenfabrik. Die Frau heißt Bertheli, also eigentlich Bertha, Bertha Gruber.«

»Warum war Fräulein Götsch aufgebracht, die beiden zusammen zu sehen. Hatte sie mit Herrn Wyler karessiert?«

»Ich bin nicht sicher. Die beiden sind ein paarmal miteinander ausgegangen. Kann sein, dass Rosmarie sich etwas davon versprach.«

»Verstehe«, sagte Schwenk, der fleißig in einem schwarzen Büchlein Notizen machte.

»Toni ist ein Guter«, beeilte sich Emma zu sagen. »Er würde nie …« Tat sie Toni damit einen Gefallen?

»Und Sie, Fräulein Kummer, wie stehen Sie zu Herrn Wyler?«

»Wir sind befreundet, weil Toni und Rosmarie es waren. Das ist alles.«

»Wir werden mit Herrn Wyler sprechen und sehen, was er zu sagen hat.«

Emma verzichtete auf ein erneutes flammendes Plädoyer zu Tonis Gunsten. Weshalb war sie erpicht darauf, sich für ihn einzusetzen? Sie kannte ihn nicht einmal richtig.

Schwenk beendete seine Notizen und verstaute das Notizbuch mitsamt Bleistift in der Innentasche seines Jacketts. »Eine letzte Frage, Fräulein Kummer. Wo waren Sie zum Zeitpunkt, als Fräulein Götsch starb?«

»Das kann ich Ihnen nicht sagen.«

»Warum nicht?«

»Weil ich nicht weiß, wann sie gestorben ist.«

Schwenk lächelte eigentümlich. »Mein Fehler, bitte entschuldigen Sie. Dann sagen Sie mir, wo Sie in der Nacht vom 1. auf den 2. August zwischen zwei und sechs Uhr morgens waren.«

»Ich bin so etwa um halb eins vom Fest nach Hause gegangen.«

»Wo wohnen Sie?«

Emma gab die Adresse des Aareggerhofes an. »Ich bin sofort zu Bett.«

»Allein?«

»Selbstverständlich allein.«

»Es hat Sie niemand gesehen, und es kann niemand bezeugen, dass Sie die ganze Nacht in Ihrem Bett geschlafen haben?«

»Mit Ausnahme der Maus, die mich von Zeit zu Zeit in meiner Kammer besucht, leider nein.«

Schwenk nahm die Antwort hin, ohne mit der Wimper zu zucken. »Ich danke Ihnen, Fräulein Kummer. Vorerst habe ich keine Fragen mehr. Vielleicht komme ich oder jemand anders zu einem späteren Zeitpunkt noch einmal auf Sie zu.«

»Darf ich Ihnen eine Frage stellen?«, sagte Emma.

»Bitte.«

»Können Sie mir sagen, ob man Rosi missbraucht hat, bevor sie starb?«

»Sie meinen sexuell, das heißt, ob man sie vergewaltigt hat?«

Emma nickte. »Es ist wegen Ihrer Eltern, verstehen Sie? Sie werden mich danach fragen.«

Schwenk und Mülchi wechselten einen raschen Blick. »Ich kann es Ihnen leider nicht abschließend sagen. Der Amtsarzt stellte keine eindeutigen Verletzungen fest. Man muss die Obduktion abwarten. Eines hat Dr. Steiner mit Sicherheit festgestellt: Fräulein Götsch war keine Jungfrau mehr.«

11

Emma tat die ganze Nacht kein Auge zu. Wenn sie zwischendurch für ein paar Minuten eindöste, erschien ihr Rosmarie im Traum, nicht wie Emma sie in lebendiger Erinnerung hatte, sondern wie sie sie am Sonntag auf der Kiesbank gesehen hatte. Die blinden Augen im aufgedunsenen Gesicht starrten Emma klagend an. Ihre Lippen formten stumm ein Wort: »Warum?«

Emma hielt die Bilder nicht mehr aus. Sie schälte sich aus dem Bett und lief im kleinen Zimmer auf und ab. Die Überbringung der Todesnachricht an Rosmaries Eltern ging ihr durch den Kopf. Die Mutter hatte geschrien wie ein verwundetes Tier, bis sie in Lethargie verfallen war und Herr Götsch einen Arzt gerufen hatte, der ihr eine Beruhigungsspritze verabreichte. Herr Götsch hatte hilflos danebengesessen und seiner Frau so lange unablässig die Hand gestreichelt, bis sie sie unwirsch zurückwies. Sich um Rosmaries Eltern zu kümmern, hatte Emma vorerst vom eigenen Schmerz abgelenkt. Seine ganze Wucht hatte sie in der Nacht getroffen.

Nach ihrer Putztour durch die Toiletten und Waschräume am Montagmorgen war sie ausgelaugt. In der Mittagspause verspürte sie keinen Hunger. Sie hatte das Gefühl, nur aus Müdigkeit und Trauer zu bestehen. Sie setzte sich abseits der Arbeitskollegen in den Schatten. Eigentlich wollte sie mit Toni reden, doch der hatte sich den ganzen Morgen nicht gezeigt. Er war auch nicht unter den Arbeitern, die ihre Mittagspause im Freien verbrachten. Emma hatte keine Lust, in der Kantine nachzusehen. Wusste Toni, was Rosmarie zugestoßen war? Emma konnte es nur vermuten. Bei den Schaulustigen, die sich beim Fundort an der Emme versammelt hatten, musste sich die Nachricht wie ein Lauffeuer in der Umgebung verbreitet haben. Seit dem Mord an Jolanda Ceretto in Grenchen fünf Jahre zuvor hatte es in der Gegend kein derart brutales Gewaltverbrechen mehr gegeben.

Emma hatte einen weiteren Grund, mit Toni zu reden. Sie

wollte sich seiner Unschuld vergewissern. Sie glaubte nicht, dass Rosmarie und er eine ernsthafte Liebschaft hatten. Aber wenn es trotzdem so gewesen wäre? Wenn sich ein Streit in ein Eifersuchtsdrama mit tödlichem Ausgang gesteigert hatte? Weshalb war sie erpicht darauf, dass er nichts mit Rosmaries Tod zu tun hatte? Weil sie sich in ihn verguckt hatte?

Sie rappelte sich auf. Toni sollte ihr selbst sagen, was in jener Nacht vorgefallen war. Sie ging hinüber zur Kantine. Fehlanzeige, kein Toni, weder drinnen noch draußen. Hatte er frei oder arbeitete Spätschicht?

Ihr Name wurde gerufen. Es war dieselbe Kollegin, die sie neulich zum Betriebsleiter gerufen hatte. »Du sollst zum –«

Emma hörte nicht hin. »Bist du neuerdings die Ausruferin der hohen Tiere, oder hast du sonst auch noch was zu tun?«, fragte sie gehässig.

»He, was soll das? Glaubst du, ich mache das zum Vergnügen und dann erst noch während der Mittagspause?«

»Schon gut, entschuldige. Mir geht's heute nicht so gut. Wohin soll ich?«

»Zum Direktor.«

»Zu von Colberg?«

»Kennst du einen anderen?« Die Kollegin sah sie schräg an. »Entweder hast du mächtig was ausgefressen, oder es läuft sonst was Lusches mit dir und den Kerlen da oben.«

»Weißt du was? Kümmere dich um deinen eigenen Kram. Danke fürs Bescheidgeben.«

Was wollte von Colberg von ihr? Hatte Schwab es geschafft, sie bei ihm in Misskredit zu bringen? Emma lief es eiskalt den Rücken hinunter. Wollte man sie der Sabotage bezichtigen? Was würde dann mit ihr geschehen? Die deutsche Direktion war an die Schweizer Gesetze gebunden. Nur waren die Nazis jetzt die großen Meister in Europa. Es kostete sie nichts, die Gesetze zu beugen, wie sie ihnen in den Kram passten. Emma malte sich aus, wie mitten in der Nacht Polizisten sie aus dem Bett rissen und irgendwohin verschleppten, wo man sie drastisch verhörte oder sogar folterte.

Als sie vor von Colbergs Büro stand, hatte sie sich in ihre Angst hineingesteigert. Sie wagte es nicht einmal, anzuklopfen. Sie erschrak, als sich die Tür öffnete und von Colbergs Sekretärin heraustrat.

»Da sind Sie ja, Fräulein Kummer. Ich wollte mich gerade auf die Suche nach Ihnen machen.« Sie sagte es ohne Vorwurf oder Ungehaltenheit in der Stimme. Ein kleiner Hoffnungsschimmer. Würde man so mit ihr reden, wenn man sie der Sabotage verdächtigte? »Der Direktor wartet auf Sie, er hat nicht viel Zeit. Gleich danach muss er nach Zürich.«

Direktor von Colberg saß nicht an seinem Schreibtisch, sondern mit einem Besucher am Besprechungstisch. Es war Schwab, Emma rutschte das Herz in die Hose.

»Fräulein Kummer, kommen Sie, nehmen Sie Platz«, sagte von Colberg. »Kann ich Ihnen etwas zu trinken anbieten, Kaffee, Tee oder Mineralwasser? Bier oder Wein erst nach Feierabend«, fügte er augenzwinkernd hinzu.

Der freundliche Empfang war irritierend. Emma räusperte sich. »Nein … nein, danke. Ich habe gerade einen Kaffee getrunken«, log sie.

Von Colberg hörte ihr nicht mehr zu. Er wandte sich Schwab zu, der Papiere und Pläne zusammenfaltete, die auf dem Tisch verteilt waren. Dieser sah Emma argwöhnisch an. Hatte er nicht mit ihrem Kommen gerechnet? Emma wusste nicht, was sie denken sollte.

»Mein lieber Schwab, wir machen das so, klar?«, sagte von Colberg. »Sie sind mir gegenüber persönlich verantwortlich dafür, dass die Lieferung pünktlich an die Ungarn abgeht, sobald wir grünes Licht vom Bundesrat haben.«

»Selbstverständlich, Herr von Colberg. Sie können auf mich zählen.« Schwab stand auf, deutete mit dem Kopf eine leichte Verbeugung an und machte Anstalten, den Raum zu verlassen.

»Warten Sie, da ist noch etwas.« Von Colberg bedeutete Schwab, sich wieder zu setzen. »Mir ist zu Ohren gekommen, dass es letzte Woche Schwierigkeiten mit der Lieferung an die Rumänen gegeben hat. Stimmt das?«

»Das ist richtig«, sagte Schwab. »Im letzten Produktionslos befand sich ein defekter Gewehrlauf. Er wurde absichtlich manipuliert. Wir vermuten, es war Sabotage.«

»Wer ist wir?«

»Mein Neffe und ich. Hermann hat den Defekt zufällig entdeckt, nachdem er die Läufe einer weiteren Kontrolle unterzogen hatte.«

»Ach? Wurden sie denn nicht vorher kontrolliert und für gut befunden?«

»Schon, Hermann wollte sichergehen.«

»Tut er das öfter, bereits kontrollierte Lose erneut einer Prüfung unterziehen?«

»Nein, es gehört nicht zu seinen eigentlichen Aufgaben.«

»Warum machte er es trotzdem und warum gerade dieses Los?«

Emma hörte stumm zu. Ihr gefiel die Richtung, die das Gespräch nahm.

Schwab wand sich wie ein Wurm an der Angel. »Das müssen Sie ihn fragen, Herr von Colberg. Er vermutete wohl, dass damit etwas nicht stimmte.«

»Verstehe. Was veranlasste ihn zu diesem Glauben?«

»Das weiß ich nicht so genau. Er hat mir gesagt, dass –«

»Wenn ich richtig informiert bin, hat er Fräulein Kummer verdächtigt, stimmt das?«

»Nun ja, Tatsache ist, der defekte Lauf stammt aus einem von ihr kontrollierten Los.«

»Wie groß war dieses Los?«

»Einunddreißig Stück.«

»Einunddreißig? Ist das nicht eher eine ungewöhnliche Größe?«

»Das kommt schon mal vor, zum Beispiel, wenn wir nachliefern müssen.«

Von Colberg deutete auf Emma. »Und Sie verdächtigen unser Fräulein Kummer hier, das defekte Teil in das Los geschmuggelt zu haben?«

»Es spricht alles dafür.«

Von Colberg wandte sich an Emma. »Was sagen Sie dazu, Fräulein Kummer?«

»Ich habe Herrn Schwab und Herrn Winkler bereits erklärt, dass ich lediglich dreißig Gewehrläufe zu kontrollieren hatte, weil das Los nur so viele umfasste. Der Lauf mit der Seriennummer 004327 musste im Nachhinein in das Los eingefügt worden sein.«

Von Colberg wandte sich erneut an Schwab. »Gab es in der Vergangenheit Probleme mit Prüflosen von Fräulein Kummer? Mir ist dahin gehend bisher nichts zu Ohren gekommen. Ich habe mich bei ihrem Vorgesetzten erkundigt. Er weiß von dem Ganzen nichts, das Personalbüro ebenso. Finden Sie das nicht merkwürdig, Herr Schwab?«

Auf dessen Schädel bildeten sich die ersten Schweißtropfen. »Ich ... nun ja ... also, eigentlich hatte ich meinen Neffen damit betraut, diese Angelegenheit mit Fräulein Kummers Vorgesetzten zu klären, weil ich mit etwas anderem –«

»Sie haben nicht auf meine Frage geantwortet. Hatten wir in der Vergangenheit ähnliche Probleme mit der Arbeit von Fräulein Kummer?«

»Ich glaube nicht, ich müsste das erst nachprü–«

»Ja oder nein?« Von Colbergs Stimme klang einen Zacken schärfer.

»Bisher gab es keine Beanstandungen.«

Von Colberg drückte auf einen Knopf seiner Gegensprechanlage und bat seine Sekretärin herein. Er blätterte in den Unterlagen, die er vor sich hatte. »Ich lese gerade das Kontrollprotokoll, das Fräulein Kummer angefertigt hat. Der Lauf mit der Kontrollnummer 004327 wurde tatsächlich eingefügt. Was sagen Sie dazu, Fräulein Kummer?« Von Colbergs Blick über den Rand seiner Lesebrille zu Emma war ebenso prüfend wie zuvor bei Schwab.

»Ich habe die Herren darauf aufmerksam gemacht«, sagte Emma. »Und auch darauf, dass die Zeile mit einem anderen Stift hineingeschrieben wurde. Ich verwende immer härtere Stifte, weil sie sauberer schreiben.«

Schwab sah aus, als wollte er ihr demnächst an die Gurgel gehen.

»Eigenartig«, sagte von Colberg und sah vom Blatt auf. »Hätte Fräulein Kummer aus Versehen oder aus böswilliger Absicht den Lauf angefügt, weshalb sollte sie uns mit dem Kopf darauf stoßen, indem sie einen anderen Stift benutzt?« Die Frage war an Schwab gerichtet, der darauf keine Antwort wusste.

Es klopfte zweimal kurz an der Tür, bevor die Sekretärin eintrat. »Entschuldigen Sie, Herr von Colberg, aber ich hatte noch –«

»Schon gut, Frau Stampfli, ich brauche eine Auskunft. Hat es in der Vergangenheit Kundenbeschwerden gegeben, die Lose betrafen, welche von Fräulein Kummer kontrolliert worden sind?«

»Meines Wissens nicht. Fräulein Kummer prüft die Läufe gewissenhaft. Wenn es Reklamationen gegeben hätte, wüssten wir davon. Ich kann mich gern vergewissern.«

»Bitte tun Sie das, danke, Frau Stampfli.«

Bevor sie hinausging, zwinkerte Frau Stampfli Emma kurz zu. Schwab schien im Direktionsvorzimmer keinen großen Rückhalt zu genießen.

»Stimmt es, Herr Schwab«, fuhr von Colberg fort, »dass Sie Fräulein Kummer wegen dieses Vorfalls mit einer Sanktion belegten? Sie wurde der Reinigungskolonne zugeteilt, was aus unerfindlichen Gründen weder mit ihrem Vorgesetzten noch mit dem Personalbüro abgesprochen wurde.«

»Es schien mir gerechtfertigt, sie für die Dauer der internen Abklärungen von ihrer Arbeit zu suspendieren. In der Putzkolonne fehlt Personal. Es geht schließlich um die Sicherheit unserer Produkte, von denen Menschenleben abhängen, und nicht zuletzt«, Schwab streckte den Zeigefinger in die Höhe, »um den Ruf der Firma und damit um die Verlässlichkeit der Nationalsozialistischen Deutschen Arbeiterpartei.«

Emmas Magen verkrampfte sich. Von Colbergs Mundwinkel zuckten. »Selbstverständlich, mein lieber Schwab. Dennoch denke ich, wir haben genügend dargelegt, dass es sich bei diesem Vorfall um ein Missverständnis handelt.«

»Ich bitte Sie, Herr von Colberg. Der defekte Lauf befand sich im Prüflos von Fräulein Kummer. Das können wir nicht ignorieren. Wir müssen der Sache nachgehen.«

»Das müssen wir auf jeden Fall.« Von Colberg tippte auf die Prüfprotokolle auf dem Tisch. »Ich schlage vor, Sie reden mit Ihrem Neffen. Er hat den Fall aufgedeckt und kann sicher Licht ins Dunkel bringen.«

»Aber –«

»Wenn Sie wollen, werde ich mit ihm reden.«

Schwab sank in sich zusammen. »Das wird nicht nötig sein. Ich mache das.«

»Danke, Herr Schwab. Was die Sanktion gegen Fräulein Kummer betrifft, glaube ich, dass es mehr als gerechtfertigt ist, sie wieder ihrer angestammten Tätigkeit zuzuweisen. Es sollte ja eigentlich leichterfallen, Hilfskräfte für die Reinigung zu finden als versierte Fachkräfte, die uns helfen, pünktlich und zuverlässig zu liefern. Sie sagten es selbst, mein lieber Schwab, es geht um den Ruf unserer Firma und damit der nationalsozialistischen Sache.«

»Aber –«

»Sie erinnern sich sicher«, unterbrach ihn von Colberg, »an die Tumulte, die wir letztes Jahr wegen ein paar, sagen wir, unglücklichen Entscheiden hatten. Die Gemeinde Zuchwil hat deswegen eigens eine Bürgerversammlung abgehalten, und der Regierungsrat musste intervenieren. Das wollen wir in Zukunft vermeiden, nicht wahr, mein lieber Schwab?«

Emma konnte es nicht fassen. Dieser Montag, der so trübselig begonnen hatte, nahm eine unerwartet gute Wendung für sie. Sie wäre von Colberg am liebsten um den Hals gefallen.

Schwab gab sich noch nicht geschlagen. »Ich muss protestieren, Herr von Colberg. Wir dürfen zum jetzigen Zeitpunkt, wo das Deutsche Reich in Europa eine historische Führungsposition einnimmt, keinen Larifari-Betrieb dulden.«

»Das tun wir keineswegs, im Gegenteil. Indem wir die einheimischen Mitarbeiter gut und gerecht behandeln, sichern wir die Lieferfähigkeit und damit den Ruf der Armatech Solothurn, unseren Kunden ein verlässlicher Partner zu sein. Meinen Sie nicht?«

Schwab wollte erneut etwas entgegnen, doch dann ließ er die Schultern hängen. »Selbstverständlich haben Sie recht, Herr von Colberg.«

Von Colberg stand auf und wandte sich an Emma. »Sie sehen blass aus, Fräulein Kummer. Hängt das mit dem tragischen Tod Ihrer Freundin zusammen, wie hieß sie gleich?«

»Rosmarie Götsch, Herr von Colberg.«

»Mein herzliches Beileid, was für eine furchtbare Sache.«

»Danke, Herr von Colberg.«

»Das alles muss Sie sehr mitnehmen. Warum nehmen Sie sich nicht den Rest des Tages frei und ruhen sich aus? Morgen erwartet Sie der Betriebsleiter an Ihrem angestammten Arbeitsplatz in der Kontrollabteilung, nicht wahr, Herr Schwab?«

»Natürlich, Herr von Colberg.«

Damit waren Emma und Schwab entlassen. Frau Stampfli hielt Emma im Vorzimmer zurück, weil sie ein paar Fragen in Bezug auf ihre Abklärungen hatte. Auf dem Korridor wartete Schwab auf Emma.

»Das hast du ja hervorragend hingekriegt, du Luder!«, zischte er. »Hast den Alten ganz schön um den Finger gewickelt, was?«

»Ich weiß nicht, was Sie meinen, Herr Schwab. Ich habe Ihnen und Ihrem Neffen von Anfang an gesagt, dass ich mit der Sache nichts zu tun habe. Mit Herrn Direktor von Colberg habe ich nie über diese Angelegenheit gesprochen. Wie käme ich dazu?«

»Ich habe dich jedenfalls im Auge, dich und dein Kommunisten-Gspusi. Ich erwische euch, und dann gnade euch Gott.«

Emma sagte nichts. Sie schaute auf den Betriebsleiter hinunter, der einen halben Kopf kleiner war als sie. »Schönen *Feierabend*, Herr Schwab.« Emma schenkte ihm ein Lächeln.

»Toni, warte!«

Emma stand an der Bushaltestelle Richtung Stadt. Toni eilte auf der gegenüberliegenden Straßenseite auf den Bahnübergang zu. Die Signalglocke kündigte das Senken der Schranken an.

Toni wandte sich um und schaute zu ihr herüber, bevor er seinen Weg mit unverminderter Geschwindigkeit fortsetzte.

»Toni!«

Er musste sie doch gesehen haben. Emma überquerte die Straße. Toni rannte die letzten Meter zum Bahnübergang und schaffte es gerade noch, unter den sich senkenden Schranken durchzuschlüpfen. Emma konnte ihn unmöglich einholen. Sie brach die Verfolgung ab und kehrte zur Bushaltestelle zurück. Warum hatte er sie ignoriert?

Der Bus fuhr heran. Er war gut besetzt, trotzdem ergatterte Emma einen Sitzplatz. Sie ließ die Gedanken an Toni fallen. Sie verdarben ihre gute Laune nach dem erfolgreichen Gespräch mit von Colberg.

Sie stieg an der Haltestelle »Amthausplatz« in Solothurn aus und schlenderte zum Marktplatz in der Altstadt, wo sie Pâtisserie in der Bäckerei Zurmühle für ihre Mutter kaufte. Sie hatte es verdient, ein wenig verwöhnt zu werden. Emma war sicher, dass sie die Rückerlangung ihrer Funktion in der Fabrik ihrer Fürsprache bei Direktor von Colberg zu verdanken hatte.

Die restliche Strecke zum Schloss wollte sie zu Fuß zurücklegen. Sie verließ die Altstadt durch das Franziskanertor, das von vielen Einheimischen Nordtor genannt wurde, der Name aus der Zeit, bevor man es nach dem in unmittelbarer Nachbarschaft gelegenen Franziskanerkloster umbenannt hatte.

Bei der Schanzmühle blieb sie stehen und betrachtete versonnen das alte Mühlrad, das einzige Überbleibsel der einstigen Mühle vor den Toren Solothurns, wo sich heute die Fabrikhallen der Sphinxwerke ausbreiteten, die Décolletage-Teile für die Uhren- und Waffenindustrie herstellte.

Nahezu jeder metallverarbeitende Schweizer Industriebetrieb hielt in diesen Zeiten die Todesmaschinerie in Europa am

Laufen. Die stete Drehung des Mühlrades erinnerte Emma an das Schicksalsrad der Göttin Fortuna, mit dessen Hilfe diese mit einer Fingerbewegung das Schicksal der Menschen bestimmte. Endete man nach einer Drehung oben auf dem Gipfel des Glücks, fand man sich beim nächsten Umgang in der Tiefe der Hölle wieder. So war es Emma ergangen. Gestern hatte sie geglaubt, nicht mehr tiefer sinken zu können. Heute meinte es das Schicksal gut mit ihr. Wo würde sie enden, wenn Fortuna erneut an ihrem Glücksrad drehte?

»Na so was, hast du noch nie ein Mühlrad gesehen?«

Emma hatte nicht gemerkt, dass sich Bertheli Gruber neben sie gestellt hatte. »Salü, Bertheli, was machst du hier?«

»Ich war im Schloss früher mit der Arbeit fertig. Deine Mutter hat mich nach Hause geschickt.« Sie hielt Emma einen Zweifränkler unter die Nase. »Und die Madame war so zufrieden, dass sie mir ein Trinkgeld gegeben hat.«

Im Gegensatz zu Emmas Mutter hielt Barbara von Aaregg große Stücke auf Bertheli. Niemand wusste recht, warum. Frau Kummer, die alle Dienstboten des Schlosses befehligte, hatte mal bemerkt, Bertheli wäre nützlicher, wenn sie nichts täte. Von der Summe der anfallenden Hausarbeiten, die man ihr zuteilen konnte, waren Bügeln, Falten und Einräumen der Kleider das Einzige, von dem sie mehr oder weniger etwas verstand, ohne dass man ständig hinter ihr wischen, aufräumen oder flicken musste.

Dazu kam, dass Frau Kummer Bertheli nicht traute. »Die gnädige Frau darf sich nicht wundern, wenn sie eines Tages das eine oder andere Schmuckstück vermisst«, sagte sie des Öfteren. Sie hatte es sich zur Gewohnheit gemacht, in Barbara von Aareggs Räumen herumliegenden Schmuck und Wertgegenstände wegzuräumen, bevor das Dienstpersonal die Arbeit aufnahm. Emma fand das übertrieben. Sie und Bertheli waren keine Freundinnen. Bertheli war vorlaut, und sie konnte frech werden. Im Grunde aber war sie eine ehrliche Person.

»Schön für dich«, sagte Emma mit einem beifälligen Blick auf das Geldstück. »Das hast du dir sicher redlich verdient.«

»Davon kaufe ich mir ein Eis. Ich würde dich ja einladen, aber du wirst bestimmt auf dem Schloss erwartet.«

Emma hatte keine Lust auf die Gesellschaft dieser netten, aber einfältigen Plaudertasche. »Ja, sehr schade, ein anderes Mal vielleicht.«

»Kann man nichts machen.« Sie wandte sich Richtung Stadt.

»Warte mal«, rief Emma.

»Was ist?«

»Du warst mit Toni Wyler an der 1.-August-Feier tanzen. Seid ihr zusammen?«

»Was geht es dich an?«

»Es ist, weil … weil er davor mit Rosmarie ausgegangen war. Sie hat euch beide gesehen und war … enttäuscht.«

»Das ist die Untertreibung des Tages«, sagte Bertheli aufgebracht. »Fuchsteufelswild war sie. Sie ist auf uns losgegangen wie eine Furie.«

»Auf euch? Wann?«

»Du warst wohl gerade weg. Sie kam zu uns herüber und beschimpfte uns auf das Wüsteste. Sie nannte Toni einen traurigen Lump und mich ein billiges Luder.« Bertheli schnaubte. »Das muss ich mir von einer wie Rosmarie nicht sagen lassen, die bei jedem halbwegs vernünftig ausschauenden Mannsbild die Beine breit gemacht hat.«

»Hör mal, wie redest du über eine Tote? Auch wenn du sie nicht mochtest.«

»Entschuldige, aber was kann ich dafür, wenn mich Toni fragt, ob ich mit ihm zum Tanz gehen will. Ich konnte ja nicht wissen, dass er etwas mit Rosmarie hatte.«

Es fiel Emma schwer, ihr das zu glauben. Toni hatte sich oft mit Rosmarie in der Öffentlichkeit gezeigt. Bertheli konnte das nicht entgangen sein. In einer Zeit, in der junge, attraktive Männer rar waren, schaute man gerne mal über die eine oder andere moralische Hürde hinweg.

»Ich habe ihr gesagt, sie sei eine blöde Schnepfe und dass sie mich in Ruhe lassen soll«, sagte Bertheli. »Da ging sie mir gleich an die Gurgel.«

Emma hätte an Rosmaries Stelle das Gleiche getan.

»Zum Glück kam Toni dazwischen«, fuhr Bertheli fort. »Rosmarie hat ihm eine gescheuert und ist davongerannt.«

»Und dann?«

»Er ist ihr nachgelaufen. Das machte mich wütend.«

»Du bist ihnen nicht nachgegangen?«

»Erst später. Toni kam nicht zurück, und ich machte mir Sorgen.«

»Hast du sie gefunden?«

»Das war nicht schwer. Man brauchte nur dem Geschrei zu folgen. Sie standen beim Kastanienbaum hinter dem Lindenhof.«

Die Bühne der unfreiwilligen Darbietungen der »Sumawuscha«, wo Emma Rosmaries rote Schmetterlingsbrosche gefunden hatte. »Sie haben gestritten, sagst du?«

»Und wie, Rosmarie hat ihm noch mal eine gepfefferte Ohrfeige verpasst. Da hat er sie am Hals gepackt.«

»Er hat sie gewürgt?« Emma ließ das mögliche Szenario des Verlustes von Rosmaries Brosche vor ihrem geistigen Auge vorüberziehen. Es verlief nicht zugunsten von Toni.

»Ich habe nicht gesehen, dass er sie würgte. Er hat sie erst wieder losgelassen, als sie aufhörte, um sich zu schlagen. Dann ist sie davongelaufen. Mit einer Hand hielt sie das Dekolleté ihres Kleides fest.«

»Was hat Toni gemacht?«

»Er wollte ihr nachlaufen. Da hat er mich gesehen und mir zugerufen, ich soll nach Hause gehen, er sei nicht mehr in Stimmung und dass er ins Bett wolle. Ich hatte genug und bin gegangen.«

»Und dann? Ist er heimgegangen?«

»Keine Ahnung, ehrlich gesagt, es war mir egal.«

Emma versuchte die nächste Frage so beiläufig wie möglich klingen zu lassen. »Hast du mit der Polizei darüber gesprochen?«

»Warum sollte ich? Die haben mich nicht gefragt.«

Wie konnte sie Bertheli überzeugen, der Polizei nichts zu

sagen, mindestens bis Emma Gelegenheit hatte, mit Toni zu reden? Wenn sie sich zu offensichtlich verhielt, war Bertheli in der Lage, erst recht auf den Posten zu rennen, nur um sich wichtigzumachen.

»Du weißt nicht zufälligerweise, wo Toni steckt? Ich habe ihn heute in der Fabrik verfehlt. Ich müsste dringend etwas Betriebliches mit ihm besprechen.«

Bertheli hob die Schultern. »Wir haben seit dem 1. August nicht mehr miteinander gesprochen.« Sie reckte das Kinn. »Aber ich kann dir sagen, wo er heute Abend sein wird.«

»Wo?« Emma bemühte sich, die Erregung in ihrer Stimme zu dämpfen.

»Wahrscheinlich beim ›Schnepfen‹. Er hat letzthin davon gesprochen, dass er und ein paar Kumpels die Nazis verklopfen wollen.«

Das Wirtshaus »Zum Schnepfen« war das Vereinslokal der deutschen Kolonie und der Nazis in Solothurn. Emma hielt sich von diesem Ort fern, doch wenn es die einzige Möglichkeit war, heute mit Toni zu reden, würde sie sich überwinden müssen.

»Danke, Bertheli. Ich muss weiter. Sollte dir Toni über den Weg laufen, sag ihm, dass ich mit ihm reden muss.«

Ohne Berthelis Antwort abzuwarten, setzte Emma ihren Weg Richtung Steingrubenquartier fort.

Vor Anbruch der Dunkelheit machte sie sich zu Fuß vom Schloss auf zum »Schnepfen«. Toni und seine Genossen würden wahrscheinlich erst nach Einbruch der Dunkelheit zuschlagen. Sie musste Toni treffen, ohne selbst in die Schlägerei verwickelt zu werden. Bevor sie aufgebrochen war, hatte sie mit dem Gedanken gespielt, nicht hinzugehen. Sie hätte bis am nächsten Tag warten können, wenn sie Toni bei der Arbeit traf. Wenn er sich, wie sie vermutete, von ihr fernhielt, würde sie damit nichts erreichen. Zudem fürchtete sie, dass Bertheli doch zur Polizei gehen könnte und Toni untertauchte. Wäre das nicht ein Schuldeingeständnis? Der Wirrwarr ihrer Gedanken brachte sie nicht weiter. Sie hoffte, dass Bertheli dichthielt.

Weshalb sorgte sie sich eigentlich um Toni? Bisher war er nicht mehr als ein guter Freund gewesen. Nur hatte er ihr von Anfang an gefallen. Emma war in Bezug auf Männer zurückhaltender als Rosmarie. Die strenge Erziehung ihrer Mutter war ihr im Weg gestanden. Es schickte sich für eine Frau nicht, wenn sie dem Mann gegenüber Avancen machte. Es war nicht nur das. Emma wollte, wie die meisten ihrer Geschlechtsgenossinnen, von einem Mann begehrt und erobert werden. »Dann wartest du vielleicht lange, bis du den Richtigen kriegst«, murmelte sie, als sie von der Rötibrücke der Aare entlang das letzte Stück bis zur Schnepfenmatt zurücklegte. Ob der Ort ausschlaggebend für den Namen des Wirtshauses war, wusste sie nicht. Ursprünglich hatte sich der »Schnepfen« mitten im Dorf Zuchwil an der Poststraße befunden. Das Gebäude wurde später anderweitig genutzt. Das Lokal zog an seinen neuen Standort direkt an der Gemeindegrenze zu Solothurn. Vor Kriegsausbruch war es ein beliebtes Ausflugslokal gewesen. Die Lebensmittelrationierung dämpfte die Festfreudigkeit der Menschen. Vor dem Krieg waren Emma und ihre Mutter nach einem Sonntagsspaziergang oft für einen Imbiss dort eingekehrt. Noch im letzten Jahr hatte sie mit Rosmarie und anderen Freunden am einen oder anderen Tanzsonntag teilgenommen. Jetzt mied sie den Ort. Emma versuchte stets, große Distanz zwischen sich und Menschen zu schaffen, von denen nichts Gutes ausgehen konnte. Was sie heute Abend vorhatte, kostete sie Überwindung. Ihrer Mutter hatte sie bei Tee und Kuchen nichts davon gesagt.

Es war noch nicht völlig dunkel, als sie das Wirtshaus erreichte. Vor der Tür standen Männer mit Biergläsern in der Hand und unterhielten sich. Sie sahen auf den ersten Blick aus wie friedliche Bürger, nicht wie Nazis.

Wo steckten die Männer von Zuchwil, die ihnen den Garaus machen wollten? In der unmittelbaren Nähe fiel Emma niemand auf, den sie kannte. Raschen Schrittes und möglichst ohne die Aufmerksamkeit der Trinkenden über Gebühr auf sich zu lenken, ging sie am Wirtshaus vorbei bis zur Luzernstraße. Links von ihr, auf derselben Straßenseite, war das Zeughaus. Dort war nichts Auffälliges zu sehen. Rechts, in Richtung Stadt, hob sich der lang gezogene Güterschuppen des Hauptbahnhofes vom Nachthimmel ab. Dort im Schatten des Gebäudes sah sie schemenhaft Personen, die sich versammelten. Sie überquerte die Luzernstraße und näherte sich den Bahngleisen entlang dem Schuppen. Sie stieß auf knapp zwei Dutzend junger Leute, darunter drei oder vier Frauen. Eine von ihnen war eine Kollegin in der Qualitätskontrolle der Waffenfabrik. Von der anderen wusste sie, dass sie im Scintilla-Werk arbeitete. Emma begrüßte die Kollegin aus der Waffenfabrik. »Marie-Louise, was tust du hier?«

»Emma? Dasselbe könnte ich dich fragen.«

»Ich suche jemanden. Sag bloß, du beteiligst dich an der Schlägerei.«

»Nicht dass es mir nicht in den Fingern jucken täte, diesen Schnöseln ein blaues Auge zu verpassen. Ich überlasse das aber lieber den Männern. Wen suchst du denn?«

»Den Wyler Toni. Hast du ihn gesehen?«

»Ich wusste gar nicht, dass er auch kommt. Gesehen habe ich ihn bis jetzt nicht.«

»Kann sein, dass ich etwas falsch verstanden habe«, sagte Emma. »Pass auf dich auf.«

»Arbeitest du wieder in der Kontrolle? Ich hab gehört, dass Schwab dich fies behandelt hat.«

»Das ist geklärt. Ich hatte ein Gespräch mit dem Direktor. Ab morgen bin ich wieder an meinem Arbeitsplatz.«

Marie-Louise drückte ihre Hand. »Das freut mich ehrlich für dich. Direktor von Colberg ist kein Ungerader. Wenigstens ein Deutscher, der sich benimmt wie ein Mensch.«

Emma verabschiedete sich. Sie war unschlüssig, was sie nun tun sollte. Sie wollte nicht einfach herumstehen und warten, bis was passierte. Kam Toni wirklich nicht? Hatte ihr Bertheli einen Bären aufgebunden?

Die Männer begannen, sich mit Stöcken und Holzlatten auszurüsten. Einige von ihnen hatten kräftig Alkohol intus, und sie tranken weiter. Jeder Schluck drehte die Lautstärke ihrer Parolen auf. Wenn sie so weitermachten, würden sie die Aufmerksamkeit der Leute im »Schnepfen« früher erregen, als ihnen lieb sein konnte.

Den Heimweg anzutreten war das Gescheiteste, bevor sie unter Umständen zwischen die Fronten geriet. Früher oder später würde ihr Toni woanders über den Weg laufen.

Im Schutz der Bäume bei den Geleisen ging sie Richtung Osten zum Bahnübergang Schulhausstraße.

Auf der Höhe des »Schnepfen« schaute sie hinüber zum Wirtshaus. Die Männer mit den Biergläsern standen immer noch vor der Tür. Hinter ihr, vom Güterschuppen her, ertönten laute Stimmen. Die Zuchwiler setzten sich in Bewegung. Wortfetzen eines Liedes drangen an ihr Ohr. Die Gewerkschaftsvertreter stimmten die Internationale an, ein Lied, das jeden Nazi zur Weißglut brachte. Noch waren sie nicht nah genug, dass die Männer vor dem Wirtshaus in der Seitenstraße sie hören konnten.

Aus der Deckung eines Baumes schaute Emma dem Treiben zu. In wenigen Augenblicken würde die Ruhe sich in einen Hexenkessel verwandeln. Dort, wo sie stand, befand sie sich keineswegs in Sicherheit. Doch da war etwas, das sie an ihrem Standort verharren ließ. Inzwischen hatten die Gäste vor dem Gasthaus den Lärm vernommen. Einige unter ihnen kamen zur Luzernstraße hoch, um nachzusehen. Sie sahen die Zuchwiler und flüchteten zurück zur Wirtschaft.

In diesem Moment sah Emma Bewegung vor dem Zeughaus direkt ihr gegenüber. Rund ein Dutzend Männer rannte auf den »Schnepfen« zu. Unter ihnen befand sich Toni. Emma hätte ihn am liebsten gerufen. Sie ließ es bleiben. Sich in dieser Situation bemerkbar zu machen, konnte sich gegen einen richten. Toni und seine Genossen waren schneller beim Wirtshaus als die größere Gruppe, die sich vom Bahnhof her näherte. Mit Toni an der Spitze stürmten sie auf den Eingang des Wirtshauses los, wo gerade eine Gruppe junger Männer ins Freie drängte. Einer von ihnen rief ein Kommando auf

Hochdeutsch. Die Nazis ließen sich von einer brüllenden, mit Schlagstöcken und Holzscheiten bewaffneten Meute nicht so rasch einschüchtern. Ein paar stellten sich Tonis Gruppe entgegen, während die anderen gegen die Horde aus Richtung Bahnhof Front machten. Emma hatte Angst um Toni, der sich auf den Anführer der deutschen Gruppe stürzte. Fetzen eines Wortwechsels drangen zu ihr, in dem von »Kommunisten-Ungeziefer« und »Nazi-Schweinen« die Rede war. Toni und seine Kameraden waren bis auf ihre blanken Fäuste nicht bewaffnet, im Gegensatz zu den Deutschen, von denen manche plötzlich ausziehbare Schlagstöcke in den Händen hielten. Toni wich einem Deutschen mit Schlagwaffe geschickt aus und versetzte ihm einen Tritt in den Hintern, sodass er in die Knie ging. Emma hielt sich vor Anspannung die geballte Faust vor den Mund.

Der Deutsche rappelte sich auf und setzte Toni nach. Dieser war in eine Auseinandersetzung mit zwei anderen Gegnern verwickelt und ahnte nichts von der Gefahr, die ihm von hinten drohte.

Emma hielt es nicht mehr aus. Sie rannte über die Straße. »Toni, Obacht!«

Im Kampfgetümmel konnte er sie unmöglich gehört haben. Anscheinend hatte er die Gefahr geahnt. Er wandte sich zu seinem Angreifer um und konnte so dem Hieb mit dem Schlagstock gegen ihn im letzten Augenblick ausweichen. Mit einer katzengleichen Wendung schlug er den Gegner mit einem Kinnhaken zu Boden, wo er liegen blieb.

Emma gab jede Zurückhaltung auf. Sie rannte schnurstracks auf die prügelnden Männer zu. »Toni!«

Er schaute in ihre Richtung. »Emma, was zum Teufel hast du hier verloren?«

»Ich muss dich sprechen. Ich habe dich den ganzen Tag nicht in der Fabrik gesehen und da –«

»Pass auf!« Toni schubste sie unsanft zur Seite und schlug den Angreifer, der Emma von hinten in den Schwitzkasten nehmen wollte, mit einem Kinnhaken nieder. Emma hätte nicht geglaubt, dass er so hart zupacken konnte. Hatte er das mit Rosmarie auch getan?

»Zur Seite, Emma!« Erneut wurde sie unsanft weggestoßen. Toni stellte sich zwei Angreifern entgegen, die ihn in die Zange nahmen. Emma wollte etwas tun, einen von ihnen ablenken. Sie hatte keine Zeit, darüber nachzudenken, wie sie das anstellen sollte. Jemand packte sie brutal an den Haaren und riss ihren Kopf nach hinten. Gleichzeitig legte sich ein kräftiger Arm um ihren Hals. Sie wollte schreien, aber die Umklammerung schnürte ihr die Luft ab. Sie spürte heißen, nach Bier und Schnaps riechenden Atem an ihrem Ohr. »Das trifft sich gut, Schätzchen. Ich wollte schon lange eine Unterhaltung mit dir unter vier Augen.«

Emma versuchte, sich zu befreien, aber die Umklammerung ließ ihr keine Bewegungsfreiheit. Ihr hinterlistiger Gegner wich ihren Fußtritten geschickt aus. Sie wollte Toni auf sich aufmerksam machen. Der schlug sich mittlerweile mit drei Gegnern herum. Er hatte nicht mitbekommen, was mit Emma geschah.

»Lass uns wohin gehen, wo wir uns ungestört unter vier Augen unterhalten können. Das willst du doch auch, nicht wahr?«, raunte ihr die Stimme ins Ohr.

Es war ein Schweizer, und sie kannte den Tonfall. Ihr Gehirn war zu sehr mit Abwehr beschäftigt, um ihn einzuordnen. Der Mann zerrte sie zum Eingang des Gasthauses. Emmas Hilferuf erstickte in einem Röcheln. Ihr Angreifer klemmte ihr die Luft ab. Sie spürte, wie ihr Bewusstsein abdriftete. Vielleicht war ein gnädiger Tod besser als die Qualen, die ihr bevorstanden.

Im Innern des menschenleeren Gasthauses lockerte der Angreifer seinen Griff. Emma schnappte nach Luft. Ihr Peiniger schleifte sie durch die Gaststube zu einem Nebenraum. Dort stieß er sie von sich. Sie schrie auf, als sie mit dem Bein heftig gegen eine Tischkante krachte. »Kein Ton!«, herrschte der Mann die Wirtsfrau an, die dem Treiben von der Theke aus zugesehen hatte.

Bevor er die Tür zuschlug, sah Emma, dass die Wirtin den Telefonhörer in der Hand hielt. Ihr Peiniger baute sich vor Emma auf. »So sieht man sich wieder.«

»Hermann Winkler. Lassen Sie mich auf der Stelle gehen.«

»Aber warum denn? Das nenne ich Gerechtigkeit, nach dem Coup, den du heute Nachmittag mit von Colberg gegen meinen Onkel abgezogen hast.«

»Wovon reden Sie? Was für ein Coup?«

»Was hast du mit von Colberg angestellt, damit er dich vom Haken lässt und mein Onkel und ich blöd dastehen? Hast du ihm mit deiner Zuckerschnute gehörig Honig ums Maul geschmiert, oder seid ihr gleich zur Sache gekommen?«

Er wartete die Antwort nicht ab, sondern zerrte sie an den Haaren zu einem breiten Sofa. Er schubste sie, sodass sie auf dem Rücken liegend darauf landete. »Wenn ich schon das Gesicht vor der Direktion verloren habe, hole ich mir wenigstens die Entschädigung dafür.«

»Nein!«

Winkler stürzte sich auf sie und presste sie mit seinem ganzen Gewicht auf das Sofa. Mit einer Hand nestelte er an seinem Hosenstall, während er mit einem Bein ihre Schenkel zur Seite drückte. Er stieß einen wüsten Fluch aus. »Warum musst du aufsässiges Luder ständig Hosen tragen, hä? Bist eins von diesen abartigen Mannweibern, die lieber an einer Fotze lecken, als an einem richtigen Schwanz zu saugen? Pfählen und verbrennen sollte man euch, alle zusammen.«

Emma gelang es, eine Hand schützend auf ihren Hosenverschluss zu legen, der sich bei ihrer Damenhose seitlich befand, was Winklers Wut anspornte. Er musste darauf achten, nicht das Gleichgewicht zu verlieren. Beim Versuch, den Reißverschluss zu öffnen, wäre er fast von ihr heruntergerutscht. Mit einem zornigen Aufschrei verpasste er ihr eine kräftige Ohrfeige, die sie für einen Moment betäubte. Er begann, sie zu würgen. Reflexartig legte sie ihre Hände um seinen Arm. Er hatte freie Bahn an ihrer Hose. Winkler mühte sich nicht mit den Knöpfen ab. Er zerrte so lange daran, bis sie absprangen. Mit einer Hand streifte er die Hose ab. Dabei erhöhte er den Druck auf ihren Hals, um ihre Gegenwehr zu mindern.

Sein nach Alkohol stinkender Mund suchte ihre Lippen. »Sag schon, es gefällt dir. Das wolltest du schon lange, oder nicht? Einen, der dich so richtig anpackt.« Er drückte seinen Mund auf ihre Lippen und versuchte, seine Zunge zwischen ihre zusammengepressten Zahnreihen zu zwängen.

Fataler Fehler.

Emma öffnete die Zahnreihe und ließ die Zunge passieren. Sie schloss die Augen, um sich gegen den Ekel zu wappnen, bevor sie kräftig zubiss. Winkler brüllte wie ein angestochenes Schwein und zog den Kopf zurück, wobei die Spitze seiner Zunge in Emmas Mund zurückblieb. Sie spuckte sie sofort aus. Der Druck seines Körpers auf ihr war weg. Mit voller Wucht rammte sie ihr Knie in seinen Schritt. Winklers Geschrei verstummte augenblicklich. Sein Mund schnappte weit aufgerissen nach Luft, seine Augen fielen fast aus ihren Höhlen. Ächzend, wie in Zeitlupe glitt er von Emma herunter zu Boden, wo er sich in Embryostellung wand.

Emma zog ihre Hose hoch und sprang auf. Mit einer Hand den Bund zusammenhaltend schaute sie auf ihn herab, bevor sie ihm sein restliches Blut ins Gesicht spuckte. »Hat es dir auch gefallen, du Mistkerl?« Sie rannte zur Tür und entriegelte sie. Sie stieß mit Toni zusammen, der sie von außen öffnen wollte. Emma fiel in seine Arme.

Toni schaute erschrocken auf ihren blutverschmierten Mund und die offene Hose. »Was hat er dir getan?« Er starrte auf den winselnden Winkler. »Warst du das?«

Emma nickte hastig. »Lass uns schnell weggehen von hier, bitte«, sagte sie mit tränenerstickter Stimme. Er hielt sie fest.

»Mir ist schlecht.« Sie riss sich von ihm los und würgte, bevor sie sich auf den Fußboden übergab. Toni hielt sie an den Schultern fest und sorgte dafür, dass ihre Haare ihr nicht ins Gesicht fielen.

»Geht's wieder?«, fragte er, als sie sich aufrichtete.

»Ich brauche etwas zu trinken.«

Mit einem letzten Blick auf Winkler ging Toni zur Theke. Er füllte ein Glas randvoll mit Wasser und brachte es Emma. Sie winkte ab. »Kirsch bitte, am besten zwei Doppelte.«

Er servierte ihr zwei gut gefüllte Schnapsgläser mit Schwarzbubenkirsch. Mit einem spülte sie gründlich den Mund aus, das andere trank sie in einem Zug leer. »Was ist draußen los?«, fragte sie. »Prügeln sie sich noch?«

»Ich weiß es nicht. Du warst verschwunden. Ich hatte dich gesucht, bis mir ein Genosse sagte, eine junge Frau sei ins Wirtshaus geschleift worden.«

»Lass uns gehen.« Sie nahm ihn bei der Hand und ging zur Tür. In diesem Moment kam die Wirtin herein und hielt sie auf. »Ihr solltet da jetzt nicht raus. Die Polizei ist da und nimmt alle fest, die an der Schlägerei beteiligt waren.«

»Das ist gut«, sagte Toni zu Emma und zeigte auf Winkler im Nebenzimmer. »Dann kannst du diesen Sauhund gleich anzeigen.«

»Das kann ich morgen auch noch. Wir sollten machen, dass wir von hier fortkommen. Es gibt genug Zeugen.«

»Auf mich könnt ihr zählen«, sagte die Wirtin. »Wurde bald Zeit, dass jemand diesem Kerl zeigt, wo Gott hockt.« Sie bedeutete den beiden, ihr zu folgen. »Ihr könnt durch den Hinterausgang raus.«

»Weshalb willst du nicht zur Polizei gehen?«, fragte Toni Emma. »Sie können Winkler gleich einsacken.«

»Wozu soll das nützen? Er ist Kader der Waffenfabrik. Sein Onkel wird bestimmt Mittel und Wege finden, ihn freizukriegen. Sie werden versuchen, die Schuld mir in die Schuhe zu schieben. Ich höre schon den Richter, falls es überhaupt zu einem Prozess kommt. ›Was hat eine Frau in einer Prügelei unter Männern zu suchen?‹ Wenn es hochkommt, zeigt mich Winkler wegen schwerer Körperverletzung an.« Sie schüttelte den Kopf. »Ich bin sicher, der geht mir eine Zeit lang aus dem Weg. Sein Onkel wird alles tun, um einen Skandal zu vermeiden.« Sie sah Toni direkt in die Augen. »Es geht hier nicht um mich, sondern um dich.«

»Um mich?«

»Erkläre ich dir unterwegs. Lass uns endlich verschwinden.«

Emma liebte den schmalen Weg, der vom Emmenholz der Aare entlang zum Aareggerhof führte. Damit sie den von Wurzelwerk durchzogenen und von Unterholz überwucherten Pfad nachts begehen konnte, hatte sie stets eine Taschenlampe bei sich. Sie hatte die Prügelei und den Kampf mit Winkler unversehrt überstanden. Trotz der erst schmalen zunehmenden Mondsichel war es nicht allzu dunkel. Fluss und Ackerboden schienen die am Tage gespeicherte Helligkeit wieder abzugeben.

Es war ihnen gelungen, sich unbemerkt durch den Hinterausgang des »Schnepfen« davonzumachen. Die Aufmerksamkeit der angerückten Polizei konzentrierte sich ausschließlich auf die Luzernstraße, wo sie die Streithähne zusammengetrieben hatten. Angesichts des Aufruhrs fand Emma es klüger, diesen Schleichweg anstelle der ausgebauten Straßen und Wege zu nehmen.

»Ich verstehe einfach nicht, weshalb du Winkler nicht anzeigen willst«, sagte Toni. »Das wäre eine einmalige Gelegenheit, diesen ekelhaften Kerl dranzukriegen.«

»Das bezweifle ich. Leute wie der reden sich immer heraus.«

»Nicht, wenn wir –«

Emma unterbrach ihn barsch. »Hör mir zu. Das ist wichtiger.« Sie leuchtete mit der Taschenlampe in sein Gesicht.

In einer defensiven Geste hob er beide Hände. »Ist ja gut, ich bin ganz Ohr.«

»Zuerst will ich wissen, was in der Nacht vom 1. zum 2. August zwischen dir und Rosmarie passiert ist.«

»Zwischen mir und Rosmarie?«

»Rede ich nicht deutlich genug? Sag schon.«

»Was soll passiert sein? Nichts. Sie war mit dir zusammen am Fest, nicht mit mir.«

»Hast du in dieser Nacht noch einmal mit ihr geredet, nachdem ... nachdem sie dir die Ohrfeige auf der Tanzfläche verpasst hatte?«

»Warum sollte ich mit ihr reden? Ich war ihr nichts schuldig. Wir sind ein paarmal zusammen ausgegangen. Es machte sie wütend, dass ich am Fest mit Bertheli getanzt hatte. Sie hat sich an mir ausgetobt. Damit war der Fall erledigt.«

Emma leuchtete erneut in Tonis Gesicht. Unmöglich, festzustellen, ob er die Wahrheit sagte oder nicht.

»Kannst du das bitte lassen?«, raunte er.

»Das mit dir hat Rosi mehr bedeutet.«

»Hat sie das gesagt?«

»Nicht direkt. Als ihre beste Freundin habe ich das gespürt. Nachdem sie euch beide gesehen hatte, ging es ihr nicht gut. Sie wollte dich zur Rede stellen. Ich war müde und wollte davon nichts wissen.« Die Erinnerung schnürte ihren Hals zu. »Es war das letzte Mal, dass ich sie lebend gesehen habe. Am Sonntag kam Jonas, unser Dorfpolizist, und hat mich zu ihrer Leiche geführt.«

»Du hast sie gesehen, tot?«

»Wenn … wenn ich länger geblieben wäre und mit ihr geredet hätte, vielleicht wäre sie nicht weggegangen, vielleicht würde sie noch leben.«

»Das tut mir leid für dich, Emma – und für Rosmarie. Sie war so etwas wie eine Schwester für dich, nicht wahr?«

»Wir kennen uns, seit ich denken kann. Immer haben wir uns gegenseitig geholfen. Und ausgerechnet …«

Emma bedeckte ihre Augen mit einer Hand. Toni legte seinen Arm um ihre Schulter. Plötzlich war ihr die Berührung unangenehm. Entweder er hatte ihr nicht die Wahrheit gesagt, oder Bertheli hatte sie angelogen. Sie schüttelte seinen Arm ab. »Du hast also nicht mit Rosmarie gesprochen, bevor sie verschwunden ist?«

»Habe ich doch gesagt.«

»Du lügst, Toni.«

»Wie bitte?« Sein Gesichtsausdruck veränderte sich von einer Sekunde zur anderen. Der warme Glanz in seinen Augen verschwand. Sein Blick wurde hart. Er wollte ihre Hand mit der Taschenlampe wegstoßen. Sie trat zwei Schritte zurück, ohne das Licht von ihm abzuwenden.

»Du lügst«, wiederholte sie. »Jemand hat gesehen, wie ihr beide euch gestritten habt. Du sollst sie sogar am Hals gepackt haben. Dabei hat sie ihre Brosche verloren.«

»Wer sagt das?« Die Wut in seiner Stimme war unüberhörbar. Er machte einen Schritt auf Emma zu.

»Bleib, wo du bist!« Sie wurde sich ihrer eigenen Lage bewusst. Sie war mitten im Nirgendwo mit einem Mann, den sie in Wirklichkeit kaum kannte und der sie anlog. »Komm mir nicht zu nahe. Sag die Wahrheit. Hast du dich mit Rosmarie gestritten oder nicht?«

»Ich will wissen, wer das behauptet.«

»Bertheli Gruber hat es mir gesagt«, sprudelte es aus ihr heraus. Sie biss sich auf die Lippen. Wenn Toni Rosmaries Mörder war, hatte Emma sich selbst und Bertheli in Lebensgefahr gebracht.

»Bertheli? Die hat mich gar nicht …« Er dachte nach. »Sie ist davongelaufen. Sie war wütend, weil ich nicht mehr mit ihr tanzen wollte, nachdem Rosmarie uns gesehen hatte.«

»Also hast du mit Rosmarie gesprochen?«

Erst wollte er es erneut verneinen, dann brach sein Widerstand ein. Er ließ die Schultern hängen. »Ja, sie stand abseits vom Fest beim Lindenschulhaus und rauchte eine Zigarette. Ich wollte mit ihr reden, klarstellen, dass zwischen mir und Bertheli nichts war.«

»Warum lügst du mich an und sagst erst, dass du nicht mit ihr gesprochen hast?«

»Warum denkst du wohl? Du solltest den Blick sehen, mit dem du mich gerade anschaust.«

Emma langte in die Hosentasche und zog die Schmetterlingsbrosche hervor, die sie unter dem Kastanienbaum gefunden hatte. Sie hatte Winklers Attacke ebenfalls heil überstanden. »Kennst du die?«

»Rosmaries Brosche, ich hatte sie ihr geschenkt. Woher …?«

»Ich habe sie gefunden. Unter dem Kastanienbaum, wo ihr euch gestritten habt.« Sie drehte die Brosche um, sodass er das rote Stofffetzchen sehen konnte. »Die Brosche ist nicht einfach abgefallen. Sie wurde abgerissen, zum Beispiel bei einem Kampf.«

»Du meinst, ich habe …?«

»Du hast sie gewürgt, sagte Bertheli.«

»Ich habe Rosmarie nicht gewürgt. Ich habe ihr den Mund zugehalten. Sie sollte aufhören herumzuschreien. Sie hat sich gewehrt. Ihr Kleid ist gerissen. Dabei muss die Brosche abgefallen sein.«

»Ich glaube dir nicht.«

Toni ließ die Schultern hängen. »Das verstehe ich sogar, irgendwie. Du machst dir Vorwürfe, ihr nicht beigestanden zu haben. Für dich bin ich schuldig, nur weil ich mich mit Rosmarie gestritten habe. Du weißt, wie sie sein konnte, wenn sie auf Streit aus war.«

Das wusste Emma nur zu gut. »Toni, ich …«

»Du hast mich den ganzen Tag gesucht. Wofür? Um mir zu helfen? Oder wolltest du deine Schuldgefühle an mir abarbeiten, damit es dir besser geht? Weißt du was, Emma? Wenn du mir nicht glauben willst, lass mich einfach in Ruhe und geh nach Hause. Ich komme ohne dich klar.«

»Toni, ich … es tut mir leid, ich wollte doch nur …« Die Nachwirkung des Kampfes im »Schnepfen« erfasste sie unvermittelt und mit voller Wucht. Ihre Knie knickten ein. In der Suche nach Halt griff sie nach Tonis Händen.

»Was hast du? Ist dir nicht gut?«

»Nein.« Sie räusperte sich. »Es geht schon wieder, es war nur … ich bin schon lange auf den Beinen.«

»Du musst dich ausruhen. Ich bringe dich zum Hof.« Toni wollte weitergehen, sie sträubte sich.

»Bevor ich mit dir irgendwohin weitergehe, will ich von dir hören, was passiert ist. Weshalb habt ihr euch gestritten?«

»Simple Eifersucht. Rosi war wütend, weil ich mit Bertheli am Fest war. Sie behauptete, ich sei mit ihr verabredet gewesen. Völlig daneben, das solltest du von ihr kennen.«

Er hatte recht. Rosmarie war tatsächlich nicht immer einfach im Umgang gewesen. Auch Emma hatte das bisweilen zu spüren bekommen. Oft hatte sie Sachen behauptet, die ihrer eigenen Realität entsprachen und nichts mit dem zu tun hatten, was andere sagten, dachten oder fühlten. »Sie hatte mir auch gesagt, dass sie mit dir verabredet gewesen sei.«

»Sie war so wütend, sie hätte mir die Augen ausgekratzt, wenn ich sie nicht festgehalten hätte.«

»Ist das alles?«

»Was willst du noch hören?«

»Du hättest mir von Anfang die Wahrheit sagen sollen. Was ist dann passiert?«

»Sie ist davongelaufen.«

»Du bist ihr nicht nachgegangen?«

»Ich wollte es, ich wollte nicht, dass wir auf diese Art auseinandergehen. Dann sagte ich mir, dass es keinen Zweck hat, und habe nach Bertheli gesehen. Wir beide hatten keine Lust mehr aufeinander. Dann bin ich nach Hause gegangen.«

»Das ist alles?«

»Ich habe Rosi nicht umgebracht, Emma. Das musst du mir glauben.«

Wenn er wüsste, wie gern sie ihm glauben wollte, weil es dem entsprach, was sie für ihn fühlte. Aber konnte sie darüber hinwegsehen, dass er sie angelogen hatte? Es war leicht, ein Paar schöne Augen und ein einnehmendes Lächeln anzuhimmeln. Emma wurde bewusst, dass sie wenig Ahnung hatte, wer sich hinter der Person von Toni Wyler verbarg. »Hat die Polizei mit dir gesprochen?«

»Nein, weshalb sollte sie?«

War die Eifersuchtsszene einer Gelegenheitsfreundin für Toni ein Motiv, einen Menschen umzubringen? Wenn ja, hätte er Emma hier und jetzt ebenfalls umbringen können. Sie hatte ihn minutenlang mit Fragen gelöchert, dass er wütend geworden war. Trotzdem hatte er sie nicht angerührt. »Ich habe dich gesucht, weil ich dich warnen wollte.«

»Warnen? Wovor?«

»Die Polizei könnte dir die gleichen Fragen stellen, die ich dir gerade gestellt habe.«

»Du meinst, Bertheli geht zur Polizei, um mich anzuschwärzen.«

»Weiß nicht, sie hat mir gesagt, dass sie bisher nicht gefragt wurde.«

»Was meinte sie damit? Dass sie mich jederzeit ans Messer liefern kann?«

»Vielleicht.«

»Und du? Wirst du zur Polizei gehen?«

»Gib mir einen Grund, weshalb ich es nicht tun sollte.«

»Weil ich dann verloren bin.«

»Wie meinst du das?«

»Die Politische Polizei ist hinter mir her.«

»Die Politische Polizei? Weshalb um Gottes willen?«

»Wegen meiner Tätigkeit als Gewerkschafter und weil ich mich für die Rechte der Arbeiter einsetze und mich offen gegen die Nazis stelle.«

»Ich bin auch gegen die Nazis, dennoch werde ich von der Politischen nicht verfolgt.«

»Du musst wissen, dass es bei unseren Behörden in Stadt und Kanton Leute gibt, die lieber mit den Nazis paktieren, als mit den Sozialdemokraten und den Gewerkschaften für eine bessere Schweiz mit mehr Gerechtigkeit zu kämpfen. Der Stadtammann von Solothurn sympathisiert mit den Deutschen. Solche Leute sind überall in den oberen Kreisen von Stadt und Kanton, im Regierungsrat und bei der Polizei, vor allem seit Pilet-Golaz sagte, wir müssten uns den neuen Gegebenheiten anpassen.«

»Damit kann er doch nicht wirklich gemeint haben, wir sollten uns den Deutschen unterwerfen.«

»Niemand weiß genau, was er gemeint hat. Gegenwärtig tut unsere Landesregierung alles, um den Deutschen zu gefallen, weil sie Angst vor einer Invasion hat.«

»Du glaubst, dass man dich deshalb im Auge hat?«

»Die Politische ist froh um einen Vorwand, mich aus dem Verkehr zu ziehen, ein Problem weniger.«

Emma konnte nicht glauben, dass die Solothurner Polizei

sich gegen die eigenen Landsleute wenden würde, nur weil diese anders dachten.

»Du siehst blass aus, Emma. Ich bringe dich nach Hause. Dann muss ich auch ins Bett.«

»Du kannst nicht zu dir nach Hause, Toni. Was ist, wenn morgen die Polizei kommt und dich abholt?«

»Wo soll ich denn sonst hin? Ich kann mich nicht die ganze Zeit verstecken.«

Emma nahm ihn bei der Hand. »Nicht die ganze Zeit, nur ein paar Tage.«

BECKY
AUGUST 2006

12

Die Verkehrsmeldungen im Radio kündigten einen Stau auf der A 1 an. Becky konnte beim Autobahnkreuz Schönbühl gerade noch auf die A 6 Richtung Biel wechseln. Sie hatte den Sonntag mit Adrian in Bern verbracht. Am Vormittag besuchten sie das Paul-Klee-Museum. Nach einem Mittagessen im »Alten Tramdepot« hatten sie den Braunbären im Bärengraben zugesehen, wie sie sich in der Nachmittagssonne räkelten. Adrian hatte nie Bären in echt gesehen. Er hatte sich kaum von den drollig anmutenden Ungetümen losreißen können.

Dornach, von dem die Tipps für diesen Ausflug stammten, hatte sie vor dem institutionalisierten Stau auf dem ältesten und meistbefahrenen Autobahnabschnitt des Landes gewarnt, sonst wäre Becky reingerasselt.

Adrian blickte von seinem Comic-Heft auf, in dem er hinten im Wagen blätterte. »Das ist nicht der Weg, den wir am Morgen genommen haben. Wo fährst du durch?«

Becky erklärte es ihm. »Dafür bekommen wir etwas von der Landschaft mit. Ist doch besser, als auf der langweiligen Autobahn im Stau zu stecken, oder nicht?«

Adrian brummte etwas Unverständliches, was sie als zurückhaltende Zustimmung interpretierte, und widmete sich wieder seinem Heft.

»Musst du jetzt lesen? Die Gegend ist so schön, und du warst nie hier.«

»Autobahn ist uncool. Sag mir, wenn du abfährst, dann schaue ich wieder raus.« Becky sah in den Rückspiegel. Ihre Blicke trafen sich. Ein angedeutetes Lächeln, ein Augenzwinkern, bevor er seine Aufmerksamkeit erneut der Lektüre über Superhelden widmete. Zum ersten Mal hatte Becky den werdenden Mann hinter dem Kindergesicht wahrgenommen. Die Ähnlichkeit mit seinem Vater weckte gemischte Gefühle in ihr. Becky umklammerte das Steuerrad, als müsste sie sich daran festhalten, damit sie nicht in die Tiefen ihrer Erinnerungen gezerrt wurde. Früher oder später würde sie den Dunstschleier lüften und Klarheit schaffen müssen. Wenn es nur nicht so unendlich schwer wäre.

»Mama!«, rief Adrian. »Wolltest du nicht hier abfahren?«, fragte ihr Sohn. Becky konnte gerade noch den Blinker stellen und auf die Ausfahrtspur wechseln. »Danke, Adi, du hast ja doch zugehört.«

»Klar habe ich zugehört. Nur weil ich ein Mann bin, heißt das noch lange nicht, dass ich nicht zwei Dinge gleichzeitig tun kann, lesen und zuhören.«

»Hast recht. Mit dem Mannsein darfst du noch ein paar Jahre warten. Ich möchte den Jungen noch etwas genießen.«

»Haha, sehr lustig, Mama.«

Sie schickte ihm über den Rückspiegel einen Luftkuss. Als Antwort verdrehte er die Augen.

Sie hatte eine Idee, es war wieder ein Tipp von Dornach. »Hast du Lust auf was ganz Besonderes?«

»Hm.«

Das war wohl ein Ja. »Dominik hat mir von einer Grube mit einer Wohnhöhle nicht weit von hier erzählt. Steinbock, glaube ich … nein, Bockstein, genau, Ober-Bockstein heißt der Ort.«

Die Erwähnung der Grube oder der Wohnhöhle ließ Adrian das Comic-Heft zur Seite legen. »Können wir uns die anschauen?«

»Darum frage ich.«

»Spitze, nachher gehen wir ein Eis essen, ja?«

»Okay, wenn wir hier in der Gegend am Sonntag ein Eis bekommen.«

»Auf dem Golfplatz.«

»Gibt's hier einen Golfplatz? Wusste ich nicht.«

»Pia hat mir davon erzählt. Ihr Großvater nimmt sie oft mit, wenn er Abschläge üben geht. Nachher kriegt sie immer ein Eis. Der Ort heißt Aetingen, glaube ich.«

Sie fuhren an der Ortstafel »Wengi« vorbei. Becky hatte Ober-Bockstein im Navi eingegeben. Der vorgegebenen Route zufolge mussten sie über eine Kreuzung und bald darauf rechts abbiegen.

Sie sah erneut in den Rückspiegel, diesmal nicht wegen Adrian. Seit sie von der Autobahn abgefahren waren, folgte ihnen ein Wagen mit gleichbleibendem Abstand. Sie hatte gehofft, dass sich ihre Wege beim Abbieger trennen und er geradeaus weiterfahren würde. Die Hoffnung zerschlug sich, nachdem er wenige Sekunden nach dem Richtungswechsel wieder auftauchte. Das musste an sich nichts bedeuten. An einem Sonntagnachmittag waren auch in einer ländlichen Gegend immer wieder Leute unterwegs. Beckys Nackenhaare sträubten sich, ein ungutes Gefühl, das sie selten täuschte.

Im nächsten Dorf, es hieß Balm bei Messen, musste sie ein weiteres Mal abbiegen, diesmal nach links auf eine steil ansteigende, kurvenreiche Straße. Beim nächsten Kontrollblick in den Rückspiegel erschrak sie. Ihr Verfolger hatte zu ihr aufgeschlossen, sie konnte den Fahrer sehen. Sein Gesicht war unter einem Baseballcap und einer großen dunklen Sonnenbrille verborgen. Es war nicht mit Sicherheit zu bestimmen, ob es ein Mann oder eine Frau war.

»Adi, Liebling, sei so gut, setz dich gerade hin und schnall dich an, ich hab's dir schon ein paarmal gesagt.«

Adrian fläzte sich auf der Rückbank. »Warum?«

»Weil es Vorschrift ist. Außerdem wird's gleich kurvig, und ich kenne die Straße nicht. Man weiß nie.«

Murrend setzte sich Adrian auf und klickte den Sicherheitsgurt ein. »Zufrieden?«

»Bist ein Schatz.«

Es war keinen Moment zu früh. Sie hörte den Motor des Verfolgerfahrzeugs aufheulen. Sekunden später erzitterte ihr Auto unter dem Aufprall. Der Hintermann war auf sie aufgefahren.

»Was war das?« Adrian schaute sich nach dem Wagen um.

Becky trat aufs Gaspedal. »Dreh dich nicht um, setz dich gerade hin und schau nach vorne.«

»Er hat uns gerammt. Warum?«

»Ich habe keine Ahnung.«

Der Verfolger fuhr erneut auf sie auf. Er versuchte, sie zu schieben. Becky dachte an Adrian und unterdrückte ihre Panik.

Weiter vorne machte die Straße eine scharfe Rechtskurve. Der Dreckskerl wollte sie abdrängen. Becky zwang sich, klar zu denken. Sie musste Adrian und sich heil hier herausbringen.

»Mal sehen, was du kannst«, murmelte sie. Sie war froh, den Mietwagen gewechselt zu haben. Der Volvo S60 R hatte einiges mehr unter der Haube als der Kleinwagen. Der Verfolger fuhr einen Audi-Geländewagen, sehr stark, aber auch sehr schwer. Sie musste Abstand gewinnen, bevor sie zur Kurve kamen. Der Volvo reagierte sofort auf ihren Tritt aufs Gaspedal. Der Audi brauchte mehr Zeit. Beckys Beschleunigung erhöhte die Distanz zwischen den beiden Fahrzeugen rasch auf über zehn Meter. Das musste genügen. Unmittelbar vor der Kurve stieg Becky hart auf die Bremse. Der Audi kam wieder heran, doch Becky war schon aus der Kurve raus, während ihr Verfolger verlangsamte. Auf der Geraden trat sie sofort erneut aufs Gaspedal.

Der Audi änderte die Taktik. Er setzte zu einem Überholmanöver an.

Was zum Teufel hat er vor? Die Straße ist zu eng.

Der Audi und der Volvo waren auf gleicher Höhe. Sie fuhren parallel zueinander auf einer Straße, die nur knapp breit genug dafür war. Becky nahm den Blick von der Fahrbahn und sah für den Bruchteil einer Sekunde zum anderen Fahrer hinüber.

Das kann nicht sein.

Der Verfolger machte einen Schlenker, der Audi touchierte den Volvo seitlich. Becky schrie auf, er drängte sie gegen die Böschung. Der Audi ließ ab. Becky konnte den Volvo stabilisieren.

»Mama, ich habe Angst.«

»Es wird alles gut, Adi.«

Was für ein idiotischer Spruch.

Der Audi fiel zurück, um Sekunden später erneut zu einem Überholmanöver anzusetzen. Der Verfolger spielte mit ihr. Er schwenkte leicht nach links. Er holte Anlauf. Er wollte sie seitlich von der Straße katapultieren. »Mama, bremsen!«, rief Adi von hinten. Der Audi war auf ihrer Höhe. Becky wartete. Aus den Augenwinkeln sah sie die Hände des Fahrers auf dem Steuerrad. Sie verkrampften sich. Becky machte die Vollbremsung. Der Schwung des Audi ging ins Leere. Er schlenkerte bedenklich. Mit knapper Not gelang es ihm, kurz vor einem entgegenkommenden Subaru auf die rechte Straßenseite einzuschwenken. Der Subaru quittierte das Manöver mit einem Hupkonzert und aufgeblendeten Scheinwerfern. Der Audi beschleunigte und verschwand.

Becky hielt an und löste den Sicherheitsgurt. Sie zitterte am ganzen Körper. Sie beugte sich nach hinten und nahm Adrian in die Arme.

»Geht's dir gut, Adi?«

Er starrte sie mit offenem Mund an.

»Adi, sag was.«

»Du hast es tatsächlich getan.«

»Was getan?«

»Gebremst.«

»Du hast mir gesagt, ich soll … Woher wusstest du überhaupt, dass so was klappt?«

»Ach, Mama, das ist doch alt wie die Welt. Habe ich in ein paar Filmen gesehen.«

Was sieht der sich für Filme an, außer denen, die ich erlaube?

»Darüber reden wir später. Jetzt –«

Sie fuhren beide zusammen, als es an Beckys Seitenfenster klopfte. Es war der Fahrer des Subaru. Becky kurbelte die Scheibe herunter.

»Alles in Ordnung bei Ihnen?«, fragte der Mann.

»Danke, wir sind okay. Haben Sie gesehen, was passiert ist?«

»Ja klar, der wollte Sie eindeutig von der Straße drängen. Soll ich die Polizei rufen?«

»Das wäre nett, vielen Dank für Ihre Hilfe.«

»Keine Ursache«, sagte der Mann. »Die Raserei in der Gegend wird immer schlimmer. Aber so was wie vorhin habe ich noch nie gesehen.«

Während sie auf die Polizei warteten, schlang Adrian einen Arm um Beckys Hüfte. »Du warst spitze, Mama, das hätte 007 nicht besser hingekriegt.«

Sie küsste ihn gedankenverloren auf den Scheitel. Eine weitaus wichtigere Frage als die, wie ihr Sohn an Filme außerhalb seiner Altersklasse herankam, beschäftigte sie.

Wie kommt Jan hierher?

*** *

Dornach war sofort zu ihnen gefahren, nachdem Beckys Anruf ihn erreicht hatte. Er hatte den Sachverhalt mit der Polizeistreife vor Ort geklärt. Er schlug vor, dass Becky und Adrian den Abend in der Villa Dornach verbringen sollten. Einer der Polizisten würde Beckys Wagen zu ihr nach Hause fahren.

Becky hätte Dornachs Einladung nicht mir nichts, dir nichts angenommen, hätte sie gewusst, dass Muriel, Dornachs Freundin, mit von der Partie sein würde. Sie stammte aus Montreux an der Waadtländer Riviera und arbeitete als Juristin in einer Genfer Bank. Die Konversation am Tisch war hölzern verlaufen. Muriel war eine konventionelle und farblose Karrierefrau. Becky hätte Dornach einen extravaganteren Geschmack zugetraut. Sie war nicht unglücklich, als Muriel sich nach dem Essen mit dem Vorwand zurückzog, sie habe eine Besprechung mit einem Kunden vorzubereiten, den sie am nächsten Tag in Bern treffen sollte. Pia, die nur schwer verhehlte, was sie von ihrer »Tante« hielt, war darüber nicht traurig gewesen. Nachdem sie die Kinder zu Bett gebracht hatten, Adrian schlief bei Pia im Zimmer, hatten sich Becky und Dornach auf die Terrasse gesetzt.

»Du bist sicher, es war dein … verstorbener Mann, der dich verfolgt hat?«, fragte Dornach.

»Ich weiß, es klingt verrückt, und er hatte ein Cap und eine Sonnenbrille auf. Was soll ich sagen? – Er war es.« Sie nippte an ihrem Glas Rotwein.

»Es war eine spezielle Situation«, sagte Dornach. »Du warst unter enormem Stress und hattest Angst um deinen Sohn. Das kann die Wahrnehmung verzerren.«

»Du glaubst, ich habe ein Gespenst gesehen?«

»Vielleicht.«

»Vielen Dank, dass du mich für verrückt hältst.«

»So meine ich es nicht. Ich frage mich nur, ob du eine ähnliche Situation nicht schon mal erlebt hast.«

»Ich verstehe nicht, was du meinst. Bis jetzt hat niemand versucht, mich mit dem Auto von der Straße zu drängen.«

»Der Unfall auf hoher See damals. Du hattest deinen Mann verloren, warst in Todesangst und machtest dir auch Sorgen um deinen Sohn.«

»Willst du damit sagen, ich habe vorhin diese Nacht noch einmal durchlebt?«

»Es war ein traumatisches Erlebnis, und du hast es heute wieder durchgemacht.«

»Deshalb soll ich Jan am Steuer des Audi gesehen haben?«

»Es ist eine mögliche Erklärung.«

Becky schnaubte. »Der Unfall hat mich also derart traumatisiert, dass ich mir einbilde, mein toter Mann will mich und meinen Sohn umbringen? Ich bitte dich.«

»Ich bin kein Psychologe, Becky. Ich versuche, eine Erklärung zu finden. Fürs Protokoll: Ich bin nicht der Meinung, dass du verrückt bist.«

»Etwas überspannt findest du mich schon, oder?«

Anstelle einer Antwort zog Dornach eine Karte aus der Brusttasche seines Hemdes und schob sie Becky zu.

»Dr. med. Jutta Hofstätter«, las sie. »›Fachärztin für Konsiliarpsychiatrie und Psychosomatik, Universitätsspital Zürich‹. Was soll ich damit?«

»Jutta ist eine … sagen wir, gute Bekannte von mir.«

Na toll, eine von Pias Ex-Tanten.

»Ich nehme mal an, du willst mir nahelegen, sie zu sehen.«

»Wenn du eh zu einem Spezialisten musst. Ich habe Jutta die Angaben über die Medikamente geschickt, die man dir in Neustadt verschrieben hat.«

»Und?«

»Dasjenige, das du regelmäßig einnimmst, erachtet sie als unbedenklich. Die Tabletten gegen die Panikattacken sieht sie skeptischer. Jutta verschreibt dasselbe Medikament wesentlich zurückhaltender.«

»Weshalb?«

»Nebenwirkungen. Übelkeit, Schwindel. In gewissen Fällen treten Halluzinationen auf. Ich denke, es ist eine gute Idee, mit Jutta zu sprechen. Glaub mir, ich bin kein Freund von Psycho-Fritzen. Jutta ist eine Ausnahme. Ich habe dir ihre Handynummer aufgeschrieben. Du kannst sie jederzeit anrufen. Ich bin sicher, dass sie dir helfen kann.«

Becky betrachtete die Karte unschlüssig und steckte sie ein. »Mal sehen, vielleicht kann mir Tante Jutta helfen«, murmelte sie.

»Wie?«

»Nichts, ich überleg's mir.«

»Schön, mehr Wein?«

Sie hielt ihm ihr Glas hin.

»*Domi, chéri?*«

Muriel trat aus dem Dunkeln und umfasste Dornach von hinten. »Ich bin müde und gehe ins Bett, kommst du bald nach?«

»Gleich, Schatz.«

Muriel küsste ihn lange auf den Mund. Bevor sie Becky maliziös »*Bonne nuit*« wünschte.

Damit wäre das Territorium abgesteckt.

»Sie nennt dich Domi, im Ernst?«

»Ich habe versucht, es ihr auszureden, aber das wird in diesem Leben wohl nicht mehr stattfinden. Ich hoffe, dass Pia es nicht aufschnappt. Die hat im Moment eine Phase, wo sie es faustdick hinter den Ohren hat.«

»Ich will dich nicht aufhalten – Domi. Du musst ins Bett.« Becky prostete ihm zu.

»Etwas anderes«, sagte er. »Der Obduktionsbericht von Peter Davaud ist gekommen. Willst du wissen, was drinsteht?«

»Darfst du es mir denn sagen?«

»Vermutlich nicht, nur so viel: Es ist keine natürliche Todesursache.«

»Du kannst dir denken, dass mich das nicht wirklich überrascht. Woran ist er gestorben?«

»Hypoglykämie.«

»Blutzuckermangel?«

»Die Gerichtsmedizin bemerkte eher zufälligerweise Einstichmerkmale an der rechten Hinterbacke. Sie entnahmen eine Gewebeprobe und stießen auf ein Insulinpräparat.«

»Kann er sich das selbst gespritzt haben?«

»Schon, aber es wäre ein eigentümlicher Ort, um sich eine Spritze zu setzen.«

»Er wurde mit Insulin vergiftet, von Krysztina Korda?«

»Über das medizinische Wissen hätte sie verfügt. Fragen können wir sie leider nicht mehr.«

»Krysztina bringt zuerst Peter Davaud um und wird dann selbst umgebracht. Von wem?«

»Sobald wir die Antwort auf diese Frage haben, wird dich der Staatsanwalt in Ruhe lassen«, sagte Dornach. »Wir brauchen das Motiv.«

»War Peter Davaud sehr vermögend?«

»Er war kein Milliardär, aber er verfügt über ein Barvermögen im mittleren zweistelligen Millionenbereich. Dazu kommen Liegenschaften, Kunstgegenstände und Beteiligungen an verschiedenen Industriefirmen. All das eingerechnet, dürfte Davaud rund hundert Millionen Franken schwer gewesen sein.«

»Wow, wer erbt das alles?«

»Das versuchen wir ausfindig zu machen. Er kam gegen Ende der sechziger Jahre aus den USA in die Schweiz. Soviel ich weiß, hat er hier keine Angehörigen.«

»Was passiert, wenn sich keine Erben finden?«

»Sofern kein Testament auftaucht, das etwas Anderweitiges verfügt, fällt sein Vermögen in den Schoß von Vater Staat.«

»Zum Glück bin ich nicht erbberechtigt«, sagte Becky. »Dieses Motiv fällt für mich schon mal weg.«

»Trotzdem, wir sollten Ruch nicht unterschätzen. Er hat Blut geleckt, du bist seine einzige heiße Spur.«

»Dass Davaud womöglich sterben musste, weil er mir Informationen über die tote Frau in meinem Keller geben wollte, ist kein alternatives Motiv, oder wie?«

»Es ist zu vage, Becky. Es gibt keine Zeugen des Gespräches

zwischen Davaud und dir am 1. August. Frau Korda, die etwas mitgekriegt haben könnte, ist tot.«

»Was ist mit dir? Ich habe dir das Tagebuch von Emma Kummer gezeigt. Sie ist die Tote im Keller. Die Halskette und das Armband an der Mumie gehörten ihr.«

»Das mag ja stimmen. Nur hilft uns das in diesem Fall nicht weiter. Solange wir unsere Hypothesen nicht mit Fakten untermauern können, bewegen wir uns im Bereich der Spekulationen.«

»Emma Kummer und Peter Davaud mussten aus dem gleichen Grund sterben.«

»Wie kommst du darauf?«

»Ich habe so ein Gefühl. Emma wurde im Schloss Aaregg erschossen. Vielleicht deckte sie etwas auf, das ihr zum Verhängnis wurde. Und vielleicht ist Peter Davaud auf das gleiche Geheimnis gestoßen. Weil er mir davon erzählte, musste er sterben.«

»Das ist weit hergeholt, Becky. Zwischen den beiden Todesfällen sind mehr als sechzig Jahre vergangen. Was war damals so bedeutend, dass man dafür heute noch Menschen umbringt?«

»Das würdet ihr herausfinden, wenn ihr Emmas Tod untersuchtet.«

»Das geht nicht, Becky. So grässlich das Schicksal dieser jungen Frau gewesen sein mag, Emma Kummer ist Geschichte und für die Strafverfolgung nicht relevant. Wo könnten wir bei ihr ansetzen? Es gibt keine Zeugen und keine Hinterbliebenen, die sie kannten. Die letzten Tage ihres Lebens hat sie nicht aufgezeichnet, mit Absicht oder weil sie keine Gelegenheit mehr dazu hatte?«

Dornach hatte recht. Es nervte Becky, mit welcher Ruhe er ihr das immer und immer wieder erklärte.

Du dürftest gern mal ausrasten. Dann hätte ich was zum Einhaken.

Sie leerte ihr Glas und hielt es ihm hin. »Kannst du mal die Luft rauslassen, bitte?«

Dornach hob die leere Flasche. »Ich hole eine neue?«

»Solltest du nicht zu deiner Freundin ins Bettchen?«

»Die schläft sicher längst tief und fest. Wie ist's mit dem Wein?«

»Okay, wenn du mich nach Hause trägst.«

»Du kannst hier schlafen, ist eh besser als allein in deinem großen Schloss.«

Und so ganz ohne Märchenprinz.

»Ich geh mal eine neue Flasche holen.«

Während Dornach in den Weinkeller ging, schaute Becky über den Garten. Die Aussicht auf die Dächer der Altstadt und die beleuchtete Kathedrale war ein Bild der Harmonie und des Friedens. Beides wollte sich bei ihr nicht einstellen. Seit sie hier angekommen war, hatte man in ihrem Keller eine Leiche gefunden, ein Mann war gewissermaßen vor ihren Augen ermordet worden, und sie wäre selbst beinahe einem Anschlag zum Opfer gefallen. Genau genommen waren es zwei, wenn man den Zwischenfall von heute Nachmittag einschloss.

Wieso saß Jan am Steuer des Wagens, der sie von der Straße abdrängen wollte, wenn es wirklich Jan war, was eigentlich nicht sein konnte. Wer hatte sie im Haus Davaud angegriffen und weshalb? Jemand wollte ihr die Morde in die Schuhe schieben, bisher ziemlich erfolgreich. Wenn es nicht gelang, sie zu entlasten, war es eine Frage der Zeit, bis bei ihr die Handschellen erneut klickten.

Ihre einzige Stütze und Hoffnung war Dornach. Obschon ihn Staatsanwalt Ruch von dem Fall abgezogen hatte, verfügte er über ein gut funktionierendes informelles Netzwerk inner- und außerhalb seines Tätigkeitsbereiches.

Ihre Gefühle ihm gegenüber waren gespalten. Sie konnte ein erotisches Grundrauschen zwischen ihnen nicht leugnen. Aber sie hatte keine Lust, sich auf einen Mann einzulassen, der nicht reif für eine feste Beziehung war.

Typisch Kerl. Weshalb sich auf ein warmes Bett festlegen, wenn mehrere zu haben waren?

»Woran denkst du?« Becky fuhr zusammen. Dornach stand hinter ihr und füllte ihr Glas nach.

»Nichts, ich habe den Garten und die Aussicht bewundert.«

»War es nur das?«

»Dir kann man nichts vormachen, was? Berufskrankheit?«

»Ich würde es nicht als Krankheit bezeichnen. Es gehört zu meinen Aufgaben, hinter die Fassade von Menschen zu sehen und herauszufinden, wie sie ticken.«

»Was hast du bei mir herausgefunden?

Dornach ließ sich Zeit mit der Antwort. »Einen Bruchteil von dem, was ich bräuchte, um dich besser zu kennen. Du hast viele Geheimnisse, ein paar davon hast du in Deutschland zurückgelassen. Andere liegen womöglich hier begraben.«

»Was willst du mir damit sagen?«

»Dass es an der Zeit ist, mir zu erzählen, weshalb du nach Solothurn gekommen bist. Wovor bist du auf der Flucht? Wie kommt es, dass du dich von dem Wahn treiben lässt, dein verstorbener Mann wolle dich umbringen?«

»Das sind viele Fragen auf einmal.«

»Weshalb bist du aus Deutschland geflüchtet?«

»Wie kommst du darauf, dass ich geflüchtet bin?«

»Weil deine Vergangenheit dich einholt.«

Becky umfasste ihr Glas. Sie wagte nicht, es anzuheben. Ihre Hände zitterten. »Ich verstehe nicht, was du meinst.«

»Hast du letzthin die Presse aus deiner alten Heimat gelesen?«

»Warum sollte ich?«

Dornach stand auf. »Ich zeige dir etwas. Nimm dein Glas mit.«

Dornach fuhr den Computer hoch. Becky betrachtete die Fotos, die an einer Pinnwand hingen. Ein paar zeigten ihn umrahmt von einer Gruppe junger Leute, vermutlich Studenten seines Kurses. Die Frauen standen um ihn herum, während sich die Männer an der Peripherie aufgestellt hatten.

Wie viel weibliche Zuneigung hält ein Mann aus, ohne den Verstand zu verlieren?

Andere Aufnahmen zeigten ihn bei offiziellen Anlässen der Polizei, darunter war eine von einer Beförderungsfeier, wo er von einem höheren Offizier einen Dolch entgegennahm. Tochter Pia nahm in der Galerie einen besonderen Platz ein. Es gab vereinzelte Bilder mit Bergen im Hintergrund, auf denen Laure und er gemeinsam mit ihrer Tochter zu sehen waren, die damals nicht älter als fünf oder sechs Jahre gewesen sein konnte.

»Hier, schau dir das an.« Dornach machte ihr Platz, damit sie sich neben ihn setzen konnte. Er hatte das PDF-Dokument eines einwöchigen Artikels der »Eckernförder Zeitung« hochgeladen. Er trug die Überschrift »Vermisstes Segelboot in der Ostsee geborgen«. Darunter war ein Bild des Buges des havarierten Bootes. Der Name war deutlich zu erkennen: »Rebecca«, mit der Angabe des Heimathafens, Neustadt in Holstein.

»›Rebecca‹, so hieß euer Boot, nicht wahr?«, fragte Dornach.

»Ja, mein Vater hat es auf meinen Namen getauft. Er hatte es in dem Jahr gekauft, als ich geboren wurde. Eigenartig.«

»Was genau?«

»Dass man das Boot gefunden hat. Als mich die Welle von Bord schleuderte, befanden wir uns nördlich der Insel Rügen. Das Boot wurde abgetrieben. Ich glaubte, es sei gesunken.«

»Ist es auch. Taucher haben es vor zehn Tagen zufällig auf dem Meeresgrund westlich von Hiddensee und östlich der dänischen Insel Falster entdeckt.«

Die Klammer um Beckys Brust zog sich zusammen.

»Hier steht, laut Meinung der Sachverständigen der Küstenwache müsse während des Sturms Wasser ins Boot gedrungen sein. Es bekam Schlagseite und sank.«

Becky wischte sich den Schweiß von der Stirn.

»Ist dir nicht gut?«, fragte Dornach besorgt.

»Es ist nichts, vermutlich der Wein. Ich hatte wohl zu viel.«

Dornach suchte eine weitere Stelle im Artikel. »Du hast mir erzählt, dass dein Mann vor dir über Bord ging.«

»Stimmt. Er muss ausgerutscht oder gestolpert sein. Es tobte ein heftiger Sturm.«

»Merkwürdig«, sagte Dornach. »Hier steht, dass die Bergungsmannschaft die Leiche eines Mannes im Unterdeck gefunden hat.«

Beckys Mund war trocken. »Wurde er identifiziert?«

Dornach nickte. »Es ist Jan Kurath, dein Ehemann.«

BECKY
NOVEMBER 2005

13

Becky las den letzten Absatz unter Jans lauerndem Blick. Als sie durch war, schob sie das Dokument mitsamt dem Stift, mit dem sie es hätte unterschreiben sollen, zu ihm hinüber. »Das kann nicht dein Ernst sein. Du kannst nicht von mir erwarten, dir das volle Sorgerecht von Adrian zu überlassen.«

»Das ist der Preis dafür, dass du mich loswirst, Becky. Ich will kein Geld von dir, davon habe ich genug. Ich will meinen Sohn. Aus ihm soll kein von Colberg werden.«

Becky konnte nicht glauben, diesen Mann einmal geliebt zu haben. Sie hatte sich von seinem Charme und seinem Witz blenden lassen. Er hatte ihr jeden Wunsch von den Augen abgelesen. Das hatte ihr so gefallen, dass sie alle Anzeichen seiner Defizite ignoriert hatte, selbst als ihr engster Freundeskreis sie darauf hingewiesen hatte. Nach knapp elf Jahren waren Liebe und Zuneigung auf der Strecke geblieben. In dieser Zeit war sein wirkliches Wesen ungeschminkt und in alle Winkel ausgeleuchtet zutage getreten: arrogant und selbstsüchtig. Die Menschen, die mit ihm in Berührung kamen, saugte er gnadenlos aus wie eine Spinne ihre Beute, bis nur ihre trockene Hülle übrig blieb. Adrian dem uneingeschränkten Einfluss dieses Mannes zu überlassen, hieße, ihn zum selben Monster werden zu lassen. »Wenn ich nicht unterschreibe, werden wir das vor dem Richter klären. Ich habe die besseren Karten. Wenn ich alles sage, was ich über dich weiß, deine Frauen und deine halbseidenen Geschäfte, kannst du einpacken.«

Jan Kurath war Partner in einer Baufirma, die in Kiel, Lübeck und Neustadt eine Anzahl lukrativer öffentlicher Aufträge an Land ziehen konnte. Wovon außer einem kleinen Kreis loyaler Eingeweihter nur Becky wusste, waren die Summen, mit denen die Baudezernenten der öffentlichen Körperschaften bestochen wurden, damit die Aufträge den richtigen Anbietern zuflossen. Becky war per Zufall darauf gestoßen, als Jan eines Tages in sträflicher Nachlässigkeit in ihrem Haus Papiere in eine Schublade seines Arbeitstisches gelegt hatte, anstatt sie in den Safe zu sperren. Nicht genug, dass er sie mit allen möglichen Frauen in- und außerhalb seiner Firma betrog. Becky gab nicht viel auf Familientradition und -ehre. Aber dass der Name ihrer Familie im Zusammenhang mit Bauskandalen genannt wurde, war das Letzte, was sie wollte. Die Entdeckung war der Anfang vom Ende ihrer Ehe mit dem Tschechen gewesen, die sie gegen den geballten Widerstand ihrer Familie durchgesetzt hatte.

Jan schob Papier und Stift zu ihr zurück. »Weißt du, Rebecca«, es nervte sie, wenn er sie bei ihrem vollen Namen nannte, »ich bin es satt, mich von dir und deiner hochwohlgeborenen Familie gängeln zu lassen. Dir ist bewusst, dass wir uns allein in einem Boot auf dem offenen Meer befinden, nicht wahr?«

Becky war es allzu bewusst, und sie hasste es. Sie hatte sich zu diesem kleinen Törn bereit erklärt, weil Jans Anwalt sie mit der Aussicht auf eine einvernehmliche Lösung hierhergelockt hatte. Jan wollte sie zum Einlenken nötigen, indem er sie an Bord festhielt. Inzwischen war der Seegang rauer geworden. Das Boot begann zu rollen und zu stampfen. Becky war seefest genug, nicht seekrank zu werden.

»Fahr mich zurück an Land, sofort!«

»Sobald du unterschrieben hast, mein Täubchen.« Der Idiot weigerte sich, sie Becky zu nennen, dafür gab er ihr lächerliche Vogelnamen.

»Du lässt mich an Land, oder ich zeige dich an wegen Nötigung und Freiheitsberaubung.«

Er lachte. »Du kannst ja die Polizei rufen. Versuch's mal mit deinem Handy, na los!«

Sie wusste, dass es nichts brachte. Sie waren außerhalb der Reichweite der Mobilfunkantennen. Hier brauchte es entweder ein Satellitentelefon oder Funk. Ersteres besaß sie nicht, an Letzteres kam sie nicht heran. Der Funk hing neben Jan an der Wand. Offenbar las er ihre Gedanken. Er riss das Mikrofon aus seiner Halterung und zertrümmerte es am Boden.

»Bist du wahnsinnig?«, rief sie. »Wir sind auf offener See

in einem aufkommenden Sturm. Was ist, wenn wir in Not geraten?«

»Bei mir an Bord gibt's keine Notfälle, das weißt du. Dafür bin ich ein zu guter Segler.«

Sie lehnte sich mit verschränkten Armen zurück. »Du kannst machen, was du willst. Ich werde das nicht unterschreiben.«

Er stand auf. »Ich gehe nach oben. Ruf mich, wenn du es dir anders überlegt hast.«

»Spinnst du? Ich lasse mich von dir nicht einsperren.«

Jan zuckte mit den Achseln. Er drehte ihr den Rücken zu und stieg die erste Stufe der kurzen Leiter hoch, die zum Oberdeck führte. Becky sprang auf, schnappte nach einer vollen PET-Flasche mit Coca-Cola und schlug ihn damit auf den Hinterkopf. Es war kein kräftiger Schlag, dafür schmerzhaft. Jan hatte ihn nicht kommen sehen. Er fiel nach vorne und stieß sich die Stirn an der obersten Stufe. Er sprang von der Leiter hinunter und starrte Becky wutentbrannt an. »Na warte, du Schlampe! Ich kann auch anders, wenn es sein muss.« Er packte Becky mit einer Hand am Hals und schleuderte sie durch den Raum auf das Ruhebett, mit dem das Boot zusätzlich zum Doppelbett in der benachbarten Kajüte ausgestattet war. Becky fiel so unglücklich, dass sie mit der Stirn am Metallrand des Bullauges aufschlug. Sie tastete mit der Hand nach der Stelle. Sie blutete.

»Hast du genug, ja?«, schrie er. »Ich gehe an Deck.«

Der Seegang hatte inzwischen seine Stärke verdoppelt. Jan nahm die Leiter erneut in Angriff. In diesem Moment erfasste eine große Welle das Boot frontal, sodass es sich aufbäumte. Jan wurde nach hinten geschleudert. Er schlug mit dem Nacken auf die Tischkante. Becky glaubte, das Knacken seines brechenden Genicks zu hören. Sie rappelte sich hoch und schleppte sich haltsuchend zu ihrem Mann. Er lag seitlich auf dem Boden. Sie drehte ihn auf den Rücken und sah seine aufgerissenen leeren Augen. Sie befühlte die Halsschlagader, kein Puls. Ihr Mann war tot. Wie oft hatte sie dem Idioten die Pest an den Hals gewünscht? Jetzt starb er mitten in einem Sturm auf hoher See auf eine solch lapidare Art und Weise. Und überließ sie ihrem

Schicksal. Sie verstand ein wenig von Navigation, aber nicht bei Sturm. Was sollte sie tun? Was würde passieren, wenn man sie mit der Leiche ihres Mannes an Bord fand? Würde man ihrer Version eines Unfalls Glauben schenken? Sie und Jan hatten sich oft in der Öffentlichkeit und unter Zeugen gestritten. Mehr als einmal hatte sie ihm in ihrer Wut ins Gesicht geschleudert, sie würde ihn umbringen, sollte er versuchen, ihr Adrian wegzunehmen.

Sie zog ihre Schwimmweste an und stieg die Leiter hoch. An Deck hielt sie sich fest, wo sie konnte. In der Ferne sah sie Lichter am Horizont. Wenn sie nicht alles täuschte, war das der nördlichste Zipfel von Rügen, Kap Arkona auf der Halbinsel Wittow. Es war zu schaffen. Auf dem Autopiloten stellte sie den Kurs Richtung offenes Meer ein.

Sie ging wieder unter Deck. Der Seegang hatte sich ein wenig beruhigt. Sie versuchte Jans Leiche an Deck zu hieven. Er war zu schwer. Sie gab auf. Zurück an Deck sah sie, dass die Lichter der Küste schwächer wurden. Sie entfernte sich vom Festland in Richtung offenes Meer. Es wurde Zeit.

Sie schickte ein Stoßgebet zum Himmel. Hoffentlich hatten sie ihre alten Schwimmkünste nicht verlassen. Für einen Moment hatte sie nicht auf ihre Umgebung geachtet. Sie sah den Segelbaum nicht kommen.

BECKY
AUGUST 2006

14

»Es war ein Unfall, Dominik, das musst du mir glauben.«

Er musste ihr nicht glauben. Sie las es in seinem Gesicht. Während sie ihm den Vorfall auf dem Boot schilderte, hatte sich sein Ausdruck von dem des empathischen Freundes zu dem des faktenbasierten Ermittlers verwandelt. Sie hasste ihn dafür.

»Damit ich es richtig verstehe«, sagte er. »Dein Mann verletzt sich bei einem unglücklichen Sturz tödlich. Statt den Hergang der Polizei zu schildern, gibst du an, er sei bei hohem Seegang über Bord gegangen.«

So wie er es sagte, klang es idiotisch. Sie konnte es nicht ändern. »Ich war in Panik, weil ich fürchtete, dass mir niemand glauben würde. Ich hatte Angst, man würde mir Adrian wegnehmen.«

»Dir musste klar gewesen sein, dass man das Boot früher oder später bergen und die Leiche deines Mannes finden würde. Was macht es für einen Unterschied, ob er die Treppe hinunterfällt oder über Bord geht? Beides hätte man als Unfall taxiert. Hat man dich bei deiner Version nicht erst verdächtigt, ihn über Bord gestoßen zu haben?«

»Schon, es waren Routinefragen, wie man mir versicherte. Angesichts meines Zustandes und weil Jans Leiche nicht gefunden wurde, ließ man die Sache auf sich beruhen.«

Dornach rieb sich das stoppelige Kinn, sein Blick ging durch sie hindurch. Sie erwartete eine tröstende Antwort von ihm, die nicht kommen würde.

»Mittlerweile ist mir klar geworden, dass die Aktion dämlich war. Ich habe der Polizei die Version erzählt, die ich für die glaubwürdigere hielt. Dabei dachte ich nur an Adrian.«

»Du bist in Solothurn gemeldet, Becky. Früher oder später werden sie dich hier aufspüren. Was willst du tun? Erneut davonrennen?«

»Keine Ahnung, was ich tun soll oder kann. Als ich Jan tot

daliegen sah, war mein erster Gedanke, endlich frei zu sein. Ich konnte mein bisheriges Leben hinter mir lassen, etwas Neues anfangen. In Solothurn hat Adi eine Chance, unbeschwert aufzuwachsen.«

Was habe ich stattdessen erreicht? Die Vergangenheit hat mich eingeholt, und ich steckte noch tiefer im Dreck.

»Ich weiß nicht mehr, was ich tun soll, Dominik.«

»Es stehen dir nicht viele Optionen offen«, sagte Dornach. »Im Grunde nur eine einzige.«

»Ich soll mich der Polizei in Deutschland stellen?«

»Als Polizist kann ich dir nur dazu raten.«

»Und als Freund?«

»Ebenso.« Dornach zog ein Papier aus der mittleren Schublade seines Schreibtisches. »Lies das bitte.«

Becky schaute auf das Blatt. »Ich will das nicht lesen. Was ist das?«

»Die E-Mail eines Kollegen, der im Landeskriminalamt in Kiel für die Fahndung zuständig ist. Ich habe ihn während einer Schulungswoche in Friedrichshafen kennengelernt, seither stehen wir regelmäßig in Kontakt.« Er nahm Becky das Papier aus der Hand. »Die Mail birgt zwei Nachrichten, eine gute und eine schlechte. Ich nehme an, du willst die schlechte zuerst wissen.«

»Gute Wahl, lass hören.«

»Du wirst vom LKA Schleswig-Holstein im Zusammenhang mit der Aufklärung des Todes deines Mannes gesucht. Sie wissen, dass du in Solothurn wohnst. Das LKA will Amtshilfe beantragen. Du weißt, was das bedeutet?«

»Nichts Gutes, nehme ich an.«

»Gar nichts Gutes, sollte der Antrag irgendwann auf dem offiziellen Weg auf dem Schreibtisch unseres gemeinsamen Freundes Ruch landen. Es wäre ein Fest für ihn, dich auf diese Weise festzunageln.«

Becky hatte das Gefühl, zwischen einem Felsen und einer Wand aus Stahl eingeklemmt zu sein. »Du hast noch was von einer guten Nachricht gesagt. War das einfach dahergeredet?«

»Keineswegs. Nebst anderen Dingen verbindet meinen

Kollegen in Kiel und mich eine gesunde Abneigung gegen bürokratische Leerläufe, wie sie bei internationalen Amtshilfen zuweilen der Fall sind. Wir glauben beide an den kurzen Dienstweg. Als er erfuhr, dass du in Solothurn wohnst, dachte er an mich. Man geht in Kiel nicht davon aus, dass beim Tod deines Mannes Dritteinwirkung im Spiel war. Man wundert sich lediglich, weshalb er im Innern des Bootes gefunden wurde, nachdem du ausgesagt hattest, er sei über Bord gegangen. Mein Kollege bittet mich, dich dazu zu befragen.«

»Einfach so, inoffiziell? Kein Haftbefehl?«

»Dafür besteht im Moment keine Veranlassung.«

»Lädst du mich offiziell vor?«

»Nein, das Risiko ist zu groß, dass der Staatsanwalt davon Wind bekommt. Dann haben wir nichts gewonnen.«

Wieder dieses »wir«? Die Einzige, die hier etwas zu verlieren hat, bin ich.

War das wirklich so? Setzte Dornach in diesem Moment nicht auch seine Karriere aufs Spiel, indem er ihr half? »Was tun wir?«

»Nicht wir, du.« Dornach leerte sein Glas. »Ich sage meinem Kollegen, dass du nach Kiel reisen wirst, um eine Aussage zu machen.«

Becky sah ihn entgeistert an. »Ich? Eine Aussage? In Kiel? Und wenn Sie mich behalten, was wird dann aus Adi?«

Dornach legte seine Hand auf ihren Arm. Sein verbindlicher empathischer Ausdruck war zurück. »Ich glaube nicht, dass sie dich anklagen werden. Es wird eine Untersuchung geben. Vielleicht wirst du Deutschland eine Zeit lang nicht verlassen können. Wenn du mir die Wahrheit gesagt hast, wird man dich wegen Irreführung belangen, vielleicht nicht mal das. Du standest unter großer psychischer Belastung. Ich werde Dr. Landau bitten, dir über seine Partner in Deutschland den bestmöglichen Anwalt zur Seite zu stellen.«

»Warum tust du das für mich, Dominik? Du gehst dabei ein beträchtliches Risiko ein. Was ist, wenn sich herausstellt, dass ich Jan kaltblütig ermordet habe?«

»Hast du?«

»Nein, ich meine nur.«

»Ich glaube nicht, dass du eine kaltblütige Mörderin bist, Becky.«

Balsam auf meine wunde Seele. Was soll ich bloß mit ihm anfangen, ihn lieben oder hassen?

»Wann soll ich nach Deutschland fahren? Sofort?«

»Geht nicht, du darfst Solothurn nicht verlassen. Dein Ausflug nach Bern war schon grenzwertig.«

»Ja, aber wie –«

»Ich habe dem Kieler Kollegen erzählt, dass du im Moment auf Reisen im Ausland bist, ich aber in ständigem Kontakt mit dir stehe. Das verschafft uns ein paar Tage Zeit, dich vom Mordverdacht an Davaud und Korda reinzuwaschen.«

»Ist das nicht ungewöhnlich, von wegen Fluchtgefahr und so.«

»Mein Kollege vertraut mir und ich ihm. Ich habe ihm geschrieben, dass du in spätestens einer Woche nach Deutschland fahren wirst.«

»Meinst du, wir haben bis dahin den Fall gelöst?«

»Wir müssen. Wenn wir es bis dahin nicht schaffen, wird Ruch einen Weg finden, dich erneut festzunehmen.«

Becky war, als würde ihr der Boden unter den Füßen weggezogen. »Wie sollen wir das hinkriegen?«

»Zeit, dass wir ins Bett kommen.« Dornach fuhr den Computer herunter.

»Dominik!«

»Ja?«

»Wie sollen wir das hinbekommen?«

»Indem wir das tun, was du schon lange möchtest. Davaud wollte dir Informationen im Zusammenhang mit der Toten im Keller geben.«

»Emma Kummer.«

»Du hast ihr Tagebuch gelesen.« Dornach unterdrückte ein Gähnen. »Heute passiert nichts mehr, ich muss ins Bett. Morgen erzählst du mir alles haarklein, was du über Emma und ihre Geschichte erfahren hast.«

Während Becky im Dornach'schen Gästebett auf den Schlaf wartete, ging ihr eine einzige Frage durch den Kopf. Wenn der Fahrer, der sie von der Straße abdrängen wollte, nicht Jan gewesen war, wer hatte es dann auf sie abgesehen?

EMMA
AUGUST 1940

15

Emma fielen der schwarze Citroën und die beiden Männer in Anzügen am Werksausgang sofort auf. Das waren keine Angehörigen, die vor dem Tor ihre Frauen, Ehemänner, Söhne oder Töchter abholten.

Einer der Männer erblickte sie. Er stupste seinen Partner an und machte ihn auf sie aufmerksam. Emmas Magen krampfte sich zusammen. Der andere Mann zog ein Stück Papier aus der Tasche, schaute drauf, sah zu ihr hoch und nickte. Emma überlegte sich, die Flucht zu ergreifen, aber wohin? Den Männern war anzusehen, dass sie gut zu Fuß waren, und sie hatten ein Auto. Sich in die Fabrik zurückzuziehen, bis sie draußen des Wartens überdrüssig waren, machte wenig Sinn. Außerdem hatten sie sie gesehen. Polizisten, das Bauchgefühl sagte Emma, dass es welche waren, hatten eine Menge Geduld. Blieb nur die Flucht nach vorne. Emma holte tief Atem, straffte ihre Schultern und setzte mit energischem Schritt ihren Weg fort. Sie gab sich Mühe, den beiden nicht mehr Beachtung zu schenken als einen beiläufigen Blick.

Einer der Männer stellte sich ihr in den Weg, als sie das Auto passieren wollte. »Fräulein Emma Kummer?«

»Ja?« Das war ohne Scheu oder Unsicherheit ausgesprochen. Emma war ein wenig stolz auf sich.

Er zeigte ihr einen Ausweis. »Wachtmeister von Arx, Kantonspolizei, Politische Abteilung.« Von Arx deutete auf den anderen. »Mein Kollege, Korporal Barrer. Wir bitten Sie, uns zu begleiten.«

Emma schluckte leer. Sie hatte Geschichten aus Deutschland gehört über Männer, die in schwarzen Autos vorfuhren und Leute einfach so mitnahmen. Viele davon sollen nie mehr aufgetaucht sein. Am liebsten hätte sie laut geschrien und protestiert. Wer würde ihr zu Hilfe eilen? Die meisten der Arbeiter gingen an ihnen vorbei, ohne sie eines Blickes zu würdigen. Welcher einfache Arbeiter würde es wagen, sich der Staatsgewalt in den Weg zu stellen?

»Worum geht es, und wohin bringen Sie mich?«

»Nach Solothurn auf den Posten. Wir haben ein paar Fragen an Sie.«

»Was für Fragen?«

»Das erfahren Sie auf dem Posten, bitte.« Von Arx' Stimme war ein Zacken energischer. Er zeigte auf die Fondtür des schwarzen Wagens, die Korporal Barrer für sie aufhielt.

»Muss das jetzt sein? Ich werde auf Schloss Aaregg erwartet, wo ich bei den Vorbereitungen für einen wichtigen Empfang helfen muss, der morgen –«

»Es dauert nicht lange.« Von Arx versuchte es mit einem Lächeln. »Es sind nur ein paar Fragen, und Sie können uns weiterhelfen.« Seine Hand legte sich mit sanftem Druck auf ihren Rücken. Eine Geste, die signalisierte, dass Widerstand zwecklos war. Emma stieg in den Fond auf der Fahrerseite. Kaum war sie drin, öffnete sich die Tür auf der Beifahrerseite. Von Arx ließ sich auf dem Sitz neben ihr nieder. Barrer setzte sich ans Steuer und fuhr los. Ein paar Arbeiter starrten ihnen nach. Was Direktor von Colberg sagen würde, wenn er erfuhr, dass sie vor den Toren seiner Fabrik von der Polizei abgeholt worden war?

Die kurze Fahrt in die Stadt verlief ohne ein Wort. Kurz vor der Stadtgrenze passierten sie das Wirtshaus »Zum Schnepfen«. Emma schaute starr geradeaus. Sie ahnte, worum es bei der Befragung gehen könnte.

Beim Anblick der St.-Ursen-Kathedrale erbat sie mit einem stillen Stoßgebet den Beistand aller möglichen himmlischen Kräfte. Emma war nicht besonders religiös, aber zu etwas musste der allsonntägliche Kirchgang mit der Mutter nütze sein. Bevor sie auf der Baseltorkreuzung links in die Altstadt abbogen, ließen sie ein von Feldbrunnen kommendes »Bipperlisi« passieren, das von der Station »Baseltor« zum Hauptbahnhof abfuhr. Es dauerte eine gefühlte halbe Ewigkeit, bis die schwerfällige Zugkombination unter ohrenbetäubendem Quietschen die scharfe Linkskurve aus der Bastelstraße in Richtung Rötibrücke überwunden hatte und auf der leicht abfallenden Rötistraße Fahrt aufnahm.

Sie durchfuhren das bullige Baseltor, wo der Bauer Hans Roth aus dem bernischen Rumisberg im 14. Jahrhundert die Solothurner vor einem Angriff der Kyburger warnte und damit die Stadt und ihre Menschen vor einer Mordnacht bewahrte. Wer oder was würde Emma vor Schlimmerem schützen?

Korporal Barrer stoppte den Wagen vor einem Anbau des Rathauses.

»Da sind wir«, sagte von Arx knapp und stieg aus. Barrer öffnete die Tür auf Emmas Seite und hielt ihr die Hand hin, damit sie leichter aussteigen konnte. Das beruhigte Emma ein wenig. Wer würde einer Frau galant die Hand reichen, wenn er sie für eine Verbrecherin hielt?

Das Büro der Politischen Polizei strahlte nichts von der allgewaltigen Rolle der Wächter über Demokratie und Freiheit aus, die man ihr zuschrieb. Es war ein Raum mit Schreibtischen und Aktenschränken, vielen Aktenschränken. Die Unterlagen häuften sich auch auf den Arbeits- und Ablageflächen. Emma fragte sich, welches der unzähligen Dokumente sich mit ihr befasste. Sie zählte vier Arbeitstische. Sie hatte sich ein Heer von Beamten vorgestellt, das hier herumwuselte.

Barrer dirigierte sie zu einem Tisch mit zwei Stühlen, dem einzigen, auf dem keine Akten lagen. Von Arx nahm Emma gegenüber Platz, sodass er Blickkontakt mit Barrer hatte, der sich hinter eine Schreibmaschine setzte. Das wurde ein offizielles Verhör. Emmas Herz pochte. Sie hoffte, dass man ihr die Angst nicht ansehen konnte.

»Würden Sie mir jetzt bitte sagen, worum es geht?«

Anstelle einer Antwort bot von Arx ihr eine Zigarette an. Der Versuch, eine gute Atmosphäre zu schaffen. Emma akzeptierte, froh, sich an etwas festhalten zu können. Von Arx gab ihr Feuer und zündete sich selbst auch eine Zigarette an. »Beantworten Sie unsere Fragen, Fräulein Kummer. Dann kommt alles gut.«

»Ich bin so weit«, ließ sich Korporal Barrer vernehmen.

»Na dann, fangen wir an.« Der Anfang bestand darin, dass von Arx Emmas Personalien feststellte und sie von ihr bestätigen ließ. »Fräulein Kummer, wo befanden Sie sich gestern Abend bei Einbruch der Dunkelheit?«

Wussten die das denn nicht schon? Sollte sie lügen, sagen, dass sie woanders war als im »Schnepfen«?

»Ich war an der Luzernstraße beim Wirtshaus ›Zum Schnepfen‹.«

»Was hatten Sie dort zu tun?«

»Verabredung mit einem Bekannten. Ich wartete draußen auf ihn.«

»Sie sind nicht hineingegangen?«

Sie nahm einen tiefen Zug von ihrer Zigarette. »Wir waren draußen verabredet, nicht drinnen. Wir wollten woandershin.«

»Mit wem wollten Sie sich treffen?«

»Wie ich sagte: mit einem Freund.«

»Der nicht zufällig Toni Wyler heißt?«

»Weshalb fragen Sie mich, wenn Sie es wissen?«

»Wir haben unsere Gründe. Beantworten Sie bitte die Fragen wahrheitsgemäß.«

»Ich tue nichts anderes. Ich würde aber schon gern erfahren, weshalb Sie mich ausfragen.«

Von Arx fuhr unbeirrt fort. »Wenn Sie gestern beim ›Schnepfen‹ waren, haben Sie sicher die wüste Schlägerei mitbekommen, die dort über die Bühne ging.«

Von Arx fixierte sie mit seinen stahlblauen Augen. Sie wünschte sich weit weg von ihm. »Ich habe gesehen, dass es ein Handgemenge gab, ja.«

»Waren Sie darin verwickelt?«

Emma nahm einen letzten Zug von ihrer Zigarette und zerdrückte sie im Aschenbecher, den ihr von Arx hingeschoben hatte. »Nein.«

»Was ist mit Herrn Wyler? War er beteiligt?«

»Er verteidigte sich, als er angegriffen wurde.«

»Verstehe.« Von Arx nahm ein Papier auf, das er vor sich

liegen hatte. »Das ist die Aussage einer Augenzeugin, die wie Sie in der Waffenfabrik arbeitet. Sie sagt, sie habe gesehen, wie Sie, Fräulein Kummer, Herrn Wyler zu Hilfe eilten. Demnach waren Sie an der Schlägerei beteiligt.«

»Wer sagt das?«

Von Arx legte das Papier weg. »Das tut nichts zur Sache. Wir haben keine Veranlassung, an der Zeugin zu zweifeln.«

Emma biss sich auf das Innere ihrer Oberlippe. Wenn sie noch mehr leugnete, würde sie tiefer ins Netz der Verstrickungen geraten. »Ich wollte meinem Freund zu Hilfe eilen. Dabei wurde ich bedrängt, und er musste mir beistehen. Ist das verboten?«

»Selbstverteidigung ist nie verboten, solange sie dem Gebot der Verhältnismäßigkeit entspricht. Sie wissen, wer sich regelmäßig im Wirtshaus ›Zum Schnepfen‹ versammelt, nicht wahr?«

»Ich bin sicher, Sie werden es mir sagen.«

»Sie sind doch Zuchwilerin. Ich dachte, jedem Zuchwiler und jeder Zuchwilerin ist bekannt, dass sich dort regelmäßig Anhänger der Nationalsozialistischen Deutschen Arbeiterpartei treffen. Es ist ihr Vereinslokal.«

»Politik interessiert mich nicht. Damit breche ich hoffentlich kein Gesetz.«

»Politisches Desinteresse ist keineswegs verboten, das Anzetteln von Raufereien und Sachbeschädigung hingegen schon. Herr Wyler und seine Freunde sind Rädelsführer der Sozialisten und Gewerkschafter. Uns ist zu Ohren gekommen, dass sie gestern eine Gruppe mit der Absicht anführten, die Versammlung der NSDAP-Ortsgruppe im ›Schnepfen‹ zu stören und deren Mitglieder, ich zitiere, ›gehörig zu vermöbeln‹. Darüber waren Sie nicht im Bild, nehme ich an.«

»Ich habe die Frage bereits beantwortet.«

»Etwas anderes: Weitere Zeugen berichten, dass einer der Angegriffenen, angeblich soll es ein Frontist gewesen sein, eine Frau in seine Gewalt gebracht und sie ins Innere des Wirtshauses verschleppt hat. Haben Sie etwas in der Art mitbekommen?«

»Ich hatte genug damit zu tun, nicht von diesen Rabauken angegriffen zu werden, bis mich Toni, also Herr Wyler, in Sicherheit bringen konnte.«

»Laut der Wirtin des ›Schnepfen‹ soll es der Frau gelungen sein, sich zu befreien und zu entkommen. Dabei soll sie den … ähm … Intimbereich ihres Angreifers verletzt haben.«

»Hat er die Glocken läuten hören?«

Von Arx' Mundwinkel zuckten. »Die Wirtin hatte leider keine Gelegenheit, den Namen der betreffenden Frau zu erfragen. Ebenso wenig konnte sie sich daran erinnern, wie die Frau aussah. Sie können mir da nicht zufällig weiterhelfen, Fräulein Kummer? Sie waren in der Nähe.«

»Wie ich sagte, ich hatte genug mit mir selbst zu tun. Tut mir leid.«

Mit einer resignierten Geste legte von Arx beide Hände flach auf die Tischplatte. »Das ist bedauerlich. Der Angreifer, den die Frau in die … ähm … abgewehrt hat, ist ebenso wenig in der Lage, sie zu beschreiben.«

Emma hielt seinem Blick stand.

»Er wollte Anzeige erstatten. Ich habe ihm davon abgeraten«, sagte von Arx.

»Ach ja?«

»Ich machte ihm klar, dass im Fall einer Anzeige die Beschuldigte zur Stellungnahme aufgefordert wird. Sollte diese von mehreren Augenzeugen bestätigt werden, wie es hier den Anschein hat, müsste er mit einer Anzeige wegen Nötigung zur Unzucht und versuchter Vergewaltigung rechnen. Daraufhin hat der Mann die Anzeige zurückgezogen und beschlossen, sich für ein paar Tage bei seinem Arbeitgeber, übrigens auch die Waffenfabrik, krankzumelden.«

Das erklärte zumindest, weshalb sie das Scheusal Winkler den ganzen Tag nicht gesehen hatte.

»Ich verstehe nicht«, fuhr von Arx fort, »weshalb die Frau keine Anzeige erstattet hat. Vergewaltigung ist ein schwerwiegendes Verbrechen.«

»Vielleicht denkt sie, der Mann sei mit dem Tritt in die Glo…

in seinen Intimbereich genug gestraft, und lässt es dabei bewenden.«

»In diesem Fall ist sie kaltblütiger, als ich dachte.« Er zeigte auf Emmas Oberarm. »Der blaue Fleck, woher haben Sie den?«

Emma legte die Hand auf die Stelle. Warum hatte sie am Morgen nicht daran gedacht, ein langärmliges Hemd anzuziehen? »Ich arbeite in der Waffenfabrik und helfe auf dem landwirtschaftlichen Gut der Familie von Aaregg aus. Da bekommt man schon mal den einen oder anderen blauen Fleck ab.«

»Das ist sicher so. Sie sehen zierlich aus, Fräulein Kummer, machen jedoch einen kräftigen Eindruck. Ich kann mir vorstellen, dass Sie sich gegen einen Mann zur Wehr zu setzen wissen.«

Es braucht nicht immer Kraft dazu, widersprach Emma ihm im Stillen. Manchmal genügt eine gehörige Portion Wut.

Einige Sekunden lang war im Raum nichts anderes zu hören als Barrers Tippen. Schließlich wurde es Emma zu bunt. »Wenn Sie keine Fragen mehr haben, Herr Wachtmeister, könnte ich dann gehen? Man erwartet mich dringend im Schloss Aaregg.«

»Eine letzte Frage noch, Fräulein Kummer. Können Sie mir sagen, wo sich Toni Wyler aufhält?«

»Woher soll ich das wissen? Ich nehme an, er ist zu Hause.«

»Haben Sie ihn heute bei der Arbeit gesehen?«

»Nein, es kommt vor, dass ich ihn tagelang nicht sehe. Wir arbeiten nicht im gleichen Bereich.«

»Bei sich zu Hause haben wir ihn nicht angetroffen. Er ist nicht zufälligerweise bei Ihnen untergekommen?«

»Weshalb sollte er das tun?«

»Weil wir ihn suchen.«

»Bei mir ist er nicht. Ich habe ein Zimmer in der Gesindeunterkunft des Aareggerhofes. Es bietet knapp genug Platz für mich allein. Sie können gerne nachsehen. Wenn ich auf dem Schloss zu tun habe, wohne ich in einer Dienstbotenkammer auf dem Dachboden. Auch dort kann ich niemanden verstecken. Abgesehen davon wäre es unschicklich. Sie dürfen sich gern selbst überzeugen.«

Von Arx zeigte keine Gefühlsregung. »Schade, ich hätte mir von dem Gespräch mit Ihnen mehr erhofft.«

»Das tut mir aufrichtig leid, Herr Wachtmeister. Ich habe Ihnen gesagt, was ich weiß. Darf ich Ihnen eine Frage stellen?«

»Das entspricht nicht unseren Gepflogenheiten, bei Ihnen mache gern eine Ausnahme.«

»Ich kenne Toni Wyler als aufrichtigen Freund und ehrlichen Mann. Ich kann mir nicht erklären, weshalb die Polizei ihn sucht. Können Sie es mir sagen?«

Von Arx legte die Fingerspitzen zusammen. Eine Geste konzentrierten Nachdenkens. »Haben Sie je etwas von einer ›Aktion Morgenröte‹ gehört, Fräulein Kummer?«

»Morgenröte? Nein, das sagt mir nichts.«

»Gut, sollten Sie in den nächsten Stunden oder Tagen Herrn Wyler begegnen, fragen Sie ihn danach und sagen Sie ihm, dass die Politische Polizei Bescheid weiß.«

Von Arx erhob sich.

»Kann ich jetzt gehen?«, fragte Emma.

Von Arx reichte ihr die Hand. »Vielen Dank für Ihre Zeit, Fräulein Kummer. Es hat mich gefreut, Sie kennenzulernen.«

Ohne nach links und rechts zu schauen, lief Emma durch die Altstadt zum Postplatz. Dort blieb sie einen Moment an der Quaimauer stehen und schaute über die Aare hinweg zum Alten Spital und dem Krummturm hinter der Eisenbahnbrücke. Es würde ein schöner Sommerabend werden. Sie sehnte sich danach, ohne Sorgen vor sich hin träumen zu dürfen.

Daran war nicht zu denken. Was hatte es mit der »Aktion Morgenröte« auf sich? Toni hatte den Namen ihr gegenüber nie erwähnt. Es musste bedeutend sein, wenn sich die Politische Polizei dafür interessierte.

Die Befragung war glimpflicher abgelaufen, als sie befürchtet hatte. Emma hatte erwartet, über die Beziehung zwischen Toni und Rosmarie ausgefragt zu werden. Bertheli hatte dichtgehalten. Allerdings war der Mordfall nicht Sache der Politischen Polizei. Möglicherweise drohte Toni von zwei Seiten

Ungemach, von der Politischen Polizei und der Kriminalabteilung.

Die Uhr am Postgebäude zeigte sechs Uhr an. Emma sollte längst im Schloss Aaregg sein. Ihre Mutter wartete sicher händeringend auf sie. Emma war nicht danach, das Silbergeschirr und -besteck auf Hochglanz zu polieren. Sie löste sich von der abendlichen Idylle über der Vorstadt und betrat das Postgebäude. Am Schalter für Telefongespräche meldete sie ein Gespräch im Schloss Aaregg an. Sie musste keine zwei Minuten warten, bis der Angestellte ihr eine Kabine zuwies. Emma hoffte, direkt ihre Mutter an den Apparat zu bekommen. Üblicherweise nahm sie die Gespräche im Schloss entgegen.

»Hallo!«, rief Emma in den Hörer, dem vorwurfsvollen Blick des Angestellten zufolge viel zu laut. »Hallo«, wiederholte sie leiser.

»Anschluss Schloss Aaregg, Sie wünschen?«

Emma atmete auf. »Mueti, ich bin's.«

»Emmi? Gott sei Dank, ich habe mir Sorgen gemacht. Wo steckst du denn, und warum telefonierst du? Das ist furchtbar teuer. Ist etwas passiert, geht's dir gut?«

Sobald Frau Kummer ihren Redefluss kurz unterbrach, hakte Emma ein. »Mir geht's gut. Ich wollte nur sagen, ich kann heute Abend nicht kommen. Ich musste länger arbeiten, weil eine dringende Lieferung anstand. Jetzt gleich muss ich zurück auf den Hof, beim Melken helfen.«

»Seit wann musst du Kühe melken?«, wunderte sich Frau Kummer.

»Es ist eine Ausnahme. Eine der Milchmägde hatte am Nachmittag einen Unfall und musste ins Spital.« Emma wunderte sich über sich selbst, wie leicht ihr mittlerweile das Lügen fiel. »Es ist nichts Schlimmes, aber heute und morgen wird sie fehlen. Für morgen kann sich der Pächter organisieren, heute Abend ist er froh, wenn ich einspringen kann.« Wie sie ihre Mutter kannte, würde sie davon absehen, einen privaten Anruf auf Kosten des Schlosses zum Aareggerhof zu tätigen, um das nachzuprüfen.

»Ich habe heute Abend fest mit dir gerechnet. Das Silber muss geputzt und alle Teppiche müssen geklopft werden. Du weißt, wie die gnädige Frau in dieser Beziehung ist. Alles soll glänzen und strahlen. Bertheli und ich bekommen das unmöglich zu zweit hin.«

»Ach Mueti, dafür bleibt morgen genug Zeit. Weißt du was, weil ich die Lieferung heute pünktlich abliefern konnte, kann ich mir morgen freinehmen. Ich komme gleich in der Früh. Dann holen wir auf, was wir heute nicht erledigen konnten.«

Auf der anderen Seite herrschte Stille.

»Mueti, bist du noch dran?«

»Natürlich bin ich noch dran. Gut, ich bin einverstanden. Du kommst morgen gleich zum Frühstück, versprochen?«

Emma machte einen stummen Luftsprung. Das hieß für sie, am nächsten Morgen um halb fünf vom Hof loszumarschieren. Wichtig war, dass sie jetzt ein paar Stunden gewonnen hatte. »Danke, Mueti, ich bin spätestens um sechs Uhr im Schloss.« Vielleicht würde sie sich ein Fahrrad im Hof borgen.

»Schön«, sagte Frau Kummer, »beenden wir das Gespräch, bevor es tatsächlich ein Vermögen kostet.«

Emma entdeckte ihn sofort, als sie aus dem Postgebäude kam. Korporal Barrer stand auf der anderen Straßenseite und behielt den Haupteingang im Auge. Geistesgegenwärtig wandte sie den Kopf ab und tat so, als hätte sie ihn nicht gesehen. Barrer zog die Hutkrempe tiefer ins Gesicht.

Emma hätte sich am liebsten geohrfeigt. Sie war so naiv gewesen, dass sie nicht im Entferntesten daran gedacht hatte, Wachtmeister von Arx könnte sie beschatten lassen.

War Barrer etwa auch im Postgebäude gewesen und hatte gesehen, wie sie telefonierte? Ein Anruf im Schloss war nicht verdächtig. Beim Verhör hatte sie oft genug betont, spät dran zu sein. Wenn sie nun aber anstatt zum Schloss zum Aareggerhof zurückkehrte, würden ihr Verfolger und sein Vorgesetzter stutzig werden. Was sie am allerwenigsten gebrauchen konnte, waren Polizisten, die den Hof auf den Kopf stellten. Sie wandte sich nicht wie beabsichtigt der Aare zu, sondern schlug die entgegengesetzte Richtung ein, die Westringstraße hoch. Kurz vor dem Amthausplatz ging sie in die Hocke und tat so, als würde sie ihre Schnürsenkel neu binden. Sie wandte beifällig den Kopf und unterdrückte einen Fluch. Korporal Barrer hatte ihr nicht den Gefallen getan, sich auf der Post nach ihrem Telefongespräch zu erkundigen. Er war ihr gefolgt. Sie musste sich etwas einfallen lassen. Während sie noch überlegte, fuhr ein Bus an ihr vorbei zur Haltestelle am Amthausplatz.

Gemächlichen Schrittes setzte sie ihren Weg fort. Der Bus hatte gehalten und ließ seine Fahrgäste aussteigen. Emma verlangsamte ihre Schritte. Sie wusste nicht, wie lange der Bus wartete, bis er seine Fahrt fortsetzte. Sie stand am Straßenrand vor dem Bieltor und beobachtete ihren Verfolger aus dem Augenwinkel. Barrer war vielleicht dreißig Meter entfernt. Das musste reichen. Emma tat so, als wollte sie durch das Bieltor in die Altstadt gehen. Barrer wechselte auf ihre Straßenseite. Gleichzeitig hörte sie den Busmotor aufheulen. Wie von der Tarantel gestochen machte sie eine Wende und lief rennend über die Straße auf den Bus zu, der gerade anfuhr. Heftig gestikulierend rannte sie neben dem Fahrzeug her, bis der Fahrer sie bemerkte und anhielt. Beim Einsteigen sah sie zurück zu ihrem Verfolger. Barrer hatte ebenfalls einen Spurt eingelegt und den Bus fast erreicht. Emma legte dem Fahrer eine Fünfzig-Rappen-Münze hin, viel zu viel. »Stimmt so, fahren Sie los, schnell!«

»Wie Sie wünschen, mein Fräulein.« Der Fahrer gab Gas. Emma lief nach hinten und schaute zum Rückfenster hinaus. Korporal Barrer erreichte das Heck des Busses. Eine Sekunde später, und er wäre auch drin gewesen. Ihre Blicke trafen sich. Emma lächelte ihm zu und hob die Schultern. Er, atemlos, nickte nur kurz. Emma sah ihm an, was er dachte: Dich kriegen wir noch.

Emma fuhr bis zur Endstation der Linie an der Dilitschstraße. Das Abschütteln ihres Beschatters hatte wertvolle Zeit gekostet, vor allem hatte es ihren Rückweg zum Aareggerhof beträchtlich verlängert. Solange Korporal Barrer im Glauben blieb, dass sie zum Schloss Aaregg unterwegs war, war ihre Taktik erfolgreich. Sollte Wachtmeister von Arx neben Barrer Leute beim Aareggerhof postiert haben, war alles vergebens. Emma hatte keine Wahl. Sie musste es darauf ankommen lassen.

Von der Dilitschstraße konnte sie nicht auf direktem Weg durch die Stadt nach Zuchwil zurück. Möglicherweise ließ von Arx nach ihr fahnden. Sie musste die Stadt weiträumig umgehen. Das bedeutete für sie einen Fußmarsch von rund zwei Stunden. Es machte ihr nichts aus. Nach langen Arbeitstagen in der Fabrik ging sie bei jedem Wetter zu Fuß entweder zum Aareggerhof oder zum Schloss Aaregg. Selten benutzte sie ein Fahrrad, meistens nur, wenn sie spät dran war. Emma liebte den Weg durch die Felder und Wälder, wo die Natur stets eine Überraschung für sie bereithielt, sei es ein Vogel, den sie noch nie gesehen hatte, oder der Fuchs neulich, dem sie über den Weg gelaufen war. Beide hatten sie sich gleichermaßen erschrocken. Emma liebte ihre Heimat. Es war einer der Gründe, weshalb sie ihre Mutter jeden Sonntag in die Kirche begleitete. Sie bedankte sich aufrichtig beim Schöpfer für das Geschenk der Freiheit auf dieser Insel des Friedens.

Dankbar zu sein war das eine. Man musste bereit sein, für das, was man liebte, zu kämpfen und, wenn es sein musste, sein Leben aufs Spiel zu setzen. Toni tat es. Emma wollte ihm helfen.

Bei Einbruch der Dunkelheit, todmüde und hungrig, traf sie beim Aareggerhof ein. Ihre Füße schmerzten. Sie hatte nicht die passenden Schuhe für einen solch langen Marsch angezogen. Auf dem Hof war es totenstill. Die Pächterfamilie und das Gesinde waren früh zu Bett gegangen. Obschon keine Anzeichen einer Polizeipräsenz auszumachen waren, erschien ihr die Stille unheimlich. Bäri lief heran und beschnupperte ihre Beine. Er gab keinen Laut.

Gegenüber dem Wirtschaftsgebäude lagen eine Reihe von

Geräte- und Wagenschuppen. Emma ging zum hintersten, wo der große Heuwagen stand. Sie machte die Taschenlampe an und zwängte sich durch den Zwischenraum von Heuwagen und Wand. An der Rückwand befand sich die Tür zu einem Raum, wo früher Kleingeräte und Werkzeuge gelagert wurden. Zurzeit wurde er nicht mehr genutzt. Die Tür war von innen verschlossen. Sie klopfte die vereinbarte Zeichenfolge. Sekunden später drehte sich der Schlüssel im Schloss. Toni sah ein wenig zerzaust aus. Der Stoppelbart stand ihm. Er machte ihn dunkel und verwegen, eine männliche Eigenschaft, die Emma auf rätselhafte Weise anzog.

»Gott sei Dank, ich fürchtete schon, dir wäre was zugestoßen.« Toni drückte sie an sich. Die Kraft und Wärme seines Körpers erzeugten eine bisher unbekannte Resonanz ihres eigenen. Sie machte sich von ihm los und ließ ihren Blick durch den Raum schweifen. Der Lebensmittelkorb, den sie ihm am frühen Morgen hingestellt hatte, war leer, ebenso die beiden Getränkeflaschen mit Wasser und Apfelsaft. »Du hast alles weggeputzt? Hast du Hunger? Soll ich dir noch was aus der Küche holen?«

»Lass nur, ich bin satt. Schließlich habe ich den lieben langen Tag nichts anderes getan, als hier drin zu warten. Du bist spät, was ist passiert?«

Emma erzählte ihm von ihrem Abenteuer mit der Polizei und ihren Umwegen, um hierherzukommen.

Toni hörte ihr mit finsterer Miene zu. »Die Politische Polizei hat sich also eingeschaltet. Die Nazi-Freunde lassen ihre Bluthunde auf mich los.«

»Was meinst du? Wer sind die Nazi-Freunde?«

»Wer denkst du wohl? Schwab und Fritz Osthoff, der Ortsleiter der NSDAP. Beide sind in Solothurn bestens vernetzt. Sie strecken ihre Fühler bis ins Büro des Stadtammanns und ins Rathaus aus.«

»Willst du damit sagen, dass dort alles Nazis sitzen?«

»Bestimmt nicht alle. Einige unter ihnen sympathisieren mit den Nazis und den Frontisten, gemeinsam mit prominenten Vertretern aus der Industrie, dem Direktor der Papierfabrik

Attisholz zum Beispiel. Es sind nicht viele, aber sie haben Einfluss.«

»Was versprechen sie sich davon?«

»Die Menschen haben Angst, Emma. Es gibt Politiker und Vertreter der Wirtschaft, die nichts mit den Nazis am Hut haben und trotzdem der Meinung sind, wir sollten uns freiwillig dem Reich anschließen. Sie denken, dass wir unter Hitlers Protektion sicherer vor Angriffen sind. In deren Augen wird die Neutralität die helvetische Insel im faschistischen Ozean Europas nicht mehr lange schützen.«

»Warum wollen sie unbedingt dich zu fassen kriegen?«

»Sie denken, ich sei der Anführer einer kommunistischen Verschwörung in Solothurn.«

»Aber du bist Sozialdemokrat, kein Kommunist.«

»Für Frontisten und Nazis, aber auch für viele Bürgerliche macht das keinen Unterschied. Sie alle haben Angst um ihre Macht. Sie glauben, ihre Haut retten zu können, wenn sie sich auf die Seite der Faschisten stellen. Dass ich Jude bin, macht es nicht besser, im Gegenteil. Nicht nur die Nazis hassen die Juden. Auch die Schweiz ist zutiefst antisemitisch. Sollte sich die Judenverfolgung in nächster Zeit verschärfen, bin ich sicher, dass die Schweiz an vorderster Front dabei sein wird, den Nazis Juden ans Messer zu liefern.«

»Und ich glaubte, die größte Gefahr für dich ist, wegen des Mordes an Rosmarie verhaftet zu werden.«

»Hat dich Wachtmeister von Arx deswegen verhört?«

Emma schüttelte den Kopf. »Er wollte andere Dinge wissen.« Sie schaute ihm in die Augen. »Toni, was ist die ›Aktion Morgenröte‹, und was hast du damit zu tun?«

Tonis Miene verfinsterte sich. »Was weißt du darüber?«, herrschte er sie an.

Emma wich zurück. »Gar nichts. Von Arx hat mich gefragt, und ich frage dich.«

»Es ist besser, wenn du das gleich wieder vergisst.«

»Von Arx hat mir gesagt, ich soll dir ausrichten, dass sie Bescheid wissen.«

Toni schnaubte. »Als ob sie allein von mir abhinge.«

»Was? Rede! Ich verstecke dich vor der Polizei. Das Mindeste, was ich im Gegenzug erwarten darf, ist eine Erklärung, worauf ich mich einlasse.«

»Du hast schon zu viel für mich getan, Emma. Ich will dich raushalten.«

Emma lachte laut auf. »Was seid ihr Kerle naiv. Ich stecke bereits die längste Zeit mittendrin. Wegen dir habe ich vorhin mit der Politischen Polizei Katz und Maus gespielt. Jetzt sagst du mir, du willst mich raushalten?« Die Anspannung der letzten Tage und Stunden, die Wut und gleichzeitig die Zuneigung zu diesem Mann brachen aus ihr heraus. Sie ärgerte sich über die Tränen, die ihr über die Wangen liefen. Sie zeigte zur Tür. »Wenn du mir nicht vertraust, verschwinde und sieh zu, wo du bleibst. Dann komme ich endlich ins Bett. Ich bin todmüde.«

Sie kehrte ihm den Rücken zu und öffnete die Tür. Sie war schon halb draußen, als er sie am Arm zurückhielt. »Setz dich hin.«

Emma setzte sich auf die Strohmatratze, die Toni als Bett diente, und sah ihn auffordernd an.

»Morgen gibt Georg Friedrich von Colberg einen Empfang auf Schloss Aaregg, das weißt du«, sagte er.

»Und weiter?«

»Der Stadtammann und Regierungsrat Walther, der Vorsteher des Innern, sind eingeladen.«

Das hörte sich offiziell an. Emma hatte geglaubt, es handelte sich um einen privaten Empfang.

»Der deutsche Botschafter wird ebenfalls mit von der Partie sein. Der Bundespräsident wurde eingeladen. Er hat bisher nicht zugesagt.«

»Woher hast du diese Informationen?«

»Nicht nur Frontisten und Nazis verfügen über Netzwerke. Für mich und meine Genossen ist es eine Frage des Überlebens.«

»Du hast mir immer noch nicht gesagt, was es mit der ›Aktion Morgenröte‹ auf sich hat.«

Mit einer Schnelligkeit, die Emma ihm nicht zugetraut hätte, beugte sich Toni über die Strohmatratze und packte Emmas Arm.

»Was soll das? Du tust mir weh.«

»Das ist wichtig, Emma. Was ich dir jetzt sage, bleibt unter uns. Wenn jemand erfährt, dass ich mit dir darüber geredet habe, sind wir beide dran, ich als Verräter und du als unbefugte Mitwisserin.«

Emma wand sich unter seinem Griff, bis er sie losließ. »Red nicht um den Brei, sag endlich, was los ist.«

»Morgen Abend wollen wir den Empfang stören und den Botschafter entführen.«

»Was wollt ihr?«

Toni wiederholte es. »Wenn wir kommen, ist es wichtig, dass du und diejenigen, die beim Empfang mithelfen, nicht im Raum oder in der Nähe seid. Es könnte gefährlich werden.«

»Ja … Nein! Werdet ihr bewaffnet sein?«

»Nein, aber von der Gegenseite wird der eine oder andere eine Waffe tragen.«

»Toni, das dürft ihr nicht tun. Was ist, wenn sie auf euch schießen und jemand verletzt oder getötet wird?«

»Es ist Krieg, Emma, auch wenn die Schweiz bisher nicht in direkte Kriegshandlungen hineingezogen wurde. Sie steckt mittendrin, und sie ist keineswegs unparteiisch. Deutschland ist der größte Handelspartner des Landes. Da gibt es einige, die viel zu verlieren haben. Wenn wir, und damit meine ich die Juden, die Sozialdemokraten und auch die Kommunisten, nicht kämpfen, wird es uns ergehen wie den Menschen in Polen.«

»Warum? Was ist in Polen?«

»Es gibt vereinzelte Berichte. Seit der Eroberung durch die Nazis und die Übereinkunft mit den Sowjets über die Demarkationslinie wird die Intelligenz des Landes systematisch massakriert: Akademiker, Literaten, Künstler, Gewerkschafter und Sozialisten. Seit einigen Wochen werden Juden in Warschau in einem Ghetto zusammengetrieben, wo sie keine anderen Rechte haben, als vor sich hin zu vegetieren. In Frankreich machen die Behörden der Vichy-Regierung und die Polizei im besetzten Teil

Jagd auf Juden, die nach Osteuropa deportiert werden sollen. Wenn wir nicht aufstehen und uns wehren, wird es uns gleich ergehen.«

»Wir sind in der Schweiz. Wir waren immer frei und unabhängig«, sagte Emma.

»Frei ist man nur, wenn man bereit ist, dafür zu kämpfen und nötigenfalls zu sterben. Schau sie dir an, die Politiker, allen voran der Bundespräsident, die Regierungsräte und der Stadtammann, die sagen, dass wir uns den neuen Zeiten anpassen sollen.«

»Aber der General –«

»General Guisan? Im Ernstfall versteckt er seine Armee in der Alpenfestung. Das Mittelland und damit den allergrößten Teil der Bevölkerung wird er den Deutschen zum Fraß vorwerfen. Nein, Emma, nicht die Armee wird die Bevölkerung schützen. Sollten die Deutschen wirklich einmarschieren, läuft es umgekehrt, du, ich, wir, die zivile Bevölkerung dieses Landes wird den Kopf hinhalten.«

»Was wollt ihr mit der Entführung des deutschen Botschafters dagegen ausrichten? Ihr glaubt nicht im Ernst, dass Hitler deswegen von einem Angriff absehen wird. Im Gegenteil, er wird es als feindlichen Akt sehen und erst recht angreifen. Der Plan ist Irrsinn, ihr müsst ihn aufgeben, sonst seid am Ende ihr verantwortlich, wenn etwas Schlimmes passiert.«

»Wir müssen ein Zeichen setzen. Wenn nicht, wird man uns am Ende fragen, warum wir nichts getan haben, als wir Gelegenheit dazu hatten.«

»Natürlich müssen wir etwas tun. Aber –«

»Du hast ›wir‹ gesagt.«

»Was habe ich?«

»Du hast gesagt ›wir müssen‹. Heißt das, du hilfst uns?«

»Was glaubst du, was ich die ganze Zeit tue? Ich habe keine Lust, in einer Diktatur zu leben, wenn sie noch so glänzend und stramm marschierend daherkommt.«

Toni starrte nachdenklich vor sich hin.

»Woran denkst du?«

»Ich überlege. Wenn ich die Genossen davon abbringen soll, den Botschafter in unsere Gewalt zu bringen, muss ich ihnen etwas anderes vorschlagen, etwas, das sie überzeugt.«

»Ich wüsste da was.«

»Du?«

»Ja, ich, wer sonst? Bist du auch einer von denen, die glauben, dass Frauen nicht denken können, weil sie zu viele Haare haben, die auf das Gehirn drücken?«

»Schon gut, entschuldige. Was schlägst du vor?«

»Ich soll beim Empfang die hohen Gäste bedienen, Essen und Getränke servieren und so. Nach dem Dessert werden sie sich in den Salon zu Kaffee, Kognak und Zigarren zurückziehen. Meine Mutter will, dass ich sie dort bediene. Bei solchen Gelegenheiten werden oft vertrauliche Dinge diskutiert. Wenn diese Kerle ebenfalls glauben, dass meine Haare zu schwer sind, werden sie offen vor mir reden.«

»Du bist nicht auf den Kopf gefallen. Das Problem ist, du hast keine Erfahrung. Diese Leute dagegen schon. In einem fremden Land sind sie besonders misstrauisch. Wenn du den Eindruck erweckst, sie auszuspionieren, wird es um dich geschehen sein. Die haben keine Skrupel, einen Menschen verschwinden zu lassen, am allerwenigsten ein Dienstmädchen.«

»Aber ich weiß, wo ich wie zuhören muss. Gib zu, diese Idee ist hundertmal besser als die idiotische Entführung des Botschafters.« Emma war sich bewusst, dass sie den Mund zu voll nahm. Sie sah keinen anderen Ausweg, diese Hitzköpfe davon abzuhalten, ihren Plan umzusetzen. »An solchen Treffen wird meistens Geheimes besprochen.«

»Meistens, ja«, sagte Toni. »Wenn wir es aufschnappen und an die richtigen Stellen weiterleiten, wäre das ein großer Erfolg.« Er stand auf. »Ich rede mit den Genossen.«

»Heute Nacht noch?«

»Je früher es alle wissen, desto besser.«

Von draußen drang Hundegebell zu ihnen.

»Bäri«, sagte Emma. »Er schlägt nur an, wenn Fremde kommen.« Motorengeräusche waren zu hören. Autos fuhren auf den Hof. »Ich gehe nachsehen«, sagte Emma. »Du bleibst hier, bis ich zurück bin. Sollte ich es nicht schaffen, wartest du, bis es ruhig ist, und machst dich fort von hier.«

Toni nickte. Emma löschte das Licht und ging hinaus. Sie schlich nach vorne, bis sie in der Deckung des Heuwagens den Vorplatz überblicken konnte. Zwei dunkle Fahrzeuge waren vorgefahren. Emma erkannte den Citroën, mit dem von Arx und Barrer sie zum Posten gefahren hatten. Vom Schlösschen kam das Pächterpaar heran. Sie konnte die Männer in der Dunkelheit nicht erkennen. Ein paar unter ihnen trugen Uniformen, zwei waren in Zivil. Einer von ihnen rief einem Uniformierten etwas zu. Sie erkannte Wachtmeister von Arx' Stimme, der andere musste Korporal Barrer sein. Von Arx besprach sich mit dem Pächter. Emma konnte nicht hören, was sie sagten.

Sie zog sich zum Abstellraum zurück. »Es ist von Arx von der Politischen mit ein paar Männern«, beantwortete sie Tonis stumme Frage. »Sie suchen entweder mich oder dich, wahrscheinlich uns beide.«

»Warum sollten sie nach dir fahnden?«

»Ich hab's dir doch gesagt vorhin. Ich habe sie an der Nase herumgeführt. Das vertragen die Mannsbilder schlecht. Vermutlich haben sie zuerst auf Schloss Aaregg nachgeschaut und sind hergekommen, weil sie mich dort nicht gefunden haben. Wir müssen weg, bevor sie hier anfangen, das Unterste zuoberst zu kehren.«

»Wo sollen wir hin?«

»Dorthin, wo sie schon gesucht haben.«

»Zum Schloss? In die Höhle des Löwen?«

»Das macht nichts, solange der Löwe woanders jagt. Gehen wir?«

Toni sah sie unverwandt an. »Was ist aus dem scheuen Landmädchen geworden, das ich bis vor einigen Tagen zu kennen geglaubt habe?«

»Das gibt's noch, aber du hast selber gesagt, wir sind im Krieg. Komm jetzt, bevor es zu spät ist.«

Die Remise mit dem Heuwagen lag zum Glück nahe am Fluss

und damit am Pfad, der zum Emmenspitz führte. Sie mussten denselben Weg zurück zum Schloss nehmen, den Emma am frühen Abend gegangen war. Trotz der Dunkelheit und der späten Stunde war es sicherer, Zuchwil und die Stadt zu umgehen.

Die erste heikle Passage war die Straßenbrücke über die Aare zwischen Luterbach und Flumenthal. Nachdem sie sich so gut wie möglich vergewissert hatten, dass der Übergang nicht polizeilich überwacht wurde, überquerten sie die Brücke rennend, bis sie wieder schützenden Wald um sich hatten. Emma ließ sporadisch ihre Taschenlampe aufleuchten, wenn sie zu einer Verzweigung kamen oder eine schwierige Passage vor sich hatten. Im Dunkeln war der Weg über unebene und von Wurzelwerk durchwachsene steinige Pfade beschwerlicher.

Auf der Höhe der Riedholzer Weiher dirigierte Emma Toni in sicherer Entfernung zum Schloss Waldegg dem Waldrand entlang nach St. Niklaus.

In dieser Gegend war der Wald von Megalithen durchsetzt, riesige Granitblöcke, die der Rhonegletscher in der Eiszeit vom Wallis ins Aaretal transportiert und bei seinem Rückzug zurückgelassen hatte. An einer Stelle, an der sich Emma erneut mit Hilfe der Taschenlampe orientieren musste, fiel der Lichtstrahl auf einen solchen Granitbrocken. Er hatte fast Emmas Höhe und fiel in einer Rampe nach vorne ab.

»Der ›Rütschelistein‹«, sagte sie ehrfurchtsvoll.

»Wozu soll der gut sein?«, fragte Toni.

»Die Menschen, die weit vor unserer Zeit hier lebten, glaubten, er habe magische Kräfte. Wenn eine Frau ein Kind wollte, rutschte sie über diesen Stein.«

»Glaubst du daran?«, fragte Toni amüsiert.

»Wer weiß. Als ich klein war, erzählte meine Mutter von einer Freundin, die lange vergebens auf ein Kind wartete. In einer Vollmondnacht soll sie zum ›Rütschelistein‹ gegangen sein. Neun Monate später brachte sie einen Sohn zur Welt.«

Er winkte ab. »Willst du mal Kinder, Emma?«

»Sicher, aber zuerst muss ich dafür den richtigen Mann finden. Ich glaube nämlich nicht, dass nur der Stein allein hilft.«

»Vielleicht musst du es mal ausprobieren.«

»Was?«

Toni packte sie unvermittelt an den Hüften und hob sie hoch. »Hinunterrutschen.«

»He, lass mich gefälligst los, du frecher Kerl.«

Ohne auf sie zu hören, setzte er sie auf den Stein. »Jetzt rutsch mal runter.«

»Bist du verrückt? Außerdem will ich jetzt noch kein Kind.«

Toni lachte. »Du glaubst doch daran.«

»Ich glaube gar nichts. Hilf mir wieder runter.«

Er umfasste Emma erneut. Sie legte die Arme um seine Schultern. Die Kraft seines Körpers löste ein warmes Kribbeln in ihrem Bauch aus. Von ihr aus hätte er sie länger halten dürfen. Sein Gesicht nah an ihr zu wissen, verstärkte das Kribbeln.

»Kann ich dich was fragen?«, fragte er, ohne sie loszulassen.

Sie räusperte sich. »Frag halt, wenn du musst.«

»Warum nimmst du all das auf dich, nur um mir zu helfen?«

»Ich … Du bist mein Freund, Toni. Du wolltest mir helfen, als Schwab mich zum Latrinendienst abschob. Bei der Schlägerei im ›Schnepfen‹ hast du mir beigestanden. Jetzt helfe ich eben dir.«

»Das ist ja wohl etwas anderes. Du scheust keine Gefahren, schlägst der Polizei ein Schnippchen und willst zu allem hinzu für uns spionieren. Warum?«

»Weil ich nicht zulassen kann, dass meine Heimat und was mir lieb und teuer ist, verraten werden.« Es war Toni anzusehen, dass ihn diese Antwort nicht befriedigte. Emma wurde schwindlig auf ihrem immer schneller drehenden Karussell der Gefühle. »Und weil … weil …«

»Weil?«

Emma ließ zu, dass sich der Abstand zwischen ihren und seinen Lippen verringerte. Sie presste ihren Mund auf seinen. Das Karussell drehte sich noch schneller. Sie schloss die Augen. Sie spürte die Weichheit seines Mundes und seine Bartstoppeln, die ihre Haut kratzten. Sie ließ es geschehen, dass seine Zunge ihren Weg zu ihrer suchte. Ihr Unterleib sendete Signale aus, die sie bisher nicht gekannt hatte. Es waren Gefühle, über die sie keine Kontrolle hatte. Sie presste ihren Leib an seinen und erwiderte sein Zungenspiel. Rosmarie hatte ihr mal die französische Art des Küssens erklärt. Damals hatte sich Emma davor geekelt. Nun verstand sie.

Tonis Hand suchte und fand einen Weg unter ihre Bluse. Die Berührung auf ihrer Haut jagte elektrische Schläge durch ihren ganzen Körper, die sie mit einem Aufstöhnen quittierte. Davon ermutigt, schickte Toni seine Finger auf Erkundungsreise in tiefere Regionen, bis sie ihre Hand auf seine legte.

»Wir müssen weiter«, sagte sie außer Atem.

»Hast du Angst, vom Küssen schwanger zu werden?«, scherzte er.

Mit der freien Hand versetzte sie ihm einen Klaps auf die Wange. »Dummer Kerl.« Sie machte sich los und ordnete ihre Kleider. »Wir dürfen das Ziel nicht aus den Augen verlieren.«

Sie folgten dem Weg am Waldrand entlang, bis sie auf die Waldeggstraße trafen. In St. Niklaus waren die Häuser wegen der allgemeinen Verdunkelung zum Schutz vor Luftangriffen nur als schattige Umrisse zu erkennen. Eine Viertelstunde später standen sie vor dem Dienstboteneingang des Schlosses Aaregg beim Westturm. Emma hatte einen Schlüssel. Über eine Wendeltreppe gelangten sie unbemerkt auf den Dachboden und zu Emmas Kammer.

In einer Nische, hinter ein paar alten Schränken, richteten sie mit einer Matratze und Decken ein Nachtlager für Toni ein. Er setzte seine Avancen fort. Emma war hin- und hergerissen. Ihr Körper schrie danach, den seinen Quadratzentimeter für Quadratzentimeter mit allen Sinnen zu erforschen, bis sich in einem Winkel ihres Seins die Vernunft meldete. Sie schob ihn sanft von sich. »Es ist spät, ich muss schlafen, Toni. Um sechs Uhr erwartet mich meine Mutter in der Küche zum Frühstück. Und du musst morgen zusehen, dass du Kontakt mit deinen Genossen aufnehmen kannst.«

»Du hast recht, konzentrieren wir uns auf das. Für das andere bleibt uns alle Zeit der Welt.«

»Gute Nacht, Toni.« Sie gab ihm einen flüchtigen Kuss auf den Mund. Es dauerte eine Weile, bis sich der Schmetterlingsschwarm in ihrem Bauch beruhigt hatte, sodass sie endlich einschlafen konnte.

16

Emma hatte nicht mehr als vier Stunden geschlafen. Trotzdem fühlte sie sich erfrischt und ausgeruht, als der Wecker um halb sechs klingelte. Während sie sich vor dem Spiegel mit Hilfe der Wasserschüssel wusch, betrachtete sie sich und ihren Körper mit anderen Augen, als sie es bisher getan hatte. Sie spürte Tonis Hände überall auf ihrem Leib und seine Küsse auf dem Mund und im Nacken. Bevor sie ihr goldenes Halskettchen anlegte, küsste sie das Kreuz. Wenn sie heute eines gebrauchen konnte, war es der Beistand des Allmächtigen.

Bevor sie hinunterging, schlich sie hinüber zu Tonis Schlafecke. In der Nacht musste ihm warm geworden sein. Er lag halb bedeckt mit nacktem Oberkörper da, ein schlafender Adonis. Es fiel ihr schwer, sich von diesem Anblick loszureißen.

Die Wanduhr an der Küche zeigte zehn Minuten vor sechs, als Emma sie betrat. Ihre Mutter und Bertheli Gruber saßen am Tisch. Bertheli schmierte Butter und Konfitüre auf eine Scheibe Brot. Ihre Mutter trank Milchkaffee mit eingelegten Brotbrocken aus einer henkellosen Schale.

Frau Kummer setzte die Schale ab. »Du bist schon da? Ich war vorhin draußen. Ich hab dich nicht kommen sehen.«

Emma gab ihrer Mutter einen Kuss auf die Wange. »Ich war gestern Abend nicht allzu müde. Ich bin in der Nacht gekommen und habe mich oben ein wenig ausgeruht. – Salü, Bertheli.«

Diese erwiderte den Gruß mit einem nachlässigen Nicken und biss in ihr Konfitürenbrot.

»Du siehst blass aus, Kind«, sagte ihre Mutter. »Wann hast du das letzte Mal gegessen?«

Emma gab eine ausweichende Antwort. Sie hatte seit dem Mittagessen des Vortages nichts mehr Richtiges zu sich genommen. Sie nahm sich eine Scheibe Brot, die ihre Mutter für sie mit Butter bestrichen hatte, und belegte sie mit einem fein geschnittenen Stück Emmentaler Käse.

Bertheli beobachtete sie unentwegt. »Warst du am Montagabend im ›Schnepfen‹?«

»Wie kommst du darauf?«, antwortete Emma kauend.

»Du hast mich nach Toni gefragt. Er soll dort gewesen sein.«

»Du warst im ›Schnepfen‹, Emma?«, fragte Frau Kummer erschrocken. »Dort, wo sich das ganze Gesindel trifft?«

Emma fühlte sich in die Ecke gedrängt. Was wusste Bertheli von ihrem Abenteuer am Montagabend? War sie dort gewesen? Emma hatte sie nicht gesehen, was bei den vielen Leuten und dem Chaos der Schlägerei nichts heißen wollte. »Ich war dort. Ich wollte Toni sprechen, das habe ich dir ja gesagt, Bertheli.« Emma ignorierte die vorwurfsvolle Miene ihrer Mutter.

»Hast du ihn gefunden?«

»Ja, wir haben geredet, nur kurz.«

»War das vor oder nach der Schlägerei?« Emma hätte Bertheli am liebsten erwürgt.

»Was?«, rief Frau Kummer. »Warst du etwa bei diesem wüsten Krawall dabei, über den etwas in der Zeitung stand?«

»Mir ist nichts passiert, Mueti. Ich wollte mit Toni reden. Aus dem Rest hielt ich mich raus.«

»Das haben einige Leute aber anders gesehen.« Bertheli ließ nicht locker. »Toni musste dich schlagkräftig verteidigen. Man munkelt, einer von den Nazis wollte dich sogar vergewaltigen.«

»Um Gottes willen!«, stieß Frau Kummer hervor. »Was machst du für Sachen, Emmi?«

»Da war nichts, Mueti, ganz bestimmt.« Emma bedachte Bertheli mit einem vernichtenden Blick. »Hör gefälligst auf, Blödsinn in die Welt zu setzen. Warst du dabei?«

Bertheli widmete sich wieder ihrem Konfitürenbrot. »Natürlich nicht. Man hört halt so Sachen.«

»Du solltest besser nicht alles glauben, was du hörst, sonst fallen dir irgendwann mal die Ohren ab.«

Bertheli quittierte die Bemerkung mit einem Achselzucken.

Frau Kummer sah ihre Tochter voller Sorge an. »Dir ist ganz sicher nichts passiert, Emmi? Hat dich keiner …« Sie suchte nach einem geeigneten Wort.

»Vergewaltigt, meinst du?« Emma lachte. »Wäre das der Fall, würde ich nicht einfach so hier sitzen.«

»Verschweigst du mir auch nichts?«

»Du weißt, dass ich schlecht im Lügen bin.« Unter dem Tisch kreuzte Emma zwei Finger.

Die Beteuerung beruhigte Frau Kummer ein wenig. Sie trank ihren Brockenkaffee aus und stand auf. »Kommt, ihr beiden. Es gibt einiges zu tun.«

Emma spülte das Frühstücksgeschirr. In dieser Zeit bereiteten ihre Mutter und Bertheli den Speiseraum im ersten Stock vor. Als Emma zu ihnen stieß, legten sie das Silbergeschirr und die Bestecke aus. Frau Kummer unterwies sie in der Reinigung des Silbers. »Ruft mich, wenn ihr fertig seid. Da, wo diese Arbeit herkommt, gibt es noch mehr.«

Sobald sie allein waren, packte Emma Bertheli am Kragen ihrer Dienstmädchenuniform. »Du falsche Schlange, was sollte das? Willst du mich bei meiner Mutter anschwärzen, oder macht es dir Spaß, andere Leute in Schwierigkeiten zu bringen?«

Bertheli befreite sich von Emmas Griff und stieß diese von sich. »Und du? Spielst das fromme Blümchen-rühr-mich-nicht-an, und bei der ersten Gelegenheit machst du dich an meinen Freund ran.«

»Freund? Du meinst Toni? Seit wann ist er dein Freund?«

»Das weißt du ganz genau. Du hast uns gesehen an der 1.-August-Feier.«

»Am Montag nanntest du ihn noch einen Schweinehund.« Emma nahm ihre Silberputzerei wieder auf. »Nur weil du einmal mit einem Mann tanzt, ist er noch lange nicht dein Freund. Toni hat mir gesagt, dass zwischen euch nichts war.«

»Ach ja, hat er das? Du glaubst ihm aber auch alles. Er hat dir bestimmt erzählt, dass er Rosmarie nichts angetan hat.«

Emma konzentrierte sich auf ihr Besteck.

»Wenn Toni unschuldig ist«, fuhr Bertheli unbeirrt fort, »wie kommt es, dass gestern die Polizei vor der Fabrik auf dich gewartet hat?«

Woher wusste sie das schon wieder? Emma nahm ein Messer

und ging auf Bertheli zu. »Ich warne dich, wenn du meiner Mutter ein Sterbenswörtchen davon erzählst, wirst du es für immer bereuen.«

Bertheli packte Emmas Hand mit dem Messer und hielt es an ihren Hals. »Was machst du dann? Mich abmurksen, wie es Toni mit der dämlichen Rosmarie gemacht hat? Oder überlässt du das ihm?«

Emma ließ das Messer los und verpasste Bertheli eine heftige Ohrfeige. »Rosi ist brutal ermordet worden. Wer gibt dir das Recht, so über sie zu reden? Halt in Zukunft den Mund, wenn du in meiner Gegenwart bist.« Sie drehte Bertheli den Rücken zu und machte sich wieder an die Arbeit.

»Wirst schon sehen, was du davon hast, wenn du dich mit Toni abgibst«, zischte Bertheli. »Eines Tages erwachst du mit durchgeschnittener Kehle.«

»An deiner Stelle würde ich jetzt arbeiten, sonst zieht dir meine Mutter die Ohren lang.«

Bertheli rückte ihr Kleid und die Schürze zurecht, bevor sie ihre Polierarbeit fortsetzte. »Wenn ich wollte, könnte ich ihn hochgehen lassen, deinen Toni.«

»Zum letzten Mal: Er ist nicht mein Toni.«

»Was auch immer. Ich brauche den Landjägern nur zu sagen, was ich weiß, dann wird er in Eisen gelegt, und du siehst deinen Liebsten nie wieder.«

Emma schenkte ihr ein müdes Lächeln. »Wenn du der Polizei wirklich etwas zu sagen hättest, warum hast du es nicht schon lange getan?«

»Ich warte auf den richtigen Moment.«

Emma hätte nie gedacht, dass Bertheli in Wahrheit ein bösartiges und rachsüchtiges kleines Luder war. Sie traute ihr zu, Toni absichtlich anzuschwärzen, nur um sie leiden zu sehen.

Motorenlärm und das Knirschen von Autoreifen auf dem Kies des Vorplatzes drangen durch die offenen Fenster zu ihnen. Bertheli lief ans Fenster. »Wenn man vom Teufel spricht … Die Polizei ist da. Gerade zur richtigen Zeit. Denen habe ich nämlich jetzt was zu sagen.«

Sie rannte zur Saaltür.

»Bertheli!«

Diese war schon zur Tür hinaus. Emma lief zum Fenster. Die beiden schwarzen Limousinen kannte sie zur Genüge. Wachtmeister von Arx und Korporal Barrer mit vier uniformierten Polizisten waren auf dem Vorplatz versammelt. Von Arx sprach mit Frau Kummer.

Unter Emmas Fenster wurde die Haustür geöffnet. Bertheli ging schnurstracks auf die Polizisten zu.

»Sie wird doch nicht wirklich …«

Bertheli redete auf von Arx ein. Emma konnte nicht hören, was sie sagte. Bertheli zeigte zum Fenster, wo Emma hinter der Gardine stand. Panik stieg in ihr auf. Hatte das Miststück mitgekriegt, dass sich Toni auf dem Dachboden versteckte? Von Arx' und Emmas Blicke trafen sich. Emma wich vom Fenster zurück und eilte zum Saal hinaus. Auf dem Korridor wandte sie sich Richtung Westturm.

»Halt!«

Emma fuhr herum und fand sich vor einem bulligen Polizisten in Uniform. »Wohin des Weges, Fräulein?«

Sie drehte sich um und wollte in die entgegengesetzte Richtung rennen. Ein weiterer Polizist stellte sich ihr in den Weg. Der Bullige packte sie an den Armen. »Wenn Sie sich wehren, lege ich Ihnen Handschellen an, verstanden? Kommen Sie.« Er führte Emma die Haupttreppe hinunter. Von Arx kam ihnen auf halbem Weg entgegen, gefolgt von Frau Kummer.

»Was tun Sie da?«, herrschte diese den Bulligen an. »Lassen Sie gefälligst meine Tochter los, sie ist keine Schwerverbrecherin.«

»Das nicht«, sagte von Arx. »Es ist nur schwierig, ihrer habhaft zu werden, wenn man ihr ein paar Fragen stellen will.« Er gab dem Bulligen ein Zeichen, Emma loszulassen. »Entschuldigen Sie, wenn wir grob werden mussten, Fräulein Kummer. Wir suchen Sie seit gestern Abend vergeblich. Umso erleichterter bin ich, Sie wohlauf wiederzusehen.« Es klang so treuherzig, dass sie versucht war, es ihm zu glauben.

»Was wollen Sie noch von mir?« Emma rieb sich die Oberarme, wo der Bullige sie gepackt hatte. »Ich habe Ihnen alles gesagt.«

»Ich dachte mir, dass Sie vielleicht neue Erkenntnisse haben, die Sie mit uns teilen wollen. Kann ja sein, dass Sie mittlerweile wissen, wo wir Toni Wyler finden. Er ist noch schwerer zu fassen als Sie.«

»Was fragen Sie mich die ganze Zeit? Herr Wyler ist mir gegenüber keine Rechenschaft über sein Kommen und Gehen schuldig.«

»Verstehe, merkwürdigerweise hat mir ein Vögelchen gepfiffen, er halte sich hier im Schloss auf. Sie sind ebenfalls zugegen, was schwerlich ein Zufall sein kann. Wann sind Sie eingetroffen? Wir waren gestern Abend schon mal hier, weil wir Sie sprechen wollten, leider vergebens.«

»Nicht? Eigenartig. Ich bin später am Abend gekommen und war die ganze Nacht über hier.«

»Den ganzen Abend und die ganze Nacht? Kann das jemand bezeugen?«

»Ja, ich.« Frau Kummer trat hinter von Arx hervor.

»Sie, Frau Kummer?« Die Überraschung war von Arx ins Gesicht geschrieben. Damit hatte er offensichtlich nicht gerechnet. »Sagten Sie gestern dem Kollegen Barrer nicht, Ihre Tochter sei nicht hier?«

»Das dachte ich zuerst auch, weil sie mir vorher telefonierte, dass sie nicht wie vereinbart hier sein könne. Später ist sie doch noch gekommen. Der Empfang heute Abend erfordert einiges an Vorbereitungen. Ich wäre Ihnen verbunden, wenn Sie uns weiterarbeiten ließen. Es ist ein wichtiges Ereignis. Alles muss perfekt sein. Freiherr von Colberg wäre äußerst ungehalten, wenn er wüsste, dass Sie den Betrieb wegen nichts behindern.«

Emma traute ihren Ohren nicht. Sprach da ihre Mutter oder ein Wesen von einem anderen Stern? Es war schwer zu sagen, ob von Arx ihr glaubte. Jedenfalls ging er nicht auf ihr Spiel ein. »Es tut mir aufrichtig leid, Frau Kummer, ich muss darauf bestehen, das Haus zu durchsuchen. Wir müssen uns vergewissern, dass Herr Wyler sich nicht hier befindet. Es ist eine Frage der Staatssicherheit. Wenn nötig, kläre ich das mit Herrn von Colberg persönlich. Ich bin sicher, er und seine Gemahlin werden unsere Maßnahmen verstehen. Aber wir brauchen es uns nicht so schwer zu machen. Wenn ich mir in Begleitung Ihrer Tochter den Dachboden ansehen könnte, wäre mir schon sehr gedient. In der Zeit schauen sich meine Männer kurz das übrige Haus an. Sie werden sehen, wir sind im Nu wieder weg.«

Bevor Emma ihrer Mutter zu verstehen geben konnte, dass die Polizisten auf keinen Fall auf den Dachboden durften, hatte diese eingewilligt. »Von mir aus, aber es muss wirklich schnell gehen. Ich rufe sicherheitshalber Herrn von Colberg an, damit alles mit rechten Dingen zugeht.«

»Das ist sehr entgegenkommend von Ihnen, danke.« Er wies seine Männer an, sich umzuschauen. »Seid bitte diskret. Barrer, Sie kommen mit Fräulein Kummer und mir.« Er legte eine Hand zwischen Emmas Schulterblätter und schubste sie sanft die Treppe hoch.

Auf dem Weg nach oben starb Emma tausend Tode. Toni würde glauben, sie hätte ihn verraten. Die Hand des Gesetzes würde den zarten Spross ihrer Liebe gnadenlos zermalmen. Wenn sie Toni auf diese Weise verlor, würde sie nie mehr richtig lieben können.

Vor der Tür zum Dachboden schickte Wachtmeister von Arx Korporal Barrer voraus. Dieser stieg mit gezogener Dienstwaffe die letzte Treppenflucht hoch. Von Arx und Emma folgten ihm. Es war totenstill. Staubgefiltertes Sonnenlicht waberte zwischen den massiven Dachbalken. Es wirkte wie ein Weichzeichner, der alle Konturen, Ecken und Kanten verschwimmen ließ. Emma, die selten bei Tageslicht hier oben war, hatte den Raum nie in diesem Licht gesehen. Es war so harmonisch wie das, was sie für Toni empfand.

Von Arx und Barrer suchten den Dachboden systematisch ab. Barrer ging vom Ostturm gegen die Mitte voran. Von Arx tat das Gleiche vom Westturm. Emma durfte sich nicht von der Stelle rühren. Es war eine Frage von Sekunden, bis Tonis

Versteck aufflog. Emma schielte hinüber zu den Schränken und hielt den Atem an. Von Arx ging direkt darauf zu. Seine Suche war rasch und gründlich. Sie suchten nach einem Menschen und gaben sich nicht damit ab, kleine Truhen zu öffnen. Dagegen wurde jede Schranktür und jede große Kiste geöffnet und hineingeschaut. Er war bei den Schränken angelangt. Emma schloss die Augen. Sie wartete auf Gebrüll und Handgemenge. Es blieb still. Sie öffnete die Augen. Von Arx hatte die Schränke hinter sich gelassen und war schon ein paar Meter weiter. Er schaute zu ihr herüber und hob die Hand. Was meinte er damit? Alles in Ordnung? Sie solle sich keine Sorgen machen? Wo steckte Toni? Hatte er sie kommen hören und sich rechtzeitig über den Westturm abgesetzt? Von Arx hatte sicher überall Posten aufgestellt, die ein Entkommen verunmöglichten. Versteckte er sich in ihrer Kammer? Von Arx hatte auch dort gesucht. Barrer war auf seiner Seite ebenfalls nicht fündig geworden.

Emmas Nase kitzelte. Staub rieselte auf sie herab. Im Sonnenlicht formierte er sich zu kleinen Wirbeln. Es kam so plötzlich, dass Emma es nicht verhindern konnte. Sie musste zweimal explosionsartig niesen.

»Gesundheit!«, riefen von Arx und Barrer gleichzeitig.

»Danke!«, sagte Emma schniefend und klaubte ihr Taschentuch aus der Hosentasche. Beim Schnäuzen schielte sie nach oben. Er stand direkt über ihr, verborgen hinter einer Balkenverstrebung. Toni bedeutete ihr, wegzuschauen. Emma senkte ihren Blick und sah direkt in von Arx' Augen, der vor ihr stand. Sie schnäuzte sich noch einmal lautstark.

»Recht staubig hier«, sagte von Arx. »Hat sich einiges an Sachen angesammelt im Lauf der Zeit. Dass Sie hier schlafen können.« Er zeigte mit dem Daumen nach hinten zur Kammer.

»Passiert nicht oft«, sagte Emma. »In der Kammer ist es weniger staubig, wie Sie sicher festgestellt haben.«

»Stimmt.«

»Sind Sie zufrieden?« Sie fragte es ohne Provokation oder Herablassung.

»Leider nein. Sie sind raffinierter, als ich dachte, Fräulein Kummer.«

»Wie meinen Sie das?«

»Ich hätte alle Eide geschworen, dass Sie Toni Wyler verstecken, entweder im Aareggerhof oder hier.« In seinem Gesicht konnte sie so etwas wie Anerkennung lesen. »Sie sind mir immer einen Schritt voraus.«

»Sie überschätzen mich, Herr Wachtmeister. Ich bin ein einfaches Mädchen vom Land und Fabrikarbeiterin. Ich verstehe nichts von den politischen Klüngeln, die Sie entwirren müssen. Glauben Sie mir das doch einfach.«

»Ich wünschte, ich könnte es. Begleiten Sie uns hinunter?«

Von Arx und Barrer gingen voraus. Bevor sie ihnen folgte, schaute Emma noch einmal zu den Balken hoch. Toni gab ihr ein Zeichen, dass er auf sie warten werde.

Barrer trommelte seine uniformierten Kollegen auf dem Vorplatz zusammen. Von Arx nahm Emma zur Seite. »Mir ist noch nicht ganz klar, welche Rolle Sie in diesem Spiel spielen, Fräulein Kummer. Sie müssen mir glauben, wenn ich Ihnen sage, dass mir Ihre Sicherheit und auch die von Herrn Wyler am Herzen liegen. Ich muss unbedingt mit ihm sprechen. Ich bitte Sie noch einmal, wenn Sie ihn sehen, sagen Sie ihm, er soll sich direkt mit mir in Verbindung setzen, nur mit mir, verstehen Sie?«

»Ich sag's ihm – sofern ich ihn sehe.«

Von Arx tippte zum Abschied an seine Hutkrempe. »Passen Sie auf sich auf, Fräulein Kummer.«

17

Kurz nach Mittag waren die Vorbereitungen im großen Saal abgeschlossen. Die nach der erfolglosen polizeilichen Durchsuchung kleinlaute Bertheli führte die ihr aufgetragenen Arbeiten ohne Murren aus.

Emmas Dienste wurden bis zum Abend nicht mehr benötigt. Sie hatte verkündet, sich vor dem abendlichen Einsatz ausruhen zu wollen. Nach der mütterlichen Ermahnung, spätestens um sieben Uhr im Dienstmädchenkostüm im Foyer bereit zu sein, war sie entlassen.

In ihrer Kammer tauschte sie die Arbeitshose mit dem bunten Sommerkleid, das sie am 1. August getragen hatte. Sie hatte es sich von ihrem ersten Lohn in der Waffenfabrik gekauft. Rosmarie hatte sie überredet. Sie brauche etwas Passendes, mit dem sie im Sommer in der Stadt flanieren und an ein Fest gehen könne. Sie machte sich Sorgen, Emma würde nie einen Mann finden, wenn sie ständig in Hosen herumrannte. Die Erinnerung an Rosmarie rief die Traurigkeit zurück. War deren eigene Lebenslust der Freundin zum Verhängnis geworden?

Emma nahm einen Korb aus dem Schrank, den sie in einem unbeobachteten Moment mit Schinken, Wurst, Käse, Brot, einem Glas eingelegter Gurken und Obst gefüllt hatte, alles Produkte des Aareggerhofs. Trotz der Lebensmittelrationierung musste man im Krieg keinen Hunger leiden, wenn man von einem Bauernhof versorgt wurde. Sie bändigte ihre Lockenfrisur mit einem Haarband und setzte einen Strohhut mit breiter Krempe auf. Sie verließ das Schloss über die Westtreppe. Im ersten Stock öffnete sie die Tür zum Korridor einen Spalt und lauschte. Vom Speisesaal drangen Stimmen zu ihr. Frau Kummer kommandierte die Hilfskräfte herum. Die Luft im Erdgeschoss war rein.

Das Fahrrad ihrer Mutter stand wie üblich neben der Küchentür. Emma hoffte, sie würde in den nächsten Stunden zu beschäftigt sein, um es zu vermissen. Sie stellte den Korb auf den Gepäckträger und sicherte ihn mit einem Gummiband. Bevor sie losfuhr, setzte sie die Ray-Ban-Brille auf und vergewisserte sich, dass die Zufahrt zum Schloss nicht von der Polizei beobachtet wurde. Nichts Verdächtiges war zu sehen. Emma bestieg das Rad und trat in die Pedale.

Sie fuhr dieselbe Route, auf der sie in der vergangenen Nacht mit Toni zum Schloss gekommen war. Beim »Rütschelistein« versteckte sie das Fahrrad im Unterholz. Die restliche Strecke durch den Wald musste sie zu Fuß zurücklegen. Ein überwachsener Pfad führte sie an den unterschiedlichsten Megalithen vorbei, von denen manche in der prähistorischen Zeit Kultzwecken oder astrologischen Berechnungen gedient haben sollen.

Nach einer Viertelstunde wuchsen links und rechts die Wände des Chalchgrabens in die Höhe. Sie war erleichtert, den schweren Essenskorb bald nicht mehr tragen zu müssen. Sie suchte mit den Augen die Felsen auf der rechten Seite ab, bis sie die Höhle sah, die Toni beschrieben hatte.

Nachdem die Polizisten am Morgen weg waren, war sie zurück auf den Dachboden gegangen, um nach ihm zu sehen. Toni wollte sich im Chalchgraben verstecken. Ihre Einwände tat er damit ab, dass die Höhlen schon während der Steinzeit bewohnt waren. Das Wetter würde noch ein paar Tage schön und trocken sein. Was den Steinzeitmenschen recht war, sollte ihm für ein oder zwei Nächte nur billig sein. Zudem würde es so rasch keinem einfallen, ihn dort zu suchen.

Der Aufstieg vom Pfad auf dem Grund des Grabens zur Höhle war steil und beschwerlich, wenn man mit einer Hand einen schweren Korb zu schleppen hatte. An einer prekären Stelle rutschte sie weg und wäre den Abhang hinuntergestürzt, wenn nicht im letzten Moment sie eine kräftige Hand gehalten und hochgezogen hätte.

»Du bist ein eigenartiges Frauenzimmer«, sagte Toni, nachdem sie sich zur Begrüßung ausgiebig geküsst hatten. »In der Stadt und bei der Arbeit läufst du in praktischen Hosen herum.

Hier in der Wildnis kommst du im eleganten Sommerkleid daher. Hat das einen bestimmten Grund?«

»Stell so eine Frage noch mal, und du wirst mich nie mehr in einem Kleid zu Gesicht bekommen.« Sie versetzte ihm einen Nasenstüber und zeigte auf den Korb, den er ihr abgenommen hatte. »Ist alles für dich. Es sollte bis morgen reichen, dann bringe ich Nachschub.«

»Essen wir nicht gemeinsam?« Es klang enttäuscht.

»Hab schon gegessen.« Sie schmiegte sich an ihn. »Ich will lieber einfach mit dir zusammen sein.« Sie schaute auf ihre Armbanduhr, die ihr die Mutter zur Firmung geschenkt hatte. Sie musste die Zeit im Auge behalten.

Toni deutete ein Stück weiter den Wald hoch. »Dort ist eine Lichtung, wo wir es uns gemütlich machen können.«

Sie nahm seine Hand und zog ihn hinter sich her.

Die raue Decke kratzte ein wenig auf der nackten Haut. Emma blinzelte durch das Geflecht der Baumkronen in den blauen Himmel. Es war das erste Mal, dass sie einen Mann in sich gespürt hatte. Zuerst glaubte sie, der Schmerz würde ihren Leib spalten. Toni hatte gemerkt, dass sie sich verkrampfte, und sich zurückgezogen, um später erneut sanft und behutsam in sie einzudringen. Auf dem Gipfel ihrer Ekstase hatte sie das Gefühl gehabt zu sterben. Es wäre ein wundervoller Tod gewesen.

Sie legte sich auf die Seite und stützte sich mit dem Ellbogen ab. Mit den Fingern ihrer freien Hand zeichnete sie die Konturen seiner Muskeln an Brust und Bauch nach.

Ein unromantischer Gedanke ging ihr durch den Kopf. »Konntest du deine Genossen benachrichtigen? Werden sie vom Überfall auf den Botschafter absehen?«

»Es ging ja nicht, weil von Arx auftauchte.«

»Und was machen wir jetzt?«

Er legte seinen Arm unter ihren Leib und zog sie auf sich. »Ich weiß, wo sie sich heute Nacht treffen. Bei Einbruch der Dunkelheit gehe ich hin und erkläre es ihnen.«

»Was ist, wenn sie am Vorhaben festhalten?«

»Keine Sorge, sie werden auf mich hören.«

Er schob ihr Kleid hoch. Sie setzte sich auf seinen Schoß und zog es sich über den Kopf.

»Du bist wunderschön, Emma. Hat dir das schon mal jemand gesagt?«

»Ich kann mich nicht erinnern.«

»Warum nicht? Solche Dinge vergisst man nicht.«

»Ich schon. Ich behalte nur Dinge von Menschen in Erinnerung, die mir wichtig sind.«

»Bin ich dir wichtig?«

»Habe ich die Frage nicht eben ausgiebig beantwortet?«

»Ich würde es gerne noch mal aus deinem Mund hören, bitte.«

Sie beugte sich zu ihm hinunter und flüsterte ihm ins Ohr: »Ja, du bist mir wichtig, Toni Wyler. Ich kann mir im Moment nichts Schöneres vorstellen, als mit dir zusammen zu sein.« Sie besiegelte es mit einem langen Kuss. Eine drängende Verhärtung presste sich an ihren Unterleib.

»Können wir es noch mal durchgehen?«, fragte er.

Emma bewegte ihre Körpermitte, sodass er in sie hereingleiten konnte. Anstelle der Schmerzen übermannte sie ein nie gekanntes Lustgefühl. Ihre Körper bewegten sich wie eine Welle in einem bestimmten, ständig schneller werdenden Rhythmus, bis Emma aufschrie. Gleichzeitig spürte sie die flüssige Wärme, die sich in ihrem Unterleib ausbreitete. Emma nahm seinen Kopf zwischen ihre Hände und küsste ihn so heftig, dass sie glaubte, in ihm zu versinken. »Ich will, dass du vorsichtig bist, versprichst du mir das?«, flüsterte sie.

»Das tue ich, wenn du mir versprichst, heute Abend kein Risiko einzugehen.«

»Wer wird denn ein einfaches Dienstmädchen verdächtigen?«

»Ich habe es dir schon mal gesagt. Die Leute, die heute Abend zu euch kommen, sind keine Freizeit-Nazis wie die von der Frontenbewegung. Es sind kaltblütige Machtmenschen, die in den obersten Kreisen der Partei verkehren und über Leichen gehen. Für die sind wir der Feind. Sie halten sich faktisch für die Herren in diesem Land. Sie glauben, dass niemand ihnen entgegentreten kann. Wenn sie Verdacht schöpfen, dass du sie aushorchst, werden sie dich töten. Ich habe Angst um dich, Emma.«

Sie überdeckte seine Bedenken mit einem weiteren Kuss. »In dem Fall müssen wir beide vorsichtig sein, und niemandem passiert was.« Sie schaute auf die Uhr. »Ich muss gehen, sonst bin ich zu spät.«

Als Emma sich nach dem Abschied endlich überwinden konnte, ihm den Rücken zuzukehren, überkam sie eine unbändige Furcht, Toni nie mehr wiederzusehen.

Emma stellte das Fahrrad zurück an seinen angestammten Platz und schlich über den Westturm hinauf zu ihrer Kammer, wo sie sich rasch für den Abend umzog und bereit machte. Keine Viertelstunde später und fünf Minuten vor der Zeit stand sie im schwarzen Kostüm mit weißer Schürze und Häubchen neben ihrer Mutter in Reih und Glied mit dem restlichen Personal, um die Gäste in Empfang zu nehmen.

»Wo hast du gesteckt?«, raunte Frau Kummer ihr zu.

»Wie? Wo ich gesteckt habe?«

»Vor einer Stunde war ich in deiner Kammer, aber du warst nicht da. Ich habe im ganzen Haus nach dir gesucht.«

Emma warf ihrer Mutter einen raschen Seitenblick zu. Sie war weder sorgenvoll noch aufgebracht über die Abwesenheit ihrer Tochter.

»Außerdem war mein Fahrrad nicht da. Also, wo warst du?«

»Ich ähm ... ich musste in die Stadt, was erledigen.«

»Was in aller Welt hattest du dort zu erledigen?«

»Lippenstift besorgen. Ich habe meinen im Aareggerhof vergessen.«

»Soso.« Unvermittelt zupfte Frau Kummer an Emmas Haaren und zog ein verdorrtes Blatt heraus. »Hast du dich irgendwo ins Gras gelegt?«

Emma fasste sich hastig ins Haar. »Ich muss wohl während der Fahrt ein Gebüsch gestreift haben.«

»Ein Gebüsch, aha.« Frau Kummer nahm ihre Tochter bei der Hand und ging mit ihr ein paar Schritte zur Seite. »Was ist mit dir los, Emma?«

»Ich weiß nicht, was du meinst?«

»Was ich meine? Heute Morgen hat die Polizei dich befragt. Wenn ich nicht für dich gelogen hätte, wärst du in wer weiß was für Schwierigkeiten.«

Emma senkte den Kopf. »Ja … ähm … dafür wollte ich mich noch bei dir bedanken.«

»Gern geschehen, du bist schließlich mein Kind. Aber verstehst du, dass ich mir Sorgen mache? Was will die Politische Polizei von dir?«

»Sie suchen einen Freund von mir und glauben, ich hätte ihn im Schloss versteckt.«

»Etwa diesen Toni Wyler? Hast du ihn im Schloss versteckt?«

»Natürlich nicht.«

»Deine Abwesenheit heute Nachmittag hat nicht zufälligerweise etwas mit deinem Freund zu tun und damit, dass in der Vorratskammer Lebensmittel fehlen?«

Emma sah ihre Mutter erschrocken an. »Wie hast du …?«

»Ich bin deine Mutter, Emma, und ich bin stolz auf meine kluge und gewitzte Tochter. Aber glaubst du wirklich, du kannst mir etwas vormachen?«

»Tut mir leid, dass ich dir nichts gesagt habe. Kannst du mir bitte vertrauen, dass ich das Richtige tue?«

Frau Kummer drückte die Hand ihrer Tochter. »Ich habe dich dein ganzes Leben lang allein aufgezogen. Dabei habe ich versucht, dir beizubringen, unabhängig zu denken und selbstständig durchs Leben zu gehen. Meinst du, ich hätte für dich gelogen, wenn ich dir nicht vertrauen würde.«

Emma umarmte sie. »Danke, Mueti.«

»Versprich mir, dass du auf dich achtgibst.« Frau Kummer küsste Emma auf die Wange. »Lass uns zurückgehen. Die von Colbergs kommen gleich.«

Wenig später kamen Georg Friedrich von Colberg und Barbara von Colberg-Aaregg die Treppe herunter, von Colberg im schwarzen Frack, an dessen Revers das Parteiabzeichen der NSDAP prangte. Barbara trug ein beigefarbenes schulter- und armfreies Seidenkleid, das ihre grazile Gestalt mit der weißen Haut und den hellblonden Haaren fast durchsichtig erscheinen ließ. Sie war perfekt geschminkt und vermittelte den Eindruck, sich von ihrer dritten Fehlgeburt drei Monate zuvor erholt zu haben. Das Wangenrouge und der leuchtend rote Lippenstift bildeten einen gelungenen Kontrast zur gläsernen Erscheinung. Es war nur Schein, unter der perfekten Maske war das Gesicht eingefallen und müde. Der Abdecker verbarg die dunklen Ringe unter den Augen leidlich.

»Frau von Aaregg sieht nicht gut aus«, raunte Emma ihrer Mutter zu.

»Pst.« Frau Kummer stieß ihr den Ellbogen in die Seite. Das Paar kam direkt auf sie zu. Von Colberg begrüßte die Angestellten mit einem Kopfnicken, manche bedachte er mit einem freundlichen Wort. Seiner Frau fiel es schwerer, sich auf ihr Umfeld einzustellen. Ihr Lächeln war gezwungen. Es erreichte die Augen nicht. Sie wirkte, als stünde sie unter dem Einfluss von Medikamenten oder Drogen.

»Frau Kummer.« Von Colberg streckte ihr die Hand entgegen. »Sie haben sich einmal mehr selbst übertroffen. Alles ist perfekt arrangiert. Vielen Dank!«

»Das ist doch selbstverständlich, Herr von Colberg. Wir alle wissen, was dieser Empfang Ihnen und der gnädigen Frau bedeutet.«

Von Colberg nickte Emma lächelnd zu und schritt die Reihe weiter ab. Barbara von Aaregg wechselte mit niemandem ein Wort. Sie beschränkte sich auf höfliches Kopfnicken. Sie ließ den Arm ihres Mannes nie los. Ihre Hand krallte sich regelrecht in seinen Oberarm.

Die Haustür wurde geöffnet. Einer der beiden Gärtner, die für den Anlass in dunkle Anzüge gesteckt worden waren, streckte den Kopf herein. »Die ersten Gäste kommen, Herr Baron.«

»Danke, Edgar.« Er sah auf seine Frau hinab. »Wollen wir, Liebling?«

Barbara nickte stumm, als würde sie sich einem ungewissen Schicksal ergeben. Der Anblick machte Emma betroffen. Vor Monaten hatte das Paar Barbaras Schwangerschaft verkündet. Sie hatte gestrahlt wie das personifizierte Glück. Unter dem Personal wurde hinter vorgehaltener Hand spekuliert, ob es so kurz nach zwei Fehlgeburten nicht ein Risiko sei. Offenbar hatten die Ärzte keine Komplikationen gesehen. Die Illusion zerbrach wenige Wochen darauf. Die Hausherrin von Schloss Aaregg hatte sich nicht mehr vom Schock erholt. Emma schien sie wie eine lebendige Tote.

»Lasst uns die Lustbarkeiten beginnen«, sagte von Colberg heiter. Er machte eine einladende Handbewegung in Richtung von Emmas Mutter. »Sie begrüßen mit uns die Gäste, Frau Kummer, Sie haben den Abend arrangiert.«

Frau Kummer sah unsicher zu Emma. Diese nickte ihr ermutigend zu. Sie war froh, den eintreffenden Nazis nicht die Hand schütteln zu müssen.

Emma taten die Füße weh. Der anstrengendste Teil des Abends war überstanden. Während sie und Bertheli das Dessert servierten, kündigte von Colberg den Hauptredner an, Otto Carl Köcher, den Botschafter des Deutschen Reichs. Der hünenhafte Mann mit Halbglatze erhob sich. Er sprach von seinem Platz am Gästetisch aus, den er mit den Honoratioren von Stadt und Kanton Solothurn teilte. Köcher überbrachte die Grüße des Reichsaußenministers Joachim von Ribbentrop und des Führers Adolf Hitler an die Landsleute und Volksgenossen im Schweizer Gauland. Die anwesenden einheimischen Gäste, darunter der Stadtammann von Solothurn, der Generaldirektor der Papierfabrik Attisholz sowie Robert Tobler, der Chef der Eidgenössischen Sammlung, der Nachfolgeorganisation der Nationalen Front, hingen an Köchers Lippen. Emma gab vor, voll und ganz mit ihrer Arbeit beschäftigt zu sein. In Wirklichkeit hörte sie aufmerksam jedem Wort Köchers zu, was sie mehr als einmal erschauern ließ.

Köcher verkündete, dass es niemand gäbe, der Deutschland

die Alleinherrschaft in Europa streitig machen könne. Die Allmacht des Führers sei absolut. Im Lauf der Rede versicherte er mehrmals, Friede und Wohlstand für die Völker Europas seien die obersten Ziele von Hitlers Außenpolitik. Frieden sei nur zu erreichen, wenn die Bedrohung durch das weltweite Judentum und den Bolschewismus ein für alle Mal aus dem Weg geräumt würde. Der Führer werde nicht eher ruhen, bis diese Ziele erreicht seien, und wenn er dafür sein Leben geben müsse. An die Schweizer gerichtet, hob Köcher Hitlers großes Interesse an einer engen Zusammenarbeit mit der Schweizer Regierung hervor und dass die immerwährende Neutralität des Landes respektiert werde. Wenn es sein müsste, würde er sie sogar mit Waffengewalt verteidigen.

Emma fröstelte. Köcher verhehlte nicht die Erwartung Deutschlands, dass die Schweiz im Gegenzug bei der Behandlung jüdischer Asylgesuche intensiv mit den deutschen Behörden kooperiere. Jüdische Flüchtlinge dürften niemals als politische Flüchtlinge anerkannt werden. Sie seien Individuen, welche die westliche Zivilisation zerstören und eine zionistische Weltherrschaft errichten wollten. Nach dem Zuckerbrot kam die Peitsche. Köcher ließ keinen Zweifel offen, dass der Führer und das deutsche Volk jegliche Verweigerung der Unterstützung in seinem Kampf gegen die Feinde des Reiches als feindlichen Akt betrachten würde. Auf die Konsequenzen dieses Verhaltens ging er nicht ein. Der Aufruf, dass es auf keinen Fall mehr eine zweite Affäre Wilhelm Gustloff in der Schweiz geben dürfe, wurde verstanden, wie er gemeint war, als Warnung.

Die Schweizer Gäste nahmen ihn regungslos zur Kenntnis. Der Frontist Tobler und Osthoff, Chef der NSDAP-Sektion Solothurn, warfen sich vielsagende Blicke zu. Ebenfalls unter den Gästen anwesend war Hans-Sigismund von Bibra, der NSDAP-Gauleiter der Schweiz. Er war Nachfolger des 1936 vom Juden David Frankfurter in Davos ermordeten Wilhelm Gustloff. Ein Mann, der Emma auf Anhieb unsympathisch war, wobei dieses Attribut bei ihr auf nahezu jeden Nationalsozialisten im Raum zutraf. Von Bibra wechselte ein paar Worte mit seinem

Tischnachbarn, einem kleinen, schmerbäuchigen Mann, dessen Kopf Emma an eine blank polierte Kegelkugel erinnerte. Er und Schwab, dessen Anwesenheit Emma zu deren Erleichterung an diesem Abend erspart geblieben war, hätten Brüder sein können. Die lüsternen Blicke, mit denen sie der Glatzkopf immer wieder bedachte, ignorierte sie. Er trug eine feldgraue Uniform, an den Kragenspiegeln prangte das runenartige Doppel-S der Schutzstaffel, Hitlers Prätorianerarmee unter dem Kommando des Reichsführers Heinrich Himmler. Von Colberg sprach den Mann mit »Standartenführer Hofer« an. Die anderen Gäste einschließlich der Schweizer bis auf Botschafter Köcher und Gauleiter von Bibra verhielten sich ihm gegenüber respektvoll, wenn nicht ängstlich. Auf Emma wirkte der fette, krummbeinige Gnom in Uniform lächerlich.

Am Schluss seiner Rede verlieh Köcher seiner Erleichterung Ausdruck, dass die Schweizer Kampfflieger von den heimtückischen Angriffen auf Geschwader der deutschen Luftwaffe absahen. Schließlich schützten diese den Luftraum der Schweiz vor den Terroristen der jüdisch-bolschewistischen Weltverschwörung.

Der Botschafter verließ die Gesellschaft sofort nach dem Ende seiner Rede. Für einen großen Teil der Gäste war es das Signal zum Aufbruch. Die Gastgeberin verabschiedete sich gleich nach Köchers Weggang diskret, indem sie ihrem Mann etwas ins Ohr flüsterte. Emma, Bertheli und eine weitere Hilfskraft räumten das Dessertgeschirr ab. Von Colberg winkte Frau Kummer zu sich, die Barbara von Aaregg auf ihr Zimmer begleitete.

Emma fiel ein Stein vom Herzen. Der Besuch des Botschafters war ohne Zwischenfall verlaufen. Toni war es gelungen, seine Genossen zu überzeugen. Das Problem war, dass Emma nichts als Gegenleistung anzubieten hatte. Beim Essen hatte sie nur Belanglosigkeiten aufgeschnappt.

Auf von Colbergs Aufforderung hin begaben sich SS-Standartenführer Hofer, ein Gefolgsmann des Gauleiters von Bibra namens Reichert, Frontist Tobler und Osthoff in den angrenzenden Salon, wo Zigarren, Kognak und andere Spirituosen gereicht wurden.

Für Emma war es die letzte Gelegenheit, nützliche Informationen für Toni zu sammeln. Eine Gruppe rauchender und trinkender Männer im kleinen, vertrauten Kreis war geschwätziger als eine Horde Waschweiber, vor allem in Gegenwart hübscher Frauen, vor denen man mit seiner Wichtigkeit prahlen konnte wie ein Pfau mit seinen Ringen. Erstaunlich, wie einfach die Schöpfung konzipiert war. Gott war tatsächlich ein Mann.

Emma setzte sich ab, um den Sitz ihres Kostüms zu prüfen und den Lippenstift nachzuziehen. Sie hatte ein leuchtendes Rot gewählt. In einem Magazin hatte sie gelesen, dass rote Lippen das Machtsymbol der Frau sind. Rot ist die Farbe der Liebe, mit der man einen Mann verführt. Gleichzeitig bedeutet sie Gefahr, indem man ihn zurückweisen oder ihn mit Worten vernichten kann.

Als sie zum Salon zurückkam, schlug ihr ein Duftgemisch aus Tabakrauch, Alkohol und Männerschweiß entgegen. Jeder mit Ausnahme von Colbergs hatte eine Zigarre im Mund. Die neue volle Flasche Courvoisier XO, die Emma am Morgen in den Spirituosenschrank gestellt hatte, war zu zwei Dritteln leer. Entsprechend laut ging es im Raum zu. Mit gekonntem Hüftschwung und einem Tablett mit vollen Gläsern bewegte Bertheli sich zwischen den in Clubsesseln sich fläzenden Männern. Mit zunehmendem Alkoholkonsum lockerte sich die Bekleidungsdisziplin. Standartenführer Hofer hatte seine Jacke ausgezogen und damit seinem Schmerbauch mehr Spielraum verschafft, was ihn Emma weder sympathischer noch attraktiver machte.

Von Colberg war mit Osthoff in ein Gespräch verwickelt. Sobald er Emma erblickte, stand er auf und verabschiedete sich vom NSDAP-Ortsleiter mit einem Handschlag, den Osthoff mit einem strammen Hitlergruß ergänzte.

»Kümmern Sie sich bitte mit Bertha um die Herren«, bat von Colberg Emma. »Ich will nach meiner Frau sehen.«

Emma hatte gehofft, er würde bis zum Schluss bleiben und

mit seiner Anwesenheit dafür sorgen, dass sich die Nazis einigermaßen gesittet verhielten. Doch von Colberg war ernsthaft
in Sorge um seine Frau.

»Kann ich Ihnen behilflich sein? Ich kann einen Tee für Ihre
Gemahlin –«

Von Colberg winkte ab. »Danke, Fräulein Kummer, das
schaffe ich schon. Sehen Sie bitte zu, dass Sie abschließen, wenn
die Herren weg sind. Aufräumen können Sie dann morgen.«

Kaum hatte von Colberg den Raum verlassen, veränderte sich
die Atmosphäre. Der Hauch eines Schattens legte sich über die
Gesellschaft. Emma und Bertheli waren allein mit vier betrun-
kenen Männern, die sich aufführten wie die Herren der Welt.
Die lauernden Blicke wurden mehr und länger. Bertheli, die ihre
Servicerunde beendet hatte, wartete beim Spirituosenschrank
auf weitere Bestellungen. Emma stellte sich neben sie. »Geht's
dir gut? Die sehen aus, als wollten sie uns jeden Moment auf-
fressen.«

»Mit denen werden wir fertig, die sind nicht wilder als die
jungen Burschen, die beim Dorffest einen über den Durst getrunken haben.«

Emma war sich da weniger sicher, es war wohl eine Frage
der Toleranzgrenze.

Reichert, der Adlatus des Gauleiters, erhob sich von seinem
Sessel und setzte sich Hofer gegenüber, der von allen am meisten
intus hatte. Reichert zog einen Umschlag aus der Innentasche
seiner braunen Uniformjacke und reichte ihn Hofer.

Emma konnte nicht verstehen, was die beiden beredeten. Sie
schnappte die Worte »vertraulich« und »dringend« auf. Hofer
lächelte zufrieden und legte den Umschlag unter sein Uniform-
jackett, das er über die Lehne des Sessels neben sich gelegt hatte.

Nach dieser Transaktion verabschiedete sich Osthoff mit
Hitlergruß. Der Frontist Tobler tat es ihm nach. Reichert und
Hofer machten keine Anstalten, sich demnächst zurückziehen
zu wollen.

»Wenn du willst, kannst du Schluss machen«, raunte Emma
Bertheli zu. »Mit den beiden Saufköpfen werde ich notfalls

allein fertig.« Es war ihr nicht entgangen, dass Reichert Bertheli lüstern musterte. Es wurde Zeit, sie aus der Schusslinie zu entfernen.

Es lief nicht, wie sie es sich vorgestellt hatte.

»Fräulein Bertha, wo wollen Sie denn hin?«, rief Reichert mit alkoholbeschwerter Zunge, nachdem diese Anstalten gemacht hatte, sich zurückzuziehen.

»Ich habe Feierabend. Emma wird sich um Sie kümmern.«

»Was? Schade, dabei wollte ich Ihnen gerade etwas zeigen. Es wird Ihnen gefallen.«

Bertheli, die schon halb zur Tür hinaus war, drehte sich mit einem koketten Lächeln um. »Was wollen Sie mir denn zeigen?«

»Etwas sehr Wertvolles. Ich … es ist im Nebenzimmer, Sie müssen schon mit mir kommen.«

Emma und Bertheli tauschten Blicke aus. Emma bedeutete ihr mit einem Augenaufschlag, sich aus dem Staub zu machen.

»Na schön«, sagte Bertheli stattdessen. »Ich komme mit Ihnen. Wehe, wenn Sie sich ungebührlich verhalten. Dann schreie ich das ganze Haus zusammen.« Bertheli hakte sich bei Reichert unter und verschwand mit ihm im Nebenzimmer. Wenig später waren ihr Kichern und sein lautes Lachen zu hören.

Emma trug ein Tablett mit einem fast randvoll gefüllten Glas Kognak zu Hofer, dessen Schweinsäuglein ihr lüstern entgegenschielten.

»Sie trinken sicher gern noch ein Gläschen, Herr Standartenführer.«

»Sehr gern, mein Fräulein, wie heißen Sie gleich noch mal?«

»Emma.«

»Fräulein Emma, ein passender Name für eine Frau mit so schönen blonden Locken.« Er nahm das Glas aus Emmas Hand und leerte es in einem Zug. Er tätschelte auf den Sitz neben sich auf dem Sofa. »Setzen Sie sich ein wenig zu mir, Fräulein Emma.«

»Ich weiß nicht, ob ich das darf. Ich bin im Dienst.«

»Der gute von Colberg hat sicher nichts dagegen.« Während er das sagte, fielen Hofer fast die Augen zu.

»Also gut, ich hole die Flasche.«

Hofer hatte den Satz nur halb mitbekommen. Er war kurz eingenickt. »Is jut.«

Emma füllte sein Glas erneut. Wie erwartet leerte Hofer es sofort. »Mit jedem Glas wird das Gesöff besser«, lallte er. »Das muss an Ihnen liegen, Fräulein Emma. Mit Ihnen wird jedes Getränk zu einem Elixier der Götter.«

Anstelle einer Antwort schenkte Emma den Rest der Flasche nach.

»Sie sind so ein liebes Mädel ... ein liebes Mädel«, nuschelte Hofer, bevor er auch diese Portion ex trank. Emma ließ zu, dass seine schweißfeuchte Hand ihren unteren Rücken streichelte. »Wir sollten uns näher kennenlernen, finden Sie nicht?« Sein Mund näherte sich ihrem.

»Un... unbedingt.« Sie versuchte, Distanz zu seiner Fahne zu halten.

»Ich ... etwas müde ... nur kurz ausruhen ... dann machen wir ...« Sein Kopf senkte sich auf ihre Schulter.

Emma wartete, bis sein Atem regelmäßiger wurde und in ein Schnarchen überging. Sein Körpergewicht klemmte sie zwischen ihm und der Armlehne des Sofas ein. Es gelang ihr mühsam, sich zu befreien, ohne ihn zu wecken. Behutsam stieß sie ihn von sich weg. Sie stand auf und zog den Umschlag unter seinem Jackett hervor. Er war dick und schwer. Emma öffnete ihn und entnahm ihm ein paar Bogen Papier. Es waren Kopien von Landkarten mit markierten Orten, darunter eine Karte der ganzen Schweiz, auf der eine Anzahl dicker Pfeile in verschiedenen Farben eingezeichnet waren. Auf einem anderen Kartenausschnitt war ein Punkt farblich umrahmt: das Kurhaus auf dem Weißenstein. Der Umschlag enthielt weiter Baupläne und Listen mit Namen. Bevor sie sich denen widmen konnte, packte eine kräftige Hand ihren Arm. Ein schmaler, harter Gegenstand bohrte sich in ihren Rücken.

»Was suchst du da, meine Kleine?«

Hofer war hellwach, seine Aussprache war klar, als hätte er den ganzen Abend nur Wasser getrunken. »Ich wusste, dass es in diesem Haus eine dreckige kleine Spionin geben muss. Ich habe es dem Reichsführer immer gesagt, euch Kuhschweizern darf man nicht trauen.« Mit erstaunlicher Behändigkeit kam Hofer auf die Beine. Er packte Emma und stieß sie zu Boden. Seine Pistole zielte auf ihren Kopf. »Was soll ich jetzt mit dir machen, du miese Verräterin?«

»Eine Verräterin bin ich, wenn ich mein Land verrate. Sie sind es, die ihm Schaden zufügen wollen. Die Frontisten helfen Ihnen dabei. Das sind die wirklichen Verräter.« Emma sah mit erhobenem Kopf zu Hofer auf. »Wenn Sie mich erschießen, sind Sie nichts als ein gemeiner Mörder, aber das passt ja zu Ihnen und Ihresgleichen.«

Hofer legte die Pistole auf den Beistelltisch der Sitzgruppe. Emma wollte aufstehen. Eine massive Ohrfeige ließ sie mit einem Aufschrei wieder zu Boden gehen. »Habe ich dir die Erlaubnis gegeben aufzustehen? So ein schönes Vögelchen und so ein vorlauter Schnabel. Da hat wohl jemand versäumt, dir rechtzeitig die Federn zu stutzen. Das wollen wir mal nachholen, komm her.« Hofer packte Emma brutal an den Haaren und zog sie auf das Sofa. Dort fiel er über sie her. Obschon er nicht groß war, wurde sie unter seinem fetten Bauch beinahe begraben. Seine kurzen, unerwartet kräftigen Schenkel pressten ihre Beine auseinander. Das verunmöglichte es Emma, denselben Befreiungsschlag anzuwenden wie bei Hermann Winkler. Hofer schlug ihr mit der Faust ins Gesicht. Emma schmeckte Blut. Ihre Unterlippe war aufgeplatzt. Der Schlag hatte sie nicht betäubt, aber ihre Abwehr außer Kraft gesetzt.

»Die erste Lektion deiner späten Erziehung beginnt jetzt«, keuchte Hofer. Er schob den Rock ihrer Uniform bis zur Hüfte hoch. »Jetzt kommt der Teil, der mir immer besonders Freude macht.«

Ohne dass sie Widerstand leistete, umfasste er mit einem Arm ihren Leib und drehte sie mit einer geschickten Bewegung auf den Bauch. Er drückte ihren Kopf seitlich in das Kissen. Emmas Blickfeld beschränkte sich auf einen Teil des Parkettbodens mit dem Perserteppich, ein Direktimport aus der persischen Teppichknüpferstadt Isfahan. War der schöne Teppich das Letzte, was sie sah? Sie schmeckte salzige Tränen in den Mundwinkeln.

Mit der freien Hand versuchte Hofer, ihren Schlüpfer herunterzuziehen. Das Gewicht seines schweren Körpers ließ Emma keine Möglichkeit zur Gegenwehr. Um ihre Abwehr weiter zu schwächen, schlug er sie mit der flachen Hand auf den Hinterkopf. Emma stöhnte auf. »Eine falsche Bewegung, und ich breche dir das Genick.« Hofer hob seinen Körper kurz an und riss den Schlüpfer herunter. Emma weinte Tränen der Scham. Ihr nackter Unterleib war ihm ausgeliefert. Sein wohlig grunzender Laut löste bei ihr einen unbändigen Brechreiz aus. Sie wollte nichts mehr hören. Wäre es ihr möglich gewesen, hätte sie sich die Ohren zugehalten. »Mach schon«, sagte sie schluchzend. »Bring es hinter dich … und mich.«

»Alles zu seiner Zeit. Ich will den Anblick genießen. Weißt du Bauerntrampel eigentlich, was du für einen Luxuskörper hast?«

Ein Geräusch, das nicht vom Sofa unter ihr oder dem Mann über ihr kam, ließ sie ihre Augen öffnen. Hofer hatte es nicht gehört. Er lag auf Emmas Rücken und nestelte an seinem Hosenbund.

Emma nahm die Bewegung im äußersten Winkel ihrer Augen wahr. Ein Paar Beine, die rasch über den Teppich gingen. Kurz darauf ertönte ein knackendes Geräusch wie ein Schlag. Der Druck von Hofers Körper war mit einem Mal weg. Er schlug neben ihr auf dem Fußboden auf.

»Emma!«

»Toni.« Die Erleichterung ließ sie erneut aufschluchzen.

Toni half ihr, sich umzudrehen. »Was hat der Schweinehund dir getan? Bist du verletzt?«

»Nur mein Stolz.« Emma umklammerte Toni und küsste ihn.

»Hat er dich etwa …?« Toni hielt Hofers Pistole in der Hand und zielte auf den Kopf des bewusstlosen Mannes. »Ich bringe ihn um.«

Emma drückte seine Hand mit der Waffe herunter. »Lass es, Toni, er ist es nicht wert. Wie bist du hereingekommen?«

»Die Tür im Seitenturm war offen.«

Emma legte die Finger auf die Lippen und zeigte zur Tür des Nebenzimmers. »Bertheli ist mit einem Nazi im Nebenzimmer. Es wundert mich, dass sie nichts von dem Ganzen hier mitbekommen haben. Wahrscheinlich schlafen sie ihren Rausch aus. Du musst verschwinden.«

»Ich gehe nicht ohne dich. Du kannst nicht länger in diesem Haus bleiben.«

»Mir wird nichts passieren, solange von Colberg hier ist. Ich glaube, er hält nichts von den Nazis.«

»Deshalb lässt er dich mit ihnen allein?«

»Er hat das nicht ahnen können. Geh, Toni, bitte.«

»Kann ich nicht bei dir auf dem Dachboden bleiben?«

»Auf keinen Fall.« Emma stieß den bewusstlosen Hofer mit dem Fuß an. »Wenn der Kerl die Polizei ruft, werden sie das ganze Haus vom Keller bis zu den Turmspitzen auf den Kopf stellen. Geh dorthin zurück, wo wir uns am Nachmittag getroffen haben.«

»Zum Chal–«

Emma legte ihm die Finger auf die Lippen. »Die Wände haben Ohren. Komm jetzt.«

Sie führte ihn bei der Hand zur Tür zum Speiseraum und weiter zur Eingangshalle. Plötzlich blieb sie stehen. »Ich habe was vergessen.« Sie kehrte zurück zur Stelle, wo Hofer lag. Mit dem Unterschied, dass er nicht mehr dalag. Wie hatte er so rasch das Bewusstsein wiedererlangt? Hatte ihm jemand geholfen? Oder hatte man ihn weggetragen? Bertheli und Reichert, der Adlatus des Gauleiters? Hofer war ihr egal. Mit ihm waren die Unterlagen verschwunden, und das fuchste sie.

»Emma, draußen tut sich was«, rief Toni.

Sie lief zur Eingangshalle. Durch die Fensterscheiben des Foyers drang Scheinwerferlicht. Zwei Autos fuhren auf den Vorplatz. Dieser Fluchtweg war ihnen versperrt. »Mist, von Arx. Warum ist er immer so schnell vor Ort? Was sucht er um diese Zeit hier?«

»Wahrscheinlich mich«, sagte Toni.

»Wie hat er ...« Durch das Fenster sah Emma Bertheli über den Platz auf die Polizisten zulaufen. Hinter ihr humpelte Hofer, gestützt von Reichert. Bertheli gestikulierte zum Haupteingang. Sie hatten keine Sekunde zu verlieren. »Schnell, auf den Dachboden.«

Sie stürmten die Treppen hoch. Toni erklomm den Dachbalken. »Was immer passiert, du bleibst da oben, hörst du?«, sagte Emma. »Ich gehe hinunter und versuche, von Arx abzulenken. Sobald sie abgezogen sind, gehst du zurück zu den Höhlen. Ich komme nach, sobald ich kann.«

»Was ist, wenn sie dich festnehmen?«

»Warum sollten sie das tun?«

»Dieser SS-Offizier. Er kann dir weiß Gott was anhängen.«

»Keine Angst, mir wird nichts passieren.« Emma glaubte daran, dass Hofer stillhalten würde. Die Nazis führten etwas im Schilde. Sie konnten sich keinen Skandal um ein Dienstmädchen leisten, der die schweizerische Volksseele zum Brodeln bringen könnte. Das hoffte sie zumindest. Als Nächstes musste sie einen Weg finden, an den Umschlag heranzukommen.

18

»Ich hätte nicht erwartet, Sie so bald wiederzusehen, Fräulein Kummer«, sagte von Arx. »Ehrlich gesagt bin ich etwas enttäuscht.«

»Sie dürfen mir glauben, Wachtmeister von Arx, mich mitten in der Nacht von Ihnen aus dem Bett holen zu lassen, ist das Letzte, was ich mir erträume. Wie kann ich Ihnen behilflich sein?« Sie saßen am Küchentisch. Von Arx hatte Barrer beauftragt, den Hausherrn und seine Gemahlin zu beruhigen.

»Wo ist Toni Wyler?«

»Wenn Sie mich immer dasselbe fragen, dürfen Sie sich nicht wundern, wenn die Antwort eintönig ausfällt. Kurz: Ich weiß es nicht. Stellen Sie immer nur mir diese Frage?«

»Weil ich glaube, dass Sie die Einzige sind, die sie beantworten kann.« Von Arx nickte dem uniformierten Polizisten zu, der in der Türe stand. Dieser schaute in den Korridor und winkte jemanden heran. Kurz darauf betrat Bertheli den Raum.

»Fräulein Gruber bezeugt, Sie zusammen mit Toni Wyler im Salon neben dem bewusstlosen SS-Standartenführer Hofer gesehen zu haben. Sie behauptet sogar, dass Wyler den Mann niedergeschlagen hat.«

Falsches Luder.

»Dieser … Mann war derart betrunken, dass er gestürzt sein und sich den Kopf aufgeschlagen haben muss. Ich weiß nicht, wie Bertheli … Fräulein Gruber auf die Idee kommt, dass jemand, der gar nicht da war, ihn niedergeschlagen haben soll. Was sagt denn dieser … Herr Hofer dazu?«

Bertheli wollte aufbegehren. Von Arx' erhobene Hand brachte sie zum Schweigen. Seine Augen wanderten zwischen den beiden Frauen hin und her. Unvermittelt schlug er mit der flachen Hand auf die Tischplatte. Die Frauen zuckten zusammen. »Die Aussage des Standartenführers deckt sich im Wesentlichen mit der Ihren, Fräulein Kummer. Er meinte, es handle sich um ein bedauerliches Missverständnis, und sieht von einer Anzeige ab.«

Emma versuchte das Zucken ihrer Mundwinkel unter Kontrolle zu halten. »Wo ist der Standartenführer jetzt?«

»Auf dem Weg nach Bern. Er nächtigt in seiner Botschaft und fliegt morgen zurück nach Berlin.«

Ein Wermutstropfen für Emma. Die geheimnisvollen Dokumente, die sie bereits in den Händen gehalten hatte, rückten in unerreichbare Ferne.

»Ist Ihnen bewusst, dass Sie um ein Haar einen schweren diplomatischen Zwischenfall verursacht hätten, Fräulein Kummer?«, fragte von Arx. »Standartenführer Hofer gehört zum persönlichen Stab des Reichsführers SS Heinrich Himmler. Wenn Deutschland uns den Krieg erklärt, werden Sie dafür verantwortlich gemacht.«

Es war von Arx nicht anzusehen, wie ernst er das meinte. Emma hätte ihm zu gerne entgegnet, was dieses Scheusal ihr antun wollte. Es würde tausendmal rechtfertigen, dagegen in den Krieg zu ziehen. Sie zog es vor, zu schweigen. »Ich bin sicher, dass Adolf Hitler Wichtigeres zu tun hat, als wegen einem Dienstmädchen Krieg zu führen.«

Von Arx bedeutete dem Polizisten, Bertheli aus der Küche zu führen.

»Sie wollen mir Toni Wylers Aufenthaltsort immer noch nicht verraten?«

»Zum letzten Mal, ich kann Ihnen nicht verraten, was ich nicht weiß.«

»Schade«, sagte von Arx. Er griff zu seiner Aktentasche und entnahm ihr einen fleckigen, mit einer Papieretikette versehenen braunen Ledergurt, den er vor Emma auf den Tisch legte.

»Was ist das?«

»Eine Warnung«, sagte von Arx.

»Wovor?«

»Sie schenken dem falschen Mann Ihr Vertrauen und Ihre Liebe, wie ich vermute, Fräulein Kummer.« Von Arx schob den Gurt näher zu Emma. »Soviel ich weiß, haben Sie meinen Kollegen, Feldweibel Schwenk von der Kriminalpolizei, kennengelernt. Er hat den Fundort der Leiche Ihrer bedauernswerten Freundin Rosmarie Götsch noch einmal gründlich absuchen lassen. Dabei ist man auf diesen Gurt gestoßen. Der Gerichtsmediziner hat zweifelsfrei festgestellt, dass Fräulein Götsch damit erdrosselt wurde.«

Die Vorstellung des grausamen Todes, den Rosmarie gestorben sein musste, trieb Emma Tränen in die Augen. »Weshalb zeigen Sie mir den?«, fragte sie mit heiserer Stimme.

Von Arx drehte die Innenseite des Gurtes nach außen. »Sehen Sie, hier.« Er deutete auf die Stelle, wo der Gurt an der Schnalle befestigt war. »Es sind Initialen eingraviert. Lesen Sie.«

Emma musste nahe herangehen. Häufiges Tragen hatte die Schrift verwaschen. Es waren nur zwei Buchstaben. »A.W. Was heißt das?«

»Anton Wyler. Der Gurt gehört Ihrem Freund Toni.«

»Das ist alles? Sind Sie sicher, dass er nicht einem Adalbert Weyermann gehört?«

»Möglich, aber ich bin sicher, das ist nicht der Fall.« Von Arx drehte den Gurt zurück auf die Vorderseite. »Er hat teilweise im Wasser gelegen, doch wir hatten Glück, eine Stelle blieb trocken.« Von Arx zeigte ihr einen weißlichen Fleck auf dem Leder. Es sah aus wie mit Mehl bestäubt. »Das ist ein Fingerabdruck.«

Emma wurde gleichzeitig kalt und heiß. Am liebsten hätte sie sich die Ohren zugehalten.

Von Arx hatte nicht die Absicht, sie zu schonen. »Es tut mir leid, Fräulein Kummer. Wir konnten den Abdruck ohne den geringsten Zweifel Toni Wyler zuordnen.«

Der nächste Tag wurde zum langen Warten für Emma. Nach Einbruch der Dunkelheit hielt sie es auf dem Dachboden nicht mehr aus. Sie verließ das Schloss über den Westturm. Von Arx' Worte fuhren seit dem Morgen Karussell in ihrem Kopf. Tonis Fingerabdrücke auf dem Gurt zu finden, war nicht verwunderlich, er gehörte ja ihm. Von Arx hatte Emma nahegelegt, Toni zu überzeugen, sich zu stellen. Es sei die einzige Chance, seine Unschuld zu beweisen.

Emma kämpfte mit sich und gegen ihre widersprüchlichen Gefühle. Der Mann, dem sie ihren Körper und ihre Seele geöffnet hatte, konnte kein Mörder sein, es durfte nicht sein.

Sie mied die Straßen in der Nachbarschaft, indem sie über Zäune kletterte und die Hecken nachbarlicher Grundstücke durchquerte, bis sie glaubte, sich allfällige Beschatter vom Leib gehalten zu haben.

Sobald sie die letzten Häuser von St. Niklaus und das Schloss Waldegg hinter sich gelassen und den Wald erreicht hatte, rannte sie, so schnell es ihr im Schein der Taschenlampe möglich war, über den Pfad, bis die Wände des Chalchgrabens das Licht der Lampe schwach reflektierten.

Toni musste sie von Weitem gesehen haben. Er erwartete sie auf dem Pfad am Fuß des Hanges unterhalb seines Höhlenversteckes. Er kam auf Emma zu, um sie zu umarmen.

»Halt!«

»Was ist los?«, fragte er verblüfft.

Emma leuchtete mit der Lampe direkt in sein Gesicht. »Sag mir die Wahrheit. Hast du Rosi umgebracht?«

Er starrte sie an, als käme sie von einem anderen Stern. »Emma, das haben wir doch schon –«

»Hast du sie umgebracht? Ja oder nein?«

»Warum –«

»Gib mir die verdammte Antwort!« Sie ließ die Taschenlampe zu Boden fallen und ging mit den Fäusten auf Toni los. »Sie haben einen Gurt gefunden. Er gehört dir, Rosmarie wurde damit getötet.«

Toni hielt ihre Fäuste fest, die unablässig auf seine Brust trommelten. »Emma, hör auf damit, ich habe keine Ahnung, wovon du redest.«

Sie machte sich von ihm frei und trat drei Schritte zurück. »Die Polizei hat ihn mir gezeigt, den Gurt. Sie haben ihn in der Nähe der Stelle gefunden, wo Rosi lag. Deine Fingerabdrücke sind drauf.«

Emma öffnete die obersten drei Knöpfe ihrer Bluse. »Wir haben uns an dieser Stelle geliebt. Ich glaubte, du bist der Mann, mit dem ich mein Leben teilen will.« Sie präsentierte ihm ihren nackten Hals. »Hier. Du kannst mich auch gleich umbringen. Niemand hört uns.«

»Lass den Unsinn. Von was für einem Gurt sprichst du? Wie sieht er aus?«

Emma beschrieb ihm das Kleidungsaccessoire, das ihr von Arx gezeigt hatte.

»Wo will die Polizei das Ding gefunden haben?«

»An der Uferböschung, unweit der Stelle, wo man Rosis Leiche entdeckt hat.«

Toni ließ sich mit hängenden Schultern auf den Waldboden nieder. »Damit soll ich Rosmarie erdrosselt haben?«

»Die Gerichtsmedizin fand Abrieb vom Leder in den Wundmalen an ihrem Hals.«

Toni vergrub den Kopf in den Händen. Emma setzte sich neben ihn und klaubte ihre Zigarettenschachtel hervor. »Sag mir die Wahrheit, Toni.«

Er sah Emma an. Die Verzweiflung schrie aus seinen Augen. »Ich sage dir die ganze Zeit nichts anderes als die Wahrheit. Nach allem, was wir in den letzten Tagen zusammen durchgemacht haben, glaubst du noch immer, ich lüge dich an.«

Emma wusste nicht, was sie glauben sollte. »Ist es dein Gurt?«

Toni legte die Stirn auf seine angezogenen Knie und umfasste die Beine mit seinen Armen. »Wenn deine Beschreibung stimmt, gehört er mir«, sagte er dumpf. »Das erklärt meine Fingerabdrücke. Wurden keine anderen gefunden?«

»Offensichtlich nicht, der Gurt lag teilweise im Wasser.« Emma suchte nach Streichhölzern. Toni gab ihr Feuer.

»Wenn ich dir sage, dass ich den Gurt seit zehn Tagen vermisse, glaubst du mir?«

»Wann und wo hast du ihn zuletzt gesehen?«

»Wie gesagt, vor einer Woche, am 1. August oder so. Ich habe ihn in meinen Spind in der ›Waffi‹ gelegt, weil ich stattdessen

Hosenträger angezogen hatte. Als ich ihn zwei Tage später herausnehmen wollte, war er weg.«

»Er wurde gestohlen?«

»Wer stiehlt denn einen alten Gurt?«

»Fehlte sonst etwas?«

»Das ist es ja. Hinter einem Stapel Taschentücher bewahre ich Geld in einer Zigarettenschachtel auf. Es war noch da. Der Spind war nicht aufgebrochen. Wer auch immer den Gurt genommen hat, hatte einen Schlüssel.«

»Hätte jemand an deinen Schlüssel kommen können, hast du ihn mal weitergegeben?«

»Nein.«

»Sicher nicht?«

»Wenn ich es dir sage. Es gibt nur eine Erklärung. Jemand will mir den Mord in die Schuhe schieben.«

»Wann genau hast du gemerkt, dass der Gurt fehlt?«

»Ich weiß es nicht mehr genau. Zwei, drei Tage nach der Bundesfeier.«

»Angenommen, der Gurt verschwindet am 1. August, vor Rosis Tod«, sagte Emma. »Dann taucht er als Mordwaffe am Tatort auf. Das kann nur eines bedeuten.«

»Was?«

»Rosis Mord war keine Zufallstat oder Tat im Affekt. Sie war nicht einfach zur falschen Zeit am falschen Ort. Rosis Mord war geplant. Der Gurt soll den Verdacht auf dich lenken.«

»Aber wozu?«

»Kannst du dir das nicht denken?«, fragte Emma. »Als Sozi und Jude bist du Leuten wie Schwab und Co. ein Dorn im Auge. Sie wollen dich unschädlich machen.«

»Weshalb bringen sie mich dann nicht gleich um?«

»Wären wir in Deutschland, hätten sie vielleicht weniger Skrupel. Nach dem Aufsehen, das Schwab und seine nazistischen Umtriebe im letzten Jahr in Zuchwil erregt hatten, mussten sie anders vorgehen.«

»Deswegen töten sie eine unschuldige Frau? Welches Scheusal denkt sich so was aus?«

Emma hatte die gleichen Gedanken. Wie viel Zynismus und Menschenverachtung waren Menschen in der Lage aufzubringen, um heimtückisch Unbeteiligte zu opfern, nur damit sie einen anderen ans Messer liefern konnten? Dahinter steckte etwas anderes, eine große Sache. »Eine sehr große Sache«, sagte sie laut.

»Was hast du gesagt?«

»Der Schlüssel zur Aufklärung des Falles liegt in der Fabrik. Irgendetwas ist dort im Gange. Ein Teil des Planes ist es, dich loszuwerden.«

»Warum mich?«

»Die Arbeiter hören auf dich. Du bist in der Lage, den Betrieb mit einem Streik lahmzulegen.«

»Ich hatte nie die Absicht, Aufruhr unter den Arbeitern zu schüren. Wir leben von dieser Fabrik und ernähren mit der Arbeit unsere Familien. Keiner will streiken, solange die Arbeitsbedingungen stimmen. Dafür kämpfe ich.«

»Was müsste passieren, dass die Arbeiter streiken?«

»Keine Ahnung, wenn sich herausstellt, dass die Fabrik gegen die Interessen der Schweiz handelt.«

Die Papiere, durchzuckte es Emma, der Umschlag, das musste es sein. »Du bist in größerer Gefahr, als ich dachte. Am besten verschwindest du, sofort und weit weg. Hast du nicht mal gesagt, du hast Verwandte im Welschland?«

»Ja, sie leben in –«

Emma hob die Hand. »Ich sollte das nicht wissen. Geh einfach zu denen.«

Emma half ihm, die spärlichen Habseligkeiten, die er bei sich hatte, zu packen. Dann umarmte er sie. »Danke, dass du mich nicht mehr verdächtigst.«

»Schon gut, alles in mir hat sich dagegen gesträubt.«

»Ich frage mich, ob ich mich nicht doch der Polizei stellen soll. Du scheinst einen Draht zum Chef der Politischen zu haben.«

»Trotzdem traue ich ihm nicht. Dieser von Arx kennt nur einen Schuldigen. Es gibt zu viele Nazi-Freunde hier. Wer kann mit Sicherheit sagen, dass die Politische Polizei nicht mit den Nazis unter einer Decke steckt, überhaupt die ganze Polizei?«

»Mit anderen Worten, wir sind auf uns allein gestellt.«

»Morgen sehe ich mich in der Fabrik um, vielleicht stoße ich auf etwas, das uns weiterhilft und deine Unschuld beweist.«

»Das tust du nicht«, sagte er so heftig, dass sie zusammenfuhr. »Das ist viel zu gefährlich, Emma, nach dem, was gestern Abend passiert ist.«

»Das glaube ich nicht. Dieser SS-Schweinehund hätte nur mit dem Finger zu schnippen brauchen, damit von Arx mich ins Loch wirft. Stattdessen zieht er den Schwanz ein und verkriecht sich in seiner Botschaft. Die führen etwas im Schilde, sage ich dir, dafür können sie keine öffentliche Aufmerksamkeit gebrauchen. Ich bin sicher, es hat mit dem Inhalt dieses Umschlags zu tun, von dem ich dir erzählt habe.«

»Der Umschlag ist weg. Hofer hat ihn mitgenommen, und der ist wahrscheinlich zurück in Berlin.«

»Vielleicht kriege ich trotzdem etwas heraus. Hofer war gestern nicht zufällig Gast auf Schloss Aaregg.«

»Das hieße, von Colberg ist darin verwickelt, worin auch immer.«

Der Gedanke schmerzte Emma. Von Colberg hatte sich für sie gegen Schwab eingesetzt, weil er an ihre Loyalität glaubte. Er war Mitglied der Partei und Chef der größten Rüstungsfabrik der Schweiz in deutschem Besitz. Würde er sich für sie einsetzen im Wissen, dass sie den Nazis in die Suppe spuckte? Sie hatte keine Antwort darauf.

»Du gehst jetzt zu deinen Verwandten ins Welschland, versprich mir das«, sagte sie zu Toni.

»Du kannst nicht von mir verlangen, dass ich dich hier alleinlasse. Was du vorhast, ist zu gefährlich.«

»Noch gefährlicher ist es, wenn du hierbleibst. Ich kann allein auf mich aufpassen. Wenn ich mir ständig um dich Sorgen machen muss, wird es erst recht gefährlich.«

»Du verlangst von mir, davonzurennen, während du dich für mich in Gefahr begibst? Was bin ich für ein Mann, das zuzulassen?«

Emma lachte. »Männer und ihr Beschützerinstinkt.« Sie

fasste Tonis Kopf mit beiden Händen. »Wenn du dir eine Zukunft mit mir vorstellen willst, Toni Wyler, dann musst du dich daran gewöhnen, dass ich nicht die ganze Zeit beschützt werden will.« Sie küsste ihn auf den Mund. »Aber du darfst mich gern lieb haben, jetzt wäre ein guter Moment.«

Ohne von ihm zu lassen, zog ihn Emma mit sich auf den Boden.

19

Emma schloss die Kontrolle für das zweite Lieferlos an die rumänische Polizei vor der Mittagspause ab. Das dritte und letzte Los war erst in der folgenden Woche fällig. Schwab, der üblicherweise morgens seine Tour durch den Betrieb machte, hatte sich den ganzen Morgen nicht blicken lassen. Sein Neffe war noch immer krankgeschrieben. Nicht dass sie sich nach Schwab sehnte, aber sie hätte zu gerne gewusst, ob er sich heute in der Fabrik aufhielt.

Toni war seit zwei Wochen fort. Seither hatte sie sich mit besonderer Hingabe und Sorgfalt ihrer Arbeit gewidmet und sich die größte Mühe gegeben, nicht unangenehm aufzufallen, erst recht nicht bei Schwab. Bei jeder sich bietenden Gelegenheit hatte sie ihn beobachtet. Heute hatte sie ihn erstmals nicht auf seiner täglichen Tour durch den Betrieb gesehen. Was konnte das bedeuten? War er aufgehalten worden, oder war er gar nicht da?

In der Mittagspause machte sie sich auf den Weg zur Kantine. Die Direktoren und höheren Führungskräfte aßen in einem für sie reservierten Speiseraum, wo sie bedient wurden. Für Arbeiter und Angestellte war er tabu. Emma schlenderte um das eingeschossige Gebäude herum. Vor der Westfassade standen zwei Linden. Emma stellte sich hinter diejenige am nächsten zur Fensterfront der Direktorenkantine. Zwei Frauen in weißen Hauben und Schürzen waren im Begriff, die Suppe zu servieren. Aus ihrer Deckung heraus beobachtete Emma das Treiben und vor allem, wer sich in der Kantine befand. Es dauerte einen Moment, bis sie Schwab ausmachte. Er saß hinten im Raum mit dem Rücken zur Wand, nicht allein. Er war in ein Gespräch mit seinen Tischgenossen vertieft.

Emma ließ ihren Blick über die anderen Gäste schweifen. Von Colberg war nicht unter ihnen. Möglich, dass er nach Zürich gefahren war, was zwei- bis dreimal in der Woche vorkam.

Sie widmete ihre Aufmerksamkeit erneut Schwab und seinem Gesprächspartner. Von dem Mann waren nur der Rücken und der Hinterkopf zu sehen. Sie fand den Haarschnitt komisch, als würde er nicht zum Kopf passen. Er trug einen weit geschnittenen Anzug, der seinen korpulenten Körper kaschierte.

Emma betrat die Kantine. Gerade wurden Platten mit Fleisch, Kartoffelpüree und Gemüse von der Anrichte zur Direktionskantine getragen. Der Hauptgang wurde serviert. An einem Haken neben dem Eingang zur Küche hingen Schürzen und Hauben. Kurzerhand schnappte sich Emma je eines der Kleidungsstücke. Sie verbarg ihre auffälligen Locken unter der Haube, sodass nur Augen, Nasenpartie und Mund sichtbar waren, und band sich die Schürze um. Von der Anrichte nahm sie je eine Platte mit Rindsragout und Kartoffelpüree und trug sie in den Speiseraum. Schwabs Nebentisch war nicht bedient. Sie stellte die Platten ab und wünschte halblaut einen guten Appetit. Beim Weggehen warf sie einen beiläufigen Blick zu Schwabs Tisch.

Im Anzug war Standartenführer Hofer ein unscheinbarer, fetter Gnom. Das Toupet sollte ihn wohl weniger erkennbar machen, ansonsten gereichte es ihm nicht zum Vorteil. »Sieh an«, murmelte Emma beim Hinausgehen, »solltest du nicht in Berlin sein, du hässliche Wanze?« Vor der Kantine zog sie Haube und Schürze aus. Beides legte sie über die Lehne einer Sitzbank, bevor sie sich auf den Weg zu Schwabs Büro machte.

Zwei Stufen auf einmal nehmend, hastete sie die Treppe zum zweiten Stockwerk des Verwaltungsgebäudes hoch. Hinter einer der Türen waren Tippgeräusche zu hören. Emmas Ziel lag in der entgegengesetzten Richtung.

Vor der Tür zu Schwabs Vorzimmer legte sie das Ohr an die Füllung, bevor sie klopfte. Sie wartete absichtlich lange. Falls jemand drin war, sollte das eine Antwort provozieren. Es kam nichts, sie trat ein. Fräulein Pauli und Fräulein Wagner waren in der Mittagspause. Emma hatte sie in der Kantine nicht gesehen. Beide wohnten in Zuchwil, unweit der Fabrik. Sie drückte die Klinke zu Schwabs Büro herunter. Die Tür war nicht verschlossen. Das war die Arroganz des Mächtigen. Wer würde es wagen, unbefugt das Büro des Betriebsleiters zu betreten? Verließ sich Schwab auf den Führer des deutschen Volkes und die Abschreckungswirkung seines übergroßen Porträts auf einen unvorbereiteten Eindringling?

In der Kantine waren sie beim Hauptgang. Emma rechnete, dass ihr mindestens zehn Minuten blieben, das Büro zu durchsuchen. Wo beginnen? Wo würde sie in diesem riesigen Raum unter Hitlers eisigen Augen am ehesten einen Hinweis auf eine Verbindung zwischen der SS und den Schweizer Frontisten finden?

Emma dämmerte erst jetzt, was sie im Begriff war zu tun. Ein eiskalter Schauer lief ihr über den Rücken, wenn sie daran dachte, was ihr blühte, wenn sie jemand dabei überraschte. Sie befahl sich, es auszublenden. Sie tat es nicht nur für ihr Land. Es geschah für Toni – und für Rosmarie, deren Tod nicht ungesühnt bleiben sollte.

Schwabs Schreibtisch schenkte sie kaum Beachtung. Auf der Tischfläche standen eine wesentlich mehr als halb leere Flasche Courvoisier und zwei gebrauchte Gläser. Schwab und Hofer hatten vor dem Essen gebechert, und das wohl nicht zu knapp. Sie öffnete die Schubladen. Eine enthielt den Alkoholnachschub. Sonst fiel ihr nichts auf, was die Präsenz des Standartenführers erklären würde. Emma warf einen gehetzten Blick zur Wanduhr. Sie hatte vergessen, auf die Zeit zu achten. War sie fünf oder bereits zehn Minuten hier? Was, wenn Schwab und Hofer früher zurückkamen als gedacht? Von außen drang kein Geräusch durch die schalldichten Türen. Sie würde es nicht mal hören, wenn sich jemand auf dem Korridor näherte.

An etwas anderes denken.

Sie widmete sich den Aktenschränken und Ablagen hinter dem Schreibtisch. Keiner der Schränke war verschlossen. War Schwab vertrauensselig oder einfach nur nachlässig? Sie zog die Schiebetür des Schrankes zurück, der ihr am nächsten stand. Er enthielt ausschließlich Aktenordner in alphabetischer Reihenfolge mit geschäftlichen und technischen Unterlagen. Emmas Bewegungen wurden fahriger. Sie wandte sich dem nächsten Aktenschrank zu. Ihr Herz machte einen Luftsprung. Er enthielt einen Tresor. Die Freude war von kurzer Dauer. Wie sollte sie das Ding aufkriegen? Der Tresor verfügte über kein Kombinationsschloss. Ihn zu öffnen erforderte einen Schlüssel, den Schwab mit Sicherheit auf sich trug. Mit einem resignierten Seufzer schob sie die Rolltür zu. Bevor das Schloss einrastete, vernahm sie ein untypisches Kratzgeräusch. Etwas touchierte die Innenseite der Schiebetür. Emma schob sie langsam wieder auf. Der Griff des Tresors rieb sich daran. Emma zog an der Tresortür. Sie stieß einen verblüfften Laut aus, als diese keinen Widerstand leistete. Der Verschlusshebel war in verriegelter Position, aber die Tür war nicht eingerastet. Schwab war entweder in Eile gewesen oder zu betrunken. Emma tippte auf Letzteres und sandte einen stummen Dank an Herrn Courvoisier. Im Hauptfach des Safes lag ein Stapel mit Dokumenten. Ein Umschlag lag zuoberst. Es war nicht derselbe, den Hofer bei sich hatte. Dieser war offiziell. Auf der linken oberen Ecke war der deutsche Reichsadler aufgedruckt, dessen Klauen den Lorbeerring mit dem Hakenkreuz umklammerten. Die Zeit und ihre Umgebung vergessend, öffnete sie den Umschlag.

BECKY
AUGUST 2006

20

Der Beamte am Empfang des Polizeikommandos bat Becky zu warten. Man würde sie abholen. Sie setzte sich auf einen Stuhl im Wartebereich und blätterte geistesabwesend in der aufliegenden Tageszeitung. Es war keine halbe Stunde her, seit Dornach sie auf ihrem Handy angerufen und sie zu sich auf das Polizeikommando gebeten hatte. Es befand sich im Gebäude einer ehemaligen Décolletage-Fabrik am nördlichen Rand der Altstadt.

Dornach hatte nicht erwähnt, worum es ging. Becky überlegte sich alle möglichen Szenarien. Wollte man sie ein weiteres Mal zum Tod von Peter Davaud und Krysztina Korda befragen? Hatte Staatsanwalt Ruch neue Indizien gesammelt, die ausreichten, sie erneut festzunehmen? Das konnte sie sich nicht vorstellen. In diesem Fall hätte er sich das Vergnügen nicht nehmen lassen, sie höchstpersönlich festzusetzen. Außerdem dürfte Dornach der Letzte sein, den er mit der Vorladung Beckys betraut hätte.

»Guten Morgen, Frau Kolberg.«

Becky erkannte die junge Polizistin in Uniform. »Frau Hartmann.« Becky reichte der Beamtin die Hand. »Schön, Sie wiederzusehen.«

»Ebenso, ich bringe Sie zu Herrn Dornach.«

»Wissen Sie, weshalb ich hier bin?«, fragte Becky, während sie auf den Lift warteten.

»Hat er es Ihnen nicht gesagt?«

»Leider nein, er war etwas kurz angebunden. Muss ich noch etwas zu den Morden in Grenchen sagen? Ich wüsste nicht, was ich anfügen könnte.«

»Davon ist mir nichts bekannt. Wenn es so wäre, hätte nicht Dominik … Herr Dornach Sie angerufen. Der Staatsanwalt hat ihn vom Fall abgezogen.«

»Stimmt.« Beruhigt betrat Becky den Lift.

»Man erwartet uns in Dornachs Büro«, sagte Hartmann.

»Man?«

»Herr Dornach und ein älterer Herr, den ich nicht kenne.«
Hartmann musste das besorgte Flackern in Beckys Augen bemerkt haben. »Keine Sorge, Frau Kolberg. Dornach ist nicht jemand, der Leute in eine Falle lockt. Wir sind da.«

Sie klopfte kurz an eine geschlossene Tür und trat ein, ohne eine Antwort abzuwarten.

Das Büro war spartanisch eingerichtet. Dornach saß hinter seinem Arbeitstisch und unterhielt sich mit einem älteren Mann, der ihm gegenüber auf einem Besucherstuhl Platz genommen hatte. Sobald Dornach Becky sah, stand er auf und begrüßte sie nach Schweizer Manier mit drei Wangenküssen.

Definitiv keine offizielle Vorladung.

»Hallo, Dominik.«

»Becky, danke, dass du gleich kommen konntest. Darf ich dir meinen Großvater, Johann-Jakob von Dornach, vorstellen? – Großvater, Frau Rebecca Kolberg.«

Johann-Jakob erhob sich überraschend wendig von seinem Stuhl. Er konnte nicht viel jünger sein, als Davaud es gewesen war. Seine Erscheinung und die trotz des hohen Alters aufrechte Körperhaltung verrieten den Aristokraten. Er sah Becky aus wachen Augen an.

Anstatt Beckys Hand zu schütteln, deutete Johann-Jakob einen Handkuss an. »Wirklich sehr erfreut, Sie endlich kennenzulernen, Frau Kolberg. Mein Sohn und meine Schwiegertochter schwärmen in höchsten Tönen von Ihnen. Ich kannte Ihren Großvater Georg Friedrich von Colberg noch persönlich.«

»Die Freude ist ganz meinerseits, Herr Dornach – oder ist es von Dornach?«

»Spielt im Grunde genommen keine Rolle«, sagte Johann-Jakob. »Ich habe den Adelszusatz beibehalten, auf den mein Sohn und mein Enkel keinen Wert mehr legen. Sentimentalität eines alten Mannes.«

Dornach bat sie, am Besuchertisch Platz zu nehmen, und bedankte sich bei Maja Hartmann. Er mimte den Gastgeber. Auf dem Tisch standen eine Kanne mit Kaffee und Trinkwasser in Flaschen bereit.

»Danke«, sagte Becky, als er ihr eine Tasse reichte. »Würdest du mir bitte verraten, weshalb ich hier bin? Hat es mit dem … Ableben von Peter Davaud zu tun?«

»Das wird sich herausstellen. Sicher hängt es mit einem Fall zusammen, der dir am Herzen liegt.«

»Du meinst Emma Kummer?«

»Gleich nach seiner Rückkehr aus dem Engadin rief mich Großvater an. Diese Geschichte erzählt er dir am besten selbst.«

»Ihr müsst entschuldigen, dass ich erst jetzt damit komme«, sagte Johann-Jakob. »Ich war ein paar Tage auf einer Hochtour im Oberengadin. Wir haben dort in Hütten übernachtet. Bei solchen Gelegenheiten bleibt mein Handy ausgeschaltet, außer für Notfälle. Zu meinem allergrößten Bedauern habe ich deshalb erst vor zwei Tagen von Peters Tod erfahren.«

»Sie kannten ihn gut?«

»Seit er in den frühen Sechzigern aus den USA zurückkehrte, um seine Uhrenfabriken zu bauen. Damals benötigte er menschlichen und moralischen Beistand.«

»Ging es ihm nicht gut?«, fragte Dornach.

»Auf der geschäftlichen Ebene lief alles bestens. Seine Uhren verkauften sich mit Erfolg in der ganzen Welt. Auf der privaten Ebene sah es anders aus.« Johann-Jakob rieb sich das Kinn. »Er sprach nicht viel darüber. Manchmal erwähnte er einen lieben Menschen, den er verloren hatte.«

»War er in den USA verheiratet?«, fragte Becky.

»Ich vermute es. Wie gesagt, er hat nie groß darüber gesprochen, und ich habe nie nachgehakt.«

Wieder mal typisch Mann. Die können jahrelang beste Freunde sein. Am Ende stellen sie fest, nichts voneinander zu wissen.

»Peters Befinden ist hier nicht der Punkt«, fuhr Johann-Jakob fort. »Jedenfalls nicht direkt. Es ist vielmehr etwas, das so lange her ist, dass ich es zunächst vergessen hatte. Tatsächlich ist es mir erst gestern wieder eingefallen.«

Er gab Dornach ein Zeichen. Dieser nahm einen versiegelten Umschlag von seinem Pult und gab ihn Johann-Jakob.

»Anfang der achtziger Jahre suchte mich Peter eines Tages zu

Hause auf und bat mich, diesen Umschlag für ihn aufzubewahren. Ich fragte ihn, wozu. Er bat mich, ihn der Polizei zu übergeben, falls ihm etwas Außergewöhnliches zustoßen sollte.«

»Was meinte er mit außergewöhnlich? Fühlte er sich bedroht?«, fragte Becky.

»Genau das fragte ich ihn auch. Peter meinte nur, ich würde wissen, was zu tun sei, sollte es so weit kommen. Ich legte den Umschlag in meinen Safe und, ehrlich gesagt, vergaß ihn über all die Jahre. Als ich in den Bergen von seinem Tod erfuhr, war ich zuerst wie gelähmt, ich dachte keine Sekunde an den Umschlag. Erst gestern fiel er mir wieder ein.«

»Sie wissen nicht, was er enthält?«

»Peter hat es mir nie verraten. Wie Sie sehen, ist er versiegelt. Peters Instruktion lautete, ihn der Polizei zu übergeben, die ihn öffnen soll.«

»Die außergewöhnlichen Umstände sind gegeben«, sagte Dornach. »Lasst uns das Geheimnis lüften.« Er schob den Umschlag Becky zu. »Die Ehre gebührt dir.«

»Warum mir?«

»Weil wir, Großvater und ich, denken, dass er Dokumente enthält, die Peter Davaud dir nach der 1.-August-Feier übergeben wollte, und dass er deswegen sterben musste. Mit dem Schlüssel, den Davaud dir gegeben hat, solltest du vermutlich an diese Dokumente gelangen. Also sollst du ihn auch öffnen.«

Becky wog den Umschlag mit den Händen. Er war schwer. »Ich befürchtete schon, die Dokumente seien auf alle Zeit verloren, nachdem sie Davauds Mörder in die Finger gekriegt haben musste.«

»Wir gehen davon aus, dass es Duplikate sind, die Davaud angefertigt hat. Die Originale hat sich der Mörder angeeignet. Vermutlich hat er keine Ahnung von einem zweiten Dokumentensatz – vorderhand. Wenn Davaud wegen diesen Papieren sterben musste, geben sie uns möglicherweise Hinweise auf seinen Mörder. Vielleicht finden wir auch heraus, was es mit dem gewaltsamen Tod von Emma Kummer auf sich hat.«

»Ich bin Emmas Tagebücher noch mal minutiös durchgegangen«, sagte Becky. »Gegen Ende ihrer Eintragungen spricht sie von geheimen Unterlagen, die sie im Büro des Betriebsleiters der Waffenfabrik gestohlen hat. Sie erwähnt nirgends, um was für Papiere es sich handelt. Kurz darauf, Anfang September, enden die Einträge.«

»Zu diesem Zeitpunkt war sie vermutlich schon nicht mehr am Leben.« Dornach deutete auf den Umschlag in Beckys Hand. »Vielleicht verbirgt sich darin das Motiv für ihren grausamen Tod.«

»Ihre Leiche wurde im Keller von Schloss Aaregg eingemauert«, sagte Becky. »Heißt das, meine Großeltern haben etwas mit dem Mord an Emma zu tun?«

»Schwer zu sagen«, sagte Johann-Jakob. »Ich war ein Jungspund von Mitte zwanzig, als ich von Colberg kennenlernte. Er und Barbara von Aaregg waren ein kultiviertes Paar. Obwohl er Mitglied der NSDAP war, hatte von Colberg es nicht nötig, den Nazi herauszuhängen. Sonst hätten die von Colbergs unmöglich bei uns ein und aus gehen können. Barbara Felicitas war eine Freundin unserer Familie und der Schwarm aller Solothurner Junggesellen.«

»Deiner auch, Großvater?«, fragte Dornach.

»Natürlich habe ich sie verehrt wie alle Solothurner Männer in meinem Alter. Sie war vergeben, was damals noch etwas heißen wollte.«

»Und von Colberg?«

»Er gab den Anschein eines aufrichtigen und gutherzigen Mannes. Ich vermutete damals, dass er Parteimitglied wurde, weil es seiner Karriere förderlich war. Er ließ durchblicken, dass er von Hitler und seiner Clique nicht besonders viel hielt.«

»Wie dem auch sei«, sagte Becky. »Tatsache ist, Emma Kummer starb eines gewaltsamen Todes in seinem Haus, das heute meines ist. Ich will wissen, weshalb.«

»Wir sind alle klüger, sobald du den Umschlag öffnest, Becky«, sagte Dornach.

»Stimmt.« Becky brach das Siegel.

Der Umschlag enthielt nur Dokumente, kein Begleitschreiben, keine Erklärungen. Sie teilten sich bei der Sortierung und Durchsicht der Papiere auf. Eine knappe Stunde später standen sie vor einer nicht unbeträchtlichen Auslegeordnung, bestehend aus Aktennotizen, Memos, Kartenausschnitten und Bauplänen sowie Listen mit Dutzenden von Namen. Darüber hinaus enthielt der Umschlag eine Reihe von offiziellen Lageberichten, Memos und Protokollauszüge des Oberkommandos der Wehrmacht.

Damit befasste sich Dornach. »Die meisten dieser Dokumente datieren im Zeitraum zwischen der zweiten Junihälfte bis im August des Jahres 1940«, fasste er zusammen.

»Am 22. Juni endete der Feldzug gegen Frankreich mit dessen Kapitulation«, sagte Johann-Jakob.

»Offenbar war Hitler mit dem Ergebnis nicht zufrieden«, sagte Dornach. »Seine Hauptverbündeten, die Italiener, hatten versagt. Sie hätten durch die Westalpen vorstoßen und sich im Raum Genf–Annemasse mit den von Norden herangezogenen Deutschen vereinen sollen. Damit war eines der Ziele des Feldzuges gescheitert: die vollständige Abriegelung der Schweiz. Also zog Hitler massive Truppenverbände entlang der Schweizer Westgrenze zusammen.«

»Er wollte das Land besetzen?«, fragte Becky. »Haben Sie das gewusst?« Die Frage war an Johann-Jakob gerichtet.

»Damals herrschte eine große Konfusion«, sagte Johann-Jakob. »1940 war ich Zugführer im Solothurner Infanterieregiment 11. Als die Deutschen am 10. Mai die Niederlande und Belgien angriffen, waren wir sicher, dass auch unsere Stunde geschlagen hatte. Wir besetzten die Nordgrenze, weil wir einen Angriff aus Deutschland heraus befürchteten. Die Truppenbewegungen der Wehrmacht im süddeutschen Raum waren Ablenkungsmanöver, wie sich später herausstellte.«

»Genau, die Musik spielte im Westen«, sagte Dornach. »Anstatt wie befürchtet durch die Schweiz zu marschieren, knackten die deutschen Panzerarmeen die als uneinnehmbar geltende Maginot-Verteidigungslinie im Elsass und überrannten von Norden her die Niederlande, Belgien und Luxemburg. Von dort rückten sie gegen Paris und die Atlantikküste vor.«

»Die Schweiz ließen sie links liegen«, sagte Johann-Jakob.

»Weshalb sollte Hitler ein Land angreifen, das dank der Eroberung der Nachbarländer sowieso unter seiner Kontrolle war. Eine neutrale, faktisch von Deutschland abhängige Schweiz konnte ihm von viel größerem Nutzen sein. Er wollte sich das Land als sicheren Produktionsstandort und als Finanzdrehscheibe für seine Kriegswirtschaft erhalten.«

»Zunächst war das so«, nahm Dornach den Ball auf. »Bereits vor der Kapitulation Frankreichs im Juni musste ihm klar geworden sein, dass wegen der Inkompetenz und Unzuverlässigkeit der Italiener die Umklammerung zum Scheitern verurteilt war.« Dornach zeigte den anderen beiden den Auszug eines Wehrmachtsmemos. »Noch während die Waffenstillstandsverhandlungen im Gang waren, befahl Hitler den Kommandeuren der Panzer- und Gebirgsverbände, bis an die Schweizer Grenze im Jura vorzustoßen.«

»Dabei hätte er nicht mal einen Grund erfinden müssen, um seinen Einmarsch zu rechtfertigen«, sagte Johann-Jakob. »General Guisan hatte sich für den Schutz der Westgrenze auf die Franzosen abgestützt. Den Deutschen fielen Papiere über Geheimabsprachen zwischen der Schweizer Armee und dem französischen Generalstab in die Hände, die eindeutig gegen die Neutralität verstießen. Ein peinlicher und gefährlicher Moment für das Land. Unter dem Vorwand ähnlicher Absprachen hatten die Deutschen zuvor die Beneluxländer besetzt. Die Frage ist, warum hat Hitler uns verschont?«

»Weil die Franzosen bei den Verhandlungen zu früh einlenkten«, sagte Dornach. »Am 25. Juni wurde der Waffenstillstand in Compiègne unterzeichnet. Hitler hatte keine Veranlassung mehr, uns anzugreifen. Der Vertrag hatte allerdings einen Schönheitsfehler, zum Nachteil Deutschlands.«

»Das ›Genfer Loch‹«, sagte Johann-Jakob.

Dornach nickte.

»Was soll das sein?«, fragte Becky.

»1940 besetzten die Deutschen nicht ganz Frankreich. Entlang einer Demarkationslinie wurde es in eine besetzte und eine freie Zone unterteilt. Nordfrankreich mit Paris und dem Elsass sowie ein Streifen an der Atlantikküste bis zur spanischen Grenze einschließlich Bordeaux waren unter deutscher Kontrolle. Das südliche Frankreich von den Pyrenäen bis zur Schweizer Grenze zwischen Genf und Saint-Gingolph im Wallis galt als freie Zone unter der Verwaltung der Vichy-Regierung von Marschall Pétain. Es unterlag nicht der direkten Kontrolle der Deutschen. Dank der gut ausgebauten und funktionierenden Straßen- und Bahnverbindungen gelangte zwischen 1940 und 1942 ein beträchtliches Volumen an Schweizer Rüstungs- und Uhrentechnologie zu den Alliierten. Aber auch Menschen, die vor den Nazis auf der Flucht waren, wurden über diese Grenze nach Spanien und Portugal geschleust, von wo sie nach England oder Nordamerika ausschiffen konnten.«

»Die Deutschen hatten keine Möglichkeit, das zu unterbinden?«, fragte Becky.

»Natürlich bestanden Regeln und Vereinbarungen, aber der deutsche Zoll war nie in der Lage, alles zu kontrollieren«, sagte Johann-Jakob.

»Man muss auch sagen, dass dies nicht nur Nachteile für Deutschland hatte«, fuhr Dornach fort. »Über Schweizer Mittelsmänner importierte Deutschland Boykottgüter auf diesem Weg, die sie mit im Keller der Nationalbank gelagertem Raubgold bezahlten. Das war den Alliierten ein großer Dorn im Auge. Der neutrale Finanzplatz Schweiz war gleichzeitig Hitlers Hehler und Finanzierer.«

»Da haben wohl beide Seiten gut am Kriegselend verdient«, sagte Becky. »Die Schweizer und die Deutschen.«

»Was uns noch lange nach dem Krieg Probleme mit den Alliierten einbrachte. Für sie waren wir nicht besser als ein Nazi-Marionettenstaat.«

»Mitgegangen, mitgehangen.«

»So was in der Art«, sagte Dornach. »Wie auch immer. Die Doppelrolle der Schweiz als Lieferant der Alliierten und der

Deutschen befriedigte Hitler auf Dauer nicht. Er wollte die gesamten auf dem europäischen Kontinent vorhandenen Produktionskapazitäten ausschließlich zugunsten der Achsenmächte ausbeuten. Sein Ziel war ein Kontinentalblock gegen England. Das ›Genfer Loch‹ passte nicht in seinen Plan. Er wollte Nägel mit Köpfen machen. Im Sommer 1940 wurde ein Hauptmann Menges vom Oberkommando der Wehrmacht mit der Ausarbeitung eines Planes mit dem Decknamen ›Operation Tannenbaum‹ zur Besetzung der Schweiz betraut.«

»Wie wollte man das begründen?«, fragte Becky.

»Mit den von den Deutschen erbeuteten Dokumenten über die Geheimabsprachen zwischen General Guisan und dem französischen Generalstab. Möglicherweise gestattete Guisan den Franzosen im Gegenzug, Truppenteile über schweizerisches Territorium im Jura zu verschieben. Eine weitere Handhabe war der kurze Luftkrieg mit Deutschland im Juni 1940. Eine Handvoll Schweizer Messerschmitts brachten deutschen Bombergeschwadern und ihrem Jägerschutz empfindliche Verluste bei, als sie den Schweizer Luftraum verletzten.«

Becky war nicht überzeugt. »Hätte Hitler die Schweiz wirklich angegriffen? War sie im Endeffekt nicht nützlicher als ›neutraler‹ Staat?«

»Schwer zu sagen«, sagte Dornach. »Aus heutiger Warte vielleicht. 1940 sah die Situation anders aus. Deutschland war unbesiegbar. Die Schweiz zu besetzen machte zu diesem Zeitpunkt am meisten Sinn. Das Risiko eines deutschen Angriffs war nie so groß wie im Juni 1940 und noch mal im Herbst 1943, als die Alliierten die Invasion Italiens starteten. Beide Male befürchteten die Deutschen, dass wir dem Feind als Auf- und Durchmarschgebiet dienen sollten. 1940 kam dazu, dass General Guisan nach dem Waffenstillstand zwei Drittel des Armeebestandes demobilisierte. Die Angriffsgefahr war akut.« Dornach zeigte auf die Kartenausschnitte. »Die Schweiz sollte von mehreren Seiten her gleichzeitig angegriffen werden. Wegen des schwierigen Geländes hatte die Wehrmacht beträchtliche Ressourcen vorgesehen, insgesamt neun Divisionen, darunter ein Panzer-, zwei Gebirgs- und drei motorisierte Verbände. Der deutsche Angriff sollte aus Norden und Osten erfolgen. Italienische Truppen wären von Süden her einmarschiert. Schnelle motorisierte Truppen sollten das Mittelland besetzen, Schweizer Armeeverbände eingekesselt und daran gehindert werden, sich in die Réduitstellungen zurückzuziehen. Über dem Raum Bern–Solothurn–Zürich eingesetzte Fallschirmtruppen hätten die strategisch wichtigen Industriezentren, namentlich die Rüstungsbetriebe in der Region Solothurn, gesichert.«

»Die Waffenfabrik in Zuchwil war ein Ziel«, sagte Becky. »Emma Kummer stahl Unterlagen im Büro des Betriebsleiters Schwab. Wahrscheinlich waren es dieselben.«

»Das würde passen«, sagte Dornach. »Bis im August 1940 war die Gefahr eines deutschen Einmarsches nicht gebannt. Die Einmarschpläne wurden erst fallen gelassen, als Hitler seine militärischen Mittel ab August 1940 für den Englandfeldzug einsetzen musste. Im Herbst 1941 begann er den Krieg mit der Sowjetunion, und im November 1942 besetzte die Wehrmacht die freie Zone in Frankreich. Die unmittelbare Gefahr für die Schweiz war vorläufig abgewendet.«

»Schön und gut«, sagte Becky. »Das ist über sechzig Jahre her und dürfte kein allzu großes Geheimnis mehr sein. Zu diesem Thema wurden bestimmt ganze Bibliotheken und Archive gefüllt. Was ist denn jetzt daran so brisant, um es als Motiv für zwei Morde heranzuziehen?«

»Eine berechtigte Frage«, sagte Johann-Jakob. »Hitlers Einmarschplan für die Schweiz steckt nur den Rahmen ab.«

»Den Rahmen wofür?«

»Für das, was danach passieren sollte.« Johann-Jakob nahm seinen Stapel mit Bauplänen und Listen und legte ihn in die Mitte des Tisches. »Ich muss vorausschicken, auch das ist nicht wirklich eine Überraschung. Im Laufe der Jahrzehnte seit Ende des Krieges wurde immer wieder darüber gemunkelt. Ich habe es immer für Gerüchte gehalten, bis heute.«

»Gerüchte worüber?«

Johann-Jakob faltete ein A3-Blatt auseinander. Es zeigte einen

Kartenausschnitt von Solothurn und Umgebung. Drei Orte waren rot eingekreist: das Kurhaus auf dem Weißenstein, der Eisenbahntunnel durch den Jura zwischen Oberdorf und Gänsbrunnen sowie die Papierfabrik Attisholz. »Sobald die Wehrmacht ein Gebiet erobert hatte, traten SS und Gestapo auf den Plan, um es von unerwünschten Elementen zu säubern: unbequemen Intellektuellen, Juden, Kommunisten und so weiter. Dafür zuständig war das Reichssicherheitshauptamt der SS.«

»Das ist es«, sagte Becky. »Emma erwähnt in ihrem Tagebuch diesen scheußlichen SS-Standartenführer Hofer mit direktem Draht nach Berlin, wahrscheinlich zum Reichssicherheitshauptamt.«

»Und vermutlich war er genau deswegen hier«, sagte Johann-Jakob. »Die von mir gesichteten Unterlagen belegen, dass Vertreter der Frontbewegung in Solothurn, also dieser Schwab, mit den hiesigen regionalen und nationalen Repräsentanten der NSDAP sich Gedanken über die Zeit nach dem Einmarsch machten.« Er legte den Finger auf einen Kreis auf der Karte. »Auf Anregung der Frontisten wurde der Weißenstein als Standort für ein Konzentrationslager auserkoren.«

»Echt?«, fragte Becky, die Mühe mit der Vorstellung hatte.

»Ich habe schon davon gehört«, sagte Dornach. »Und hielt es stets für eine Spinnerei.«

»Ist sie auch, leider eine reale. Man dachte darüber nach und machte Pläne.« Johann-Jakobs Finger wanderte zu einem weiteren Kreis. »Der Weißenstein-Eisenbahntunnel. Hier wollte man vor jedem Portal massive Tore installieren, die den Tunnel luftdicht verschlossen.«

»Wozu?«, fragte Dornach.

»Um ihn als Vergasungskammer zu verwenden. Die Leichen wären daraufhin per Bahn direkt in die Industrieanlage Attisholz transportiert worden, um sie dort zu verbrennen.«

»Das bezweifle ich ernsthaft«, sagte Dornach. »Was du beschreibst, ist ein Vernichtungslager, in dem Menschen industriell getötet wurden. Diese wurden aber erst nach der Wannseekonferenz von 1942 und ausschließlich in Polen und Weißrussland errichtet, wie Auschwitz-Birkenau, Majdanek und Treblinka. In den besetzten Gebieten Westeuropas sind keine Todesfabriken bekannt.«

»Ich sage nicht, dass hier ein Lager gebaut worden wäre«, sagte Johann-Jakob. »Die Idee der Vernichtung unerwünschten Lebens existierte lange vor 1942, auch bei uns. Diese Papiere belegen, dass es bei uns Leute gab, die konkret darüber nachdachten.«

»Nach dem, was ich in Emmas Tagebuch über Schwab und seine Kumpane erfahren habe, traue ich denen alles Mögliche zu«, sagte Becky. »Was hat es mit den Namenslisten auf sich?«

»Die sind in meinen Augen brisanter als die geplanten Lager«, sagte Johann-Jakob. »Sie enthalten Namen von Leuten, die unmittelbar nach dem deutschen Einmarsch verhaftet werden sollten.«

»Darf ich sehen?« Dornach ging die eng mit Maschine beschriebenen Blätter durch. »Da haben wir sie: Kummer, Emma, und hier, weiter unten, Wyler, Anton.« Er blätterte zurück. »Sogar dein Name ist drauf, Großvater. Was hast du angestellt, um dir dieses Privileg zu verdienen?«

»Ich legte mich mit Osthoff, dem NSDAP-Sektionschef, an. Er dachte, den Sohn eines Großindustriellen einfach so auf seine Seite ziehen zu können. Ich verpasste ihm eine blutige Nase, und aus war's mit der Freundschaft.«

»Du scheinst der einzige Dornach zu sein, der es auf die Liste geschafft hat.«

»Mein Vater, dein Urgroßvater, war ebenso gegen die Nazis wie ich. Er machte lieber Geschäfte mit Engländern, Kanadiern und Amerikanern. Es war keine einfache Zeit für uns und die Firma. Ich kann mir vorstellen, dass die Nazis ihn mit meiner Inhaftierung zu einer besseren Kooperation zwingen wollten.«

Dornach blätterte die Liste bis zum Schluss durch. »Da finden sich ein paar prominente Namen. Heute bekleiden ihre Nachfahren bedeutende Positionen in Politik und Wirtschaft. Ich würde sagen, das birgt schon Zündstoff.« Er war beim letzten Blatt angelangt. »Hier steht der Name der Person, welche die Liste erstellte.« Er hielt das Blatt seinem Großvater hin. »Kennst du den?«

»Die Schrift ist ein wenig verschwommen.« Johann-Jakob rückte seine Brille zurecht. »Ich glaube, das soll ›Rüetschli‹ heißen, genau, Rüetschli Oskar. Nein, der Name sagt mir nichts.«

»Oskar Rüetschli!«, rief Becky. »Das war der Treuhänder meiner Großeltern. Später hat sein Sohn Bruno das Mandat übernommen, bevor es an den jetzigen Notar, Herrn Hürlimann, ging.«

»Das ist ein Ding.« Johann-Jakob gab die Liste Dornach zurück, der den Namen und die Unterschrift lange betrachtete. Er stutzte.

»Ist was?«, fragte Becky. »Kennst du ihn etwa doch?«

»Ich bin nicht sicher. Entschuldigt mich, ich muss was klären.« Ganz in das Blatt vertieft, ging Dornach hinaus.

Becky sah ihm nach. »Was hat er? So kenne ich ihn gar nicht.«

»Ich auch nicht«, sagte Johann-Jakob. »Er wird seine Gründe haben.«

Auf Beckys Handy ertönte der Signalton einer eingehenden Nachricht. Es war eine MMS einer unbekannten Nummer. Jemand schickte ihr ein Foto. Sie öffnete die Nachricht. Sie brauchte eine ganze Weile, bevor sie begriff, was sie sah. Auf dem Bild war Adrian. Er saß auf dem Hintersitz eines Minivans. Sein Mund war mit einem breiten Isolierband verklebt. Er schaute mit angsterfüllten Augen in die Kamera. Beckys Hände begannen zu zittern.

»Willst du deinen Sohn wiedersehen? Bring die Papiere und fünfhunderttausend Franken. Dreiundzwanzig Uhr, Ortsangabe folgt.«

∗∗

Zehn vor elf. Die Leuchtzeiger ihrer Armbanduhr wirkten bedrohlich. Der Rucksack an ihrer Schulter wog gefühlt einen Zentner. Gegen Abend hatte es einen Wetterumschlag gegeben. Er brachte eine willkommene Abkühlung mit Nieselregen. Das minderte das Risiko liebestoller Pärchen oder anderer Nachtschwärmer, welche die Übergabe stören könnten. Adrians Entführer musste diesen Faktor bei der Wahl des Übergabeortes mit dem Wetterumschwung eingerechnet haben.

Die Stelle war ihr vor zwanzig Minuten per SMS von einem unbekannten Absender mitgeteilt worden.

Beckys Blick wanderte über die Mauerkrone der Riedholzschanze hinüber zur verdunkelten Reithalle und zur dahinter verlaufenden Werkhofstraße. Bis auf das eine oder andere Auto war es ruhig. Becky fror. Der Nieselregen nässte lautlos, dafür gründlich.

Wie hatte der Entführer herausgefunden, dass sie in den Besitz der Papiere gekommen war? Die historische Bedeutung der Dokumente war unbestritten. Die politische Brisanz war heutzutage vernachlässigbar. Weshalb tötete jemand zwei Menschen und entführte ein Kind, um an sie heranzukommen?

Im Endeffekt spielten diese Fragen eine untergeordnete Rolle für Becky. Was zählte, war Adrian. Sie wollte ihn wohlbehalten zurück. Ihr Sohn durfte nach Emma Kummer, Peter Davaud und Krysztina Korda nicht das vierte unschuldige Opfer in diesem Drama werden.

Sobald sie am Morgen die Nachricht des Entführers erhalten hatte, war sie von Dornach nach Hause gefahren worden. Frau Serafini und Frau Reinhard mit einer aufgelösten Pia hatten sie erwartet. Unter Tränen erzählte Pia, dass sie mit Adrian auf dem Vorplatz der Villa Dornach gespielt hatte. Aus heiterem Himmel raste ein Van auf sie zu. Eine vermummte Gestalt war herausgesprungen, hatte Adrian gepackt und in den Van geworfen. Pia, die ihm zu Hilfe hatte eilen wollen, war grob beiseitegeschubst worden. Dann war der Spuk vorüber. Pia war untröstlich, dass sie Adrian nicht hatte helfen können. Es hatte Dornachs ganzer Überzeugungskraft bedurft, ihr zu erklären, dass es für sie hätte böse enden können, wenn sie sich zur Wehr gesetzt hätte. Der oder die Entführer hatten es offenbar nur auf Adrian abgesehen, obwohl es ihm ein Leichtes gewesen wäre, Pia ebenfalls zu verschleppen.

Konnte es dieselbe Person gewesen sein, die sie am Sonntag

zuvor im Bucheggberg von der Straße drängen wollte? Jan kam nicht mehr in Frage. In ein paar Tagen würde sie sich den Fragen der Polizei in Kiel stellen und damit ihr früheres Leben abschließen können. Bis dahin musste Adrian wieder bei ihr sein.

Becky horchte auf. Die Atmosphäre hatte sich verändert. Es hatte aufgehört zu regnen. Da war etwas anderes. Sie war nicht mehr allein.

Hinter dir.

Becky fuhr herum.

Die Gestalt trug eine Kapuzenjacke, darunter eine schwarze Gesichtsmaske, die entfernt an Darth Vader in »Star Wars« erinnerte. Nicht die bizarre Erscheinung erschreckte Becky. Adrian stand mit verbundenen Augen und geknebelt auf der Mauerkrone. Er schwankte leicht. Der Anblick schnürte Becky die Kehle zu. Ein falscher Schritt, eine hastige Bewegung oder auch nur ein Windstoß genügte, damit er in die Tiefe des Schanzengrabens stürzte.

»Keine Bewegung, bleib, wo du bist!«, sagte die Gestalt. Die Stimme klang blechern und fremd. Das erklärte die Maske, sie verfügte über einen integrierten Stimmverzerrer. »Jetzt komm auf mich zu, langsam.«

»Nehmen Sie den Jungen von der Mauer«, rief sie.

»Du tust, was ich sage.« Die Gestalt fasste Adrian am Bein. »Ein Schubser, mehr braucht's nicht.«

»Lassen Sie ihn los, bitte. Ich mache alles, was Sie wollen.«

»Mama?« In der Stimme lag die Furcht des kleinen Jungen, der sich nach den schützenden Armen seiner Mutter sehnte.

»Beweg dich nicht, Adi, ich bin hier. Es ist gleich vorbei.«

»Es ist vorbei, wenn ich es sage.« Die Gestalt streckte die Arme aus. »Komm jetzt her, oder der Junge hat einen langen, tiefen Fall.«

»Ich komme. Lassen Sie sein Bein los, bitte.«

Die Gestalt nahm die Hand weg.

»Adi, bleib stehen. Rühr dich nicht vom Fleck.« Becky setzte einen Fuß vor den anderen, bis der Abstand zwischen ihr und der Gestalt zwei Armlängen betrug.

Sie streckte die Hand aus. »Her mit dem Rucksack! Nicht zu hastig.«

Becky nahm den Rucksack behutsam von der Schulter und hielt ihn der Gestalt mit ausgestrecktem Arm hin.

»Leg ihn auf den Boden, dann gehst du zehn Schritte zurück.« Nachdem Becky der Aufforderung nachgekommen war, beugte sich die Gestalt über den Rucksack.

Sie zerrte am Riemen.

Becky kauerte mit eingezogenem Kopf auf den Boden und hielt sich die Ohren zu.

Der Riemen löste sich.

Die Gestalt hob den Deckel.

Die Blendgranate im Rucksack explodierte mit einem dumpfen Knall. Die Gestalt schrie auf. Von allen Seiten stürmten Polizisten in Kampfanzügen herbei. Die Laserpointer ihrer Waffen richteten sich auf die zusammengekrümmte Gestalt.

Beckys Blick ging hinüber zu Adrian.

Er stand nicht mehr dort.

»Adi?« Die furchtbare Erkenntnis übermannte sie. Die Explosion, der Blitz.

Nein, das durfte nicht sein.

»Adrian!« Ein Aufschrei, verzweifelt.

Sie wollte auf die Mauerkrone klettern. Ein Polizist hielt sie zurück.

»Adrian!«, schrie sie in die leere nächtliche Stille.

Jemand berührte ihren Arm. »Becky.« Dornach.

Sie schüttelte ihn ab. Sie wollte nichts hören, nur ihre Angst und ihren Schmerz in die Welt hinausschreien. Sie versuchte erneut, die Mauerkrone zu erklimmen. Dornach packte energisch zu, und dabei drehte er ihre Hände auf den Rücken. Sie schrie auf. »Du tust mir weh!«

»Ich lasse dich los, sobald du dich beruhigt hast.«

Sie keuchte unter seinem Gewicht, bewegte sich aber nicht mehr.

»Kann ich loslassen?«

»Ja, verdammt!«

Der Griff wurde gelockert. Dornach half ihr auf die Beine. »Sieh mal«, sagte er.

Becky sah in die Richtung, in die seine Hand zeigte.

Maja Hartmann hatte Adrian an der Hand. Er sah Becky und rannte auf sie zu. Sie ging in die Knie und fing ihren Sohn auf.

»Maja ist losgelaufen, sobald sich der Entführer an deinem Rucksack zu schaffen machte«, sagte Dornach. »Der Kerl bemerkte es nicht einmal. Sie holte Adrian von der Mauer, bevor die Blendgranate explodierte.«

Becky nickte der Polizistin dankbar zu. »Und wenn Sie es nicht rechtzeitig geschafft hätten?«

Maja bedeutete Becky, ihr zu folgen. Sie gingen zu einer der Schießscharten. Von dort konnten sie hinabsehen. Im Schanzengraben packten Feuerwehrleute ein Sprungtuch und ein Luftkissen zusammen.

»Sie hätten Adrian aufgefangen. Sie haben Übung in solchen Dingen.«

»Gut, dass wir alle Einsatzkräfte in Alarmbereitschaft versetzt hatten«, sagte Dornach. »Sobald wir wussten, dass die Übergabe hier stattfinden soll, konnten wir rasch handeln. Das Zeitelement war kritisch, aber es hat geklappt.«

»Wer ist der Dreckskerl, der mit dem Leben eines Kindes spielt?«, fragte Becky.

»Finden wir es heraus.«

Flankiert von zwei Beamten in Kampfmontur, kniete der Entführer am Boden, die Hände hatte man ihm mit Plastikfesseln auf den Rücken gebunden. Den Umhang mit der Kapuze hatte man ihm abgenommen. Die Maske des Bösewichts von einem anderen Stern trug er noch.

Dornach nickte den Polizisten zu. Einer von ihnen löste die Maske und entfernte sie.

»Ist doch manchmal eine verkehrte Welt, nicht wahr?«, sagte Dornach zu Staatsanwalt Damian Ruch, der ihn wutentbrannt mit schmerzverzerrtem Gesicht anblinzelte.

EMMA
AUGUST/SEPTEMBER 1940

21

Der Umschlag lag zuunterst in ihrer Tasche, eingewickelt in ein Kopftuch, unter dem schmutzigen Essgeschirr. Mit jedem Schritt, mit dem sie sich der Pförtnerloge näherte, wog er schwerer. Ihr Herzschlag steigerte sich zu einem Stakkato.

Emmas Atem stockte, als sie anstelle des freundlichen alten Sepp zwei jüngere Pförtner vor der Loge stehen sah, welche die Hinausgehenden musterten. Von Zeit zu Zeit pickten sie eine Arbeiterin oder einen Arbeiter heraus und durchsuchten ihre Taschen und Rucksäcke. Die letzte Stichkontrolle lag erst ein paar Tage zurück. Emma hatte gehofft, dass es für die nächsten Wochen gut war. Es sei denn, Schwab hatte den Verlust seiner Dokumente bemerkt und Alarm geschlagen.

Einer der Pförtner hatte sie ins Visier genommen. Emma wurde gleichzeitig warm und kalt. Jeden Moment würde er auf sie zeigen und sie zu sich winken.

Der Pförtner hob eine Hand. Emmas Herz setzte einen Schlag aus. Der Mann lächelte und wünschte ihr einen schönen Feierabend. Sie erwiderte den Gruß mit einem fahrigen Winken. Draußen beschleunigte sie ihre Schritte. Sie wollte Abstand zwischen sich und der Fabrik schaffen. Wie lange würde es dauern, bis Schwab den Verlust bemerkte? Wann würde er mit Hofers Hilfe vermuten, dass Emma dahinterstecken könnte? War sie hier noch sicher?

Beim Überfliegen der Berichte, Kartenausschnitte und Baupläne war ihr rasch klar geworden, was die Deutschen planten: Die Schweiz sollte militärisch besetzt und mit Hilfe der Frontenbewegung unter die Kontrolle der Nazis gebracht werden. Sie hatte die Pläne für den Weißenstein gesehen und die Verhaftungslisten mit Tonis und ihrem Namen. Sie wusste nicht, wie, aber sie würde alles tun, dieses Vorhaben zum Scheitern zu bringen.

Zu wem sollte sie gehen? Toni konnte ihr nicht mehr helfen. Er hätte gewusst, was zu tun war. Was war mit von Arx? Bei ihrem letzten Zusammentreffen spürte sie bei ihm ehrliche Sorge um sie. Und wenn das eine Fassade war, um ihr Vertrauen zu gewinnen? Wie konnte man sich auf die Politische Polizei verlassen, wenn ihre Dienstherren mit den Nazis paktierten?

Und Georg Friedrich von Colberg? Konnte sie ihm sagen, was sie wusste? War er einer der Verschwörer gegen die Schweiz? Wenn ja, wie würde er reagieren? War eine kleine Arbeiterin, die Geheimunterlagen stiehlt, es wert, beschützt zu werden?

Emma fühlte sich alleingelassen. Toni war weg, Rosmarie war tot. Sie hatte keine Freunde mehr.

Bis auf einen.

Emma zündete sich eine Zigarette an und blickte in die Sonne. Sie lag tief über dem Jura. Der aufsteigende Dunst über der Talsenke, in die die Stadt eingebettet war, filterte ihre Strahlen.

Es war lange her, seit sie das letzte Mal auf dem Bleichenberg gewesen war, einem Hügelzug, wo sich die Grenzen der drei Wasserämter-Gemeinden Zuchwil, Biberist und Derendingen trafen. Für einen verschwindend kurzen Moment vergaß sie, weswegen sie hier war, und ließ die Ruhe und den Ausblick zum Jura und über das Aaretal im Norden und zum Alpenkamm am südlichen Horizont auf sich wirken.

Mülchi lehnte die ihm angebotene Zigarette ab. Er saß neben ihr auf der Sitzbank und war seit geraumer Zeit in das Studium der Dokumente vertieft. Ein Gefühl der Erleichterung überkam Emma, die Gewissheit, das Richtige getan zu haben, indem sie Mülchi einweihte. Er war ihr ältester Freund, nur Rosmarie hatte sie länger gekannt. Mülchi war ein paar Jahre älter. Für sie war er so etwas wie der große Bruder gewesen, den sie in ihrer Kindheit vermisst hatte. Er hatte sich vor sie gestellt, wenn sie als Heranwachsende von gleichaltrigen Jungs bedrängt worden war. Dass Emma sie zuvor provoziert hatte, war für ihn nicht von Belang gewesen. Später waren ihr die von ihm ausgehenden Signale, mehr für sie sein zu wollen, nicht entgangen. Sie hatte sie nie ernst genommen. Es machte keinen Sinn, jahrelang einen großen Bruder zu haben, um ihn später zu heiraten. Es hatte eine Weile gedauert, bis Mülchi die Grenzziehung verstanden hatte.

Mülchi war fertig mit der Sichtung und steckte die Papiere wieder in den Umschlag. »Warum willst du mir nicht sagen, woher du diese Dokumente hast?«

»Es tut nichts zur Sache. Ich habe sie gefunden, das ist alles.«

»Hast du sie von Toni?«

»Wie kommst du darauf? Hätte er sie gefunden, müsste ich dich nicht um Rat fragen, was damit zu tun ist.«

»Bist du sicher, dass sie echt sind?«

»Also gut, Schwab war im Besitz der Dokumente, und er isst zu Mittag mit einem Offizier der SS. Wie viel Echtheit brauchst du noch? Die Nazis wollen unser Land besetzen und alle verhaften, die ihnen nicht passen.«

»Warum hat Schwab die Dokumente? So ein hohes Tier ist er für die Nazis doch gar nicht.«

»Vielleicht doch. Dieser Hofer, mit dem er in der Fabrikkantine war, hat einen direkten Draht zu den höchsten Kreisen in Berlin. Schwab ist der Betriebsleiter eines wichtigen Rüstungsbetriebes. Es kann ja sein, dass er an den Plänen mitgearbeitet hat.«

»Und was ist mit Direktor von Colberg? Hat er etwas damit zu tun?«

Wo lag die Loyalität des Hausherrn von Schloss Aaregg? Bei seiner Partei oder bei seiner angeheirateten Heimat? »Ich weiß es nicht, Jonas.«

»Was erwartest du von mir?«

»Ich kenne niemanden außer dir, dem ich noch vertrauen kann. Ich hoffte, du sagst mir, wie ich vorgehen soll.«

»Im Grunde genommen ist das ein Fall für die Politische Polizei.«

»Ich traue diesem Wachtmeister von Arx nicht. Ich glaube, er arbeitet mit den Nazis zusammen.«

Mülchi sah sie mit großen Augen an. »Warum denkst du das?«

Emma erzählte ihm, was sie bisher mit von Arx erlebt hatte.

»Er behandelt mich, als sei ich diejenige, die dem Land Schaden zufügen will.«

»Liegt das nicht eher an deinen hartnäckigen Versuchen, Toni Wyler von ihrem Zugriff fernzuhalten?«

»Woher weißt du …?«

»Von Arx und ich arbeiten bei derselben Polizei. Mir ist bekannt, dass sie nach Toni fahnden. Das ist nicht weiter verwunderlich bei dem, was er alles anzettelt.«

»Warum redet ihr bei der Polizei immer davon, was die Sozialisten und die Gewerkschafter anrichten«, sagte Emma aufgebracht. »Was die Nazis anstellen, interessiert anscheinend keinen.«

»Das stimmt nicht, Emma. Von Arx piesackt die deutsche Kolonie und die NSDAP-Ortssektion ganz schön.«

»Davon habe ich nichts gemerkt.«

»Weil man es nicht an die große Glocke hängen will. Wem ist geholfen, wenn die Politische diplomatische Zwischenfälle provoziert, die uns im Gegenzug Repressalien von den Deutschen einbringen? Von Arx und seine Leute müssen behutsam vorgehen, wenn sie ihre Umtriebe im Auge behalten wollen.« Mülchi rückte näher zu Emma. »Weißt du, was er mal gemacht hat?«

»Keine Ahnung.«

»Er ist im Sektionsbüro der Nazi-Partei eingebrochen und hat es durchsucht. Nebenbei hat er Mikrofone installiert, damit er vom Nebenhaus die Gespräche mithören konnte.«

»Ist nicht wahr?«

»Ist es. Er ist auf dem Laufenden, was die Deutschen aushecken.«

»Von den Angriffsplänen der Deutschen hat er nichts mitgekriegt.«

»Von Arx weiß darüber Bescheid, was im Sektionsbüro besprochen wurde. Kann sein, dass die hiesigen Nazis nicht eingeweiht sind. Du hast gesagt, das Dokument sei vom Adlatus des Schweizer Gauleiters an diesen SS-Mann Hofer übergeben worden, der es wiederum an Schwab weitergeleitet hat.«

Das hatte Emma nicht bedacht. Schätzte sie von Arx falsch ein? Dass er bei den Nazis eingedrungen war, beeindruckte sie. In gewisser Weise legitimierte es ihren Einbruch bei Schwab.

»Ich denke, du solltest mit von Arx sprechen«, sagte Mülchi.

»Meinst du?«

»Ich bin sicher. Wenn du möchtest, kann ich dabei sein. Von Arx und mein Vater sind Freunde.«

»Würdest du das?« Emma spürte die Last auf ihrer Schulter leichter werden.

»Wozu bin ich dein Freund? Lass mich mit von Arx sprechen. Ich gebe dir Bescheid, wann und wo wir uns ohne unerwünschte Ohren treffen können.«

Bevor die Dämmerung der Dunkelheit Platz machte, traf Emma auf der Waldlichtung bei der »Kaplanei zu Kreuzen« ein. In der Von-Roll-Kapelle zündete sie eine Kerze für Toni an. »Gott halte seine schützende Hand über dich, Liebster, wo immer du bist.«

Sie ging hinüber zur Wirtschaft »Kreuzen«. Sie war mäßig besucht. Eine Wolke aus Tabakdunst schwebte im leeren Raum zwischen den Köpfen der Gäste und dem Deckengebälk, das aus der Zeit stammte, als der Gasthof ein Treffpunkt der Kreuzritter war. Eine Serviertochter führte Emma in einen Nebenraum, weg vom Tabakmief. Mülchi hatte ihn für das Treffen reservieren lassen. Die Serviertochter fragte, was sie trinken wolle. Emma sehnte sich nach einem Glas Rotwein, um ihre angespannten Nerven zu beruhigen. Sie bestellte sich ein Wasser.

Die Wanduhr zeigte acht Uhr, die vereinbarte Zeit. Mülchi und von Arx mussten jeden Moment da sein. Mülchi hatte es vordergründig geschafft, sie davon zu überzeugen, von Arx zu vertrauen. Zwischen dem Gespräch auf dem Bleichenberg und jetzt hatten sich die Zweifel erneut eingestellt. Toni stand noch auf der Fahndungsliste der Polizei. Was, wenn man ihr seinen Aufenthaltsort entlocken wollte? Sie war froh, darauf bestanden zu haben, nicht zu wissen, wo sich Toni versteckte. Selbst unter Folter konnte sie ihn nicht verraten.

Die Tür öffnete sich. Die Bedienung kam mit ihrem Wasser herein, gefolgt von Mülchi. Er war allein.

»Wo steckt von Arx?«, fragte Emma.

»Er wurde aufgehalten, kommt aber gleich.« Er bestellte und wartete, bis die Bedienung die Tür hinter sich geschlossen hatte.

»Zeigst du mir noch mal die Unterlagen?«

»Weshalb?«

»Von Arx meinte, ich soll etwas überprüfen.«

Emma nahm den Umschlag aus der Tasche und gab ihn Mülchi, der ihr gegenüber Platz genommen hatte. Er legte ihn wortlos in die mitgebrachte Aktenmappe.

»Was soll das? Ich werde die Papiere an Arx übergeben.« Emma streckte die Hand aus. »Gib mir den Umschlag wieder.«

Mülchi stand auf und ging zur Tür. »Du kannst reinkommen«, sagte er zu einer Person, die draußen wartete.

Sie hätte Emma zuallerletzt erwartet. »Bertheli? Was willst du hier?«

Die Angesprochene lächelte herablassend. »Ich bin eingeladen. Schließlich will ich den Moment nicht verpassen, wenn sich die schlaue Emma Kummer zum Narren macht.«

Emma schaute zu Mülchi. Er erwiderte ihren Blick gleichmütig. »Tut mir leid, Emmi. Wenn es nach mir gegangen wäre, hätte es anders laufen sollen, weniger … schmerzhaft für dich. Aber die Zeit drängt.«

Emma wurde klar, dass sie in eine Falle gelockt worden war. »Wachtmeister von Arx kommt nicht, oder?«

»Nein, er kommt nicht.«

Emma schluckte die aufsteigende Angst hinunter. War Mülchi, ihr Freund seit der Jugendzeit, ein heimlicher Frontist und kollaborierte mit den Nazis? Arbeitete er verdeckt für die Politische Polizei? Hatte von Arx ihn als Lockvogel auf sie angesetzt? Welche Rolle war Bertheli in diesem Schmierentheater zugedacht? Emma wurde schwindlig, sie trank schnell einen Schluck Wasser. Sie fühlte sich ausgenutzt und missbraucht. Sie war nicht über Mülchi oder Bertheli wütend, sondern über sich selbst und ihre Naivität. Am meisten schmerzte es sie, gegen eine Schabe wie Bertheli Gruber den Kürzeren gezogen zu haben.

Diese setzte sich neben Mülchi und küsste ihn ungeniert.

»Seid ihr beide etwa ein Paar?«

»Wie sieht es denn für dich aus?«, fragte Bertheli.

»Seit wann?«

»Seit ich Jonas überzeugen konnte, der Frontenbewegung beizutreten und für unsere Sache zu kämpfen.«

»Jonas?« Emma versuchte, ihm in die Augen zu schauen. Er hatte den Kopf gesenkt. »Bist du wirklich einer von denen, ein Faschist? Ausgerechnet du, der immer das Loblied auf unsere Freiheit und unsere Unabhängigkeit angestimmt hat, arbeitest für die Nazis?«

»Ich arbeite nicht für die Nazis. Ich kämpfe für den Erhalt meiner Heimat, eine neue Schweiz.«

»Wie soll sie aussehen, deine neue Schweiz?« Emma zeigte auf Mülchis Aktenmappe. »Etwa so, wie sie in diesen Dokumenten beschrieben wird? Getreten und geschändet von deutschen Soldatenstiefeln wie die Länder um uns?«

Mülchi schlug mit der Faust auf den Tisch. Sein Gesicht hatte sich zu einer Fratze verzerrt. Emma verstummte augenblicklich. Bertheli sah ihn erschrocken an. Emma konnte sich nicht erinnern, den friedfertigen und gemütlichen Mann je aufbrausend oder unbeherrscht gesehen zu haben. »Willst du Moral predigen, Emma?«, rief er. »Jahrelang war ich dein Freund. Du konntest immer zu mir kommen, wenn du Probleme hattest. Ich habe dich getröstet und dir Ratschläge gegeben. Gern wäre ich mehr für dich gewesen. Davon wolltest du nichts wissen. Ich war gut genug, dir aus der Patsche zu helfen, aber sonst ...«

Emma fiel aus allen Wolken. Der schüchterne Jonas Mülchi hatte nicht nur für sie geschwärmt, sich aber nie klar zu seiner Liebe zu ihr bekannt. Vielleicht hatte sie es bewusst oder unbewusst ignoriert. »Ehrlich, Jonas, ich wusste nicht, dass du ... Warum hast du nie etwas gesagt?«

»Hätte es etwas geändert? Hättest du mich genommen? Sieh

mich an. Was bin ich für dich? Ein gemütlicher großer Teddybär, bei dem du dich bei Bedarf anlehnen und ausweinen kannst. Hätte ich bei den Kerlen, die dir ständig den Hof gemacht haben, eine Chance gehabt?«

»Es tut mir leid, Jonas. Wirklich, ich –«

»Lass gut sein. Vorbei ist vorbei, ich bin dir nicht böse. Im Gegenteil, ohne deine Zurückweisung hätte ich nie meine wahre Bestimmung gefunden.«

»Bei den Nazis?«

»Warum sprichst du immer von den Nazis? Ich bin kein Deutscher.«

Emma streckte die Hand aus. »Dann gib mir den Umschlag zurück. Er nützt den Frontisten nichts.«

»Mir nützt er«, sagte Bertheli und nahm ihn aus Mülchis Aktenmappe. Sie presste ihn an ihre Brust. »Hast du eine Ahnung, wie viel uns Schwab dafür zahlt? Zehntausend Franken.«

»Ihr verkauft die Dokumente zurück an Schwab. Das ist, als würdet ihr sie den Nazis übergeben.«

»Mit dem Unterschied, dass sie Schwab gehören. Du hast sie ihm gestohlen.«

»Ihr begeht Landesverrat. Darauf steht die Todesstrafe.«

Bertheli lachte. »Landesverrat? In ein paar Wochen wird die Schweiz Teil des Deutschen Reiches sein, und wir werden die Helden sein, die es ermöglichten.« Bertheli stand auf und beugte sich über Emma. »Du wirst elend in einem Kellerloch verrotten, wenn du dich bis dahin nicht aufgehängt hast oder exekutiert worden bist.« Berthelis Gesicht verzog sich zu einer hämischen Grimasse. »Vielleicht bist du ja nicht allein. Kann sein, dass wir bis dahin deinen Liebhaber, den roten Toni, erwischt haben. Dann könnt ihr Händchen halten, wenn man euch die Schlinge um den Hals legt.«

Bertheli war nahe genug. Emma hätte ihr ohne Weiteres die Augen auskratzen können. Stattdessen spuckte sie ihr mitten ins Gesicht. Bertheli zuckte zurück und wischte sich angewidert mit dem Handrücken das Gesicht ab. »Das wirst du mir büßen, du hochnäsiges Miststück.«

»Wenn schon, mehr als aufhängen oder erschießen könnt ihr mich nicht.«

»Meinst du? Du hättest sehen sollen, was ich mit der Rosi –«

»Sei still, Bertheli«, fuhr sie Mülchi an.

»Was war mit Rosi?«, fragte Emma. »Habt ihr sie etwa … ihr habt sie … getötet?«

Mülchi starrte unablässig auf das weiße Tischtuch. Bertheli antwortete an seiner Stelle. »Lass Jonas aus dem Spiel. Ich war es.«

Emmas Atem ging flach. Hatte Bertheli gerade den Mord gestanden? »Du hast Rosi … an der Emme … mit Tonis Gurt …«

»Die dumme Kuh war fällig«, sagte Bertheli. »Scharwenzelte ständig um Toni herum. Ich hatte die Idee, wie wir sie für unsere Zwecke nutzen konnten. Ich machte mich an Toni heran und provozierte Rosis Eifersucht und einen handfesten Streit vor Zeugen. Ohne deine Schnüffelei wäre es ein Leichtes gewesen, Toni den Mord anzuhängen und ihn so loszuwerden.«

»Ihr habt Rosi ermordet, damit ihr Toni loswerden konntet? Sie hat nie jemandem etwas getan, sie war unschuldig.«

»So unschuldig auch wieder nicht. Ein Mann allein genügte ihr nicht. Sie schlich ständig um unsere Jungs herum. So muss sie etwas von den Angriffsplänen spitzgekriegt haben. Sie ging damit zur Polizei, Gott sei Dank war es Jonas. Er kam zu mir. Ich traf mich mit Rosi, nach dem Tanz, am Emmenspitz. Sie begriff nicht, worum es ging, und schrie herum. Da habe ich sie zum Schweigen gebracht.«

»Mit Tonis Gurt?«

»Ein Frontist hat ihn aus seinem Spind in der ›Waffi‹ mitgehen lassen. Ich habe ihr damit den Rest gegeben. Was soll's? Ihr Tod ist kein Verlust für das Schweizertum.«

In Emma tobte ein Sturm. Vor wenigen Tagen hatte sie gehofft, dass sich so etwas wie eine Freundschaft zwischen ihr und Bertheli Gruber entwickeln konnte. Jetzt wusste sie, dass sie noch nie einen Menschen so abgrundtief gehasst hatte wie diese Frau, die seelenruhig zugab, einen Menschen kaltblütig ermordet zu haben, als wäre er ein Stück Unkraut, das man aus der Erde riss und fortwarf.

»Bertha Gruber.« Emma wählte ihre Worte mit Bedacht. »Eines verspreche ich dir: Was du mit Rosi gemacht hast, werde ich dir vergelten, und wenn es das Letzte ist, was ich tue.«

»Ui, ich bekomme richtig Angst. Du wirst keine Gelegenheit dazu kriegen, liebe schlaue Emma, weil du lange vor mir das Gras von unten angucken wirst. Ab sofort hat für dich niemand mehr Verwendung.«

»Das reicht, Bertheli«, sagte Mülchi. »Emma, du wirst, ohne Aufsehen zu erregen, mit uns kommen.«

»Wo bringt ihr mich hin?«

»Das wirst du schon sehen.«

Emmas Herz sank. »Meine Mutter …«, begann sie.

»Der sagen wir, dass du für ein paar Tage ins Zürcher Büro der Waffenfabrik bestellt wurdest, um bei einer speziellen Aufgabe auszuhelfen.«

»Wenn ich zu lange weg bin, wird sie mich als vermisst melden.«

»Tja, wer weiß«, sagte Bertheli, »in einem Sündenbabel wie Zürich kann einem überall und immer etwas zustoßen. Eines Tages werden wir der armen Frau Kummer die traurige Mitteilung machen müssen, dass ihre Tochter in falsche Gesellschaft geraten ist und nie mehr aus der großen Stadt zurückkehren wird.«

22

Vier Wochen später

Der Arzt, ein älterer Herr namens Schildknecht, hörte Emmas Rücken ab. »Drehen Sie sich bitte auf den Rücken, ich möchte Ihren Bauch untersuchen.«

Emma zuckte zusammen, als seine kühlen Hände ihre Haut berührten. »Danke, Fräulein Kummer«, sagte Dr. Schildknecht nach ein paar Minuten. »Die Untersuchung ist beendet, Sie dürfen sich anziehen.«

»Was fehlt mir, Herr Doktor?« Sie hatte sich über plötzlich auftretende tägliche Übelkeit beklagt. Der Arzt war gar nicht darauf eingegangen.

»Nichts, worüber Sie sich zu diesem Zeitpunkt Sorgen machen müssten, mein Fräulein«, sagte Dr. Schildknecht zurückhaltend. »Wahrscheinlich eine Magenverstimmung. Schonen Sie sich ein wenig in den nächsten Tagen.«

Meinte er das ernst? Sie tat seit Wochen nichts anderes, seit man sie in diesem Keller im Schloss Aaregg gefangen hielt. Nach einer Woche hatte sie zum ersten Mal einen Spaziergang an der frischen Luft in Begleitung machen dürfen. Mehr Schonung war nicht möglich. In den ersten Tagen der Gefangenschaft war sie jedes Mal aufgesprungen, wenn jemand die Zelle betrat. Sie hatte gedacht, der Moment ihrer Exekution sei gekommen. Sie war vorbereitet. Seit jenem Abend in der »Kreuzen« hatte sie mit dem Leben abgeschlossen. Sie konnte nicht einmal freiwillig aus dem Leben scheiden. Sämtliche Gegenstände und Vorrichtungen, die dazu hätten dienen können, waren entfernt worden. Das Essen wurde ihr mundgerecht zugeschnitten serviert, sodass sie kein Messer benötigte. Zudem hatte man sie völlig isoliert. Die einzigen Personen außer dem Arzt, mit denen sie in den letzten Tagen gesprochen hatte, waren Georg Friedrich von Colberg und Bertheli Gruber gewesen.

Ihre Mutter hatte sie seither nicht mehr gesehen. Von Colberg hatte ihr erklärt, dass Frau Kummer seiner Frau während einer mehrwöchigen Kur in Davos Gesellschaft leiste. Hatte er ihr damit einen versteckten Hinweis auf Emmas Todesdatum gegeben, kurz vor der Rückkehr ihrer Mutter? Aus welchem Grund warteten sie so lange, Emma aus dem Weg zu räumen? Wollte man sie unter Umständen als Geisel verwenden? Für wen, gegen was? Welche Bedeutung konnte eine Fabrikarbeiterin im großen politischen Spiel um die Macht in Europa innehaben? Einmal hatte sie versucht, eine Antwort aus Bertheli herauszulocken, doch die hatte sie nur mit offener Verachtung angeschaut. Seither hatten sie kein Wort mehr miteinander gewechselt. Für Emma existierte diese junge, hübsche und zutiefst grausame Frau nicht mehr. Sie begleitete Emma auf ihren Gängen an der frischen Luft, die Hand stets am Abzug einer Pistole in der Rock- oder Hosentasche. Emma war es egal. Bertheli war ihr egal. Sie hatte Rosmarie auf dem Gewissen. Emmas Entschluss stand fest: Sobald sie die geringste Gelegenheit dazu bekam, würde sie Bertheli eigenhändig töten.

Dr. Schildknecht verabschiedete sich. Auf dem Kellerkorridor wartete von Colberg. Emma hörte das Gespräch der beiden Männer durch die geschlossene Tür, ohne zu verstehen, was besprochen wurde. Teilte der Arzt von Colberg seinen Befund mit, ohne ihn ihr zu sagen? Aber auch diese grobe Verletzung des Arztgeheimnisses war Emma mittlerweile gleichgültig. Zu Beginn hatte sie dagegen protestiert. Schildknecht war Vertrauensarzt der deutschen Botschaft. Von Colberg hatte dafür gesorgt, dass außer einem kleinen Kreis niemand von Emmas Aufenthalt im Keller des Schlosses wusste.

Vor der Tür verabschiedeten sich von Colberg und Dr. Schildknecht. Kurz darauf trat von Colberg ins Zimmer. Emma erschrak, als sie ihn sah. Sie hatte ihn nicht oft zu Gesicht bekommen. Als sie vier Wochen zuvor hergebracht wurde, hatte er sie freundlich begrüßt, was sie gehörig verwirrt hatte, nachdem ihr Bertheli eingehend geschildert hatte, welche Todesarten sie für sie vorgesehen hatte. Das letzte Mal war Emma von Colberg zwei Wochen zuvor begegnet.

Jetzt schien er um Jahre gealtert. Seine Haut war fahl, tiefe Falten hatten sich in die Mundwinkel gegraben, dunkle Ringe untermalten die Augen. Er machte den Anschein, als würde ein Dämon seine ganze Lebenskraft aussaugen. Emma verdankte es ihm, dass man sie gut behandelte, vermutlich sogar, dass sie noch am Leben war. Bertheli hatte aufgehört, sie zu drangsalieren, wenn sie sie auf ihren Gängen draußen begleitete. Stellte von Colberg sich über Gebühr schützend vor sie, geriet er etwa deswegen unter Druck? War das der Grund, weshalb sie noch lebte? Was für ein Plan steckte dahinter? Würde sie die restlichen Jahre ihres Lebens im Keller von Schloss Aaregg verbringen wie der Graf von Monte Christo in seinem Verlies auf der Festung von If?

»Wie geht es Ihnen, Fräulein Kummer? Fühlen Sie sich etwas besser?«

»Ein wenig. Dr. Schildknecht hat mir ein Mittel gegeben, das den Brechreiz lindern soll.«

»Ich weiß. Er sagt, Sie sollen sich schonen.«

»Ich tue die ganze Zeit nichts anderes.«

»Es ist zu Ihrem Besten, glauben Sie mir.«

»Wie meinen Sie das? Was haben Sie mit mir vor? Warten Sie auf einen Befehl, mich zu liquidieren? Ich verstehe es nicht.«

»Wer sollte mir Ihrer Meinung nach einen solchen Befehl erteilen?«, fragte von Colberg mit dem leisesten Anflug eines Lächelns.

»Was weiß ich, Schwab oder dieser SS-Mann, Hofer.«

»Machen Sie sich wegen denen keine Sorgen. Die können mir nichts befehlen.«

»Hofer soll in Berlin einen direkten Draht zum Reichsführer der SS haben, sagt man.«

»Das mag sein, nur hat Himmler mir auch nichts zu sagen. Ich bin nicht ihm unterstellt. In Deutschland werden Hierarchien noch ernster genommen als in der Schweiz.«

»Wer ist Ihr Chef, wenn ich fragen darf.«

»Ich arbeite für die Abwehr, den militärischen Geheimdienst der Wehrmacht. Mein Chef ist Admiral Canaris.«

»Auch ein Nazi.«

»Er ist wie ich Mitglied der Partei wie alle, die wichtige Posten im Reich bekleiden. Doch auch wenn ich ein Parteibuch besitze und das Hakenkreuz am Revers trage, bin ich noch lange kein Unmensch.«

»Ist das der Grund, weshalb ich noch am Leben bin?«

»Ihr Schicksal hängt davon ab, wie Sie mit uns zusammenarbeiten, Fräulein Kummer.«

»Es sei denn, ich verärgere Bertheli, also Fräulein Gruber.«

»Ohne meine Erlaubnis wird sie Ihnen kein Haar krümmen.«

»Weshalb tun Sie das, Herr von Colberg?«

»Was meinen Sie?«

»Warum stellen Sie sich schützend vor mich? Anfang August haben Sie mich vor einer Schikane des Betriebsleiters bewahrt. Aus welchem Grund?«

Von Colbergs Blick schweifte ins Leere. Er schwankte und musste sich an der Wand abstützen.

»Ist Ihnen nicht gut?«

»Geht schon«, sagte er ein wenig außer Atem. Er deutete auf den Stuhl neben dem Bett. »Darf ich mich setzen?«

»Bitte.«

»Sie wollen wissen, weshalb ich mich um Sie kümmere?«

»Das würde ich gern erfahren, ja.«

»Sie sind ihr sehr ähnlich.«

»Wem?«

»Meiner Frau.«

»Barbara ... Frau von Aaregg, entschuldigen Sie, Frau von Colberg-Aaregg?«

Von Colberg lächelte mild. »Als ich sie kennenlernte, hatte sie die gleiche Energie wie Sie. Sie war in der Lage, an zehn Dinge gleichzeitig zu denken und fünf Aufgaben miteinander zu erledigen. Dabei blieb sie fröhlich und hatte ein gutes Wort für jeden. Darüber hinaus war sie wunderschön.«

»Das ist sie heute noch.«

»Sie hätten sie früher kennen sollen. Heute ist die Krankheit Bildhauer ihrer Schönheit.«

»Ihre Frau ist krank?« Beim Empfang hatte Barbara von Aaregg einen erschöpften Eindruck gemacht. Emma hatte es den Vorbereitungen zugeschoben.

»Sie wissen, dass meine Frau drei Fehlgeburten hatte?«, sagte von Colberg.

»Das ist mir bekannt.«

»Vom dritten Abort hat sie sich nie erholt. Sie wurde zunehmend schwächer. Vor zwei Wochen kam die Diagnose. Sie hat Unterleibskrebs im Endstadium. Weihnachten wird sie wohl nicht mehr erleben.«

Emma schwieg betroffen. Barbara von Aaregg war vielleicht zehn Jahre älter als sie, ganz bestimmt zu jung zum Sterben. »Das tut mir aufrichtig leid für Sie, Herr von Colberg. Wenn ich etwas tun kann, dann …« Sie unterbrach sich. Was konnte sie noch für irgendjemanden tun?

»Vielleicht können Sie das«, sagte von Colberg. »Kommen Sie.«

»Wohin?«

»Auf einen Ausflug an die frische Luft. Da ist jemand, der darauf brennt, Sie zu sehen.«

Emma und Bertheli saßen hinten in Colbergs Mercedes-Limousine, er selbst auf dem Beifahrersitz. Bertheli drückte Emma den Lauf einer Luger in die Seite.

Von Colberg sah es während der Fahrt. »Das dürfte nicht nötig sein, Fräulein Bertha«, sagte er in den Rückspiegel. »Unser Gast macht uns keine Schwierigkeiten, nicht wahr, Fräulein Kummer?«

Emma schüttelte stumm den Kopf.

»Laut Instruktionen dürfen wir kein Risiko eingehen. Wir sollten –«

»Fräulein Kummer untersteht meiner Verantwortung. Sie hat mir ihr Ehrenwort gegeben, keinen Fluchtversuch zu unternehmen. Also bitte.«

Bertheli lag eine weitere Erwiderung auf der Zunge, von Colbergs schneidender Blick hielt sie davon ab. Sichtbar widerwillig steckte sie die Luger in ihre Handtasche.

»Wir sind gleich da«, sagte von Colberg.

Sie überquerten die Aare auf der Wengibrücke. An der Krummturmschanze vorbei fuhren sie dem Fluss entlang stadtauswärts. Solange sie sich auf Stadtgebiet befanden, hatte sich Emma einigermaßen sicher gefühlt. Jetzt ließen sie die letzten Häuser der Vorstadt hinter sich. Bei der Dreibeinskreuzkapelle bog der Fahrer links ab und fuhr über einen schmalen Naturweg hoch auf ein Waldstück zu.

»Was wollen wir am Hunnenberg?« Bertheli sprach Emmas Gedanken aus.

»Sie werden es früh genug erfahren«, erwiderte von Colberg knapp. Das büßte Emma, indem sie Berthelis vernichtenden Blick kassierte. Emma wusste, sie würde keine Sekunde zögern, sie zu erschießen, wenn sie ihr die kleinste Veranlassung dazu gab. Bertheli hatte ihr gegenüber zugegeben, Rosmarie kaltblütig ermordet und den Verdacht auf Toni gelenkt zu haben. Emmas Leben hing am dünnen Faden der Aufrichtigkeit von Colbergs. Konnte Emma ihm trauen? Wollte er sie mit der herzergreifenden Geschichte über die Krankheit seiner Frau in Sicherheit wiegen? Sollte sie ihm wie ein Kalb auf dem Weg in den Schlachthof folgen, damit man sie im Hunnenberg-Wald exekutierte? Vor dem Gespräch mit von Colberg hatte sich Emma mit der Unausweichlichkeit ihres Todes abgefunden und Frieden mit sich geschlossen. Die Menschlichkeit von Colbergs hatte ihr neue Hoffnung gegeben.

Sie fuhren auf einem Feldweg am Rand des Hunnenberges Richtung Westen. Bei einer Weggabelung stoppten sie.

»Was tun wir hier?« Diesmal war es Emma, die fragte.

»Wir warten«, erwiderte von Colberg ebenso knapp wie vorher bei Bertheli.

Keine fünf Minuten quälenden, schweigenden Wartens später näherte sich aus der entgegengesetzten Richtung ein Auto. Es hielt wenige Meter vor dem Mercedes. Es war ein Dienstwagen der Politischen Polizei. Emma lief es gleichzeitig heiß und kalt den Rücken hinunter. Sollte sie an Wachtmeister von Arx ausgeliefert werden? Wenn ja, war das gut oder schlecht für sie?

»Auf die Polizei ist Verlass«, sagte von Colberg. »Zumindest, was die Pünktlichkeit betrifft.« Er stieg aus und öffnete die Fondtür des Mercedes auf Emmas Seite. »Bitte, Fräulein Kummer.«

Wachtmeister von Arx stieg aus dem anderen Auto und sah abwartend zu ihnen herüber.

»Vergessen Sie nicht, dass Sie mir Ihr Ehrenwort gegeben haben, Fräulein Kummer«, sagte von Colberg. »Wenn Sie einen Fluchtversuch unternehmen, wäre es für uns beide nicht gut.« Er neigte den Kopf in Richtung Bertheli, die im Wagen sitzen geblieben war. »Fräulein Bertha hat einen nervösen Abzugsfinger, wie mir scheint.«

»Ich verstehe nicht«, sagte Emma. »Was macht die Politische Polizei hier? Ist sie Teil der Verschwörung gegen unser Land?«

»Zu viele Fragen, Fräulein Kummer. Seien Sie versichert, ich habe nie einen aufrichtigeren Schweizer getroffen als Wachtmeister von Arx. Ich habe ihn um einen Gefallen Ihnen zuliebe gebeten, und ich verlasse mich auf Sie.«

»Weiß er, dass Sie mich gefangen halten?«

»Er hat keinen Grund zu einer solchen Annahme, und so soll es bleiben.« Von Colberg hielt ihren Arm fest. »Es ist besser für uns alle, wenn es nicht zu einem Zwischenfall kommt. Versprechen Sie mir das?«

Emma nickte.

Von Colberg gab von Arx ein Zeichen. Dieser öffnete die hintere Tür seines Wagens und ließ einen Mann aussteigen. Er trug einen Hut, den er in diesem Moment abnahm.

Emma stockte der Atem. »Toni, weshalb ist er hier?«

»Er hat sich gestellt«, sagte von Colberg.

»Sie werden ihn für den Mord an Rosmarie Götsch vor Gericht stellen.«

»Das wird nicht passieren«, sagte von Colberg.

Emma sah ihn verständnislos an.

»Ich habe mit Wachtmeister von Arx gesprochen. Toni Wyler wird das Land verlassen. Er geht nach Übersee. Dafür erhält er von mir ein Startkapital.«

»Wachtmeister von Arx ist darauf eingegangen? Was erhält er im Gegenzug? Ihr Versprechen, dass die Schweiz nicht besetzt wird?«

»Nicht ganz«, erwiderte von Colberg unbeeindruckt von Emmas Sarkasmus. »Die Politische Polizei bekommt von uns eine Liste mit Namen deutscher Individuen, denen, sagen wir, nicht das beste Interesse der Schweiz am Herzen liegt.«

»Muss eine lange Liste sein.«

»Es gibt einige. Wachtmeister von Arx ist ganz angetan. Ich denke, das ist auch in Ihrem Sinn.«

»Mir ist es recht, solange Toni nicht für ein Verbrechen bezahlen muss, das er nicht begangen hat.«

Von Colberg warf einen kurzen Blick zurück zum Mercedes, Bertheli war hinten im Wagen sitzen geblieben. »Von Arx und ich haben eine Vereinbarung. Sobald einer meiner Gewährsmänner mir meldet, dass Herr Wyler sich in Lissabon eingeschifft hat, tritt sie in Kraft. Mehr brauchen Sie nicht zu wissen.« Von Colberg nickte von Arx zu. Toni setzte sich in ihre Richtung in Bewegung.

»Gehen Sie ihm entgegen«, sagte von Colberg zu Emma. »Sie haben zehn Minuten.«

Zehn Minuten, um die Hoffnung auf eine Liebe, die ein Leben lang andauern sollte, loszulassen, ehe sie begonnen hatte? Ein enges Korsett schnürte Emmas Brust zusammen. Die wenigen Tage, die sie zusammen hatten, mussten für den Rest ihres Daseins reichen.

Die letzten Meter rannten sie aufeinander zu und fielen sich in die Arme. »Lass uns wegrennen«, raunte Emma zwischen den Küssen in sein Ohr, »in den Wald. Wenn wir schnell sind, erwischen sie uns nicht mehr.«

»Es hat keinen Zweck, Emma. Von Arx hat überall Polizisten postiert. Er traut mir nicht, und ich will nicht, dass dir etwas zustößt.«

Ahnte Toni, in welcher Gefahr sie sich befand? Wenn nicht, wollte sie ihn nicht unnötig beunruhigen. Hauptsache, er war in Sicherheit.

Toni neigte den Kopf in von Colbergs Richtung. »Was hat es mit ihm und dir auf sich? Wie konnte er von Arx dazu bringen, dass ich dich noch mal sehen darf?«

Emma zögerte. Was sollte sie ihm erzählen? Konnte sie damit etwas ungeschehen machen oder aufhalten, was unweigerlich eintreten würde?

Sie drückte Toni an sich. »Es spielt keine Rolle mehr. Halt mich fest.« Sie blieben eng umschlungen und sich Zärtlichkeiten zuraunend stehen, bis von Colberg und von Arx zu ihnen traten. Es war Zeit.

Stumm, nur mit einem langen Kuss verabschiedeten sie sich voneinander. Die Ungeheuerlichkeit des Augenblicks riss Emmas Brust auseinander. Sie beherrschte sich. Später auf dem Rücksitz, als der Fahrer den Wagen startete, öffneten sich ihre Schleusen. Bertheli hatte sich von ihr abgewandt und sah zum Fenster hinaus. Von Colberg saß schweigend auf dem Beifahrersitz.

Er begleitete Emma zu ihrer Zelle. »Ich danke Ihnen, Fräulein Kummer. Sie haben Wort gehalten.«

Emma sah ihn an. Aller Emotionen entledigt, fühlte sie weder Wut noch Trauer. Toni lebte, nur das zählte. »Was geschieht jetzt?«

»Es ist an mir, mein Wort zu halten«, sagte von Colberg. »Sie dürfen sich ab morgen frei im Haus bewegen.«

»Darf ich Ihre Überfallpläne auf die Schweiz an die Polizei weitergeben?«

»Wenn Sie glauben, es ist für sie von Nutzen, bitte. Die Dokumente werden bald Makulatur sein, eine Fußnote in der Geschichte dieses Krieges, die manche in einigen Jahren nicht einmal mehr ernst nehmen werden.«

»Wie meinen Sie das?«

»Der Führer hat gegenwärtig wichtigere Herausforderungen

zu meistern. Der Luftkrieg um England, dessen Erfolg eine wichtige Voraussetzung für die Invasion der Britischen Inseln ist, läuft nicht nach seinen Vorstellungen ab. Wenn es ihm nicht gelingt, die Engländer zu bezwingen, wird die deutsche Vormachtstellung in Europa nie auf einem stabilen Fundament stehen. Dafür benötigt er mehr Truppen als vorgesehen. Außerdem sind im Moment Vorbereitungen für eine große Operation im Laufe des nächsten Jahres im Gang. Die Besetzung der Schweiz hat bis auf Weiteres keinen Vorrang mehr.«

Emma war zu müde, um nachzuhaken. Sie wollte die Augen schließen und an nichts mehr denken außer an Toni und ihn in Gedanken auf seiner Reise in die Neue Welt begleiten. Sie spürte, dass von Colberg ihr noch nicht alles gesagt hatte. »Gibt es noch etwas, was ich wissen sollte?«

Er setzte sich auf den Stuhl. »Das gibt es. Ich habe mit dem Arzt gesprochen, nachdem er Sie untersucht hatte.«

»Er meinte, es sei alles in Ordnung mit mir«, sagte Emma. Hatte Dr. Schildknecht ihr nicht die ganze Wahrheit gesagt?

»Sogar mehr als das. Herzliche Gratulation, Fräulein Kummer, Sie sind guter Hoffnung.«

Emma hatte es nicht fertiggebracht, länger als eine Stunde Schlaf zu finden. Das heranwachsende neue Leben in ihr drängte alles andere, sogar die Sorge um ihr Schicksal, in den Hintergrund. Von Colberg hatte sie nicht nach dem Vater gefragt. Es kam nur einer in Frage. Wo Toni in diesem Augenblick sein mochte? Hatte er die Grenze ins unbesetzte Frankreich bereits überquert? In einigen Tagen sollte er in Portugal ankommen.

»Dein Vater ist in Sicherheit, hörst du«, raunte sie dem mikroskopisch kleinen Wesen zu, das sich in ihrem Bauch einnistete. Das Gefühl, Mutter zu werden, hatte sie dermaßen überwältigt, dass sie sich noch gar nicht mit dem vorangegangenen Gespräch mit von Colberg befassen konnte. In den nächsten Tagen würde sie dafür genug Zeit haben. Das hatte sie sich ausbedungen.

Der Druck des kalten Metalls eines Pistolenlaufes gegen ihre Schläfe machte ihr bewusst, dass sie eingenickt sein musste.

»Glaubst du, ich lasse mich so einfach von dir abservieren?«, flüsterte eine heisere Stimme in ihr Ohr.

Emma hatte Bertheli nicht kommen hören. Die Pistole an ihrem Kopf löste eher Erstaunen als Furcht aus. Ihr Leben war ohnehin zu Ende.

»Bertheli, was tust du?«

»Ich werde dich los, ein für alle Mal.«

»Herr von Colberg hat –«

»Von Colberg hat hier bald nichts mehr zu sagen. Sobald wir mit Hilfe der Deutschen die Macht im Land haben, ruft man ihn zurück nach Berlin. Weißt du, warum?«

»Du wirst es mir bestimmt sagen.«

»Weil dieser abgehalfterte Adlige viel zu weich ist für die Welt, die wir aufbauen wollen.«

Bertheli schien über die Veränderung der strategischen Lage in Europa nicht Bescheid zu wissen. Oder war es von Colberg, der sich in den Absichten seines Führers irrte?

»Nimm die Pistole weg. Ich will mich aufsetzen.«

Bertheli trat einen Schritt zurück. Die Pistole blieb auf Emmas Kopf gerichtet.

»Willst du mich hier erschießen, in meinem Bett?«

»Warum nicht. Ein idealer Platz für einen Selbstmord, meinst du nicht?«

»Niemand wird glauben, dass ich mich umgebracht habe.«

»Wenn schon, Hauptsache, du bist endlich weg von dieser Welt. Eine von uns beiden ist zu viel auf diesem Planeten.« Bertheli hob die Pistole.

»Erfüllst du mir einen letzten Wunsch?«

»Weshalb sollte ich?«

»Weil man den letzten Wunsch einer Sterbenden respektiert, auch wenn man sie hasst, so wie du mich.«

»Na schön, was willst du?«

»Gibst du das Kettchen und das Kruzifix meiner Mutter? Sie hat es mir zur ersten Kommunion geschenkt. Einst sollte ich es meinem Erstgeborenen schenken. Jetzt soll sie es zurückhaben.«

»Wo ist es?«

»Um meinen Hals. Darf ich es abnehmen?«

»Schön langsam.«

Emma beugte sich langsam vor und langte mit beiden Händen hinter ihren Nacken, um den Verschluss zu lösen. Sie nestelte einen Moment daran. »Es klemmt, hilfst du mir bitte?« Emma beugte ihren Nacken noch mehr vor.

Einen Fluch murmelnd, kam Bertheli näher. Als sie es sah, war es zu spät. »Du verdammte ... da ist gar kein –«

Sie konnte den Satz nicht zu Ende bringen. Emmas Hand schnellte vor und packte ihre Pistole.

Sie rangen stumm miteinander. Emma riss etwas von Berthelis Kleid ab. Es war das verfluchte Parteiabzeichen, das diese gar nicht hätte tragen dürfen. Es hatte Emma abgelenkt. Der Lauf der Pistole richtete sich gegen sie.

Der Schuss war ohrenbetäubend.

BECKY
AUGUST 2006

23

Becky wurde aus ihrem traumlosen Schlaf gerissen. Hatte es an der Haustür geklingelt? Das konnte warten. Neben ihr schlief Adrian tief und fest. Ihr war kalt, weil sie halb abgedeckt lag. Sie zog behutsam ihre Hälfte der Bettdecke über sich.

Erst lange nach Mitternacht hatte sie ein Streifenwagen nach Hause gebracht. Auf Dornachs Anordnung hielten die Polizisten die ganze Nacht Wache vor dem Schloss. Ein Notarzt hatte ihr und Adrian ein leichtes Beruhigungsmittel verabreicht. Auf eine Betreuung des Careteams hatte Becky verzichtet. Sie hatte Adrian zu Bett gebracht. Er wollte sie in seiner Nähe haben. Sie hatte sich neben ihn gelegt und war sofort eingeschlafen.

Durch den Vorhangspalt drang Tageslicht in das Zimmer. Wie lange hatte sie geschlafen?

Was spielte das für eine Rolle? Sie legte sich auf die Seite, das Gesicht ihrem schlafenden Sohn zugewandt. Becky genoss die Momente, in denen sie ihn allein für sich hatte. Im Schlaf strahlte Adrians Gesicht die Kindlichkeit aus, die ihm mehr und mehr abhandenkommen würde. Stünde es in ihrer Macht, würde sie diese Phase um ein paar Jahre verlängern.

Einige endlose und grausame Sekunden lang hatte Becky letzte Nacht geglaubt, er sei in die Tiefe des Schanzengrabens gestürzt. Hätte Dornach sie nicht zurückgehalten, wäre sie ihm nachgesprungen. Das Gefühl, als Mutter nicht in der Lage gewesen zu sein, ihr Kind zu schützen, hätte fast ihren Lebenswillen ausgelöscht. Sie strich eine Strähne aus Adrians Gesicht und küsste ihn auf die Stirn. Er murmelte etwas im Schlaf und drehte sich auf die andere Seite.

Becky stieg aus dem Bett. Sie wollte Frühstück machen und nachsehen, wer gekommen war. Es hatte nur einmal geklingelt, Frau Serafini würde an die Tür gegangen sein.

Vor der Zimmertür stieß sie mit Pia zusammen.

»*Bonjour*, Becky.«

»Hallo, Pia, bist du allein gekommen?«

»Ich warte darauf, dass Adi wach wird. Papa hat gesagt, ich darf ihn nicht wecken, wenn er schläft.«

»Ist Dominik auch da?«

Pia nickte. »Er wartet in der Küche und trinkt Kaffee mit eurer Frau Reinhard.«

»Du meinst Frau Serafini.«

»Sage ich doch, eure Frau Reinhard. Kann ich zu Adi hinein?«

»Wie spät ist es denn?«

»Fast halb zehn.«

»Haben wir so lange geschlafen?«

»Viel zu lange. Kann ich hinein?«

»Sanft wecken, ja, sonst ist er den ganzen Tag schlecht gelaunt.«

»Ja, ja.« Pia schlich sich ins Zimmer und setzte sich mit dem Rücken an der Kopflehne neben Adrian aufs Bett. Mit verschränkten Armen sah sie ihm beim Schlafen zu. Becky ertappte sich beim Gedanken, dass die beiden vielleicht mal ein schönes Paar abgeben könnten.

In der Küche umsorgte Frau Serafini Dornach mit Kaffee, Brötchen und Croissants. Üblicherweise bereitete Becky das Frühstück für sich und ihren Sohn selbst zu. Heute war sie froh, sich mit ihrem Bärenhunger an den gedeckten Tisch setzen zu können. Sie begrüßte Dornach mit den obligaten drei Wangenküssen auf die für einmal glatt rasierten Wangen. »Bist du zu Schlaf gekommen?«

»Rund zwei Stunden. Um sieben kniete Pia auf meinem Bauch und wollte erzählt bekommen, was gestern passiert war.«

»Dafür siehst du recht ausgeruht aus, bist sogar frisch rasiert.«

Er rieb sich über das glatte Kinn. »Anweisung meiner Tochter. Sie hat gemeint, ich kratze.«

»Habt ihr Staatsanwalt Ruch verhört?«

»Bis um halb fünf Uhr morgens. Er hat gestanden.«

»Was genau?«

»Den Mord an Krysztina Korda.«

»Und Peter Davaud?«

»Schiebt er Frau Korda in die Schuhe.«

»Wie praktisch, dass sie sich nicht mehr wehren kann.«

»Tja. Wobei die Todesursache, eine Vergiftung mit Insulin, gewisse medizinische Kenntnisse voraussetzt. Frau Korda war ausgebildete Altenpflegerin, allerdings auf dem zweiten Bildungsweg. Ihr Grundwissen in physischer Pflege hatte sie sich in verschiedenen Bordellen angeeignet.«

»Stimmt, ich erinnere mich«, sagte Becky. »Während unseres Gespräches bei dir zu Hause hatte Davaud ihr gegenüber im Streit etwas von einem ›Puff‹ gesagt, aus dem er sie geholt haben will.«

Dornach schnitt ein Brötchen in zwei Hälften und schob eine zu Becky hinüber. »Ruch streitet eine Mittäterschaft an Davauds Tod nicht ab. Hingegen weisen die Indizien auf seine Rolle als Drahtzieher hinter der ganzen Geschichte hin. Somit haben wir auch ein Motiv.«

»Inwiefern?«

»Du erinnerst dich an die Verhaftungslisten der Nazis?«

»Die ein gewisser Oskar Rüetschli unterzeichnete.«

»Der Name machte mich stutzig, so habe ich meine Leute darauf angesetzt.« Dornach biss in sein Brötchen. »Kurz vor dem Einsatz auf der Schanze bekam ich die Bestätigung: Rüetschli war der ledige Name von Ruchs Mutter, Annabelle Rüetschli. Oskar war Ruchs Großvater.«

»Und ein Nazi?«

»Er war ein führendes Mitglied im nationalen Kader der Frontenbewegung und an der Ausarbeitung des Konzeptes für ein Konzentrationslager auf dem Weißenstein sowie an anderen Standorten beteiligt. Die Familie Rüetschli war bekannt für ihre rechtsnationalen Ansichten. Oskar aber soll ein Fanatiker gewesen sein, der sich voll und ganz für die Sache der Nationalsozialisten einsetzte.«

Becky spülte den letzten Bissen ihres Brötchens mit dem Rest ihres Kaffees hinunter. »Mir ist nicht ganz klar, wo das Motiv für Ruch liegt, deswegen zwei Menschen zu ermorden respektive ermorden zu lassen. Das Ganze liegt über sechzig Jahre zurück.«

»Ruch kandidiert für einen der liberalen Sitze im Kantonsrat. Langfristig spekuliert er auf einen Regierungsratsposten. Wenn alles gut für ihn gelaufen wäre, hätte er dereinst auf das Bau- und Justizdepartement hoffen dürfen, heißt, er wäre unser nächster Justizminister geworden.«

»Ich verstehe, was du meinst. Ruch musste gefürchtet haben, ein Nazi-Familienhintergrund könnte sich ungünstig auf seine Wahlchancen auswirken. Ich dachte, so was gibt's nur in Deutschland.«

»Die historische Hypothek jener Zeit mag in der Schweiz nicht so hoch sein wie in Deutschland. Trotzdem würde es einem angehenden Regierungsmitglied schlecht anstehen, wenn sich herausstellte, dass seine Vorfahren Landesverräter waren, die ihnen nicht genehme Landsleute wegsperren lassen wollten.«

Becky musste an den aufgeschlossenen und rüstigen Peter Davaud denken. »Deswegen musste er den armen alten Mann beseitigen.«

»Ruch beteuert, es sei nicht seine Absicht gewesen. Er konnte Davaud nicht überzeugen, ihm die Unterlagen freiwillig auszuhändigen. Er sagt, er habe die Information von Frau Korda, die einen Teil des Gespräches zwischen Peter Davaud und dir aufgeschnappt haben musste. Ruch hat eins und eins zusammengezählt und Davaud unter Druck gesetzt. Als Davaud die Papiere nicht aushändigen wollte, hatte Korda die Nerven verloren und Davaud mit Insulin vergiftet.«

»Weshalb hat Ruch Krysztina Korda getötet?«

»Sie war seine Geliebte, er hatte ihr Geld für ihre Hilfe versprochen. Nach Davauds Tod erpresste sie Ruch um mehr Geld. Das war ihr Todesurteil.«

»Da ist ja gehörig was schiefgelaufen. Mehr Kaffee?«

Dornach gab ihr seine Tasse. »Das ist nicht alles. Ruch hat zugegeben, dass er es war, der dich im Bucheggberg von der Straße drängen wollte.«

Mist, keine Bohnen mehr in der Maschine.

Becky öffnete eine frische Packung. »Weißt du, Dominik, ich kann Ruch viel vergeben, sogar, dass er die Morde mir anhängen wollte. Was ich diesem Schweinehund nie verzeihen werde, ist, dass er Adrian in Gefahr gebracht und seinen Tod in Kauf genommen hat. Wenn man mich fünf Minuten mit ihm allein ließe, könnte ich für nichts garantieren. Entschuldige, wenn ich das so sage.«

Dornach hob beide Hände. »Tu dir keinen Zwang an. Ich würde genauso denken, wenn jemand Pia mit dem Tod bedrohte.«

»Na, jedenfalls ist der Alptraum vorüber, und ich kann mich endlich der Renovierung des Hauses widmen.«

»Du hast dich entschlossen, in Solothurn zu bleiben, trotz allem?«

»Wenn mich die Polizei in Schleswig-Holstein laufen lässt, sobald ich meine Aussage zum Tod von Jan gemacht habe.«

»Wann musst du fahren?«

»In drei Tagen, am Montag, mit dem ersten Schnellzug ab Solothurn.«

»Das trifft sich gut. Ich möchte dir etwas mit auf die Reise geben. Vorab dazu eine Frage: Was weißt du über die Umstände der Rückkehr deines Großvaters nach Deutschland?«

»Nicht viel. Ich habe dir gesagt, dass meine Mutter nicht darüber gesprochen hat.«

»Ich habe ein paar Nachforschungen anstellen lassen. Ist es dir recht, wenn wir jetzt darüber sprechen?«

»Sogar sehr, ich will seit Langem mehr über meine Großeltern erfahren.«

»Folgendes.« Dornach öffnete ein Notizbuch. »1943 verließ Georg Friedrich von Colberg Solothurn und zog zurück in seine Heimatstadt Kolberg, das heutige polnische Kołobrzeg. 1941 war seine Frau Barbara gestorben, nachdem sie deine Mutter zur Welt gebracht hatte. Laut Totenschein führten Geburtskomplikationen zu ihrem Tod.«

»Mama erzählte, dass Großvater es nach Barbaras Tod in

Solothurn nicht mehr ausgehalten hatte. In Wirklichkeit ...«
Becky schluckte einen plötzlich aufsteigenden Kloß hinunter.

»In Wirklichkeit?«

»Ich glaube, ohne Barbara war er des Lebens müde geworden. Er war Reserveoffizier der Wehrmacht. Zurück in Deutschland, ließ er sich einer kämpfenden Truppe zuteilen. Während der Januaroffensive 1945 wurde er bei einem Gefecht mit der Roten Armee in Ostpreußen getötet.« Es war das erste Mal, dass das Schicksal ihres Großvaters bei Becky zu Tränen führte.

Dornach überließ sie einen Moment den Emotionen, bevor er fortfuhr. »Von Colberg verließ die Schweiz zusammen mit seiner Tochter. Aber da gab es noch eine dritte Person.«

Becky schnäuzte sich. »Stimmt, eine junge Haushaltshilfe. Sie hieß Bertha Gruber. In Deutschland arbeitete sie für meinen Großvater als Haushälterin und Kinderfrau. Emma Kummer erwähnt sie auch in ihren Tagebüchern. Anscheinend waren die beiden nicht die besten Freundinnen.«

»Was wurde aus ihr?«

»Im Frühjahr 1945 flüchtete die Familie vor den vorstoßenden Sowjets aus Kolberg nach Westen und ...« Becky stockte. »Ich erinnere mich vage, dass meine Mutter mal erwähnte, mein Großvater habe Bertha Gruber geheiratet, bevor er nach Ostpreußen ging. Sie war nicht erbberechtigt, aber die Familie war verpflichtet, sich um sie zu kümmern.«

»Sie ist nie mehr in die Schweiz zurückgekehrt, nicht wahr? Sie wurde Teil der Familie«, sagte Dornach.

»Sie war die Kindfrau meiner Mutter. Später hat sie sich um mich gekümmert. Als sie zu alt wurde, hat ihr die Familie eine großzügige Apanage ausbezahlt.«

»Lebt sie noch?«

»Ich glaube schon. Soviel ich weiß, wohnt sie in einer betreuten Altersresidenz an der Ostsee.«

Dornach nahm eine Akte, die neben seinem Teller lag, und gab sie Becky.

»Was ist das?«

»Nützliche Informationen. Schau hinein.«

»Kannst du es mir nicht sagen?«

»Es ist besser, wenn du es selber liest. Ich gebe dir eine Hilfestellung, falls du mit dem Beamtenchinesisch nicht klarkommst.«

Es dauerte eine Viertelstunde, bis Becky mit den Dokumenten durch war. Mit zitternden Händen schloss sie den Aktendeckel.

»Warum …« Sie hatte keine Stimme mehr und musste sich räuspern. »Warum hast du mir nicht früher davon erzählt?«

»Weil ich es schwarz auf weiß wollte. Ohne das Resultat hättest du es zu Recht als übergriffig bezeichnet.«

Worauf du Gift nehmen kannst, du Mistkerl.

Sie saßen immer noch in der Küche des Schlosses. Es war derselbe Tag, und die Sonne war dieselbe, die sie vorhin beim Aufstehen begrüßt hatte. Und doch hatte sie Dornach mit diesen Papieren in ein neues Leben und eine neue Welt katapultiert.

»Wie geht's weiter?«, fragte Becky.

»Erst mal genießen wir den Tag und das Wochenende, das vor uns liegt. Am Montag begleite ich dich nach Deutschland. Wir müssen ein paar Dinge vor Ort klären, denke ich.«

24

Becky saß entspannt auf dem Beifahrersitz des Mietwagens, den Dornach steuerte. Die Befragungen auf dem Landeskriminalamt in Kiel und mit der Staatsanwaltschaft waren für Becky gut verlaufen. Becky hatte glaubhaft darlegen können, dass Jans Tod auf dem Segelboot ein Unfall gewesen war. Sie musste sich ein paar Tage länger für weitere Fragen zur Verfügung halten, als sie ursprünglich beabsichtigt hatte. Wenigstens musste sie sich nicht um Adrian sorgen. Er wohnte solange in der Villa Dornach.

»Hier irgendwo muss es sein«, sagte Dornach. »Wie heißt es noch mal?«

»›Residenz Viktoria‹. Da vorne ist sie.«

Das Gebäude aus der Gründerzeit gehörte nicht zum Gelände des benachbarten »Grand Hotel Heiligendamm«. Dennoch fügte es sich nahtlos in die Häuserfront am Strand ein, die als »Weiße Stadt am Meer« bekannt war. Becky war zum ersten Mal hier, obwohl ihre einstige Heimatstadt nicht länger als anderthalb Autostunden entfernt lag.

Dornach parkte den BMW auf dem Gästeparkplatz der Residenz. Bevor sie sie betraten, überquerten sie die Straße und ließen ihren Blick über den weitläufigen weißen Strand und die aufgewühlte Ostsee schweifen. Ein heftiger Wind, Vorbote kommender Herbststürme, schob schwere Wolken gegen das Landesinnere. Unablässig rollte die schaumgekrönte Dünung heran, um im Sand zu versickern.

Dornach zog den Reißverschluss seines Anoraks hoch. »Schade spielt das Wetter nicht mit. Bei Sonnenschein muss es wunderschön sein hier.«

»Wenn du morgen nicht zurückfahren müsstest, könnten wir in ein paar Tagen wiederkommen. Das Wetter soll bis dahin besser werden«, sagte Becky. Sie kuschelte sich an ihn, um sich gegen den Wind zu schützen. Er legte seinen Arm um sie. »Ist das eine Einladung?«

»Wenn du sie annimmst. Wir könnten uns ein paar schöne Tage machen, jetzt, wo alles vorbei ist.«

Er ließ sie los. »Becky, ich glaube nicht, dass wir beide …«

Sie sah an ihm hoch. »Was meinst du?« Dann begriff sie und lachte. »Nein, nein, so war das nicht gemeint. Ich werde mich nicht an die lange Linie deiner Verflossenen und Gegenwärtigen anhängen. Pia braucht auch keine neue Tante.«

»Schade eigentlich. Dich würde sie von allen am ehesten akzeptieren, schätze ich«, sagte er mit einem Augenzwinkern.

»Ich ziehe es vor, dich als einen meiner besten und treuesten Freunde zu sehen, das ist nachhaltiger. Ehrlich, Dominik, ich weiß nicht, wie ich das alles ohne deine Hilfe geschafft hätte.« Sie drückte ihm einen Kuss auf die Wange. »Streng freundschaftlich.« Sie deutete zur Residenz. »Wollen wir rübergehen?«

Becky hatte ihren Besuch telefonisch vorangemeldet. An der Rezeption wurden sie von einer schlanken Blondine im grauen Kostüm und mit strenger Pferdeschwanzfrisur in Empfang genommen. Sie stellte sich als Johanna Lüttgen vor, Leiterin der Residenz.

»Sie möchten zu Frau Gruber. Darf ich noch mal fragen, in welchem Verhältnis Sie zu unserer Residentin stehen?«

»Sie hat lange Jahre als Kindermädchen und Haushälterin für unsere Familie gearbeitet«, sagte Becky.

»Die Familie von Colberg, ich erinnere mich«, sagte Frau Lüttgen. »Sie sorgte mit einer großzügigen Zuwendung dafür, dass Frau Gruber auf Lebenszeit hier wohnen kann. Ich führe Sie zu ihr.«

Sie durchquerten helle, trotz Bewölkung lichtdurchflutete Räume.

»Hat Bertha bei ihrer Heirat nicht von Colbergs Namen angenommen?«, fragte Dornach.

»Doch schon. Ich glaube, sie nahm ihren ledigen wieder an, sobald meine Mutter volljährig wurde. Anscheinend sollte es in ihren Augen nur eine Frau von Colberg geben.«

Becky schlug das Herz bis zum Hals. Sie hatte die alte Kindfrau nie anders gekannt. Nach ihrer Odyssee in den Schatten des

Sommers würde sie einem in ihren Augen anderen Menschen gegenüberstehen.

Die Winterterrasse war leer bis auf eine in Decken gehüllte Person in einem Korbsessel, die gedankenverloren der stürmischen Ostsee hinter den Fensterscheiben zusah.

Frau Lüttgen legte sanft eine Hand auf deren Schulter. »Ihr Besuch ist da, Frau Gruber.«

Die alte Dame hob ihren Kopf und musterte die Ankömmlinge. Obschon sie gegen die neunzig ging, war ihr Blick klar, keine Spur von Alterstrübung. Unter den Falten ihres Gesichtes mit den fein gemeißelten Wangenknochen schimmerte die Schönheit ihrer jungen Jahre durch, ein Mensch am Abend eines erfüllten Lebens. »Ich erkenne dich«, sagte sie zu Becky. »Du bist die kleine Rebecca, nicht wahr? Das letzte Mal sahen wir uns … das muss zwanzig Jahre her sein.«

»Das kommt in etwa hin. Darf ich Tante Bertha zu dir sagen, wie früher?«

»Ich bestehe darauf.« Die alte Frau zeigte auf zwei Sessel, die um sie herum gruppiert waren. »Setzt euch, ich bestelle uns Tee und Kuchen.« Sie winkte einer abseits wartenden Bedienung. »Wer ist der attraktive junge Mann, den du mitgebracht hast?«, fragte sie. »Dein Gemahl?«

Becky lachte verlegen. »Das ist ein sehr guter Freund von mir, Dominik Dornach. Er kommt aus deiner Heimat, Tante Bertha.«

»Dornach, Dornach«, sinnierte die alte Frau. »Gehören Sie zu den von Dornachs, die Nachbarn der von Aareggs wurden? Ich kannte Johann-Jakob flüchtig. Er hat sich wenig mit dem Dienstpersonal abgegeben. Lebt er noch?«

»Das ist mein Großvater. Er erfreut sich bester Gesundheit«, sagte Dornach.

»Das ist schön.« Dornach hatte sie auf Schweizerdeutsch angesprochen. »Wie lange habe ich unsere Solothurner Mundart nicht mehr gehört? Ich kann sie fast nicht mehr sprechen. Mal sehen, was ich noch alles verstehe.«

»Dominik arbeitet bei der Kriminalpolizei in Solothurn«, sagte Becky.

Bertha hob die Augenbrauen. »Bei der Kripo? Wollen Sie mich verhaften, junger Mann?«

»Was immer Sie bei uns verbrochen haben, es ist längst verjährt. Trotzdem würden wir beide uns gern mit Ihnen über die Zeit unterhalten, in der Sie mit Beckys Großeltern auf Schloss Aaregg lebten. Dabei interessiert uns besonders das Jahr 1940.«

Ein dunkler Schleier legte sich auf die alten Augen. »Es war eine schwere Zeit, der Krieg, die Ungewissheit und dann die Krankheit, welche die arme Barbara dahinraffte.«

»Weißt du, Tante Bertha«, sagte Becky. »Ich lebe jetzt auf Schloss Aaregg.«

»Du bist dorthin zurückgegangen?« Bertha sagte es, als würde ein Fluch darauf lasten. Ihre Augen wanderten unsicher zwischen Dornach und Becky hin und her.

»Ich lasse das Haus renovieren«, sagte Becky. »Dabei haben die Arbeiter im Keller etwas gefunden.«

Berthas Kopf senkte sich. »Sie?«

»Wenn du damit Emma Kummer meinst, ja, wir haben sie gefunden«, sagte Becky.

»Wir waren keine Freundinnen«, sagte Bertha. »Emma war mir zu gescheit. Dachte immer, sie wäre etwas Besseres.«

»Ich habe ihr Tagebuch gefunden. Leider gibt es keine Einträge über die letzten Tage ihres Lebens. Ihr habt damals zusammen auf dem Schloss gearbeitet. Hast du eine Erklärung, wie sie als eingemauerte Leiche enden konnte?«

»Wozu wollt ihr das jetzt noch wissen? Das ist lange her.«

»Eben deshalb. 1940 wurde Emma im Haus, das jetzt mir gehört, erschossen und eingemauert. Ich fühle mich in ihrer Schuld, herauszufinden, was ihr zustieß, und dafür zu sorgen, dass ihr Gerechtigkeit widerfährt.«

»Gerechtigkeit? Emma hat bekommen, was sie mit ihrer Großtuerei verdient hat.«

»Wie meinst du das, Tante Bertha?«

»Ich weiß es, ich habe sie erschossen.«

Becky und Dornach tauschten Blicke aus. »Willst du uns erzählen, wie es dazu kam?«, fragte Becky.

»Ich war eifersüchtig auf sie, und weil … weil …«

»Weil du mit den Nazis gemeinsame Sache gemacht hast?«
Der Ausdruck eines empörten Widerspruchs regte sich in
Berthas Gesicht. Er dauerte nur kurz an. »Ich war schwach und
geblendet.«

»Frau Gruber«, schaltete sich Dornach ein. »Nach schweize-
rischem Recht ist die Tötung von Emma Kummer verjährt. In
Deutschland ist das nicht der Fall. Das spielt aber keine Rolle,
da die Tat in der Schweiz begangen wurde.«

Dornach öffnete seine Aktenmappe. »Wenn Sie einverstanden
sind, möchte ich mit Ihnen eine Reihe von Fragen klären, die
sich aus Beckys Nachforschungen und meinen Ermittlungen
ergeben haben.«

Bertha machte eine resignierte Geste. »Wenn es sein muss
und ich Ihnen helfen kann, bitte.«

»Ich danke Ihnen.« Dornach entnahm seiner Mappe eine
schmale Holzschachtel. Er öffnete sie und zeigte deren Inhalt
Bertha. »Erkennen Sie das?«

Die Bedienung mit dem Kuchen und den bestellten Geträn-
ken kam herein. Die drei warteten geduldig, bis sie fertig serviert
hatte.

Dornach deutete auf den Inhalt der Schachtel. »Haben Sie
die schon mal gesehen, Frau Gruber?«

»Eine Haarlocke?« Bertha betrachtete sie erst lange und streichelte sie mit dem Finger. »Keine Ahnung, woher sie die haben.«

»Becky fand sie in der Dachkammer, die Emma Kummer
bewohnte, wenn sie auf dem Schloss war. Aufgrund eines Ta-
gebucheintrags schnitt Emmas Mutter ihr diese Locke ab und
schenkte sie ihr mit der Schachtel als Andenken.«

»Wenn Sie es sagen.«

Dornach nahm eine Akte hervor und öffnete sie. »Ich habe
eine Genanalyse in Auftrag gegeben. Sie wissen, was das ist?«

»Junger Mann, ich bin zwar alt, aber nicht von gestern.
Schließlich gucke ich regelmäßig Krimis im Fernsehen.«

»Gut. Die Genstruktur der Haare von der toten Frau im
Keller von Schloss Aaregg haben wir mit der Haarlocke aus

der Dachkammer verglichen.« Er nahm ein Dokument aus der Akte. »Sie wissen, was ›keine Übereinstimmung‹ bedeutet?«

Bertha räusperte sich. »Ja klar, die Haare der Toten und die Locke sind nicht ... wie sagen Sie, identisch?«

»Richtig.«

»Wollen Sie damit sagen, die Tote im Keller ist nicht Emma Kummer?«

»Aufgrund der Genanalyse ist das unmöglich.«

»Warum erzählen Sie mir das?«

»Wir haben eine zweite Vergleichsanalyse gemacht. Becky hat sich freundlicherweise dafür zur Verfügung gestellt.«

Becky warf ihm einen scharfen Blick zu.

Bleib bei der Wahrheit. Heimlich hast du sie dir aus einer meiner Haarbürsten geholt. Was soll's.

»Die beiden Proben weisen eine teilweise übereinstimmende Struktur auf«, fuhr Dornach fort. »Und zwar auf der direkten weiblichen Linie in der zweiten Generation. Das heißt, die Inhaberin der Locke ist Beckys Großmutter.«

»Das kann nicht stimmen«, sagte Bertha. »Barbara von Aaregg brachte ihre Tochter Wilhelmina am 15. April 1941 zur Welt. Das ist auf einer offiziellen Urkunde der Stadt Solothurn vermerkt.«

Dornach zog ein weiteres Papier aus der Mappe. »Ich habe eine Kopie der Urkunde hier. Wilhelmina Barbara von Colberg-Aaregg, geboren am 15. April 1941 in Solothurn, Vater: Georg Friedrich von Colberg, Mutter: Barbara von Colberg, geborene von Aaregg.«

»Na bitte. Mit Ihrer Genanalyse stimmt was nicht.«

»Das vermutete ich zunächst. Kann vorkommen, dass mal was verwechselt wird. Dann habe ich im Archiv des Zivilstandsregisters nachgeforscht. Die Unterlagen wurden vor Jahren auf Mikrofilm kopiert. Hier ist ein Ausschnitt.« Er zeigte Bertha den Auszug.

Sie gab ihn zurück. »Lesen Sie es mir vor. Die Schrift ist zu klein für meine Augen.«

»Es ist ein Auszug des Sterberegisters. Er besagt, dass Barbara von Colberg am 18. Dezember 1940 verstorben ist. Sie hatte

Krebs. Die Geburtsurkunde ist eine Fälschung, professionell gemacht, wahrscheinlich von der Fälschungsabteilung der Abwehr. Wie dem auch sei, die Frage, auf die ich eine Antwort suche, ist die: Wer brachte am 15. April 1941 Wilhelmina von Aaregg zur Welt?«

»Das haben Sie nicht herausgefunden?«

»Dafür bräuchte es zwei weitere Genproben. Für die eine müsste ich eine Exhumierung von Barbaras sterblichen Überresten beantragen.«

»Schwierig«, sagte Bertha. »Und die andere Probe?«

»Hatte ich gehofft, von Ihnen zu bekommen, Frau Gruber.«

»Von mir? Warum um Himmels willen?«

»Die Antwort liegt auf der Hand, Frau Gruber – oder sollte ich nicht eher sagen, Frau Emma Kummer?«

Die beiden fixierten sich lange mit den Augen. »Sie sind ein guter Polizist, Herr Dornach. Zu meiner Zeit kannte ich auch einen. Er war der Chef der Politischen Polizei. Sie haben erreicht, was er nie schaffte. Sie haben mich erwischt.«

Becky ging vor der alten Frau in die Knie. »Dann stimmt es also. Sie ... du ... bist meine Großmutter?«

Emma umfasste Beckys Hand mit ihren beiden Händen und küsste sie. »Ja, ich bin deine Großmutter, Rebecca. Es tut gut, es nach all den Jahren endlich sagen zu können.«

Sie umarmten sich. »Ich bin so froh, dass nicht du es warst, die hinter dieser Mauer endete.«

»Mich hingegen würde schon interessieren, wer die Tote im Keller wirklich ist«, sagte Dornach und ließ Beckys vorwurfsvollen Blick über sich ergehen.

»Sie erwähnten es bereits, Herr Dornach«, sagte Emma. »Die Antwort liegt auf der Hand.«

»Also ist es Bertha Gruber, Sie haben sie getötet oder töten lassen und ihre Identität angenommen.«

Emma nickte.

»Wie kam es so weit?«

»Sie wollte mich erschießen. Es gelang mir, ihr die Waffe zu entreißen.«

»Dabei hat sich ein Schuss gelöst und sie getötet?«

»Ganz so war es nicht. Wir haben miteinander gekämpft. Es wäre ihr beinahe gelungen, auf mich zu schießen. Ich konnte sie zurückstoßen. Sie ist ausgerutscht. Wissen Sie, worauf?«

»Sagen Sie es mir.«

»Auf ihrem Parteiabzeichen, das sie gar nicht hätte tragen dürfen. Sie war Frontistin und gehörte nicht zur NSDAP. Das Abzeichen habe ich ihr beim Kampf abgerissen. Es ist zu Boden gefallen. Dann rutschte sie darauf aus.«

»Ironie des Schicksals«, sagte Dornach.

»So ist es«, antwortete Emma. »Berthelis Ambition brachte sie zu Fall.«

»Sie lag am Boden, unbewaffnet«, sagte Becky.

»Die Pistole konnte ich ihr entreißen«, sagte Emma.

Becky sah sie entgeistert an. »Du hast sie trotzdem getötet. Das war Mord. Warum?«

»Es war kein Mord, sondern Gerechtigkeit«, sagte Emma. »Bertheli hatte Rosmarie getötet, meine beste Freundin. Wir waren wie Schwestern. Am Tag meiner Gefangennahme schilderte sie mir bis in die letzte Einzelheit, was sie ihr angetan hatte und warum. Rosmaries Tod war ein Teil der Nazi-Verschwörung gegen die Schweiz. Damals schwor ich mir, Bertheli Gruber dafür zu töten. An jenem Abend in meinem Zimmer hätte sie mich unweigerlich erschossen. Kurz vorher hatte ich von Georg Friedrich erfahren, dass ich schwanger war. Bertheli wusste Bescheid. Trotzdem hätte sie mich und meine Tochter getötet, deine Mutter und das Letzte, was mir blieb von …« Emmas Blick bohrte sich in Beckys. »Wie würdest du reagieren, wenn jemand das Leben deines Kindes bedrohte?«

Becky senkte die Augen. Die Nacht auf der Schanze kam zurück.

Ich hätte genau das Gleiche getan.

Emma wandte sich an Dornach. »Sie können mich verhaften. Es braucht keine Handschellen, ich komme freiwillig.«

Dornach hob die Schultern. »Ich bin nicht mehr zuständig, Frau Kummer. Ihre Tat müssen Sie vor einem anderen Richter verantworten. Gestatten Sie mir dennoch eine letzte Frage. Wie kam Berthas Leiche hinter die Mauer? Haben Sie das allein fertiggebracht?«

»Wo denken Sie hin. Georg Friedrich hat dafür gesorgt, dass Bertheli von der Bildfläche verschwindet. Er besorgte mir falsche Papiere, und ich wurde zu Bertha Gruber.«

»Deine Mutter«, sagte Becky. »Was sagte sie dazu?«

»Was sollte sie dazu sagen? Es fiel ihr schwer, mich gehen zu lassen, vor allem in das vom Krieg mehr und mehr bedrängte Deutschland. Sie fand sich damit ab. Nach dem Krieg kam sie mich öfters besuchen.« Emma schaute hinaus aufs Meer hinter den Fensterscheiben. »Da war noch Jonas.«

»Du meinst Jonas Mülchi, der Polizist und dein Schulfreund?«

Emma nickte. »Er wollte mehr sein, und ich habe das verdrängt. Da hat er sich mit Bertheli zusammengetan und mich verraten.« Sie schilderte ihren Besuchern, wie Mülchi sie im Restaurant »Kreuzen« in eine verhängnisvolle Falle gelockt hatte.

»Was ist aus ihm geworden?«, fragte Becky.

»Soviel ich weiß, hat ihn Georg Friedrich für Berthelis Tod mit Geld besänftigt. Er ist Dorfpolizist von Zuchwil geblieben und hat eine Frau von dort geheiratet. Wegen seiner Frontistentätigkeit wurde er nie behelligt. Vor etwa zwanzig Jahren ist er gestorben.«

»Welche Rolle spielte mein Großv… Georg Friedrich von Colberg im Ganzen?«, fragte Becky.

»Er wollte mich freilassen. Das ›Unternehmen Tannenbaum‹ war hinfällig geworden. Ich war keine Gefahr mehr für die Nazis. Bertheli wollte mich als Mitwisserin beseitigen und aus purem Hass.«

»War von Colberg der Vater von … deines Kindes?«

»Auf keinen Fall, es war ein … Mann, den ich in den Unwägbarkeiten der Geschichte verlor. Barbara von Aaregg war todkrank. Sie und von Colberg wünschten sich nichts sehnlicher als ein Kind. Georg Friedrich bot an, meiner Tochter seinen Namen zu geben und sie als eine von Colberg aufzuziehen. Im Gegenzug sollte ich nach Barbaras Tod als Kindermädchen und

Erzieherin arbeiten. Wie konnte ich da Nein sagen? Bevor er im Krieg fiel, heiratete er mich, um mir Sicherheit zu bieten. Ich war die ganze Zeit bei meiner Tochter, die in einem guten Elternhaus aufwuchs.«

»Erzähl mir über meinen Großvater, den richtigen«, bat Becky.

»Er hieß Toni Wyler. 1940 war er gezwungen, die Schweiz zu verlassen. Wenn nicht, hätte man ihn verhaftet, und er wäre von den Nazis oder den Frontisten ermordet worden. Soviel ich weiß, ging er nach Amerika.«

»Das ist richtig«, sagte Dornach. »Mein Großvater hat dazu ein paar Recherchen gemacht.«

»Wie kam er zu den Informationen?«, fragte Emma.

»Dazu komme ich gleich«, erwiderte Dornach. »Toni Wyler bestieg am 5. September 1940 in Lissabon das Dampfschiff ›America‹ nach New York. Sein Patenonkel, ebenfalls ein Schweizer Emigrant, besaß in Rochester eine erfolgreiche Firma. Er stellte Toni an, der diese nach seinem Ableben erbte und ausbaute. Zu Beginn der sechziger Jahre packte Toni das Heimweh. Er verkaufte die Firma und kehrte zurück in die Schweiz.«

»Das wusste ich nicht«, sagte Becky. »Warum hast du mir davon nichts erzählt?«

»Ich erfuhr es am Tag unserer Abreise und hatte noch keine Gelegenheit.«

»Woher weiß Johann-Jakob das alles?«

»Toni Wyler und er waren gute Freunde.«

Die beiden Frauen sahen Dornach verständnislos an.

»Toni kehrte nicht unter seinem ursprünglichen Namen in die Schweiz zurück. Er hat den Familiennamen seines Patenonkels angenommen, Davaud. Als Vorname verwendete er seinen zweiten Taufnamen: Peter.«

»Peter Davaud ist … war mein Großvater?«, sagte Becky fassungslos. Es erklärte ihre große gegenseitige Zuneigung bei ihrer ersten und letzten Begegnung. Umso härter traf sie die Ungerechtigkeit seines Todes.

EPILOG

Die beiden Frauen traten an das reich geschmückte Grab. Sie waren fast allein im Grenchner Friedhof. Hohe Bäume, deren Laubkleid sich auf den Herbst einstellte, säumten den Grabsektor, wo sie standen.

Becky stützte Emma, als diese einen großen Strauß roter und weißer Nelken auf Peter Davauds Grab legte. »Toni liebte Feldblumen, aber die gibt's ja jetzt nicht mehr.« Sie blieben eine Weile schweigend vor dem Grab. »Haben Sie ihn doch gekriegt, die Nazis«, sagte sie, in ihrer Stimme war keine Trauer mehr. Es war einfach so.

»Stimmt«, sagte Becky. »Solche von der schlimmsten Sorte. Damian Ruch ist ein reaktionärer Wolf im bürgerlichen Schafspelz, von denen es wieder zu viele gibt.«

Emma drückte ihre Hand. »Lass gut sein, Becky. Ich bin zu alt, um mich darüber aufzuregen. So Gott will, werde ich Toni bald wiedersehen.« Sie streichelte Beckys Wange. »Schön, dass du die Gelegenheit hattest, ihn kennenzulernen.«

»Wir haben uns auf Anhieb gemocht.«

Emma nickte. »Das verstehe ich nur zu gut.«

»Du siehst müde aus«, sagte Becky. »Sollen wir heimfahren?«

»Noch nicht. Ich möchte einen Moment mit ihm allein sein.«

»Ich warte bei der Gedenkhalle auf dich, ja?«

Während Becky wartete, ging sie den Brief eines Grenchner Notars und Peter Davauds Nachlassverwalters noch einmal gründlich durch. Er war ihr per Einschreiben zugestellt worden. Mangels anderer Angehöriger war Becky Peter Davauds Alleinerbin.

Sie schaute hinüber zur aufrecht stehenden Frau. In der untergehenden Sonne schien Emma mit dem Grab ihres Geliebten zu verschmelzen.

Das Licht ließ die Schatten sterben.

Glossar

alt Regierungsrat/Regierungsrätin – ehemalige(r) Kabinettsminister/-in einer Kantonsregierung

Batzen – schweizerische Zehn-Rappen-Münze

Betriebskommission – Betriebsrat

Bipperlisi (Mundart) – Regionalbahn zwischen Solothurn und Langenthal

Bundesrat/Bundesrätin – schweizerische Bundesregierung bzw. Bundesminister/-in

Décolletage – industrielle Dreherei für Klein- und Kleinstteile

Firmung – Glaubenssakrament in der katholischen Kirche

Götti (schweizerisch) – Pate

Kadi (Mundart) – Kommandant

Kantonsrat/Kantonsrätin – Bezeichnung für das Parlament, Legislative, in einigen Kantonen, u.a. im Kanton Solothurn, bzw. Mitglied eines Kantonsparlamentes

Kantonsschule – Gymnasium

karessieren – flirten

Lehrerseminar – heute: Pädagogische Fachhochschule

Matura – Abitur

Polizeikommando – Polizeipräsidium

Réduit – Festungsbauten der Schweizer Armee in den Alpen und im Jura

Regierungsrat/Regierungsrätin – Kantonsregierung, Exekutive, bzw. Minister/-in einer Kantonsregierung

Sauschwaben (Umgangssprache, abfällig) – Angehörige deutscher Nationalität

Schnepfe – 1. Vogel mit langen Beinen und langem, geradem Schnabel; 2. wenig geschätzte Frau (abwertend)

Scintilla – Name der Vorgängerfirma des heutigen Bosch-Werkes in Zuchwil

Serviertochter (veraltet) – politisch nicht ganz korrekt für Serviererin/Kellnerin

Stadtammann – Stadtpräsident, Bürgermeister

Störschmied – von Hof zu Hof ziehender Schmied ohne feste Werkstätte

Tea-Room – Kaffeehaus ohne Alkoholausschank

Tscholi (Mundart) – Depp

Tüpfi (Mundart) – ein hübsches, nicht sehr intelligentes Mädchen, Tussi

Wehrmannsschutz – Versicherung gegen Verdienstausfälle von Armeeangehörigen während des Zweiten Weltkriegs, heute: Erwerbsersatzordnung, EO

Welsche (Umgangssprache) – Bewohner der französischsprachigen Westschweiz

Zvieri (Mundart) – Zwischenmahlzeit am Nachmittag (= zu vier), Jause oder Vesper

Zweifränkler – Zwei-Franken-Stück

Anmerkungen und Dank

In den sechziger Jahren übernahm der Sulzer Konzern das Areal der ehemaligen Waffenfabrik Solothurn für sein Webmaschinenwerk. Als Lehrling ging ich in den Gebäuden, in denen ehemals unter deutscher Regie Waffen produziert wurden, ein und aus. Die Frage, wie es dazu kam, dass das nationalsozialistische Deutschland in der neutralen Schweiz Waffen produzierte, ließ mich nicht mehr los. Im Sommer 2019 stieß ich auf einen Pressebericht über die »Männer von Zuchwil«, die sich im Jahr 1939 gegen die nationalsozialistische Agitation des Schweizer Betriebsleiters in der Waffenfabrik stellten. Die Grundidee zu diesem Buch entstand. Anders als in den von den Nazis besetzten Gebieten forderte dieser Aufstand keine Todesopfer oder Verletzte. Dennoch ist der Mut der Zuchwilerinnen und Zuchwiler anzuerkennen, sich gegen menschenverachtende Agitation beim größten Arbeitgeber im Dorf erhoben zu haben, von dem sie in wirtschaftlich und politisch schwierigen Zeiten abhängig waren, ihre Familien zu ernähren. Obwohl die Handlung des Buches erst 1940, also nach diesen Ereignissen, einsetzt, bleiben sie relevant. Dieses Buch ist bewusst den *Frauen* und Männern von Zuchwil und ihrem Widerstand gegen den Nationalsozialismus gewidmet. Die offizielle Schweizer Geschichte ist bis heute zu einem Großteil Männersache. Die Erforschung der historischen Rolle der Frauen und ihr Einfluss auf den Gang der Geschichte steht erst am Beginn. Es reizte mich, mit der fiktiven Figur der Zuchwilerin Emma Kummer einen Gegenpol zu setzen. Sie und ihr Mitstreiter Toni Wyler stehen im Buch für den Widerstandsgeist der Zuchwiler jener Zeit.

An manchen regnerischen Sonntagnachmittagen meiner Kindheit erzählte mein Vater meinen Geschwistern und mir aus seiner Kinder- und Jugendzeit in Zuchwil. Keine Kinovorstellung konnte vergnüglicher sein. Wir hingen förmlich an seinen Lippen. Zwei dieser Anekdoten fanden Eingang in das

Buch. Zum einen diejenige vom meisterlich mausenden Hof-
hund Bäri. Die andere schildert die Saubannerzüge der jungen
Zuchwiler zum Wirtshaus »Zum Schnepfen«, heute das Kino
Canva, wo sie Nazis »verklopften«. Der »Schnepfen« war damals der Treffpunkt der Mitglieder der deutschen Kolonie und
der NSDAP-Ortsgruppe Solothurn. Laut Schilderungen meines
Vaters waren mein Großvater und mein Urgroßvater an diesen
schlagkräftigen Exkursionen gegen den Faschismus beteiligt.

Die historische Recherche über jene Zeit war eine Herausforderung, die Ausbeute an zeitgenössischer Literatur und Dokumenten dünn. Die Akten der Solothurner Politischen Polizei
wurden nach dem Krieg vernichtet, was wiederum dem Fik-
tionsautor den Vorteil großer künstlerischer Freiheit verschafft.

Obwohl die Handlung des Romans und die meisten Figu-
ren frei erfunden sind, spielen historische Persönlichkeiten eine
Rolle darin:

General Guisan, Henri: Oberbefehlshaber der Schweizer Armee
    von 1939 bis 1945
Köcher, Otto Carl: deutscher Botschafter in Bern von 1937
    bis 1945
Osthoff, Fritz: Leiter der NSDAP-Sektion Solothurn
Pilet-Golaz, Marcel: Bundesrat, Bundespräsident des Jahres
    1940
Tobler, Robert: Führer der Nationalen Front, später der Eid-
    genössischen Sammlung
von Bibra, Hans-Sigismund: Gauleiter der NSDAP Schweiz.

Für die Recherchen zu den historischen Hintergründen des
Jahres 1940 und der militärischen Bedrohung der Schweiz durch
Hitler-Deutschland sowie zum gesellschaftlichen Leben konnte
ich folgende Quellen nutzen:

Bill, Ramón: Waffenfabrik Solothurn – schweizerische Präzi-
    sion im Dienst der deutschen Rüstungsindustrie. Kantonales
    Museum Altes Zeughaus Solothurn, 2002.

Frey, Lara: Als die »Männer von Zuchwil« Widerstand gegen die Nazis leisteten. Solothurner Zeitung, 1.7.2019.

Historischer Verein der Kantonspolizei Solothurn (2013): Polizei Kanton Solothurn – eine bewegte Organisation.

Jahrbuch für solothurnische Geschichte, Band 78, herausgegeben vom Historischen Verein des Kantons Solothurn, 2005 (zum Nationalsozialismus in Solothurn).

Schenker, Walter: leider – Solothurner Geschichten, Books on Demand, 2012 (über ein Konzentrationslager auf dem Weißenstein).

Urner, Klaus: Die Schweiz muss noch geschluckt werden – Hitlers Aktionspläne gegen die Schweiz, Verlag NZZ, 1990.

Vitelli, Alfons: Zuchler Gschichte – zu mire Buebezyt (Schweizer Mundart). ISBN 978-3-033-04357.

»Wie eine Gemeinde unschweizerischer Umtriebe Meister wurde«, erschienen im »Schweizer Spiegel« (Juli 1939), wiedergegeben in der Chronik »Zuchwil – Spiegelbilder eines Wasserämter Dorfes«, Nr. 1, Frühjahr 1987.

Die Anekdote über die »Sumawuscha« entlehnte ich den »Zuchler Gschichte – zu mire Buebezyt (Zuchwiler Geschichten – zu meiner Bubenzeit)«. Mein Dank dafür gebührt dem Zuchwiler Dorfchronisten Alfons Vitelli, der mir wertvolle Informationen über das damalige Dorfleben lieferte.

Einzelne Örtlichkeiten und Ereignisse wurden für die Dramaturgie neu angelegt oder angepasst, beispielsweise das fiktive Schloss Aaregg und die Villa Dornach. Das real existierende Landwirtschaftsgut »Unteres Emmenholz« in Zuchwil und das dazugehörende Schloss der Familie von Roll aus dem 17. Jahrhundert übernehmen im Buch den Part des »Aareggerhofes«.

Ich danke einmal mehr Major Niklaus Büttiker von der Polizei Kanton Solothurn und Staatsanwalt Martin Schneider für ihre fachlichen Hinweise.

Für die Nachforschungen zur Waffenfabrik Solothurn in Zuchwil stellte mir das Staatsarchiv Solothurn Fotomaterial und

Baupläne zur Verfügung. Dafür ein herzliches Dankeschön an Staatsarchivar Andreas Fankhauser und Frau Sonja Fischer.

Speziell dankend erwähnen möchte ich das Ehepaar Dr. Hans Peter und Christine Rentsch in Grenchen, die mir eine Besichtigung des Bürgi-Hauses in Grenchen kurz vor dessen Abriss ermöglichten. Es inspirierte mich für die Beschreibung der Grenchner Villa von Peter Davaud. Auf dem Grundstück entsteht im Jahr 2022 ein Schaulager für die Sammlung der Stiftung Dr. Hans Peter und Christine Rentsch.

Was wäre ein Autor ohne seinen Sparringspartner in der Person seiner Lektorin. Sie ist das unabdingbare Gewissen, welches das Ego des Schreibenden daran hindert, sich einer guten Geschichte in den Weg zu stellen. In dieser Hinsicht leistet Irène Kost ganze Arbeit, wofür ich ihr sehr dankbar bin.

Weiterer Dank gebührt meinem Agenten Dr. Michael Wenzel von der Editio Dialog Literary Agency in Lille für seine Unterstützung. Dr. Christel Steinmetz und Stefanie Rahnfeld vom Emons Verlag in Köln danke ich für ihre Offenheit gegenüber meinen Ideen, ihre Hilfsbereitschaft und Flexibilität.

Mit Liebe, Toleranz und Verständnis hat mein Lieblingsmensch Catherine die oft brummbärigen Repliken akzeptiert und mitgetragen, wenn der Autor mental in früheren Epochen weilte. Ich kann Ihnen verraten, dass sie ebenso erleichtert war wie ich, als diese Reise glücklich zu Ende ging.

Sie, liebe Leserin, lieber Leser, sind mit mir zusammen am Ziel angelangt. Ich danke Ihnen für die Treue, das Verständnis und die zahlreichen Rückmeldungen zu dieser und früheren Geschichten.

Christof Gasser

Die Erfolgsserie des Bestsellerautors Christof Gasser

Alle Titel sind auch als eBook erhältlich.

Bücher mit Dominik Dornach und Angela Casagrande:

Solothurn trägt Schwarz
ISBN 978-3-95451-783-1

Solothurn streut Asche
ISBN 978-3-7408-0050-5

Solothurn spielt mit dem Feuer
ISBN 978-3-7408-0305-6

Solothurn tanzt mit dem Teufel
ISBN 978-3-7408-0624-8

Bücher mit Cora Johannis:

Schwarzbubenland
ISBN 978-3-7408-0178-6

Blutlauenen
ISBN 978-3-7408-0508-1

www.emons-verlag.de